以詩為詞

東坡詞及其相關理論新詮

劉少雄 著

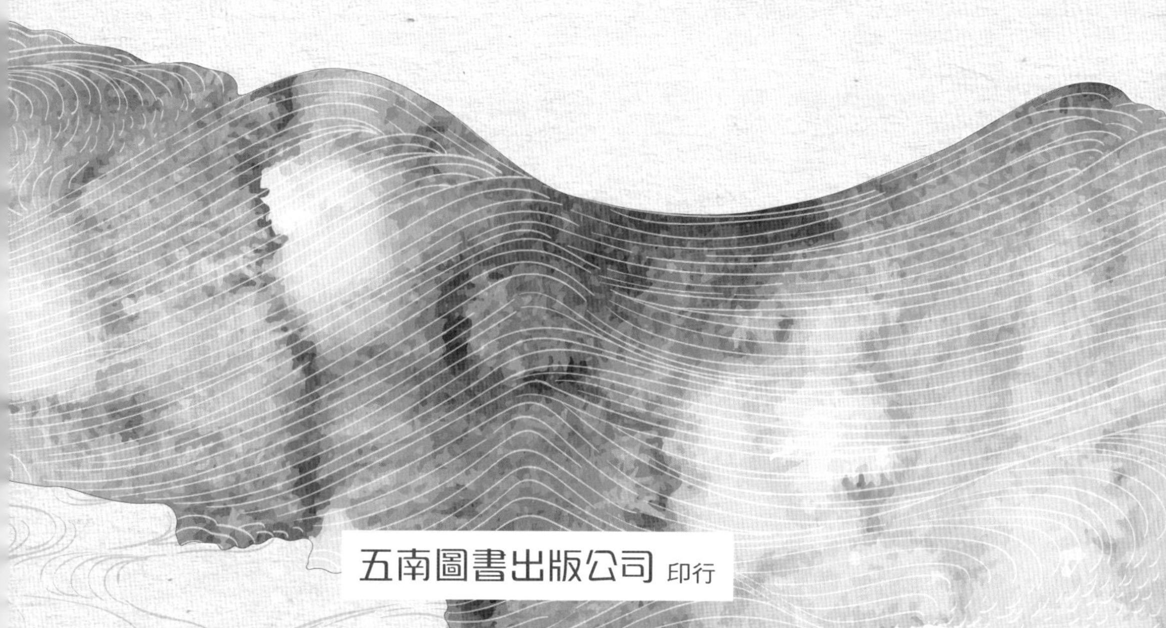

五南圖書出版公司 印行

新版序

本書原題《會通與適變——東坡以詩爲詞論題新詮》，2006 年出版。一直到現在，東坡詞依舊是我教學、研究的重點。我最關注的問題是：東坡爲何填詞？詞之爲體，在東坡參與創作後，破立之間，如何維持它不變的本質？東坡詞有何現代意義？這些問題要得到滿意的解答，其實並不容易。這牽涉到抒情傳統和文體論的許多層面，也關乎創作與詮釋的諸多面向。詩與詞在情感與形式上有何實質的差異？東坡詞的抒情性與其他詞人的表現有何不同？詞的詮釋如何受到時代氛圍、文化心理等層面的影響？我在這本書的文章中多少都有觸及這些課題，不過還是不夠周延。我一直想爲詞的抒情特性建立一套完整的文體論，這幾篇文章是初步的嘗試，針對一些重要的概念，提出了一些看法，希望能引起讀者的注意，提供學界參考，希望大家重新審視「文體」的屬性及其文學批評上的意義。

完成這部著作後不久，我繼續研究詞學文體論的相關課題，後來也結集成書——《詞學文體與史觀新論》在2010年出版。當中有一篇文章〈東坡赤壁文學中的文體抉擇〉，分析〈念奴嬌·赤壁懷古〉和前後〈赤壁賦〉，探討作家在詞賦之間選體創作的意義。毫無疑問的，〈念奴嬌〉一詞也是東坡「以詩爲詞」的一種表現。這與本書〈東坡早期詞的創作歷程〉一文，剛好有連接的關係，兩篇放在一起，可以呈現出東坡詞前後期的演變勢態，構成更完整的面貌。因此，趁這次重新出版，我將這篇文章收納進來。

本書可分爲兩個部分：前三篇談東坡詞的表現特色及其風格之建立，後三篇論東坡詞的詮釋及相關的詞學概念。整體來說，全書每篇文章大抵都與「以詩爲詞」這一論題有些關聯。書名改爲《以詩爲詞——東坡詞及其相關理論新詮》，應較妥當。

緒　言

一、通變之道

文學有常體，也有變則。如不因體創作，隨性書寫，文勢易流而不返；若固守體式，刻意敷張，文情則乏靈動之姿。如何斟酌於常變之間，獨出新意，是創作者的一大挑戰。《易‧繫辭》說：「化而裁之爲之變，推而行之爲之通。」意謂將形而上的道、形而下的器，交感化育而互爲裁節，叫做「變」；順沿變化，將其推廣而旁行，就叫做「通」。換言之，對世間事理，能因應變化，融會貫通，落實於人生，自然受用無窮。文學反映人生，通、變之道亦可一以貫之。劉勰《文心雕龍》撰〈通變篇〉，即化裁推行其理於文變，將這變通趨時的哲學巧轉爲文學創作的通變之道——「望今制奇，參古定法」，是基本原則；「憑情以會通，負氣以適變」，以創作主體的情志才氣作主導，由內而外，因情位體，緣體生變，乃爲文定勢的準繩。劉勰主張法古，因爲文章的結體有常式；但法古亦非守舊不變，而是意在求新。〈通變〉明言：「參伍因革，通變之數也。」所謂因革，是相對而互爲因果的概念。如因而不革，因循習作，則無以言通變；如變革無所因，蕩而無法，亦不能說是通變。因此，能得前人創作的準則，知體勢之常軌，通變適會於體性辭情，則可達法古求新之境。文學能新變，乃因作者才氣學習之有異、作品文辭聲色之多變。「文辭氣力」，多變而又無常規，法古雖可合體，卻不能變通以達久，所以「數必酌於新聲」。而所謂「酌新聲」，亦非立意好奇，一味求新於流俗之中，而是一本個人的才氣學習，參酌鎔裁，務求作品的文質情采得到完美的結合。〈風骨篇〉說：「洞曉情變，曲昭文體，然後能孚甲新意，雕畫奇辭。……昭體，故意新而不亂；曉變，故辭奇而不黷。」明示通體達變以求新的要旨：昭體所以得其常，曉變所以得其理，如是意新辭奇，自成一家。文學求新求變，是創作活力的表現，具見才華，「若無新變，不能代雄」（蕭子顯《南齊書・文學傳論》）。因此，若要雄長一代，必有通變之能。證之於古今傑出作家，無不如是。東坡於詞，變新文體，成就不凡，亦當作如是觀。

作者能通變，創新體，理應獲得肯定。但理所當然，事卻不必然。因為讀者各有偏好，融通的雅量大小不一，是否能因應變化，作適切合理的判斷，給予公允的評價，卻不一致。從欣賞的角度看，文學有常體，也有變則，不同的讀者自有不同接受標準。閱讀其實也是創造性的活動，興發感動之際，自會激起各種新舊的想法，是認同或排斥，因情、勢而異。所謂同氣相求，讀者易與作者才情、作品情境相類者引起共鳴；因此，讀者法古是尚，自不欣賞新奇之作，反之，便以此為高。一般閱讀，隨意欣賞，好惡臧否乃自家事，與他人無涉。可是，面對文學的變體異調，要發為評論，作一夠格而有識見的讀者，則須如作者創作的心態一樣：「憑情以會通，負氣以適變」，才能稱作知音，成為啓發文變的推手。換言之，所謂「昭體」、「曉變」，是適用於作者與讀者的。然而，知音實難，一位有創意的作家作品能得到充分的了解、眞正公平的待遇，並不容易，有時得須長期的觀察，正反的論辯，才能廓清其面貌，揭發它的眞義。不過，這樣新奇的作品，帶來論爭，無疑能活化論者對文體的思辨，擴大並加深了他們對原先文體的認識，在去異存同中歸結出體式的基本要則，這可以說是文學批評觀念演變的普遍現象。文體論中的正變之說，由來都是重要的項目。東坡爲詞，別創新境，在當時即引起不同的看法。我們可以這樣說，宋代詞學的辨體論主要是因東坡而起的。

二、以詩爲詞

蘇軾於詩、文、書、畫皆稱大家。他資稟忠愛，議論英發，歷典州郡，所至皆得民心。其文章政事爲天下所景仰，不獨是宋代文壇宗師，更對宋以後文化有深遠之影響，允爲知識分子之典範，亦廣受世人之喜愛。然軾天資既高，豪邁之氣不能自掩，每以文字談諧開罪於人；屢遭遷謫，非盡由於政爭也。蘇軾塡詞約始於通判杭州之時，而密、徐時期已有自家風味，黃州五年則爲創作之成熟期，不少名篇皆作於此。東坡詞清麗舒徐，「逸懷浩氣超然乎塵垢之外」（胡寅〈酒邊詞序〉），雖有不諧音律者，但「橫放傑出，自是曲子中縛不住者」（晁補之語）。就詞史意義言，論者以爲北宋詞風至東坡而有了變革，內容漸趨豐富，體勢更見恢張，終得超越「胡夷里巷之曲」之出身，成爲文人抒情寫志之新體裁，不但影響南渡詞壇，並開南宋辛棄疾一派，合稱蘇辛，澤被後世，允稱詞史巨宗。王灼《碧雞漫志》說東坡：「偶爾作歌，指出向上一路，新天下耳目，弄筆者始知自振。」則不獨言其詞史上之貢獻，更推崇其作品之藝術成就。無論寫現實之挫折、無常之感慨、歸耕之閒情、懷古之幽思或夫妻親友之情，凡其佳作莫不情意眞切，運筆疏宕，意境高遠。清代王鵬運評曰，此乃作者才華、性情、學問、襟抱之結晶，「舉非恆流所能夢見」者。

東坡以不羈之才，藉詞抒懷述志，別創新體。詞在當時是可歌的體製，柳永、周邦彥一派，無論雅俗，音色諧婉優美，最為傳誦。詞的內容，當然可以詩筆豪情擴大其範圍，寫山河壯麗的氣象，抒傷春怨別之外的情懷，但詞畢竟與詩不同，總該有它的基本體式；所以，按照一般論者的說法，柳、周是正宗，東坡詞則被視為變調。

東坡詞最大的爭議點就是「以詩為詞」，因之而牽涉的層面相當廣泛，論爭時日持久，可以說是文學批評史上罕見的現象。這一詞學史上的重要事件，由陳師道《後山詩話》掀起序幕：「子瞻以詩為詞，如教坊雷大使之舞，雖極天下之工，要非本色。」陳氏之說，或以為偽託，但此語南宋初也被引用，而且同時前後又有晁補之、張耒「先生小詞似詩」的說法（《苕溪漁隱叢話・前集》卷四二引《王直方詩話》），可見「以詩為詞」一語即使不出於陳，它出現的時間最遲也在宋南渡初或之前。所謂「要非本色」，就是採辨體的立場，提出質疑。東坡跨體的表現，雖佳妙，卻不符詞的體式格調。東坡詞在當時最受批評的地方是不合樂律——那是詞體歌詞屬性之本色所在。晁補之說：「東坡詞，人謂多不諧音律，然居士詞橫放傑出，自是曲子中縛不住者。」（《苕溪漁隱叢話・後集》卷三三引《復齋漫錄》）他雖強為東坡辯解，但不可否認的是東坡詞畢竟是破體。李清照《詞論》則強烈維護詞的本色，直接批評所有詩意詩筆介入詞體的作法：「至晏元獻、歐陽永叔、蘇子瞻，學際天人，作為小歌詞，直如酌蠡水於大海，然皆句讀不葺之詩爾，又往往不協音律者。」這說法相當嚴厲，直指東坡等學人之詞實質與詩歌無異，破壞了詞的體製。在李清照的心目中，詞「別是一家」，毫無通融的餘地。陳師道「以詩爲詞」之說，意甚簡要，而晁、李的觀點，正可作註腳。可是，這些「以詩爲詞」的負面意見，沒多久就面臨挑戰，情況開始改觀。南宋高宗紹興年間，王灼首先發難，針對時人的論點，一一提出反駁，並爲東坡的「以詩爲詞」大張其目；《碧雞漫志》說：「東坡先生非醉心於音律者，偶爾作歌，指出向上一路，新天下耳目，弄筆者始知自振。今少年妄謂東坡移詩律作長短句，十有八九，不學柳耆卿，則學曹元寵。雖可笑，亦勿用笑也。」又說：「東坡先生以文章餘事作詩，溢而作詞曲，高處出神入天，平處尚臨鏡笑春，不顧儕輩。或曰長短句中詩也，爲此論者，乃是遭柳永野狐涎之毒。詩與樂府（指歌詞）同出，豈當分異。」王灼將蘇、柳二人分別代表雅、俗二派，持尚雅黜俗的觀點，頌揚東坡以貶抑柳永，從而賦予「以詩爲詞」正面的意義。王灼有意爲詞體連接到詩的傳統，認爲東坡本於性情，法古而求新，是創作的正道；東坡於詞重現這一寫作理念，値得大書特書。其實，王灼的詞評，貫通今古，何嘗不是「通變」之論？

東坡自南宋初獲平反，他的詩文大量被翻刻傳誦，而詞則經王灼、胡仔、胡寅等人相繼給予極高的評價，並以詞境清曠、詞情深摯、以詩入詞爲其重要特色及成就。於是，仿效者眾，詮釋者多，東坡詞所帶來的詞學效應十分深廣，尤其在以文人爲主導的詞壇，詞的雅化、詩化之傾向已成大勢，相對地卻也引起不少反響，對詞體本質問題作更深一層的思考。譬如說，當詩介入了詞，詞的樂律屬性還能維持嗎？詞脫離了樂曲的性質，成爲詩之一體，然而，詩與詞可眞相同？它是詩的餘緒、附屬文類，還是別有特色？詞人如何在尙雅而又不遠俗之間運用語言？而文人化、詩人化的詞所追求的是怎樣一種新的意境？如憑才使性，仗氣為詞，以致「無意不可入、無事不可言」的境地，表現為雄豪的語意，是否仍屬詞體？而詞由抒發一般的兒女之情，思致婉媚，發展到述說士人的內在情志，寄意深曲，而在抒情述志之間，如何訂立評價標準？這些問題都屬詞學文體論的範疇。細究之，南宋詞學中的復雅說、意境說、詩餘說、寄託說、清空說等，幾乎可以說是由東坡「以詩為詞」的概念導引出來的。而另一方面，文人於詞雖偶有所好，卻不樂於從事，這是由於詞體出身卑下的緣故，東坡以高人雅士之姿填詞，推陳出新，所謂體因人貴，東坡具體作出典範，這無疑能強化一般文人的創作意識，轉相仿效。自此詞家之所以將詞攀附詩騷，標榜醇雅，特重清境，不是無來由的。而各種詞的起源說、尊體說、風格論，接踵而來，這些說法或多或少都與東坡「以詩為詞」的概念有關。

東坡「以詩為詞」的表現之所以引來如此鉅大的效應，主要是因為他從根本上動搖了詞的基礎，改變了詞的審美觀念，提升了它的地位，從而得以鬆動文人為詞的情結，大開寫作之門。文人積極參與，批評觀念相互激盪，當行本色派與詩化主張者雖各有立場，然而都以東坡詞作比較思考，反而慢慢能得出一些共通的看法，在詩與樂之交集處，梳理出眞正屬於詞的美感特質，重新賦予詞的體式意涵。不過，這些結論都是相對的。換一個時代，變一處情境，改一種觀點，它的內容都會有所增減。由宋迄清，一直到現代，東坡「以詩為詞」之論始終未停歇。文學詮釋生生不息的意義在此。

三、撰作旨趣

這些年來，我一方面在大學教授東坡詞，一方面研究詞學觀念的演進，在閱讀、賞析、講解、論述的過程中，逐漸發現許多概念其實息息相關。而且，我更深刻體會到教學相長的意義——授課的熱情與研究的冷靜，是可以融合爲一種生命情調的。讀東坡詞，隨著其心情轉折，分享其所感所遇，悲喜跌宕之餘，發現人間的美善，是相當快樂的體驗。治東坡詞，如何能兼顧情理，衡定它的作品價值、生命意義、歷史地位？我一直思索著。若以一己喜愛的詞家作研究，怕流於主觀；如單純作學理分析、事實考證，又顯得枯燥。因此，我嘗試歸納兩者，統合在「東坡——以詩爲詞」的概念下，貫通東坡詞及其相關理論等多個層面——包括作家風格的形成、體式的建構、文體的因革等論題。我擬定了一系列的主題，個別爲文，又彼此呼應，緣題書感，據事析理，微觀與宏觀並重，外緣資料配合內緣分析，同時性與歷史性詮釋方法互用，希望能突破前人研究視野的侷限，由點的論述擴散到線與面的鋪陳，相對呈現出通變之態。

茲分述各篇論旨及其寫作經過如下：

一、〈**由詩到詞——東坡早期詞的創作歷程**〉：本文旨在探討東坡早期詞衍變的實貌，論析其塡詞的因由及其由詩到詞的表現，以期具體呈現其風格形成的歷程。本文務求兼顧內外緣因素，修訂前人不足之處，從文體論的觀點出發，結合作者的主體意識與文體的美感特質，詳細探析東坡爲詞的因由及其由詩到詞的轉折過程，提出新的看法。文章分四節論述：一、東坡早期詞的界定；二、東坡塡詞緣起說的再思；三、東坡塡詞的內在動因；四、東坡詞風格的形成——由以詞協樂到以詩爲詞。東坡詞由自發而自覺，由依附詞調到表現詩情，確是一段伴隨著生涯而文體衍變成形的歷程。我們稱這段時期爲東坡詞的創作早期——神宗熙寧五年到十年（1072-1077），東坡三十七歲通判杭州到四十二歲知徐州前；這六年，或可稱之曰「熙寧階段」。本文以爲詞作爲言情的體製，填詞的環境充其量只具助緣的作用，更重要的是心與體合；換言之，東坡如何意識詞體的抒情本質及功能？又在怎樣的心境下選擇了詞體？這些都是我們討論東坡爲何於杭州開始填詞所必須解答的問題。此外，文學緣情而發，詩與詞的交集就在「情」之中，如何釐析詩詞用情之別，更是辨體論的要項。詞之於詩，特具一種情韻，那是一種冉冉韶光意識與悠悠音韻節奏結合而成的情感韻律，回環往復，通常是以好景不常、人生易逝之嘆爲主調，別有婉曲之致。詞若近於詩，則緣情興感，往往能結合情意情理情趣，並藉其觀照解悟之能，梳理滌蕩深摯的情思，而臻清麗韶秀之境。而詞雖注入意理趣之質，只要情韻猶在，不失其低回婉轉之美，則仍屬詞體。東坡早期詞的題材雖有多種，大抵不離「人生有別」、「歲月飄忽」的主軸；其間東坡有所陷溺，也能自省，情理之間轉折出許多動人的意韻。人生有別之感、歲月飄忽之嘆，乃情之流露，是詞之爲體之韻味所在；而生命意境的追求，則須理、志、意之調節；兩相配合互動，遂形成了東坡詞清麗、韶秀、豪放、清曠等多種風貌。所謂「以詩爲詞」，依上述觀點，是以詩的語、意入詞，非要打破詞體，而是想藉詩來提升詞的境界，因此，詞的情韻便能多一份思致，更能予人不黏滯而有清麗俊朗之感；這不單純是文學創作上求新變的表現而已，其實從這當中更可看到東坡如何藉情與理之協調以求得內在生命之安頓的一番努力。

二、〈**詞賦之間——東坡赤壁文學中的文體抉擇**〉：文學作品的外在文辭與內在情意是相應一體的。所謂「沿隱至顯，因內符外」，文學以感情、思想爲內涵特質，但必須藉文字組織及美化技巧才能具現。文學的形式，包含了構成或呈現藝術整體性的各種方式或形相。情思落實於文字表現時第一個考慮到的因素，無疑是文類的體式，因爲它是形式最基本的意義。各種文類之體裁、體式所以不同，全因文體的作用、性質和內容各別之故。行文語態受體式決定，體式又因情質始有所樹立，而情質又必須與體式作合理的配搭始能成爲自然生動的姿貌。據此，可見文體建立過程中情的主導作用，以及辨體的重要性。東坡於赤壁，塡詞（〈念奴嬌‧赤壁懷古〉）作賦（前後〈赤壁賦〉），一而再，再而三，先後處理生命意義中「變與不變」的相關課題，有何內外的因素？東坡如何意識詞體、賦體的本質與功能？又在怎樣的心境下選擇詞體和賦篇？東坡緣事興感，或表現爲長短句的詞篇，或表現爲鋪敘的賦體，其間的情感質素，同中有異。因爲有相同的質性，皆緣於情，詞賦之間相繼創作，自有內在情韻緊密相關處；因爲情感本質略異，詞之與賦的抒情效能便不盡相同，遂形成各別的文體風格。東坡在謫黃時期，由詞而賦，正反映了東坡心情的轉折及其藉不同文體以紓解內心矛盾的意識。本文旨在探究東坡這一創作歷程，並就其如何抉擇文體的內外關係，以了解文體的深切意義。

三、〈**秦柳之外——東坡清雅詞境的取向**〉：詞的雅俗之辨是詞學的關鍵課題。如何化俗爲雅，是詞家一直努力的方向。以詩入詞，乃雅化的一種表現，從中唐以來這種塡詞手法在文人詞裡未嘗間斷。北宋詞家已能創作雅趣的詞，仍不脫小詞的婉麗特色。柳永艷詞的出現，給北宋以來這類閒雅風調的詞極大的衝擊，雅俗之辨遂成爲當時詞學論爭的焦點。東坡如何依違於這兩類詞作之間，而能獨出於雅俗之外，臻於妙境？這是本文的中心論點。文中先簡述東坡以前的詞學雅俗觀，重點在柳永俗體向尚雅階層之挑戰，然後詳析東坡的回應，看其如何在通俗與雅正之間、秦柳體製之外，走出一條新的路向。東坡以詩爲詞，化俗爲雅，他不獨別開疆域，更突破了傳統雅製的藩籬，指出向上一路，別創一種高遠的清雅之境，影響及於豪放、婉約各派，不可謂不深遠。由詞而詩，從耳聽變爲目閱，由抒情到寫志，那是一條以雅化俗乃至出乎其外的詞學發展途徑。東坡的詩化、雅化的詞，變前人的無意識爲有意識的創作，自然脫俗，在溫、韋、柳永艷體之外，秦、歐諸家雅製之上，創造清麗之境，獨具雅人之深致，這與東坡的學問人品、用情與爲文態度有莫大的關係。

四、〈東坡詞情的論證與體悟〉：東坡詞的討論，主要環繞「以詩爲詞」的論題發展，而推衍出詞學文體論的各種課題來。詩以抒情言志爲本，歷來多有情主雅正、志尙寄託的主張，因此，東坡以詩筆、詩境入詞，而建立的詞風，無疑便被認爲在體類、體式、體貌上衝擊了傳統的歌詞特質；所謂「指出向上一路」，簡單來說，是指東坡詞不再陷溺於相思怨別之情、綺艷要眇之態，別有創作之用心，能臻高遠之境。這對一般文人爲詞，提供了一層心理保障，不必擔心墮入淫邪之譏。對於東坡詞「情」之詮釋，從宋代以來，一直到清代，往往集中於「情事」、「情志」之探討，比興寄託、因人論詞之說，似能強化詞的功用，提升其地位，但也逐漸模糊了詞的文學特性及其藝術效能。或謂東坡詞「不及情」，或謂東坡「辭勝乎情」，但另一方面，如陳廷焯卻說「東坡純以情勝」，王國維境界說對東坡詞情又有不同的解讀。總之，東坡詞中的

「情」，是一複雜的概念，各家的理論層次其實並不相同。我們關心的問題是：究竟是怎樣的個人、怎樣的政經文化背景，會導向考事論情、因感悟情等不同的文學體驗？本文的論旨，主要就在辨析東坡詞情的特質，釐清明清以來詞學詮釋者對東坡詞情的體認，分辨其間的異同，並試圖解釋其詮釋理念之所以產生的緣由，希望能進一步論證詞作爲一種獨特的文體，其與詮釋者的主體意識及其所處社會文化氛圍之間的辯證關係。

五、〈宋代詞學中蘇辛詞「豪」之論〉：東坡「以詩爲詞」，稼軒「以文爲詞」；兩人同爲「豪放派」的代表——這是歷來對蘇辛詞最普遍的看法。蘇辛詞風的形成，由內而外，牽涉文體論中每個層面。二人於當時詞體之基本特性，依各別的才學性情，因應不同的創作心境與背景，而寫出了別樣的形式與內容，建立了個人獨特的風貌，爲詞體注入新的精神與特質，開創了新的格局。蘇辛詞的出現，對傳統的詞學來說是一大挑戰。宋人在迎拒之間，激發出許多論辯，由是豐富了大家對詞體質性的認知。本文擬從文體論的觀點，探索此一課題。東坡如何爲「豪放」定義？南宋詞學怎樣評價東坡豪情？他們如何建構稼軒豪放體式？而經過相關詞論的批評與反思，又如何重新釐定詞豪之美？這些都是本文要處理的問題。豪之爲義，蓋指不主故常，勇於突破的精神，表現爲恢弘之氣象，慷慨跌宕，打破了詞的基本樂律體制，從而開拓並提升了詞的內容與意境。然而，蘇辛之豪實同中有異。東坡豪情放曠，以清爲尚，向爲南宋詞壇所推崇；稼軒豪氣鬱勃，以豪著稱，卻有不少負面評價。宋季詞家普遍認爲：詞，不可以氣爲色，應維持文體婉曲之致。辨析蘇辛詞豪之說，其實是追索一段宋詞「詩」化、「文」化以及詞學文體觀逐漸深化的歷程。

六、〈宋人詩餘觀念的形成〉：本文探討宋代的詩餘說，不僅在於考訂出處，還原詩餘一說的本貌，更重要的是想藉此了解宋代詞體觀念的演進。本文的撰述，先是確認「詩餘」一語出現的時間，以明詩餘觀在宋代衍變的狀況；再藉明清以來詩餘說的幾個中心論點，導入主題，歸納分析宋代詩餘說的內容及意旨；然後論證宋代詩餘觀與東坡「以詩爲詞」說的關係。據研究得知，宋人不曾以「詩餘」明指一闋闋的詞，但用「詩餘」作爲詞之代稱的看法卻已存在。「詩餘」一語的出現，蓋始於南宋初高宗孝宗間，到理宗時已頗流行，多見於書名、篇名、詩句、文句、詞句及門類別，卻未有明確的定義。今天我們只能從各家言談中歸納其所描述的意涵或陳述的概念去了解「詩餘」的梗概。宋人的詩餘說，普遍是由文體源流的觀點切入看詩詞的關係；亦有由創作主體的內在生命、現實寫作情況論詞之所由生。前者視詞爲詩之餘波別派，後者視詞爲詩人之餘事、詩文之餘緒。宋人以詞爲「詩」之餘，有著詩高於詞的心態在，他們爲詞體而辯護，尋源溯流，將詞導入詩的正統，肯定詞體詩化的意義，無非是爲了強化詞的功能，提升其文學價值。從創作主體的觀點而視詞爲文人創作的餘緒、詩文的餘事者，其實亦隱含兩個意義：一則認定詞體的地位終究不如詩文；一則認爲以充裕的德性、有餘的才力爲詞，自然能促進詞體質性的改變，不爲情欲所役，反而更能尊體，使詞能合於道德的內涵、雅正的風貌以及詩的筆調與意境。宋人的相關論說多有引用、評析或讚賞東坡的字句，由此可見東坡及其詞對宋代詞學的影響，而東坡「以詩爲詞」的概念無疑就是了解詩餘觀念如何形成的重要線索。

四、感謝的話

文人創作法古而求新，學者治學亦自有師承。回顧治學之途，我一路行來，幾段師生之緣，奠定了我的學問基礎，也影響了我的研究態度。而其間累積的知識與智慧，更成就了今日此書的完成。

我在臺大中文系接受完整的教育，從本系到研究所，一直都得到師友之助，在良好的詩詞文學環境中學習成長。在中文系出入義理、辭章、考據之途，奠定了傳統治學的基礎；又在文學院比較文學的氛圍中，得悉西方理論之長，由此反思自身之所學，更能理解中國詩學之特色；而個人亦在傳統學術研究與古今體的創作間，累積實踐的心得，交相引證，更能深切體認古人爲文之用心。

修碩士學位時，我在吳宏一老師的指導下，完成《宋代詞選集研究》一文。當中，有一大章節是分析《草堂詩餘》的版本、選旨及其影響。這是我關注「詩餘說」的起點。讀博士班時，我修習張敬（清徽）老師的「姜張詞」，曾撰文論述白石詞情，比較東坡與白石的生命意態。詩人爲詞特有的生命情調，自此也成爲我關心的另一課題。後來，我繼續得吳老師指導，撰作了博士論文《南宋姜吳典雅詞派相關詞學論題之探討》，用「原始以表末」的論述方式，試圖從更宏觀的視野觀察一個流派形成的歷程，分析詞學重要概念如「清空」、「質實」、「寄託」、「有情─無情」的涵義及其演變，而這種論述方式也成了我日後探索詞學觀念的主要方法之一。而在求學生涯中，鄭騫（因百）先生的論著是我常常參考的材料，尤其是有關蘇、辛詞的幾篇文章，帶給我許多啓發。可惜，余生也晚，來不及在臺大的課堂上修習鄭老師的重要課程，但卻有幸在老師生前，到他家中旁聽，親炙其學問人格。老師「不薄今人愛古人」的胸襟，與通情達變的治學處事之道，讓我深刻體認到一種「師承一派而不必拘泥於一派、尊重傳統亦可別創新局」的精神。

謹以此書獻給三位在詞學研究上影響我最深遠的恩師：鄭因百先生、張清徽先生、吳宏一先生。

目錄

由詩到詞——東坡早期詞的創作歷程[1]

[1] 按：本文係據參加韓國高麗大學中國語文研究所、中語中文學科舉辦的開校一百週年紀念國際學術大會（2005）所發表的論文修訂而成。原題〈出新意於法度之中——東坡早期詞的創作歷程〉。修訂稿主要是加強了詞篇的詮釋及東坡心境的分析，尤其是第四節。後經採用，刊載於該研究所主編的《中國語文論叢》專刊。

東坡起初是在怎樣的背景下開始創作歌詞？他選擇詞體是爲了表達怎樣的情懷？他又如何以詩爲詞，開創新的意境？這些都是東坡詞研究的重要課題，由來廣受學界的關注。可是，這方面的研究多偏重於外緣分析，未能結合作者的主體意識與文體的美感特質立論，忽略了文體論的整體性，實在有欠周延。本文重探這些論題，追索東坡塡詞的歷程，兼顧內外緣因素，試圖重構東坡早期爲詞的實貌，看他如何由應歌酬贈到借詞述懷，希望對東坡早期塡詞的因由及其由詩到詞的表現特色，作更詳盡而深入的論析，以補前人之不足，並藉此檢視詞之爲體在東坡以詩之手法與觀念介入後所產生的影響，重新釐清詞作爲一種獨特文體的基本特質之所在。爲求明確導入正題，本文先爲東坡早期詞的範圍作定義。然後檢討各種有關東坡詞緣起說的得失，再分析東坡塡詞的內在動因。最後據東坡由杭州到密州的生涯及心境，詮釋其詞之衍變勢態，論述東坡早期詞的風格特色。

一、東坡早期詞的界定

東坡甚麼時候開始塡詞？這是東坡詞編年或分期研究都要處理的問題。東坡詞的編年，始於晚清朱祖謀[2]，民國年間龍沐勛（榆生）撰《東坡樂府箋》，編年部分大抵依朱本，並參酌傅幹《注坡詞》，稍作補訂[3]。其後，曹樹銘校編《蘇東坡

---

[2] 清宣統二年（1910），朱祖謀以四印齋覆刻元延祐本爲主，參以毛氏汲古閣本，並據宋．王宗稷《東坡先生年譜》、傅藻《東坡紀年錄》、清．王文誥《蘇文忠公詩編注集成總案》，「合此三家，證以題注，參酌審定」（見朱祖謀校輯《彊村叢書》本《東坡樂府．凡例》），爲蘇詞編年。

[3] 龍沐勛1935年撰《東坡樂府箋．後記》：「曩從上虞羅子經先生假得南陵徐氏藏舊鈔傅幹《注坡詞》殘本，取校毛氏汲古閣本、王氏四印齋影元延祐本，……更依朱本編年，作爲此箋。」見龍沐勛：《東坡樂府箋》（臺北：華正書局，1980），頁389。

詞》，則據龍本增改變動，擴大了東坡詞的編年範圍[4]。三家皆以宋神宗熙寧五年（1072）東坡三十七歲通判杭州時所作〈浪淘沙〉（昨日出東城）、〈南歌子〉（海上乘槎侶）爲最早編年詞。上世紀九十年代以前有關東坡詞的分期或東坡初期詞的討論，所據版本不是朱本龍本就是曹本，因此，所論多以此二詞爲東坡詞創作的起點，而杭州時期即常被認爲是東坡詞的第一階段[5]。九十年代以後，學者不再謹守舊說，他們據東坡的詩詞文及其他外緣資料，考辨論證，修訂並補充了一些看法[6]。新近出版的三種東坡詞箋注本，對於東坡詞最早的寫作年代皆有突破通判杭州期之說，石聲淮、唐玲玲《東坡樂府編年箋注》和鄒同慶、王宗堂《蘇軾詞編年校注》二書即訂在英宗治平元年（1064，東坡29歲）[7]，而薛瑞生《東坡詞編年箋證》則更將時間往前推至仁宗嘉祐五年（1060，東坡25歲），並提出「東坡詞與詩文創作同步說」[8]。諸家考訂東坡

---

4 曹樹銘編：《東坡詞》，初刊於1968年；新增校編本《蘇東坡詞》，則於1983年由臺灣商務印書館印行。按：《蘇東坡詞》增補，凡15首；改編，凡7首；移編，凡51首，俱係龍本原不編年者。此書實收詞319首，編年詞270首，較龍本多64首。

5 詳西紀昭：〈東坡の初期の送別詞〉，《中國中世文學研究》，第7期（1968年8月），頁64-73；孫康宜譯：〈蘇軾初期的送別詞〉，見《中外文學》第7卷第5期（1978年10月），頁64-77；另載《詞學》第二輯（上海：華東師範大學出版社，1983），頁98-109。村上哲見：〈蘇東坡詞論〉，見《宋詞研究——唐五代北宋篇》（東京：創文社，1976），頁311-328；楊鐵嬰譯：《唐五代北宋詞研究》（西安：陝西人民出版社，1987），頁260-274。王水照：〈蘇軾創作的發展階段〉，原載《社會科學戰線》1984-1期，今見《蘇軾論稿》（臺北：萬卷樓圖書公司，1994），頁3-29。

6 參吳雪濤：《蘇軾考論稿》，呼和浩特：內蒙古教育出版社，1994。按：吳書內有多篇蘇詞編年訂誤、辨證的文章。

7 詳石聲淮、唐玲玲：《東坡樂府編年箋注》（武昌：華中師範大學出版社，1990）；臺灣繁體字重排版（臺北：華正書局，1993）。鄒同慶、王宗堂：《蘇軾詞編年校注》（北京：中華書局，2002）。按：二書皆首列〈華清引〉（平時十月幸蓮湯）一詞，考證爲東坡於英宗治平元年（1064）罷鳳翔簽判過長安遊驪山時之作。此詞，龍本、曹本未編年。

8 見薛瑞生：〈論蘇東坡及其詞〉，《東坡詞編年箋證》（西安：三秦出版社，1998），頁16-23。按：薛氏考證東坡〈浣溪沙〉（山色橫侵蘸暈霞）一詞作於仁宗嘉

通判杭州前的詞，各是其所是，除了〈清華引〉一首皆謂寫於英宗治平元年（1064）外，其餘則未有一致的共識[9]。這新編的幾首詞，即使確認爲東坡杭州前所寫，但分屬多年，零星散落，不成體系，或可視之爲試筆之作，其在質與量上畢竟無法有效呈現東坡初期寫作的具體實貌，更何況這些作品編年是否確當還未有定論？東坡主動作詞，且花心力塡寫，應要到熙寧五年之後通判杭州才算正式開始——這是現今詞學界普遍接受的看法。

東坡詞的分期，最早由龍榆生提出，他說：「東坡詞格，亦隨年齡而有轉移。大抵自杭州至密州爲第一期，自徐州貶黃州爲第二期，去黃以後爲第三期。[10]」後來學者多主四期說：即杭州時期、密徐（湖）時期、黃州時期、黃州以後[11]。最近則有薛瑞生的五期說，即於杭州前再立一試筆期[12]。誠如上文

祐五年（1060）正月發荊州出陸北行時，而東坡詩編年自嘉祐四年（1059）始，故可謂詩詞同步。此詞，龍本、石唐本皆未編年，曹本列誤入詞，鄒王本則列存疑詞。

[9] 石唐本於神宗熙寧五年（1072）東坡通判杭州前編了1首，薛本13首，鄒王本4首。三家都一致的只有〈華清引〉一首，薛本與鄒王本相同的也只有四首：英宗治平元年（1064）的〈華清引〉、神宗熙寧三年（1070）的〈一斛珠〉（洛城春晚）、熙寧四年（1071）的〈南歌子〉（紺綰雙蟠髻）（琥珀裝腰佩）二首。

[10] 見〈東坡樂府綜論〉，《龍榆生詞學論文集》（上海：上海古籍出版社，1997），頁254-264。按：此文原載《詞學季刊》第2卷第3號（1935年4月）。日人西紀昭撰〈蘇軾初期的送別詞〉亦從龍氏分期法。

[11] 村上哲見〈蘇東坡詞論〉將東坡詞分爲四個時期：「第一期：熙寧五年至七年（1072-1074），東坡三十七歲至三十九歲，在杭州通判任內。……這是習作時期」「第二期：熙寧七年至元豐二年（1074-1079）。三十九歲至四十四歲，任密州以及徐州知事時期。」「第三期：元豐三年至七年（1080-1084）。四十五歲至四十九歲，遭貶謫，居黃州。……可以說是成熟期。」「第四期：元豐七年，四十九歲離開黃州以後。……可以說已如餘響。」見《宋詞研究——唐五代北宋篇》，頁264-265。朱德才〈東坡樂府分期論〉即據此分別標作「發軔期」、「成熟期」、「巔峰期」、「衰微期」。見《詞學》第十一輯（上海：華東師範大學出版社，1993），頁88-103。

[12] 薛氏五期說如下：一、發軔試筆期——仁宗嘉祐五年至神宗熙寧四年（1060-1071），詞13首；二、自發期（杭州）——神宗熙寧五年至七年（1072-1074），詞57首；三、成熟期（密徐湖）——神宗熙寧八年至元豐二年（1075-1079），詞51

所述，這說法仍有爭議。龍榆生認爲東坡由杭州到密州，變「不作愁苦之語」爲「饒有淒婉之音」，乃隨生活之轉折，而生羈旅之感、憂生之嘆，詞格因之而益高[13]。他沒有明確說出分期的依據。但大致可推測，龍氏乃就東坡詞風由生疏到逐漸成形的整個歷程立論，而將杭州密州合爲一個整體作陳述。這看法其實與四期說之據年齡環境之轉移分辨文學風格之期別的觀念基本上是一致的，只是解釋有粗細之別而已[14]。

我們姑且依龍氏從整體風格演進的觀點來看，東坡詞由自發而自覺，由應歌贈別到自我抒懷，由依附詞調到表現詩情，突破詞體藩籬，開拓境界，確是一段伴隨著生涯而文體衍變成形的歷程。相對於徐州以後風格成熟的表現，這可以說是東坡詞自略具雛型到個人風格逐漸建立的創作早期——神宗熙寧五年到十年（1072-1077），東坡三十七歲通判杭州到四十二歲知徐州前；這六年，或可稱之曰「熙寧階段」。核對諸家編年本《東坡詞》，去異存同，確切認可歸屬這時期的詞篇，約有六十三首[15]。本文討論東坡的早期詞，即以此爲範圍。其他相異的少數幾闋，寫作年代猶有商榷的餘地，這裡不擬考辨這些

首；四、高峰期（黃州）——神宗元豐三年至元豐八年（1080-1085），詞111首；五、老健期——哲宗元祐元年至徽宗建中靖國元年（1086-1101），詞85首。見〈論蘇東坡及其詞〉之「六、東坡詞之嬗替蕃衍」，《東坡詞編年箋證》，頁36-49。

13 見〈東坡樂府綜論〉，《龍榆生詞學論文集》，頁259-260。

14 村上哲見〈蘇東坡詞論〉：「我認爲，相當於上述第一期和第二期的時間，無論其時間長短，以劃分得再稍細些來考慮爲好。」見《宋詞研究——唐五代北宋篇》，頁263。

15 此據朱本、龍本、曹本、石唐本、薛本、鄒王本統計。按：此中有幾首編年略有參差，惟仍屬同一時期。例如，〈江城子〉（鳳凰山下雨初晴）、〈江城子〉（玉人家在鳳凰山）二首有六年、七年之說；〈南鄉子〉（寒雀滿疏籬）、〈永遇樂〉（長憶別時）二首有七年、八年之說；〈河滿子〉（見說岷峨悽愴）一首有七年、九年之說；〈南鄉子〉（不到謝公臺）一首有七年、十年之說。另詳〈附錄：東坡早期詞（熙寧十年前）各家編年簡表〉。

說法的得失，或試圖提出新的主張，因爲這幾首詞即使屬實也不至於影響我們對東坡早期詞的整體了解，而且本文只想單純地探討東坡的填詞歷程，體察詞體新變的勢態，這六十餘闋詞已足夠作例證了。

二、東坡填詞緣起說的再思

過去學者解釋東坡爲何通判杭州時才開始填詞，多注意到時地人事等因素的促進作用。歸納諸家的看法，主要有幾個論點：首先，村上哲見認爲文人間的社交活動，像東坡與詞壇耆宿張先（子野）、杭州前後任知州陳襄（述古）、楊繪（元素）等人的交往，紀游酬贈，是東坡介入詞壇的起點，而東坡此時深受子野之以日常生活之感懷爲主題表現出平淡意味的寫作手法影響[16]。之後，西紀昭歸納東坡初期在杭州作詞之理由爲：一、分韻作詩之法形成作詞的心理上、技巧上的準備；二、受到張先等詞人的影響；三、類似詞社組織的成立，更促成作詞的熱心；四、作送別詞的機會既多，乃漸漸領悟到詞在表達個人情感上的功能，而積極地推展其意義[17]。中間兩點乃繼村上氏的意見發揮，前後兩點則解釋東坡如何在詩的基礎上通過形式（分韻唱和）與內容（送別題材）上的交集接觸而過渡到詞的寫作，說來順理成章。可是，這些論點大部分只解釋了東坡能在如此環境中、在某些條件下得以順利進入詞的寫作世界的因素，而這些因素卻多是外在的、片面的，不夠周延。

謝桃坊撰〈蘇軾開始作詞的動機辨析〉主要是針對西紀昭

[16] 見村上哲見：〈蘇東坡詞論〉，《宋詞研究——唐五代北宋篇》，頁260-262。
[17] 見西紀昭：〈蘇軾初期的送別詞〉，《詞學》第二輯（上海：華東師範大學出版社，1983），頁109。

一文而發。謝氏認為：不宜過分誇大分韻詩的意義，尤其不宜強調它與作詞技巧的關係，因為東坡此時分韻賦詩的實例根本就不多，而且也找不到分韻作詩與塡詞的直接關聯。至於熙寧七年（1074）東坡罷杭守至湖州與張先等人的六客之會，純屬臨時性的聚合，且六客中的李常（公擇）、劉述（孝叔）、陳舜俞（令舉）皆非詞人，而與此相關的唱和詩猶多於詞，更何況此會短暫——楊繪準備還朝，李常快任滿而離湖州，東坡也正赴密州之任——聚散匆匆，如何能建立一類似詞社的組織？再者，也不宜誇大張先對東坡的影響。謝氏以為從實際交往來看，張先對東坡開始作詞的影響還不及楊繪。楊繪雅好詞樂，知杭時，多次作詞並邀東坡唱和，東坡不得不奉陪而漸漸增加了作詞的興味[18]。若從以詩為詞的觀點論，東坡則是繼承了歐陽修的風格；而其為歌妓而作的婉約詞亦有柳永風味。因此，分析東坡詞的淵源，很難論定「東坡作詞是從張子野入手的」，若要探究張先對東坡的影響，應非他的詞風，也不是他們之間那三兩首酬贈之作，而是張先的文化娛樂生活方式[19]。

---

[18] 楊繪不獨愛好詞樂，欣賞之餘，也能塡詞，還自撰新腔，並且費心收集與詞相關的軼聞故事，編成了第一部的宋人詞話：《時賢本事曲子集》（按：原書已佚，近人趙萬里《校輯宋金元人詞》一書收有佚文九則。中有四則為東坡詞事。）東坡〈與楊元素書〉云：「近一相識錄得明公所編《本事曲子》，足廣奇聞，以為閑居之鼓吹也。然竊謂宜更廣之，但囑知識間，令各記所聞，即所載日益廣矣。輒獻三事，更乞揀擇。傳到百四十許曲，不知傳得足否？」可見東坡於此亦出力不少。

[19] 東坡與張先之交往，略表如下：

熙寧四年，東坡通判杭州，始與張先遊。時東坡三十六歲，張先八十二歲。

熙寧五年十二月，東坡至湖州。和張先〈春晝〉詩。

熙寧六年元日，次韻張先見和上年七夕寄孫覺詩。三月，陳襄飲蘇頌，營籍周韶求落籍，得從。韶之同輩胡楚、龍靚有詩，東坡記其事，張先有〈雨中花令〉贈胡、〈望江南〉贈龍。七月，湖上，東坡與張先同賦〈江城子〉。九月，張先年八十五買妾，東坡贈詩嘲之。

熙寧七年，陳襄即將離杭赴應天府，東坡賦〈虞美人・有美堂贈述古〉等詞七首贈別，張先同賦〈虞美人・述古移南郡〉，並作〈河滿子・陪杭守泛湖夜歸〉。九月，張先作〈定風波令・次韻子瞻送元素內翰〉、〈定風波令・再次韻送子瞻〉

東坡對張先那種「淺斟杯酒紅生頰，細琢歌詞穩稱聲」（〈和張郎中春晝〉）的士大夫消閒生活是相當欣羨的。這誘發了東坡作詞的動機。謝氏另提出一點，就是宋代地方官府宴會場合多有官妓歌詞勸酒的事實，東坡在杭州先後送別郡守陳襄和楊繪時未賦詩而作詞，是因爲餞別筵席上作送別詞讓官妓歌唱，既投合長官之所好，亦是當時之風尚，而且其所達到的情意效果也較佳，更受人們歡迎。這樣來看，東坡剛開始塡詞多送別、遊樂、宴飲、贈妓之作，是有其特殊的社會文化背景的。謝文的結論是：

> 蘇軾曾經對於歌詞的嚮往，有某種個人情感的新的覺醒和對審美與感官娛樂的需求，而詞這種淺斟低唱的文藝形式又是表達個人情感和滿足享樂願望最佳的工具了，因而產生了作詞的動機。這個動機遇到杭州湖山之美、文人的唱酬、歌舞宴樂、花間尊前、送往迎來的環境，就如種子有了適宜的萌發條件，於是他開始作詞了。[20]

這裡似乎都考慮到各種內外因素了，尤其突出了詞作爲音樂文學的社交功能的部分。

二詞，時東坡罷杭州通判任，權知密州。東坡將行，與楊繪、張先飲流杯堂。繪自撰腔〈泛金船〉，東坡有和。先亦作〈勸金船〉，並作〈更漏子〉。東坡與楊繪、陳舜俞、張先、李常、劉述至松江，夜置酒垂虹亭上，先賦〈定風波令〉（六客詞）；沈強輔作胡琴，蘇軾賦〈南鄉子〉，先賦〈木蘭花〉贈周、邵二妓；軾和舜俞詞。又嘗會碧瀾堂。

熙寧八年，東坡在密州，張先在湖州寄詩（見寄三絕句〈過舊游〉、〈見壁題〉、〈竹閣見意〉），東坡和答（集中共錄詩七首）。

元豐元年，張先卒，年八十九。東坡作〈祭張子野文〉，又有〈題張子野詩集後〉。

20 見謝桃坊：〈蘇軾開始作詞的動機辨析〉，《宋詞辨》（上海：上海古籍出版社，1999），頁172-186。

東坡爲文偶有應酬之作、遊戲之篇，那是事實，但很多時候東坡卻是有意識地擇體爲文，往往是有感而發、言之有物，而且是得體合情的。東坡如何選體述情，緣情賦詞，又如何辨析詩詞體式體用之別，這些都是值得探討的課題。西紀昭說：「作送別詞的機會既多，乃漸漸領悟到詞在表達個人情感上的功能。」可是他沒有解釋詞能表達怎樣一種有別於詩的情感。他文中約略提到了一點，說東坡送楊繪那幾首詞，「在作詞技巧上，已開始運用詩的手法（諸如對句、擬態等），其內容題材也漸轉向感嘆人生之無常，所謂『以詩爲詞』的感覺十分顯明」[21]。這單純是就詩詞之內容形式相類處著眼。謝桃坊指出東坡之於詞「有某種個人情感的新的覺醒」，「而詞這種淺斟低唱的文藝形式又是表達個人情感……最佳的工具了，因而產生了作詞的動機」，他也簡單地點出了東坡對情感的新體會及其與詞體形式相應合的關係，可惜還是沒有清楚分析這種情感的眞實內容與詞體的表現特質，因此，我們仍無法具體得悉東坡選詞言情的眞正內在因由爲何。所謂根情苗言，內在情感與外在形式是融合一體的，主體的「情」與客體的「辭」必須同時兼顧，才能理解作家與文體的眞正關係。以上諸家有關這方面的討論仍有所不足。

葉嘉瑩〈論蘇軾詞〉有兩段話涉及這一課題：

> 蘇軾之開始致力於詞之寫作，原來正是他的「以天下爲己任」之志意受到打擊挫折後方才開始的。而就地點而言，則杭州附近美麗的山水，又正是引發起他寫詞之意

[21] 同注17，頁106。

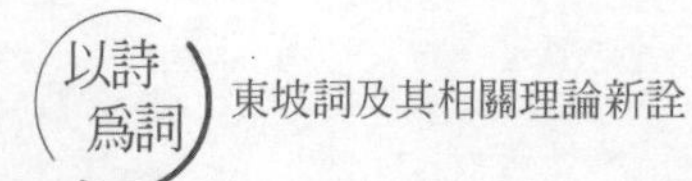

興的另一因素。

> 他的詞既大多寫於宦途失意流轉外地之時，所以表面看來乃大多以超曠之風格爲其主調，然而究其實，蘇軾則決非忘懷世事無所關心的人，他與某些不分黑白是非，只求獨善其身，更且自命爲高士的人物是完全不同的。所以在蘇詞中，雖以超曠爲其主調，然而其中卻時而也隱現一種失志流轉之悲。[22]

葉氏概括了引起東坡寫詞意興的兩個內外因素，尤其值得注意的是東坡塡詞的心境這一點。杭州湖光山色之美，固然提供唱詞寫作的環境，但除非東坡杭州詞都屬應歌酬贈之作，完全是被動的書寫，了無個人主觀的情志，否則，東坡之所以開始大量塡詞，藉此抒發某些詩篇所無的情意，表現出詩文之外的另一種抒情效果，便不能不考慮東坡當時的心境意態，其爲詞之用心了。葉氏解釋東坡之開始致力塡詞，「正是他的『以天下爲己任』之志意受到打擊挫折後方才開始的」，從寫作的事實來觀察，這一點是正確的[23]。但所謂「失志流轉之悲」，於詩於詞果有異同？而這種情緒，與詞之爲體，有何必然的關係？葉氏沒有解釋。其實，上引文字中觸及了兩個論點，對了解東坡詞相當重要：一是東坡詞寫出生命的實感，與其失意之宦途

---

[22] 見繆鉞、葉嘉瑩：《靈谿詞說》（上海：上海古籍出版社，1987），頁196、211。

[23] 梅大聖〈論詞的傳統與東坡詞定位及創作動因〉一文有相類似的看法：「據石聲淮、唐玲玲二先生《東坡樂府編年箋注》粗略統計，蘇軾348首詞作中只有6首寫於京師。這就說明，蘇軾的主體心靈受到現實人生的猛烈振蕩、心理邏輯壅塞於中而不得不疏通時，詞成了他自由表達人生求索與精神求索的立體空間和發散、疏通的工具。」見《華中師範大學學報》（人文社會科學版），第37卷第5期（1998年9月），頁112。

息息相關；一是其詞是以超曠爲主調，這是以詩爲詞的表現，東坡因而提升了詞的意境，而就詞的情韻來說，所謂「其中卻時而也隱現一種失志流轉之悲」，也許正是東坡緣情爲詞的關鍵——如何釐析這種與詞體相應的情懷本質，應是探究東坡塡詞動因的一個重點。

就兼顧環境與心境論東坡杭州詞之表現，薛瑞生〈論蘇東坡及其詞〉一文有頗通透的分析。東坡詞中見性情，薛氏認爲當首推倅杭詞。但他以爲這是東坡詞尚未成熟的階段，東坡於此時仍未有自覺的創作意識：

> 然倅杭詞究屬外因誘發所致，乃自發而非自覺。其時張先、陳襄、柳子玉、楊元素、李公擇、劉貢父等等名臣詩人先後聚集於杭，文人得江山之助，江山借文人風流。……「三五十首唱酬」者[24]，乃山召水號、朋呼友喚所致，是創作意識的萌發，而非創作意識之自覺。以其自發，故情之所至，任意揮灑，少有律束；又以其聲氣相求，故情動於中，喜形於外，略無藏掩。觀其詞，躍動其間的主旋律，乃個人之間的悲歡離合與政治風雲中的興衰際遇，還未能對生活進行入乎其內、出乎其外的藝術概括，故明快多於藏鋒，瀏亮而乏遺響。……唯其時東坡與贈主之間常將政治感慨寄之於詞，故每有劉郎去後與日近長安遠之嘆。……此等感慨時復與人生短促、功業未成之感相融合，隨又化爲野鶴閒雲式之自我

[24] 按：此見東坡與周開祖書（見《蘇軾文集》卷五六）。原文薛氏有引錄，末云：「然詩人不在，大家省得三五十首唱酬，亦非細事。」所指是詩之唱酬，還是詞之唱酬，亦須斟酌。

排遣。……雖有點閃爍其詞，其政治憤懣尚分明可辨。

「應社」之外，倅杭詞中尚有少數詠物詞與感懷詞，卻無疑代表了倅杭詞之最高成就。其贈答詞中那些別宴之哀樂，友情之篤厚，酬和之雅興乃至紅粉之淚痕，已經一掃而光，充塞在藝術畫面中則是行役之苦況，家國之痛感，仕途之浮沉，人生之悲涼。原其所以，蓋因贈答詞未免因人造情，因事造情，而詠物詞與感懷詞則情動於中而發乎其外，乃由自發到自覺的轉折，東坡亦於此中找到以個性化表現生活的途徑，這無疑是坡詞由第二期向第三期過渡的橋樑，也是蘇體逐漸形成的契機。[25]

這兩段話描述東坡應社與個人抒懷的寫作內容，並寫出東坡由杭至密、由自發到自覺為詞的轉折歷程，相當扼要。不過，我們還是要問：除了那些純粹為他人寫作的篇什不論，東坡個人的哀樂情懷，為何要用長短句式的詞體來表達？它與詩有何差別？而詞所表現出來的是怎樣的美感特質？這是探索文人塡詞的本源性問題，亦是文體論中內在的主體心性與為外在的文辭體勢關合的要點。換言之，詞作為言情的體製，塡詞的環境充其量只具助緣的作用，更重要的是心與體合。

在這裡似有必要略述一下文體形成的基本概念。一件藝術作品就是完整的統一體，其外在的文辭與內在的情意必須是一和諧的組合，形成所謂的完整。中國的文體論，往往都能兼顧這兩方面立說，例如《文心雕龍》的〈體性〉篇說：

[25] 見《東坡詞編年箋證》，頁38-40。

「夫情動而言形，理發而文見，蓋沿隱以至顯，因內而符外者也。」〈定勢〉篇亦云：「夫情致異區，文變殊術，莫不因情立體，即體成勢也。」[26]就是代表。作者的情志乃文學創作的原動力，而作者既因個人情性的激發而有文學創作，讀者透過作品所能把握體會的也就是文辭中的情意；換言之，因「情動」、「理發」而形見於「言」、「文」的，是「沿隱至顯，因內符外」的統一體，作品的情貌即能透露作者的情貌。文學以感情、思想爲內涵特質，但必須藉文字組織及美化技巧才能具現，就是說文學創作是要把作者的情思藉具體的形式表現出來才算完成。所謂形式乃是一個統攝的名稱，它包含構成或呈現藝術整體性的各種方式或形相。情思落實於文字表現時第一個考慮到的因素，無疑是文類的體式，因爲它是形式最基本的意義。各種文類之體裁、體式所以不同，全因文體的作用、性質和內容各別之故。行文語態受體式決定，體式又因情質始有所樹立，而情質又必須與體式作合理的配搭始能成爲自然生動的姿貌。既然每一種文體的體式各依其性質、作用之不同而有各異的藝術形相，誠如劉勰所說的「是以括囊雜體，功在銓別，宮商朱紫，隨勢各配。章表奏議，則準的乎典雅；賦頌歌詩，則羽儀乎清麗；……此循體而成勢，隨變而立功者也。」（《文心雕龍・定勢》）[27]所謂「定勢」，就是順著主觀的情志活動，與客觀的形式要求作和諧統一的發展，使文體的情理、內容、文辭組織形成一個整體，展現出內外一致的姿態——此即完整的文體觀。

據此，可見文體建立過程中情的主導作用，以及辨體的重

[26] 見范文瀾：《文心雕龍注》（臺北：明倫出版社，1971），頁505、529。
[27] 同上，頁530。

要性。然則，東坡如何意識詞體的抒情本質及其功能？又在怎樣的心境下選擇了詞體？而他塡詞的心理背景爲何？我們討論東坡詞的緣起，這些都是不能迴避的問題。

三、東坡塡詞的內在動因

東坡的寫作歷程，是先詩而後詞的。他以詩人的身分塡詞，抒情言志，爲詞開拓了新的境界，時人有「以詩爲詞」之評[28]。要探索東坡塡詞的動因，不能僅看他的詞的寫作部分，還須了解他的詩，而且詩詞較論，才能突顯東坡詞的要義。

宋詩主理，宋詞主情——這是近代學界一般的看法。這樣的區分相當籠統，這不過是爲了突顯宋詩與宋詞的個別特色而提出的相對性概念。其實，宋詩未必無情，宋詞亦未必無理，只是在文體特質上各有偏重而已。學界普遍認爲，宋人創作有相當明確的辨體意識，此所以本色、當行、正變之說之流行了[29]。宋人在詩的世界裡，充分發揮了詩言志的功能，表現出「知性的反省」[30]，更將詩的觸覺感觀由個人的情志伸展到日常生活的層面，幾至無事不可言的境地，充滿著濃厚的社會意識；在內心意境的追求上，宋詩明顯反映了宋人達觀開闊的心胸——一種揚棄悲哀的新人生觀充分顯露，而寧靜的心境與詩

---

[28] 陳師道《後山詩話》曰：「退之以文爲詩，子瞻以詩爲詞，如教坊雷大使之舞，雖極天下之工，要非本色。」見何文煥輯：《歷代詩話》（臺北：木鐸出版社，1982），頁309。按：或對陳師道此則詞評有所疑，以爲雷大使即雷中慶，是宋徽宗朝藝者，而陳師道卒於徽宗即位的第一年建中靖國元年（1101），則不及知雷大使也。不過，姑不論此評是否屬陳師道，南宋初胡仔《苕溪漁隱叢話》已載錄此說，可見其爲北宋末南宋初人看法應無疑。

[29] 詳龔鵬程：〈論本色〉，《詩史本色與妙悟》（臺北：學生書局，1986），頁93-136。

[30] 參龔鵬程：〈知性的反省——宋詩的基本風貌〉，黃永武、張高評編：《宋詩論文選輯》（高雄：復文圖書出版社，1988），第一輯，頁134-187。

境更是他們嚮往的境界[31]。宋人以技進道，文學創作不但展現出新的美學層次，而且有更深廣的倫理意涵。詩在宋人的創作意識裡，著重直感、反省與體悟，不落入情緒的感傷語調中，因此其在意、理、趣的表現上[32]，別具特色。但宋詩好發議論，重理趣，以意勝，並出之以清奇瘦硬之筆，雖深折透闢，氣骨高遠，卻乏雍容渾厚之美，常有生澀枯淡之弊[33]。一般認為，宋人並非無情，只是將兒女婉轉之情和以情感為主的題材轉移到詞中來表現罷了[34]。不過，這些都是相對的看法，不能

---

[31] 參吉川幸次郎著、鄭清茂譯：〈宋詩的性質〉，《宋詩概說》（臺北：聯經出版事業公司，1979），頁1-62。

[32] 欣賞古典詩詞美有四個要項（格），顏崑陽《李商隱詩箋釋方法論》（臺北：學生書局，1991），頁58-68，有很詳盡的論述，茲引錄原文如下：一、情（興）——乃是以主體內在的情感為詩意義的歸趨，也就是說，一首詩的主意義在於主體自身內在心靈所生的情感。這情感之形成，或因人事，或因物色等各種經驗，已在心中蘊蓄，而有悲歡哀樂的實質性情緒，卻偶然情與景會，而觸景生情。而此情與所觸之景未必有因果關係或性質類似。……出於感性直覺的抒情詩，多入興格。二、趣——以情為主，自有悲歡之分。而趣格之作，雖也是直覺感性經驗，但它不是心中自生的情緒，而是物所給予的趣味，無所謂悲歡。凡是一首詩的意義歸趨，不指向主體內在的情感，而是指向由於「物」（包括一切外在之人、事、物品、生活狀況）的形態、性質、精神所供給的趣味，都屬趣格，它比較接近由審美對象所伴生的美感、快感。不過，趣味雖然有客觀給予的條件—物，但其享受、體味，仍在主觀之感覺，因此它還是繫屬主體而成立，並非科學上所認知的物質客觀屬性。三、意——簡單的說，就是將感性直覺經驗作為對象，而加以反省，並由解悟而形成價值判斷的意念。四、理——「意」與「理」的共同處是它們皆將感性直覺經驗作為對象而加以反省。其分別處，則是「意」仍在個別主體的意念層次，不具客觀普遍性。而「理」則已超越個別主體的意念，而客觀化為普遍主體所同感共識的意念。綜合來說，「情（興）」、「趣」二格，皆是主體感性直覺經驗的表現，往往感物而發，自然渾成，我們可以稱之為「感發義」。感發義是一片主客交融的境界，無「意」、「理」可求。至於「意」、「理」二格，則是主體對感性直覺經驗的反省，由解悟而形成價值判斷的意念或理念，隱涵著作者通過語言的設計而指示某種意念或理念，我們可以稱之為「指示義」。這種詩，當然有「意」、「理」可說。晚唐以至宋詩，則多入意、趣二格。

[33] 詳繆鉞：〈論宋詩〉，《詩詞散論》（臺北：開明書局，1977），頁16-32。

[34] 徐復觀〈宋詩特徵試論〉：「兒女之情，為人所必有；宋代詩人，豈能因抑制而獨無。事實上，有的因抑制而反愈為深刻的。宋代詩人，於此找到了另一條出路，即是『詞』。……詞是更適於抒委婉之情的一種形式。於是宋代詩人，不僅把兒女之情寫到『詞』裡面……；乃至把其他以發揚感情為主的題材，也寫成了『詞』。如蘇子瞻、辛棄疾。『詞』侵佔了『詩』的這一方面的疆土，更增加了詩的刻薄寡恩

一概而論。如果謹守著宋人必然是以「意理趣」與「情」之別作爲寫詩塡詞的選體依據，便容易落入二分法的困局，而忽略了詩詞異中存同的相通交集點，因此對於詩人作詞的內在因素便不能有更深刻的了解，而對於詞體的認識也會偏差。須知中國韻文爲中國文學建構了一個抒情傳統，在這一傳統裡，不管是「唐詩—宋詩」，「宋詩—宋詞」，「東坡詩—東坡詞」，基本上都保持著一貫的抒情特質，只是「情」之爲義在各體中的內涵各有偏重、情之質感深淺濃淡不同而已。文學緣情而發，因著作者用心、內容主題、文筆意態、寫作功用、美學意境等因素，而展現出「情」「理」「意」「趣」等不同格調的文學美。純粹訴諸趣味、表達意念、述說道理的作品，固然不少，但很多時候卻是因情興感、緣感解悟，而成情感、情理、情意、情趣之格。詩與詞的交集當然就在「情」之中。如何釐析詩詞用情之別，是辨體論的要項。

東坡是宋詩的代表，以上所述的宋詩特色，幾乎都可從東坡詩歸納出來。過去學者由東坡詩論東坡詞，多從其同處著眼，往往忽略了詞「情」與詩「情」及其表現手法的差異。我

的法家面目。」見《中國文學論集續篇》（臺北：學生書局，1984），頁67。又，繆鉞〈論宋詩〉：「蓋自中晚唐詞體肇興，其體較詩更爲輕靈委婉，適於發抒人生情感之最精純者，至宋代，此新體正在發展流衍之時，故宋人中多情善感之士，往往專藉詞發抒……。即兼爲詩詞者，其要眇之情，亦多易流入詞。……由此而知，宋人情感多入於詞，故其詩不得不另闢疆域，刻畫事理，於是遂寡神韻。……由詞，可以見宋人心情之婉約幽雋。」見《詩詞散論》，頁30-32。又，錢鍾書《宋詩選註・序》：「宋詩還有個缺陷，愛講道理，發議論；道理往往粗淺，議論往往陳舊，也煞費筆墨去發揮申說。……宋人在戀愛生活裡的悲歡離合不反映在他們的詩裡，而常常出現在他們的詞裡。……據唐宋兩代的詩詞看來，也許可以說，愛情，尤其是古代禮教眼開眼閉的監視之下那種公然走私的愛情，從古體詩裡差不多全部撤退到近體詩裡，又從近體詩裡大部分遷移到詞裡。除掉陸游的幾首，宋代數目不多的愛情詩都淡薄、笨拙、套板。」見《宋詩選註》（臺北：木鐸出版社，1982），頁9-10。

們可藉三位日本學者的說法看到論述焦點的轉移。吉川幸次郎《宋詩概說・序章》說：「詞是一種精巧的抒情小調。宋朝韻文文學的主流，從頭至尾還是在詩。最重要的感情依然託之於詩，不託之於詞。[35]」他並提出宋詩揚棄悲哀與追求寧靜之特質的說法[36]。吉川氏雖未明說，但可看出，他是以詞爲陷溺於哀感的一種文體，詞的感情世界是精細而狹小的。接著，村上哲見據此論東坡詞，說：「唐末以來的詞有一種傾向：動輒沉溺於一味地傷感。如前所述，這在某種意義上說，卻變成了詞同士大夫文學的詩相分離而開始走上獨自的道路的原因。東坡的詞卻超乎這種傷感，而一種悠然靜觀的姿態或者一種彷彿對人生的達觀態度構成了它的基調。這在根本上或許是吉川幸次郎博士所舉出的宋詩特色——『悲哀的揚棄』或『平靜的獲得』——一脈相通的吧。[37]」這樣一來，東坡詩與詞的界線便不清楚了。東坡詞眞的無傷感之調？他的詩完全展現了悠然豁達的人生態度嗎？針對前一問題，保苅佳昭從比較東坡早期的寫景、送別、詠物詩詞入手，提出不同的看法。他認爲：「他的詩都是直接地吟詠主題，在有些作品中，作者本身的形象很鮮明。他的詞比起詩來說，不是直接地吟詠主題，而是著重於風景意象的描寫。」「蘇東坡擴大了詞的主題，但是作詞手法

---

[35] 見吉川幸次郎著、鄭清茂譯：〈宋詩的性質〉，《宋詩概說》（臺北：聯經出版事業公司，1979），頁10。

[36] 吉川氏說：「宋詩好談哲學道理，而且觀察人生及其周圍的世界情況時，喜從大處著眼。這是一種視界最爲開闊的達觀態度。這種達觀的態度產生了對人生的新看法。……新的人生觀最大的特色是悲哀的揚棄。宋人認爲人生不一定是完全悲哀的，從而採取了揚棄悲哀的態度。」又說：「寧靜安祥的心境，可說是宋詩重要的基調之一，也是宋代詩人有意追求的一種詩境。……這種寧靜的心境，或再加上論道說理，有時難免會減少或破壞詩中的抒情意味。」見《宋詩概說》，頁32、46-47。

[37] 見村上哲見：〈蘇東坡詞論〉，《唐五代北宋詞研究》，頁267。

與以前相承襲。……如果僅僅吟詠閨怨或愛情的主題，一般不需要作出許多議論和具備一定的理論主張。但是當主題涉及到人生觀、說理、懷古、贈答和送別等等時，詞的展開內容的手法當然接近詩，這是因爲這些內容本來屬於詩的領域。……他首先在詞與詩之間設置了具有共同性的主題、題材，然後分別創作了風格不同的詞和詩。……由於蘇東坡在兩個文學樣式之間設置了共同的主題、題材，拆除了詞和詩之間的界限，所以使詞接近了詩。但是在作品的展開上，蘇東坡卻分別使用不同的手法。蘇詞詞風和以前的詞風差別在於主題、題材的擴大，將他的詞和詩作個比較可以看出，兩者的表現手法並不相近，相同的是主題、題材。」[38]他從內容形式上辨別詩詞的異同，頗有可取之處。不過，這樣的分析仍流於表面。詩詞表現手法有明顯的差異：詩吟詠主題較直接，詞則以景寓情較含蓄——這是頗普遍的看法。但怎樣解釋東坡會在詞中擴大了寫作的題材，這緣於怎樣的主體意識？而這種藉詞來表達的內容，與詩眞的相同嗎？這些作品雖有類似詩一般的主題，卻仍不失體，顯見作者的自覺態度，但我們不能籠統的說「兩者的表現手法並不相近，相同的是主題、題材」，而是更要去追問作者於此是怎樣的取捨態度——甚麼時候用詩？甚麼時候用詞？我們討論文體，不能截然分開內容與形式來說，因爲由作者動念寫作到作品結構形成，那已是「情—辭、內—外、主體—客體」融合爲一的了。因此文辭表現風格不同，便意味著情意內容有別，反之亦然。換言之，東坡詞雖有詩的文筆和意境，但那畢竟是詞，其「情」與「辭」自必相合而獨立爲體，與詩的體式

[38] 見保苅佳昭：〈試論詞對於蘇東坡的意義——兼談蘇東坡的詞與詩之比較〉，王水照、保苅佳昭編選：《日本學者中國詞學論文集》（上海：上海古籍出版社，1991），頁228-229。

是有區隔的。東坡詞表現了怎樣的情懷呢？保苅氏說：「蘇東坡的詩裡表現出的人生觀是循環的，他的內心沒有被悲哀感所籠罩，相反卻揚棄悲哀，用宏觀的觀點去看待人生。這種人生觀貫串了他的一生，在任何窘境下都沒有改變。蘇東坡的詞也表現了這個思想，但是在他的詞裡還存在著另一種與上述思想相左的心情。這種心情常常在風景意象中表現出來。」「在表現人生思想的詩裡，蘇東坡是泰然自若地以宏觀的視點看待人生的。但是他的詞裡，卻常常陷入人生的悲哀，不再是泰然自若的，而成為一個普通的人。即使有了堅定的人生觀，無可奈何的悲傷也時有產生。蘇東坡在詞裡吟詠了這種悲傷。這是因為詞能夠表現以情為主的形象世界。蘇東坡運用以情為主的詞這種文學樣式，在風景意象中吟詠了不合於自己人生觀的心情。……總而言之，蘇東坡認為，以情為主的主題不應用詩吟詠而應以詞來表現，所以他在詞中吟詠了悲哀的感情。」[39]保苅氏似綜合了前二者的說法，認為東坡詞既有如詩一般的達觀的人生態度，但他的主調仍是吟詠悲傷。事實上，東坡詩亦非無傷感，這是他之所以能由詩而詞的契機。這一「情」的交匯，是往往被人忽略的地帶。而這悲哀的情是怎樣的內容？緣何而起？它與詞體如何結合？上文都沒解答。

東坡感傷之情，緣事因時而生，是他生命歷程中的眞實感受，而將之發於詩或形於詞，其間的情感質素，同中有異。因為有相同的質性，皆緣於情，於作詩之餘而為詞，自然而無扞格；因為情感本質有異，詩與詞的抒情效能便不盡相同，遂形成各別的文體風格。上一節提到：就詞的情韻來說，所謂「其中卻時而也隱現一種失志流轉之悲」，也許正是東坡緣情為詞

[39] 同上，頁230-232。

的關鍵。這種「失志流轉之悲」其實是詩詞所共有的。在未解釋此情的實質內涵以及其在詩詞之異樣態勢之前，我們須先了解與此情配合的詞體之美感特質之所在。

詞的美感質素在其情韻。詞之爲體，含蓄委婉，最具女性陰柔之美，宜於表達幽隱深微的情思；詞人所代表的是一種細膩、敏感的生命型態，追憶往事，流連光景，對於男女相思之情、風物年華之變化，多出之以輕靈細緻的筆觸，寫入哀感，賦以眞情，最能動人心魂，予人隱約淒迷之感。一般文人詞的抒情特性，主要是以時空與人事對照爲主軸，在男與女、情與景、今與昔、變與不變的對比安排下，緣於人間情愛之專注執著和對時光流逝的無窮感嘆，美人遲暮、春花易落、好夢頻驚、理想成空等情思遂變成詞的主題。而詞的體製，如樂律章節之重複節奏、文辭句法的平衡對稱，無疑更強化了這種婉轉低回、留連反覆的情感質性。[40]因此，所謂詞的情韻，就是一種冉冉韶光意識與悠悠音韻節奏結合而成的情感韻律，回環往復，通常是以「好景不常、人生易逝、此情不渝」的題材爲主調，別具婉曲之致。婉曲之美，是詞體的基本特質，在神不在貌，無論寫兒女之情或士人之思，代擬或自述，應社或抒懷，傷春怨別或詠物紀游，凡屬詞體，這種情辭本質不可或缺[41]。詞，介乎「詩」「樂」之間。詞的情韻近「樂」，容易陷溺於迴盪往復的節奏，而其所抒發的哀傷嘆逝之情，往往能深化詞的婉曲特性，使之轉爲幽微密麗，語意纏綿；詞的情韻近

[40] 詳拙著：〈對比的美感——唐宋詞的抒情特性〉，《讀寫之間——學詞講義》（臺北：里仁書局，2011），頁39-107。

[41] 參拙著：〈明清詞學中東坡詞情之論證與體悟〉，王璦玲主編：《明清文學與思想中之主體意識與社會——文學篇》（臺北：中央研究院中國文哲研究所，2004），頁139-184。

「詩」，則緣情興感，往往能結合情意情理情趣，並藉其觀照解悟之能，梳理滌蕩深摯的情思，而臻清麗韶秀之境。一般以爲詞與樂合，理所當然；以詩爲詞，略感不妥。其實，詞雖注入意理趣之質，只要情韻猶在，不失其低回婉轉之美，則仍屬詞體，那是毋庸置疑的。

東坡詩中很早便有時空傷感之思，尤以仁宗嘉祐六年（1061）簽判鳳翔所作〈辛丑十一月十九日既與子由別於鄭州西門之外馬上賦詩一篇寄之〉一首，最爲代表。東坡時年二十六歲，初任官職，首度與朝夕相處的弟弟蘇轍（子由）分離，其落寞難安的心情可知。詩中末六句，最能道出當時惻惻的心境：

> 亦知人生要有別，但恐歲月去飄忽。寒燈相對記疇昔，夜雨何時聽蕭瑟。君知此意不可忘，愼勿苦愛高官職。[42]

儒家用世任事，固然是東坡心志之所繫，但那不過是人生的過程，東坡期盼最後能有一個心靈的歸宿，享受人間的情誼，可是在這過程之中卻得忍受離愁別緒，憂心韶光飛逝，理想落空，東坡的內心充滿著矛盾——一方面獨自往前邁進，不爲名利，只欲實踐理想，另方面卻感嘆追舊：與弟相約早退，共爲閒居之樂。東坡在理智上當然知道「人生有別」，從過去的離蜀赴京、母喪家鄉，到現在的與弟分袂，一次一次的經驗讓他確信，生離死別，人生難免；而一年又將盡，年華亦漸長，他在情緒上則更憂慮「歲月飄忽」，一切彷彿都在變化中。所謂

[42] 見王文誥、馮應榴輯注：《蘇軾詩集》（臺北：學海出版社，1983），頁96。

「知」而「恐」，雖意識到，也能理解，卻也無奈，難以克服，由此產生的恐懼，形成了心靈底處最深層的憂傷與寂寞。在這之中，時間之傷是最沉痛的。因爲意識到時間無情的飄逝，更加深了空間契闊之感、傷逝之情。東坡重情，易感而多愁，也因爲有情，生命裡卻也得到溫馨滋潤，不至於冰冷、荒蕪，而有踏實、歡愉之感。在人生的變動中，東坡自有他堅守的信念：手足之情與早退之盟是生命的指歸與定力，難怪他終生念茲在茲[43]。如是，東坡在人世間出入進退，形成他情思起伏跌宕的一生。如何在「人生有別」、「歲月飄忽」的感傷中，覓得心靈的依歸，在時空變幻裡尋得生命的安頓，是東坡一生的大課題，此後他的文學充分反映了他這段上下求索的歷程。這是東坡生命底層的憂患意識，源自天生的一份直覺，如夜空之深沉而寂寞，不易紓解。憑藉他的性情、學問、襟抱，達觀的態度，自有超曠的體悟，表現爲瀟灑俊朗之姿；但有時亦會因失志流轉，而掉入傷悲的境地，發爲低回幽咽之音。可以這樣說，東坡同具詩心與詞心，至於爲文選體是出之以詩或見之於詞，這要看他當時的生涯歷驗，時空環境，他的情懷意志是往高處去還是往低處沉了。

東坡從此時簽判鳳翔到離京赴杭之前的七八年間，一則忙於公事，「奮然有當世志」的用心仍強烈之際，雖偶有傷感

43 韋應物〈示全眞元常〉：「寧知風雪夜，復此對床眠。」蘇軾蘇轍兄弟舉制策寓居懷遠驛時同讀韋詩，「惻然感之，乃相約早退，爲閒居之樂」（蘇轍〈消遙堂會宿〉詩序）。在他們的詩詞中屢見此「夜雨對床」之意。如東坡〈予以事繫御史臺獄……遺子由〉：「他年夜雨獨傷神」；〈初秋寄子由〉：「雪堂風雨夜，已作對床聲」；〈東府雨中別子由〉：「對床定悠悠，夜雨空蕭瑟」；〈滿江紅・懷子由作〉：「對床夜雨聽蕭瑟」等。子由〈消遙堂會宿〉：「消遙堂後千尋木，常送中宵風雨聲。誤喜對床尋舊約，不知漂泊在彭城」；〈舟次磁湖……子瞻以詩見寄作二篇答之〉：「夜深魂夢先飛去，風雨對床聞曉鐘」；〈神水館寄子瞻兄〉：「夜雨從來相對眠，茲行萬里隔胡天」等。

之懷，詩文適足以表達，實無塡詞的環境與心境；由鳳翔還京師，又遭逢妻、父亡故，然後與弟轍護喪歸蜀，服喪三年間，詩文已減產，更不用說嘗試以新體的詞來創作了。神宗熙寧二年（1069），東坡三十四歲，還朝，時王安石參知政事，逐步推行新法。東坡在京兩年餘，朝廷政局正是風雨飄搖之勢，士大夫在進退之間面臨抉擇。朝中老臣富弼、張方平、范鎮、歐陽修先後離去，東坡的好友或補外、或乞歸、或被斥退，子由也隨張方平到陳州爲學官。東坡孤軍力抗，一直忍讓到熙寧四年（1071），不得已，才請求外放[44]。他退離政治的是非圈較晚，與新黨人物的衝突也較多，因而內心的掙扎、無奈、失望之感更爲深刻。當時，東坡爲著理想，力挽狂瀾，全副心力都投注在雄辯滔滔的策論和奏議的寫作上，除了若干送別篇章，再無更多詩作，遑論倚聲塡詞[45]。

東坡在汴京時，身陷政治漩渦之中，心情極不平靜，但也無暇藉詩文多加表達。偶而發抒於送別友朋的詩篇中，時露哀嘆之聲：

> 舊書不厭百回讀，熟讀深思子自知。他年名宦恐不免，
> 今日棲遲那可追。我昔家居斷還往，著書不暇窺園葵。
> 朅來東游慕人爵，棄去舊學從兒嬉。狂謀謬算百不遂，
> 惟有霜鬢來如期。故山松柏皆手種，行且拱矣歸何時。

---

[44] 事件經過如下：熙寧四年（1071）正月，王安石欲變科舉，興學校，詔議之。東坡上狀，以爲徒紛無益。神宗詔對。安石不悅，命權開封府推官，將以多事困之。東坡數上書神宗，安石滋怒，使御史論其過；遂請外。六月，通判杭州。

[45] 孔凡禮《蘇軾年譜》卷十「熙寧四年」條：「自還京師至出都前，詩作少。」注：「《文集》卷五十五〈與林子中〉第四簡：『某在京師，已斷作詩。』謂『斷作』乃極言其少，《詩集》卷六所載此一時期所作，不過十九首。」見孔凡禮：《蘇軾年譜》（北京：中華書局，1998），上冊，頁202-203。

萬事早知皆有命，十年浪走寧非癡。與君未可較得失，臨別惟有長嗟咨。（〈送安惇秀才失解西歸〉）

去年送君守解梁，今年送君守歷陽。年年送人作太守，坐受塵土堆胸腸。……我生本是便江海，忍恥未去猶徬徨。無言贈君有長嘆，美哉河水空洋洋。（〈送呂希道知和州〉）

交朋翩翩去略盡，惟吾與子猶徬徨。世人共棄君獨厚，豈敢自愛恐子傷。朝來告別驚何速，歸意已逐征鴻翔。（〈送劉道原歸覲南康〉）[46]

詩中表達了有志難酬、故鄉不得歸之感，去留之間，充滿著徬徨、落寞之情。而在失意的心境下，則更感時間之催迫。這種「人生有別」、「歲月飄忽」的感嘆，在其後寄贈乃弟的詩中更表露無遺：

征帆挂西風，別淚滴清穎。留連知無益，惜此須臾景。我生三度別，此別尤酸冷。……嗟我久病狂，意行無坎井。有如醉且墜，幸未傷輒醒。從今得閑暇，默坐消日永。作詩解子憂，持用日三省。（〈穎州初別子由二首〉其一）

近別不改容，遠別涕霑胸。咫尺不相見，實與千里同。人生無離別，誰知恩愛重。始我來宛丘，牽衣舞兒童。

[46] 見《蘇軾詩集》，頁247-249、257-260。

便知有此恨，留我過秋風。秋風亦已過，別恨終無窮。
問我何年歸，我言歲在東。離合既循環，憂喜迭相攻。
語此長太息，我生如飛蓬。多憂髮早白，不見六一翁。
（〈潁州初別子由二首〉其二）

眼看時世力難任，貪戀君恩退未能。（〈初到杭州寄子由二絕〉其一）[47]

東坡於熙寧四年七月，赴陳州，與弟相聚，留七十餘日。九月，子由送東坡至潁州，同謁恩師歐陽修，盤桓二十餘天。從政以來，兄弟離別已有三次：昔日鄭州西門之別，前者子由外放之別，今日穎水船頭之別。東坡與子由兄弟情深，且東坡生性喜聚不喜散，眼見又要分手，此去何時見也？淒然漂泊之感，依依惜別之情，溢於言表。這次離別倍感心酸，因爲要闊別的不只是親愛的弟弟子由，還有過去那份做事的熱情和參政的理想。歐公「多憂髮早白」，東坡自然可預見自己的將來。明知時世艱難，力不從心，但也不能不考慮現實，堅守心中的一份信念，如是在「力難任」、「退未能」的情況下，東坡帶著矛盾而又自我壓抑的情緒來到杭州。

東坡於熙寧四年（1071）十一月到杭，時沈立爲知州。熙寧五年（1072）七月，歐陽修卒，九月，東坡聞訃，哭於孤山惠勤之室。是歲，陳襄（述古）代沈立知杭州。熙寧六年（1073）正月，行部富陽、新城。十一月，赴常、潤賑饑。熙寧七年（1074）四月，王安石罷知江寧府。七月，陳襄罷杭州

[47] 見《蘇軾詩集》，頁278-281、314。

任，楊繪（元素）來代。東坡任期將滿，以弟轍在濟南，求爲東州守，乃有移知密州之命。秋末，離杭，十一月到任。這是東坡杭州詞的仕履背景。這三年間，送往迎來，行縣賑災，經歷許多生離死別、人間愁苦的事，東坡的感受特別深刻。

針對事的本身，或敘或議，東坡可以繼續用詩來表達；至於宦途失志，離別感傷之情，多年以來隱藏於心底的時空流轉的深悲，此時恰好可以藉長短句的韻律間接或直接抒發，東坡因此多了一道紓解鬱悶的出口。事實上，東坡本身並不排斥感官娛樂以及淺斟低唱的文藝形式[48]。而且，不可否認，杭州湖山之美、文人雅聚、歌舞宴樂、酬唱送別的環境，是引發他塡詞意興的重要因素。然而，東坡若無塡詞的心境，不會如此容易的藉由泛泛的應歌寫景之體，轉而爲表達個人眞切感受的抒情篇章。我們可以這樣說：詩人的銳感，生涯的體驗，培植了東坡幽微的情思，他的詞心已逐漸萌芽，而杭州的歌樂環境正好提供了沃土，則激發其茁壯成長。本來是應歌酬唱，但隨著樂韻的迴旋跌宕，導引出他內在的悠悠情思，從此愈寫愈投入，自然選體創作，但究竟是詞緣情起，或是情因體生，兩者似已融合，不易區分，而後自覺意識漸強，情感抒發的能量變大，化爲不同的面貌展現，其實本原則一。易言之，東坡早期詞的題材雖有多種，大抵不離「人生有別」、「歲月飄忽」的主軸；其間東坡有所陷溺，也能自省，情理之間轉折出許多動人的意韻，成就了早期詞的風貌，日後東坡如何能入其內而出其外，深化情感，提升意境，就看他眞誠面對生命的態度了。

---

[48] 東坡〈與子明兄〉云：「記得應舉時，見兄能謳歌，甚妙。弟雖不會，然常令人唱，爲作詞。」見孔凡禮點校：《蘇軾文集》（北京：中華書局，1990），頁1832。

四、東坡詞風的形成——由以詞協樂到以詩爲詞

杭州，對東坡來說，別具意義[49]。這可以從幾方面來看：首先，離開政局動盪、權力傾軋的汴京，來到山水秀麗、歌舞繁華的杭州，東坡可以暫得休憩。但畢竟遠離政治核心，便意味著理想已難實現，而東坡此時仍有用世之心，實在閒不下來，杭州公務之餘，當然可以參加更多的文娛活動，遊山玩水，但另方面卻也容易感到時光虛度，無端生出許多閒愁。東坡的詞心就是在這種情形下被引發出來的。此外，東坡心情搖盪之際，杭州的風光與人情便扮演著撫慰的角色，有著穩定、平衡的作用。杭州山水之美，彷彿讓東坡有重回故鄉、似曾相識的熟悉感，他詩中讚嘆道：「餘杭自是山水窟」（〈將之湖州戲贈莘老〉），「前生我已到杭州，到處長如到舊游」（〈和張子野見寄三絕句〉），「我本無家更安住，故鄉無此好湖山」（〈六月二十七日望湖樓醉書五絕〉）。這可以看出東坡多年在外，心想安定的願望。然而，杭州雖美，卻非真正的家鄉，有時反而觸景傷情，更生鄉思難遣之慨，進而有人世易變、物不足恃的茫茫之感：「春來故國歸無期，人言秋悲春更悲。已泛平湖思濯錦，更見橫翠憶峨嵋。雕欄能得幾時好，不獨憑欄人易老。百年興廢更堪哀，懸知草莽化池臺。游人尋我舊游處，但覓吳山橫處來。」（〈法惠寺橫翠閣〉）東坡思鄉之情亦發抒於詞，下文再論。除了移情作用，擬把杭州作眉州外，東坡更喜歡杭州的人情。士子景從，方外交接，固

[49] 有關東坡在杭之事蹟與心境，可參考張其昀：〈東坡先生在杭事蹟〉，《宋史研究集》（臺北：中華叢書編審委員會，1964），第二集，頁363-370；朱宏達：〈蘇東坡在杭州〉，《杭州大學學報》，1980年第2期，頁103-108；吳惠娟：〈試論蘇軾二度守杭的心態變化〉，《北方論叢》，1992年第6期，頁69-74。

然令東坡欣喜，但他更在乎志同道合之相契。杭州的政治氣氛迥異於汴京，尤其在東坡的時代，此地仿如反對派的陣營，前後任太守陳襄、楊繪是因批評新法而被迫離開朝廷輾轉來到杭州的，而鄰近州縣亦多同道中人；杭州等地對他們來說，都是暫時棲身之所，彼此相濡以沫。平時同遊唱和，互相慰勉，可見情誼；一旦離別，則倍覺哀傷，頓生天涯淪落之感。東坡重情，此所以此期送別詞之多且佳也。

東坡杭州詞主要有寫景、酬贈、思鄉、送別等題材。從時間寫作上來看，熙寧七年（1074），東坡三十九歲那年，是關鍵的一年。前此，紀游寫景，六七首的作品中，雖有如〈行香子·過七里瀨〉、〈江城子·湖上與張先同賦〉等詞篇，可以看出他駕馭長短句的能力，構篇頗自然，語調亦明暢，意境也清麗，卻少了些個人情意的感動力量。熙寧七年情形有所改變，主要的原因是別離。這一年作品激增，現留下三十多首詞，大半屬送別主題，包括送人遠行和自別朋儕。是年七月陳襄由杭調知應天府[50]，九月東坡有移知密州之命，楊繪亦隨

[50] 東坡與陳襄在杭州時的詩詞因緣，略表如下：

熙寧五年八月，陳襄到任。中和堂木芙蓉盛開，襄作詩，東坡有和。十月，陳襄宴錢塘貢士於中和堂，賦詩勉之，蘇軾作序。

熙寧六年元月，東坡病後，陳襄邀往城外尋春，東坡賦〈正月二十一日病後述古邀往城外尋春〉。

三月，吉祥寺牡丹花將落，與陳襄共賞，東坡有〈吉祥寺花將落而述古不至〉、〈述古聞之明日即至坐上復用前韻同賦〉二首。遊孤山，登柏山、竹閣。與陳襄自有美堂夜歸。有美堂暴雨，豪飲。並有詩。八月十五日，觀潮，東坡題詩安濟亭上，作〈瑞鷓鴣〉。東坡自臨安、餘杭歸，陳襄招飲介亭，有詩。九月八日，東坡以病不赴陳襄重九之會，有詩。十月，一僧寺開牡丹數朵，陳襄作詩，東坡有和，賦〈和述古冬日牡丹四首〉。

熙寧七年正月，東坡過丹陽，賦〈行香子〉寄陳襄。懷錢塘，寄詩陳襄，襄有和。賦〈卜算子〉（蜀客到江南）寄襄。七月，陳襄將罷任，宴僚佐有美堂，東坡應襄命賦〈虞美人〉（湖山信是東南美）。（按：楊繪《時賢本事曲子集》：「陳述古守杭，已及瓜代，未交前數日，宴僚佐於有美堂，侵夜月色如練，前望浙江，後望西湖，沙河塘正在其下，陳公慨然，請貳車蘇子瞻賦之，即席而就。」）杭妓

即召還翰苑[51]，別宴不斷，或應歌而作，或因事述懷，作品遂多，而寫情也深摯。送行留別不同於一般的題贈酬唱，因爲聚散離合的情形不同，何況相別的是亦師亦友的述古、元素，還有三年來慰藉寂寞心靈的杭州山水？[52]別情不只此也，東坡於是年行縣途中，無端引起家鄉之思，而在人生無著的感嘆中，更增杭州之憶想，這種矛盾無奈的心情都見之於詞。詞婉轉迴盪的樂韻，剛好與東坡此時幽微深摯的情思節奏合拍，遂譜出了這些情韻哀怨的詞調，而「人生有別」就是當中的主旋律。

我們讀東坡思蜀的鄉愁與憶杭的情結，可發現詞中隱現的是一種天涯漂泊、失志流轉的哀感：

> 輕雲微月，二更酒醒船初發。孤城回望蒼煙合。記得歌時，不記歸時節。　巾偏扇墜藤床滑，覺來幽夢無人説。此生飄蕩何時歇。家在西南，常作東南別。（〈醉落魄・離京口作〉）

往蘇，迓新守楊繪，東坡賦〈菩薩蠻〉（玉童西迓浮丘伯）寄蘇守王誨（規甫），並賦〈訴衷情〉（錢塘風景古今奇）送陳襄，迎楊繪。八月陳襄赴南都，東坡作〈菩薩蠻・西湖席上代諸妓送述古〉、〈菩薩蠻・西湖送述古〉、〈江城子・孤山竹閣送述古〉、〈清平樂・送述古〉送行，並追送陳襄至臨平，賦〈南鄉子・送述古〉。

[51] 東坡與楊繪在杭州任上交往唱酬，概述如下：
熙寧七年六月，陳襄除知應天府，楊繪（元素）代。東坡賦〈訴衷情〉（錢塘風景古今奇）送陳襄，迎楊繪。八月，楊繪到知杭州任。十七日，天竺山送桂花，分贈繪，東坡有詩。作〈醉落魄〉贈繪。九月，席上別楊繪，賦〈浣溪沙〉。時繪亦召還翰苑。復賦〈浣溪沙〉一首別楊繪。將行，與楊繪、張先飲流杯堂。繪自撰腔〈泛金船〉，東坡有和。與楊繪飲於湖上，和繪〈南鄉子〉（東武望餘杭）。東坡與楊繪同舟，陳舜俞（令舉）、張先從，赴湖州。東坡與楊繪、陳舜俞、張先、李常、劉述至松江，夜置酒垂虹亭上，張先賦〈定風波令〉（六客詞）；沈強輔作胡琴，東坡賦〈南鄉子〉，張先賦〈木蘭花〉贈周、邵二妓；東坡和舜俞詞。又嘗會碧瀾堂。十月，至潤州。與楊繪別，和繪〈菩薩蠻〉。

[52] 參林玟玲：《東坡黃州詞研究》（臺北：國立臺灣大學中國文學研究所碩士論文，1986），第二章，第一節，頁21-29。

雨後春容清更麗。只有離人，幽恨終難洗。北固山前三面水，碧瓊梳擁青螺髻。　一紙鄉書來萬里。問我何年，眞箇成歸計。回首送春拚一醉，東風吹破千行淚。（〈蝶戀花・京口得鄉書〉）

蜀客到江南，長憶吳山好。吳蜀風流自古同，歸去應須早。　還與去年人，共藉西湖草。莫惜尊前仔細看，應是容顏老。（〈卜算子・自京口還錢塘道中寄述古太守〉）[53]

「此生飄蕩何時歇」？東坡從一次又一次輕離暫別中，體認到生命失根的無奈，人生如蓬草般隨風飄蕩，沒個安棲之所。離家多年，身在遠處，卻又在這久遠的離別中，不時參雜各種短暫的別離，而別中送別，更感悽惶。東坡似是直抒情緒，卻又頗爲曲折，低回不已。這就是詞的情韻。在旅途中，收到故鄉寄來的書信，固然喜悅；但一紙鄉書，卻也激起了無法歸去的愁緒。東坡知道，無法覓得心靈的安頓，此生永遠在飄蕩，因離別所生的幽恨也就終難洗卻。東坡移情於杭，雖暫時獲得慰藉，但他也深知最後終須離去，而且時間不斷推移，增加了難以安定之感。〈卜算子〉一首，篇幅雖短，多種情思糾纏在一起，故鄉之思、羈旅之情、朋友之誼、年華流逝之嘆交疊呈現，概述了東坡此時心中感傷的內容，平淡的語言中蘊含著深曲的韻致。東坡意想：與述古重會於西湖，應是樂事，但也有著「容顏老」的隱憂。空間的轉移、對比，自然映照出時間的飄忽、流逝，若東坡最後眞要離開杭州，他悲傷沉重

[53] 見石聲淮、唐玲玲：《東坡樂府編年箋注》，頁21-22、29-30。

的心情可以想見：「縹緲危樓紫翠間，良辰樂事古難全，感時懷舊獨淒然。　璧月瓊枝空夜夜，菊花人貌自年年。不知來歲與誰看？」這是東坡自杭移密，席上別元素所賦的〈浣溪沙〉詞[54]。離別，本已令人難受，加上好景不常、感嘆時世、懷念故舊、物是人非、前途未卜之感，那就更淒婉傷心了。

東坡想念故鄉，難掩心傷，情到激越處，乃曰：「回首送春拚一醉，東風吹破千行淚」。而送別故人，起初要行未行之際，東坡還能壓抑著情緒，借歌女述情，代爲灑淚，但到分手當下，東坡已無法平靜，淚水不禁決堤：

> 翠蛾羞黛怯人看。掩霜紈，淚偷彈。且盡一尊，收淚唱陽關。漫道帝城天樣遠，天易見，見君難。（〈江城子．孤山竹閣送述古〉）

> 秋風湖上蕭蕭雨，使君欲去還留住。今日漫留君，明朝愁殺人。　佳人千點淚，灑向長河水。不用斂雙蛾，路人啼更多。（〈菩薩蠻．西湖送述古〉）

> 回首亂山橫，不見居人只見城。誰似臨平山上塔，亭亭。迎客西來送客行。　歸路晚風清，一枕初寒夢不成。今夜殘燈斜照處，熒熒。秋雨晴時淚不晴。（〈南鄉子．送述古〉）[55]

前兩首以詞協樂，屬婉約之調，表現得相當細緻，語調婉轉抑

---

[54] 見《東坡樂府編年箋注》，頁44。
[55] 見《東坡樂府編年箋注》，頁37、38-39、41。

揚。東坡頗能描摹歌妓的情態，揣測她們內在的情思。其實，這不過是作者心情的投影。這些都是緣情爲文的眞切表現，若東坡不在乎師友之情，是不會寫得那麼細緻動人的。畢竟人非古塔，塔無情，送往迎來，可無動於衷，人卻有情，能做到不爲所動嗎？送別回來之後的情境——「歸路晚風清，一枕初寒夢不成」——淒清，落寞，也因此難以入眠。獨對微弱的燈光，一直到天亮，秋雨已停，但淚水卻沒有停止。東坡的「淚」，激發自別情與鄉思，正所謂「至眞之情，由性靈肺腑中流出」（況周頤《蕙風詞話》），而東坡藉詞體寫出了一己的哀愁，也爲自己的抒情文學掀開了新的一頁。面對離愁，自初唐王勃云：「無爲在歧路，兒女共沾巾。」確立了一種基調，其後唐宋士人雖有重會難期、世事茫茫的感嘆，或表現爲「勸君更盡一杯酒，西出陽關無故人」（王維），豪邁裡有悲鬱，或表現爲「揮手自茲去，蕭蕭班馬鳴」（李白），灑脫中富深情，但絕少淚眼相向，流露極度纏綿悱惻的哀傷情調。像柳永那樣「執手相看淚眼，竟無語凝噎」，只出現在相思怨別的情詞，至於士大夫間的離愁別緒則表現得含蓄多了。東坡竟藉詞體寫「淚」，頗不尋常，卻見證了他眞誠面對生命的態度。

東坡面對陳襄、楊繪二人的別情，態度稍有不同，因此詞中的語境與心境呈現了不太一樣的姿態：

> 湖山信是東南美，一望彌千里。使君能得幾回來，便使尊前醉倒更徘徊。　沙河塘裡燈初上，水調誰家唱。夜闌風靜欲歸時，惟有一江明月碧琉璃。（〈虞美人·有美堂贈述古〉）

東武望餘杭，雲海天涯兩渺茫。何日功成名遂了，還鄉。醉笑陪公三萬場。　不用訴離觴，痛飲從來別有腸。今夜送歸燈火冷，河塘。墮淚羊公卻姓楊。（〈南鄉子・和楊元素時移守密州〉）[56]

陳襄曾薦東坡於朝廷。東坡與述古有師友之誼，多敬重之意，反映在杭州詞中的是深切委婉的情思，借景言情，化淡淡的離愁爲清遠之境，別饒韻味。楊繪，四川棉竹人，爲人忠直[57]。東坡與元素多了一份鄉誼，表現在詞中的感情比較爽朗，於送別中流露人世滄桑的感慨，而且東坡的功名之心、故鄉之情也會在詞中顯露[58]。兩種人情對待的關係，發而爲文，形成了兩種不同的風格，可見東坡自覺的塡詞態度。值得注意的是，前者導引出東坡清麗的詞風，後者引發了東坡豪宕的氣格[59]，日後東坡之有清、豪之境，蓋緣於此。

杭州三年後，東坡自請密州，想一會子由。前引〈潁州初別子由二首〉其二云：「問我何年歸，我言歲在東。」所謂三年之約，東坡眞的實現了[60]。這在東坡心中充滿著人生飄蕩、歲月不居之感慨時，特別有意義——讓他深切體認不管世間如

[56] 見《東坡樂府編年箋注》，頁31-32、47。

[57] 東坡〈熙寧手詔記〉：「繪疏迹遠人，立朝寡識，不畏強禦，知無不爲。朕一見之，便知其忠直可信，故翌日即擢置言職，知任亦甚篤矣。」見《蘇軾文集》，卷十二，頁402。

[58] 參唐玲玲：〈可恨相逢能幾日，不知重會是何年——蘇軾送別詞（上）〉，《東坡樂府研究》（成都：巴蜀書社，1992），頁37-50。

[59] 東坡〈定風波・送元素〉上片：「今古風流阮步兵，平生游宦愛東平。千里遠來還不住，歸去。空留風韻照人清。」〈南鄉子・和楊元素〉：「涼簟碧紗廚，一枕清風晝睡餘。睡聽晚衙無個事，徐徐，讀盡床頭幾卷書。　搔首賦歸歟，自覺功名懶更疏。若問使君才與氣，何如，占得人間一味愚。」細讀這些詞句，更可引證東坡詞疏朗豪宕的一面。

[60] 東坡於熙寧四年（辛亥）十一月到杭州任所。歲星在東，云甲寅年也。按：宋代文官三年一磨勘，故約以三年後之熙寧七年（甲寅）爲歸期。熙寧七年，東坡因子由在濟南任職，請求調任附近州縣，九月朝廷下達，東坡被任命爲密州知州，果不食言矣。

何變幻，這份兄弟情卻永不改易。

東坡於熙寧七年秋末離杭，十二月到密州任。由杭赴密途中，先後會見了湖州、蘇州、潤州、揚州、海州等地的舊雨新知，他們多數是因不滿新法而補外的。東坡一站走過一站，客中送客，聚散匆匆，倍增宦遊漂泊之感[61]。東坡由杭赴密詞，道出了「行役之苦況，家國之痛感，仕途之浮沉，人生之悲涼」（前引薛瑞生語）。而歲月飄忽之感尤其濃烈，此時的詞出現了許多「老」「病」之嘆：

> 情未盡，老先催。人生眞可咍。（〈阮郎歸·一年三過蘇……〉）

> 蒼顏華髮，故山歸計何時決。（〈醉落魄·蘇州閶門留別〉）

> 高山白早，瑩骨冰膚那解老。（〈減字木蘭花·贈潤守許仲塗〉）

> 多情多感仍多病，多景樓中。尊酒相逢，樂事回頭一笑空。（〈潤州甘露寺多景樓……〉）

> 新白髮，舊黃金。故人恩義深。（〈更漏子·送孫巨源〉）

> 分攜如昨，人生到處萍漂泊。偶然相聚還離索。多愁多

61 詳張志烈：〈蘇軾由杭赴密詞雜議〉，蘇軾研究學會編：《東坡詞論叢》（成都：四川人民出版社，1982），頁198-213。

病，須信從來錯。（〈醉落魄·席上呈楊元素〉）

如此消沉的意態，在東坡前此的文學中不曾出現。不過，當東坡情感掉入悲傷的泥沼，他理智的機制會自動作調和疏導，不致陷溺不返。這當中有兩首詞值得留意：一是〈沁園春·赴密州早行馬上寄子由〉，一是〈永遇樂·孫巨源以八月十五離海州……〉；兩首皆爲長調，是東坡早期詞難得出現的體製；剛好一仍前面所述的兩種風格拓展，一言志，一抒情，一表現爲雄豪，一表現爲清婉。

〈沁園春〉一首文筆揮灑，鋪敘、描寫、議論交錯運用，於詞中直抒襟抱理想：「當時共客長安，似二陸初來俱少年。有筆頭千字，胸中萬卷，致君堯舜，此事何難。用舍由時，行藏在我，袖手何妨閒處看。身長健，但優游卒歲，且鬥尊前。[62]」東坡往密州去，與弟晤面，彷彿重回意志的道路——他們出仕時有所約定，不能違背；東坡試圖喚起這想法，旨在提振自己，不往下墜。另一方面，想起弟弟，自然意識到作爲兄長的責任，自不能沉湎於悲哀之中。換言之，兄弟之情，在東坡心中，聯繫到一份理想、一種承擔，是理性與熱誠的來源。因此，在東坡文學裡，對子由的懷想，情感中通常會寓有理、志的成分。從〈沁園春〉之作，可以看到東坡以理（志）導情的努力。

另一首〈永遇樂〉寫望月抒懷，語意清婉，更見東坡於別離的兩造間以情相繫的用心，東坡在這裡發現了「月」的寧靜深美，如人情般寬厚溫馨：

[62] 見《東坡樂府編年箋注》，頁71。

> 長憶別時，景疏樓上，明月如水。美酒清歌，留連不住，月隨人千里。別來三度，孤光又滿，冷落共誰同醉。捲珠簾，淒然顧影，共伊到明無寐。　今朝有客，來從濉上，能道使君深意。憑仗清淮，分明到海，中有相思淚。而今何在，西垣清禁，夜永露華侵被。此時看，回廊曉月，也應暗記。[63]

東坡曾在潤州與孫洙（巨源）相遇，一起走到楚州才分手。十一月十五日東坡行至海州，和新任知州會飲於景疏樓上。想到三個月前，孫巨源在這裡告別海州，現在他人在京師，不知過得如何？東坡一時想念，便寫了這首詞。此詞與之前的送別詞不同，送別當下，心煩意亂，容易墜入悲傷；而想念朋友之詞，有了距離，便多了一份冷靜的心思。此詞有兩個特色：全詞貫串著月光書寫，由三月前寫到現在，由海州景疏樓寫到京師的中書省，月亮超越了時空，依然明淨，似有時空雖變、此情恆在之喻；此詞採用對面寫情之法，由東坡此時此地之想念，想像彼方巨源不能入睡，也應記得舊日情事。詞中寫這種往復迴旋的思緒，時空交織，別饒情味。在孤獨的行旅中，一己用情之際，推知對方亦正用情，如是人我交感，正可堅定並深化彼此互爲一體的信念[64]。東坡在詞中呼喚他與好友心中的一份情，不但寫出了深婉動人的詞篇，也能讓他在時空變動中

---

[63] 見《東坡樂府編年箋注》，頁73。

[64] 唐君毅先生說：「兩面關係與一面關係情之不同處，在此中兩方皆爲自動的用情者，兩方皆確知對方對我有情誼。於是其間之情誼，遂如兩鏡交光而傳輝互照。其情因以婉曲蘊藉，宜由說對方之情以說我之情。」「溫柔敦厚，非強爲抑制其情，使歸中和也，乃其用情之際，即知對方亦爲一自動之用情者。」見唐君毅：《中國文化之精神價值》（臺北：正中書局，1979），第十一章〈中國文學精神〉之七「中國文學之表情，重兩面關係中一往一復之情，並重超越境之內在化」，頁345-349。

找到心靈的依歸。

這兩種情、志的表現，到密州後續有發展。夏敬觀〈手批東坡詞〉曾分辨東坡詞的兩種風格，說：

> 東坡詞如春花散空，不著跡象，使柳枝歌之，正如天風海濤之曲，中多幽咽怨斷之音，此其上乘也。若夫激昂排宕，不可一世之概，陳無己所謂「如教坊雷大使之舞，雖極天下之工，要非本色」，乃其第二乘也。[65]

「清婉」與「激昂」的詞風，大抵是在密州時期正式形成。東坡此時寫了兩首〈江城子〉，分別展現了兩種風貌。

東坡初到密州，正是年終歲末。密州，位於山東半島西南，治所諸城。子由形容此處是「風俗朴陋，四方賓客不至」的地方[66]。一向愛朋友、樂山水的東坡，驟然面對困窘的環境，心情難免低落。熙寧八年（1075）元宵佳節，東坡寫下了到密州後的第一首詞〈蝶戀花・密州上元〉，對照杭州燈節「明月如霜，照見人如畫。帳底吹笙香吐麝，更無一點塵隨馬」的清麗景象，此處則是「火冷燈稀霜露下，昏昏雪意雲垂野」的低迷、陰暗的意境，「寂寞山城人老也」的感慨尤其深切；偏處山城，人老不中用，東坡此時所體會的寂寞之情是相當深沉的。順著這份情緒，東坡於五日後寫出了悼念亡妻之作〈江城子・乙卯正月二十日夜記夢〉：

---

[65] 引錄自《東坡樂府編年箋注》，頁529。

[66] 見蘇轍：〈超然臺賦並敘〉，陳宏天、高秀芳點校：《蘇轍集》（北京：中華書局，1990），卷十七，頁331。

> 十年生死兩茫茫。不思量，自難忘。千里孤墳，無處話淒涼。縱使相逢應不識，塵滿面，鬢如霜。　夜來幽夢忽還鄉。小軒窗，正梳妝。相顧無言，惟有淚千行。料得年年腸斷處，明月夜，短松岡。[67]

生離的傷痛，東坡已長期領受，如今又添上死別之思，則更加無底。其實，在這詞裡正糾結著夫妻之情與故鄉之思，它哀悼的是一份徒然失落的青春理想與歲月。「不思量，自難忘」。當東坡吟道：「縱使相逢應不識，塵滿面，鬢如霜。」想這十年來，生活折磨，歲月摧殘，不只容顏變老，心志也非昔日，有甚麼可以告慰的呢！東坡帶著愧疚之情入夢，換來的是「相顧無言，惟有淚千行」。上文提到鄉愁的淚與別恨的淚，至此更深化爲無盡的哀傷。這種哀傷，只能藉年年的思憶去彌補，明明如月是永恆的見證。東坡詞情至此已甚沉哀。

另一方面，作爲地方太守的東坡，在驅除蝗蟲、緝捕盜賊的工作的實效中，也重獲一點信心。熙寧八年（1075）東坡曾因旱去常山祈雨，後果得雨，再往常山祭謝。歸途中與同官梅戶曹會獵於鐵溝，作〈江城子・密州出獵〉：

> 老夫聊發少年狂。左牽黃，右擎蒼。錦帽貂裘，千騎卷平岡。爲報傾城隨太守，親射虎，看孫郎。　酒酣胸膽尚開張。鬢微霜，又何妨。持節雲中，何日遣馮唐。會挽雕弓如滿月，西北望，射天狼。[68]

[67] 見《東坡樂府編年箋注》，頁77。
[68] 同《東坡樂府編年箋注》，頁84。

此詞風格與上首大異其趣。由射虎打獵寫到抗敵保邊，抒發老而能用的壯懷，語意激昂；此乃就前面〈沁園春〉一首的情意內容發展，更見東坡的意志。東坡說：「老夫聊發少年狂」，「鬢微霜，又何妨」，顯見他始終在意歲月之催人老。已有年華漸衰之感嘆，又有不甘牢落而意欲奮起的鬥志，一上一下之間，身與心的衝突對抗，展現出一種氣韻，跌宕出一份豪情。東坡頗以此自豪，〈與鮮于子駿〉說：

> 近卻頗作小詞，雖無柳七郎風味，亦自是一家。呵呵！數日前，獵於郊外，所獲頗多。作得一闋，令東州壯士抵掌頓足而歌之，吹笛擊鼓以爲節，頗壯觀也。[69]

可見東坡有意爲詞，完全改變了詞體婉約含蓄的風貌。但這種抗老的執拗態度，容易造成精神緊張，而過度流蕩激情必然暗指生命的摧折，東坡實在無法長期負荷。畢竟，這只是東坡一時氣盛之作，豪放終非東坡的個性特質[70]。此類「激昂排宕，不可一世之概」的作品，誠如夏敬觀所評「乃其第二乘也」，而且數量也不多。東坡對人處世平和樂易，境界之拂逆，心境之苦悶，東坡都有能力把它擺脫掉；鄭騫先生稱之爲「曠」，因爲「曠者，能擺脫之謂」，「能擺脫故能瀟灑」[71]。此詞作後不久，東坡果然知道如何化解時間的憂懼了。

熙寧九年（1076），東坡於中秋夜通宵暢飲，大醉，同時想起了在濟南的弟弟，寫下了〈水調歌頭〉這首名篇：

[69] 見《蘇軾文集》，卷五十三，頁1560。

[70] 有關東坡詞「豪」之內涵，詳本書〈宋代詞學中蘇辛詞「豪」之論〉一文。

[71] 見鄭騫：〈漫談蘇辛異同〉，《景午叢編》（臺北：中華書局，1972），頁268。

明月幾時有，把酒問青天。不知天上宮闕，今夕是何年。我欲乘風歸去，惟恐瓊樓玉宇，高處不勝寒。起舞弄清影，何似在人間。　轉朱閣，低綺户，照無眠。不應有恨，何事長向別時圓。人有悲歡離合，月有陰晴圓缺，此事古難全。但願人長久，千里共嬋娟。[72]

東坡與子由已五年不見，當初自請來密州，以為可以與弟重逢，沒想到事與願違，東坡心情之鬱悶，可以想見。此詞寫望月興感、懷念子由之情，同樣表達了時間推移、空間契闊的主題。前面的〈永遇樂〉，月亮與人的關係還不明顯，此首則融合了月亮與人情，有更高曠的表現。「人間」與「天上」是相對的存在情境：「人間」代表有限，變化是它的本質，生老病死、悲歡離合是人生難以避免的事情；「天上」則代表了不變的永恆境地，那裡是沒有煩惱的理想世界。東坡是因為經歷了太多苦惱，因而有此出世的癡想：是否脫離了凡軀，乘風歸去，就能得到永生？但他隨即就意識到：「惟恐瓊樓玉宇，高處不勝寒」，如此換來永恆的孤單與寂寞，個人忍受得了嗎？轉念一想：「起舞弄清影，何似在人間。」人間是我們唯一的生存處所，怎樣逃避也逃避不了，倒不如積極地、歡喜地接納它。東坡以為眞正的自由不在外，而在心裡，如能保持精神的自由，人間亦是天堂。這點體認相當重要。其實，在東坡的內心，現實成分居多，家中長子的責任感、儒家入世的精神，是他的根本。他可以藉釋道思想，憑個人天縱的才華、豐富的學識、寬大的襟抱，化解人間的苦悶，表現為曠達的人生觀，但他從不曾眞正有飛昇遠引之想，人間始終是他的福地，能安心

[72] 見《東坡樂府編年箋注》，頁103。

於此便是他永遠的家——「此心安處是吾鄉」（〈定風波・王定國歌兒柔奴……〉），是他畢生追求的目標。而在此尋覓心靈安頓的過程中，人間的情誼是他生命力量的重要來源，當中兄弟之情尤有和緩、互補、平衡、拉拔的作用。作爲兄長，東坡自覺地意識到，兄弟倆血脈相連、心靈相契，不能讓一己的情緒影響弟弟，他不能消沉，必須扮演積極指引的角色。因此，每當想起子由，一種剛健的意念、自我提升的力量不時會自他心內萌生，而展現在東坡的文學裡也往往因此而多了高朗峻拔的意境。兩兄弟彼此扶持成長，他們的精神世界息息相關，彷彿連成一體，要認識東坡的生命歷程或其文學進境，不能忽視另一方的關懷及其所帶來的影響；相對地，要了解子由亦然。回到這闋詞，東坡之有「起舞弄清影，何似在人間」的體悟，可見不是無因由的。至此，時間的緊張性緩和了，而相對地因空間相隔而帶來的悲感也同樣能化解。月圓人獨，觸景生恨，乃人之常情，但不要落入情緒的怨懟中，須知「人有悲歡離合，月有陰晴圓缺，此事古難全」，世間事物都有其相對性，很難配合得完美，又何必執著？我們唯一能肯定的就是人間情誼。人雖千里，共看明月，那麼美麗的月光就是交會著人間情愛的共體，人們可以藉月光知道彼此的心意，此情遂跨越了時空，彷彿永恆。東坡於此爲天上的明月賦予了人間的意義——月，不再是孤獨、冰冷的世界，而是人情相親之處，充滿著溫馨、美好的感覺。東坡帶領我們走出了一般歌詞的閨幃世界，跳出幽微細緻的迴蕩韻律，遠眺夜空，飛躍想像，用情體會，感受更久遠寬闊的時空世界，如此便能釋放固守一隅的淺狹心思，得到心靈的安頓。在這一首詞裡，東坡充分融合了情感、情意、情理，辭情轉折起伏，在婉麗的情韻中，別有清遠的意境。這可以說是「詩」與「詞」的最佳結合。

東坡塡詞至此，已能打通詩詞的界限，指出向上一路，提升了詞的語言和情意之境界。人生有別之感、歲月飄忽之嘆、此心安處之追尋，是東坡詞情的主軸。感、嘆，乃情之流露，是詞之爲體之韻味所在；而生命意境的追求，則須理、志、意之調節；兩相配合互動，遂形成了東坡詞清麗舒徐、韶秀、豪放、清曠等多種風貌。東坡畫論中有「出新意於法度之中」之說[73]，意謂：自出新意，不主故常，卻非漫無邊際，也要自然而合於法度，方不失體。這是常中有變，變而合常的觀念。東坡於畫作如是觀，他自己作詩爲文，乃至塡詞，都表現了同樣的創作特色。因此，詞在東坡手裡，不但可以詠妓、寫景，而且可以敘寫送別、思鄉、言志、述懷、傷逝、悼亡之情，題材突破了小詞的藩籬，卻仍不失詞體深婉之韻味；誠如胡寅所評：「詞曲者，古樂府之末造也。古樂府者，詩之傍行也。詩出於〈離騷〉、《楚詞》，而〈離騷〉者，變風變雅之怨而迫、哀而傷者也。其發乎情則同，止乎禮義則異，名其曰曲，以其曲盡人情耳。……眉山蘇氏一洗綺羅香澤之態，擺脫綢繆宛轉之度，使人登高望遠，舉首高歌，而逸懷浩氣超然乎塵垢之外。[74]」東坡詞，始終保持著詞體婉曲的特性，雖有高遠之氣格，不若婉約派之精巧典雅，但其語調情懷仍別具詞之動人韻致。一般認爲東坡之有超曠的詞境，歸因於他特有的天才與稟氣，超然物外，不受羈縛，事實上東坡絕非不食人間煙火，反而常常困擾在人情俗世中，但東坡的可貴處乃在於他採取了不迴避的態度，認眞生活，緣事體情，從中尋求出路，此時內在的機制便以理性調和感性，化鬱悶之氣爲雲淡風清，

[73] 語見〈書吳道子畫後〉，《東坡文集》，卷七十，頁2210-2211。
[74] 見胡寅：〈題酒邊詞〉，金啓華等編：《唐宋詞集序跋匯編》（南京：江蘇教育出版社，1990），頁117。

自然臻於妙遠之境。這與「入乎其內，出乎其外」之說頗有相通處。用情於人世，入乎其內，體會深切，而緣情以解悟，出乎其外，故情中有思，意韻遙深。以詞緣情的觀點看，情中有思，或思中有情，只要不離婉曲的情韻，便都屬合體。據此，所謂入「內」而出「外」、「於法度之中」「出新意」，兩說確實可以比並參看。再從另一個角度來審視，所謂「以詩爲詞」，亦未嘗不可納入這觀念去理解。以詩的語、意入詞，非要打破詞體，而是想藉詩來提升詞的境界，因此，詞的情韻便能多一份思致，更能予人不黏滯而有清麗俊朗之感。這不單純是的文學創作上求新變的表現而已，其實從這當中更可看到東坡如何藉情與理之協調以求得內在生命之安頓的一番努力。綜合以上的說法，若能超越形式、內容、情、意等單一的面向去思考，從「體」的完整性，內外交互相應的關係去掌握，就能知道「詩與詞」、「內與外」、「法與意」有著共通的精神：就是常中有變，變中有常。東坡說：「起舞弄清影，何似在人間？」這句話頗有妙理存乎其中，隨月轉動的身軀仍不離人世，但飛揚的心意卻能逸出體外。要了解東坡詞，乃至他的詩文書畫，甚至他的人生意境，須把握這一要領。如何在時空流變之中尋得身心的安定，一直都是東坡的生命課題。東坡早期詞，已有了初步的解答。可是人生多變，東坡日後如何面對？怎樣化解？東坡的徐州詞、黃州詞，已是另一階段。

附錄：東坡早期詞（熙寧十年前）各家編年簡表

【說明】

一、所據東坡詞編年版本：

朱本—朱祖謀校輯：《東坡樂府》，《彊村叢書》本。

龍本—龍沐勛：《東坡樂府箋》，臺北：華正書局，1980。

曹本—曹樹銘：《蘇東坡詞》，臺北：商務印書館，1983。

石唐本—石聲淮、唐玲玲：《東坡樂府編年箋注》，臺北：華正書局，1993。

薛本—薛瑞生：《東坡詞編年箋證》，西安：三秦出版社，1998。

鄒王本—鄒同慶、王宗堂：《蘇軾詞編年校注》，北京：中華書局，2002。

二、凡六家繫年相同者，可確認爲此期作品，以符號◎標示；而六家雖有參差，但所繫年份仍屬熙寧年間者，則以符號◯標示。

三、詞後所列出處，皆爲版本之有繫年者，諸家相同則並列，不同亦注明；而未見列名者，則屬其未篇年、存疑、互見或誤收詞，不另注出。

四、六家繫年相一致，蓋始於熙寧五年，東坡三十七歲通判杭州時。

五、歸納各本看法，去異存同，東坡熙寧五年至十年塡詞總數計63首（屬◎者，57首；屬◯者，6首）。

宋仁宗嘉祐五年（1060）　25歲　寫作地點：開封

浣溪沙（山色橫侵蘸暈霞）　薛本

宋仁宗嘉祐八年（1063）　28歲　寫作地點：鳳翔

南歌子（雨暗初疑夜）　薛本（朱本、龍本、曹本、石唐本：元豐二年；鄒王本：元豐五年）

南歌子（日出西山雨）　薛本（朱本、龍本、曹本、石唐本：元豐二年；鄒王本：元豐五年）

南歌子（帶酒衝山雨）　薛本（朱本、龍本、曹本、石唐本：元豐二年；鄒王本：元豐五年）

宋英宗治平元年（1064）　29歲　寫作地點：鳳翔

華清引（平時十月幸蓮湯）　薛本、石唐本、鄒王本

宋神宗熙寧三年（1070）　35歲　寫作地點：開封

一斛珠（洛城春晚）　薛本、鄒王本

訴衷情（小蓮初上琵琶弦）　薛本（鄒王本：熙寧七年）

宋神宗熙寧四年（1071）　36歲　寫作地點：泗州（開封往杭州）、楚州、揚州

南歌子（紺綰雙蟠髻）　薛本、鄒王本（石唐本：元豐八年）

南歌子（琥珀裝腰佩）　薛本、鄒王本（石唐本：元豐八年）

臨江仙（冬夜夜寒冰合井）　薛本

如夢令（城上層樓疊巘）　薛本（曹本：元豐二年；石唐本：

	熙寧七年；鄒王本：元豐七年）
臨江仙（尊酒何人懷李白）	薛本（曹本、石唐本：元豐八年；鄒王本：元祐六年）
宋神宗熙寧五年（1072）　37歲	**寫作地點：杭州（1首）**
◎浪淘沙（昨日出東城）	朱本、龍本、曹本、石唐本、薛本、鄒王本
南歌子（海上乘槎侶）	朱本、龍本、曹本、石唐本（薛本：元祐四年；鄒王本：元祐五年）
荷花媚（霞苞露荷碧）	鄒王本
雙荷葉（雙溪月）	鄒王本（朱本、龍本、曹本、石唐本、薛本：元豐二年）
宋神宗熙寧六年（1073）　38歲	**寫作地點：杭州（5首）**
◎行香子（一葉舟輕）	朱本、龍本、曹本、石唐本、薛本、鄒王本
◎祝英臺近（挂輕帆）	朱本、龍本、曹本、石唐本、薛本、鄒王本
◎瑞鷓鴣（城頭月落尙啼烏）	朱本、龍本、曹本、石唐本、薛本、鄒王本
◎瑞鷓鴣（碧山影裡小紅旗）	朱本、龍本、曹本、石唐本、薛本、鄒王本
◎臨江仙（四大從來都遍滿）	朱本、龍本、曹本、石唐本、薛本、鄒王本
菩薩蠻（繡簾高捲傾城出）	曹本、鄒王本
一叢花（今年春淺臘侵年）	曹本（石唐本、薛本、鄒王本：熙寧九年）

賀新郎（乳燕飛華屋）	曹本（薛本：元祐五年；鄒王本：紹聖二年）
蝶戀花（一顆櫻桃樊素口）	曹本（薛本：元祐二年）
清平調引（陌上花開蝴蝶飛）	薛本
清平調引（陌上山花無數開）	薛本
清平調引（生前富貴草頭露）	薛本
天仙子（走馬探花花發未）	薛本
宋神宗熙寧七年（1074）　39歲	**寫作地點：杭州、蘇州、潤州（35首）**
◎行香子（攜手江村）	朱本、龍本、曹本、石唐本、薛本、鄒王本
◎昭君怨（誰作桓伊三弄）	朱本、龍本、曹本、石唐本、薛本、鄒王本
◎蝶戀花（雨後春容清更麗）	朱本、龍本、曹本、石唐本、薛本、鄒王本
◎少年遊（去年相送）	朱本、龍本、曹本、石唐本、薛本、鄒王本
◎醉落魄（輕雲微月）	朱本、龍本、曹本、石唐本、薛本、鄒王本
◎卜算子（蜀客到江南）	朱本、龍本、曹本、石唐本、薛本、鄒王本
◎菩薩蠻（玉童西迓浮丘伯）	朱本、龍本、曹本、石唐本、薛本、鄒王本
◎虞美人（湖山信是東南美）	朱本、龍本、曹本、石唐本、薛本、鄒王本
◎訴衷情（錢塘風景古今奇）	朱本、龍本、曹本、石唐本、

	薛本、鄒王本
◎江神子（翠蛾羞黛怯人看）	朱本、龍本、曹本、石唐本、薛本、鄒王本
◎菩薩蠻（秋風湖上蕭蕭雨）	朱本、龍本、曹本、石唐本、薛本、鄒王本
◎清平樂（清淮濁汴）	朱本、龍本、曹本、石唐本、薛本、鄒王本
◎南鄉子（回首亂山橫）	朱本、龍本、曹本、石唐本、薛本、鄒王本
◎鵲橋仙（緱山仙子）	朱本、龍本、曹本、石唐本、薛本、鄒王本
◎泛金船（無情流水多情客）	朱本、龍本、曹本、石唐本、薛本、鄒王本
◎南鄉子（東武望餘杭）	朱本、龍本、曹本、石唐本、薛本、鄒王本
◎浣溪沙（縹緲危樓紫翠間）	朱本、龍本、曹本、石唐本、薛本、鄒王本
◎浣溪沙（白雪清詞出坐間）	朱本、龍本、曹本、石唐本、薛本、鄒王本
◎定風波（今古風流阮步兵）	朱本、龍本、曹本、石唐本、薛本、鄒王本
◎南鄉子（裙帶石榴紅）	朱本、龍本、曹本、石唐本、薛本、鄒王本
◎減字木蘭花（惟熊佳夢）	朱本、龍本、曹本、石唐本、薛本、鄒王本
◎菩薩蠻（天憐豪俊腰金晚）	朱本、龍本、曹本、石唐本、薛本、鄒王本

◎阮郎歸（一年三度過蘇臺）	朱本、龍本、曹本、石唐本、薛本、鄒王本
◎醉落魄（蒼顏華髮）	朱本、龍本、曹本、石唐本、薛本、鄒王本
◎菩薩蠻（玉笙不受朱脣暖）	朱本、龍本、曹本、石唐本、薛本、鄒王本
◎采桑子（多情多感仍多病）	朱本、龍本、曹本、石唐本、薛本、鄒王本
◎醉落魄（分攜如昨）	朱本、龍本、曹本、石唐本、薛本、鄒王本
◎浣溪沙（長記鳴琴子賤堂）	朱本、龍本、曹本、石唐本、薛本、鄒王本
◎更漏子（水涵空）	朱本、龍本、曹本、石唐本、薛本、鄒王本
◎沁園春（孤館燈青）	朱本、龍本、曹本、石唐本、薛本、鄒王本
○江神子（玉人家在鳳凰山）	朱本、龍本、曹本、薛本（石唐本、鄒王本：熙寧六年）
○江神子（鳳凰山下雨初晴）	朱本、龍本、曹本、石唐本（薛本、鄒王本：熙寧六年）
○永遇樂（長憶別時）	朱本、龍本、曹本、石唐本、鄒王本（薛本：熙寧八年）
○南鄉子（寒雀滿疏籬）	朱本、龍本、曹本、薛本、鄒王本（石唐本：熙寧八年）
○河滿子（見說岷峨悽愴）	朱本、龍本、曹本、石唐本（薛本、鄒王本：熙寧九年）
南鄉子（涼簟碧紗廚）	朱本、龍本、曹本、石唐本、

	薛本（鄒王本：元豐元年）
南鄉子（旌旆滿江湖）	朱本、龍本、曹本、薛本、鄒王本（石唐本：元豐元年）
菩薩蠻（娟娟缺月西南落）	龍本、曹本、石唐本、薛本、鄒王本（朱本：元豐二年）
減字木蘭花（鄭莊好客）	朱本、龍本、曹本、石唐本、薛本（鄒王本：元豐七年）
南歌子（欲執河梁手）	朱本、龍本、曹本、石唐本、薛本（鄒王本：元豐七年）
南歌子（苒苒中秋過）	朱本、龍本、曹本、石唐本（薛本：元祐四年；鄒王本：元祐五年）
減字木蘭花（空床響琢）	朱本、龍本、石唐本、薛本（曹本、鄒王本：元祐六年）
南鄉子（晚景落瓊杯）	朱本、龍本（曹本、鄒王本：元豐三年）
減字木蘭花（雲鬢傾倒）	曹本、鄒王本（薛本：熙寧四年）
減字木蘭花（銀箏旋品）	曹本、鄒王本
減字木蘭花（曉來風細）	薛本、鄒王本
南歌子（師唱誰家曲）	曹本（石唐本：元豐八年；鄒王本：元祐五年）
浣溪沙（畫隼橫江喜再遊）	薛本
浣溪沙（傾蓋相逢勝白頭）	薛本（曹本：元豐八年；鄒王本：元豐六年）
浣溪沙（炙手無人傍屋頭）	薛本（曹本：元豐八年；鄒王本：元豐六年）

蝶戀花（春事闌珊芳草歇）	薛本（曹本、鄒王本：元祐六年）
三部樂（美人如月）	薛本（鄒王本：紹聖三年）
減字木蘭花（琵琶絕藝）	薛本（鄒王本：紹聖四年）
占春芳（紅杏了）	鄒王本
減字木蘭花（雙龍對起）	鄒王本（朱本、龍本、曹本、石唐本、薛本：元祐五年）
宋神宗熙寧八年（1075）　40歲	**寫作地點：密州（5首）**
◎蝶戀花（燈火錢塘三五夜）	朱本、龍本、曹本、石唐本、薛本、鄒王本
◎江城子（十年生死兩茫茫）	朱本、龍本、曹本、石唐本、薛本、鄒王本
◎雨中花慢（今歲花時深院）	朱本、龍本、曹本、石唐本、薛本、鄒王本
◎江城子（老夫聊發少年狂）	朱本、龍本、曹本、石唐本、薛本、鄒王本
◎減字木蘭花（賢哉令尹）	朱本、龍本、曹本、石唐本、薛本、鄒王本
水龍吟（楚山修竹如雲）	朱本、龍本、曹本（石唐本：熙寧七年；薛本：元豐八年；鄒王本：元豐三年）
浣溪沙（珠檜絲杉冷欲霜）	石唐本（曹本：元祐六年；薛本：元祐三年；鄒王本：元祐四年）
浣溪沙（霜鬢真堪插拒霜）	石唐本（曹本：元祐六年；薛本：元祐三年；鄒王本：元祐四年）
減字木蘭花（春光亭下）	鄒王本（曹本：元祐七年；石唐本：元豐八年；薛本：元祐六年）

宋神宗熙寧九年（1076）　41歲　寫作地點：密州（10首）

◎蝶戀花（簾外東風交雨霰）	朱本、龍本、曹本、石唐本、薛本、鄒王本
◎滿江紅（天豈無情）	朱本、龍本、曹本、石唐本、薛本、鄒王本
◎殢人嬌（別駕來時）	朱本、龍本、曹本、石唐本、薛本、鄒王本
◎望江南（春未老）	朱本、龍本、曹本、石唐本、薛本、鄒王本
◎望江南（春已老）	朱本、龍本、曹本、石唐本、薛本、鄒王本
◎滿江紅（東武城南）	朱本、龍本、曹本、石唐本、薛本、鄒王本
◎水調歌頭（明月幾時有）	朱本、龍本、曹本、石唐本、薛本、鄒王本
◎畫堂春（柳花飛處麥搖波）	朱本、龍本、曹本、石唐本、薛本、鄒王本
◎江城子（前瞻馬耳九仙山）	朱本、龍本、曹本、石唐本、薛本、鄒王本
◎江城子（相從不覺又初寒）	朱本、龍本、曹本、石唐本、薛本、鄒王本
臨江仙（九十日春都過了）	薛本、鄒王本（朱本、龍本、曹本、石唐本：紹聖二年）

宋神宗熙寧十年（1077）　42歲　寫作地點：離密赴徐（7首）

◎陽關曲（濟南春好雪初晴）	朱本、龍本、曹本、石唐本、薛本、鄒王本

◎殢人嬌（滿院桃花）	朱本、龍本、曹本、石唐本、薛本、鄒王本
◎洞仙歌（江南臘盡）	朱本、龍本、曹本、石唐本、薛本、鄒王本
◎陽關曲（暮雲收盡溢清寒）	朱本、龍本、曹本、石唐本、薛本、鄒王本
◎水調歌頭（安石在東海）	朱本、龍本、曹本、石唐本、薛本、鄒王本
◎浣溪沙（一別姑蘇已四年）	朱本、龍本、曹本、石唐本、薛本、鄒王本
○南鄉子（不到謝公臺）	朱本、龍本、曹本（石唐本、薛本、鄒王本：熙寧七年）
浣溪沙（傅粉郎君又粉奴）	薛本、鄒王本
浣溪沙（四面垂楊十里荷）	曹本、鄒王本（薛本：元祐六年）
臨江仙（忘卻成都來十載）	薛本、鄒王本（曹本：元祐五年）
滿庭芳（香靉雕盤）	鄒王本（朱本、龍本、曹本、石唐本、薛本：元祐二年）

詞賦之間——東坡赤壁文學中的文體抉擇[1]

1 本文原題〈文體的抉擇——東坡赤壁文學析論〉，發表於世新大學中國文學系主辦「兩岸韻文學學術研討會」（2008年5月），後收錄於該系出版的《兩岸韻文學學術研討會論文集》（2009）。其後經過修訂，收入拙著《詞學文體論與史觀新論》（臺北：里仁書局，2010）一書，題爲〈東坡赤壁文學中的文體抉擇〉。

東坡的赤壁文學——〈念奴嬌‧赤壁懷古〉、〈前赤壁賦〉和〈後赤壁賦〉[2]——是東坡文學中的瑰寶。自宋迄今，這三篇作品都受到廣大讀者的喜愛，更是學界熱烈討論的對象。與之相關的研究內容涉及體製特色、藝術美感、思想意境、情事寄託、人地考證，涵蓋文、史、哲的範圍，兼顧了義理、詞章、考證諸層面，令人目不暇給[3]。加上後人不斷仿作和韻、雕刻繪圖、協律製曲，交相推衍詮釋，添了許多聲色之美，使作者與讀者之間，交融著古意與今情，共同締造了一則美麗的傳奇。

這三篇作品的文學性和思想性的特質，學界已多有討論，成果相當豐碩。筆者於此，沒有更多更新的看法，只是想提供另一思考的角度，讓我們更貼近東坡創作之用心。我的問題是：東坡爲何選擇「詞」和「賦」這兩種文體抒發他因赤壁而興感的情思？這擇體的動作本身有何意義？就了解一種文體更深層的結構而言，主體意識與文體特質之間的對應關係，尚有許多可挖掘探索的空間。東坡如何選體述情，緣情爲文，又如何辨析詞、賦的體式、體用之別，這些都是值得探討的課題。

文學作品的內在情意與外在文辭是相應一體的，主體的「情」與客體的「辭」融合一起才能構成較完整的文體概念。《文心雕龍‧體性》說：「夫情動而言形，理發而文見，蓋沿

[2] 〈念奴嬌‧赤壁懷古〉一詞，據龍榆生編：《東坡樂府箋》（臺北：華正書局，1980），卷二，頁152；〈前赤壁賦〉和〈後赤壁賦〉二文，據孔凡禮點校：《蘇軾文集》（北京：中華書局，1990），卷一，頁5-8。按：〈前赤壁賦〉原題〈赤壁賦〉，爲方便討論，依通行稱謂。

[3] 詳曾棗莊、曾濤編：《蘇詞彙評》（臺北：文史哲出版社，1998），頁41-53；曾棗莊、曾濤編：《蘇文彙評》（臺北：文史哲出版社，1998），頁3-28；林玫儀編：《詞學論著總目》（臺北：中央研究院中國文哲研究所籌備處，1995），頁1019-1033。

隱以至顯，因內而符外者也。」〈定勢〉篇亦云：「夫情致異區，文變殊術，莫不因情立體，即體成勢也。」[4]文學以感情、思想爲內涵特質，但內在的情思必須藉字句組織美化才能具體呈現。內在情思落實於文辭表現時第一個考慮到的要素，是文類的體式，因爲它是形式最基本的意義。各種文類的體式，會因文體的作用、性質之不同，而有不同的內容與面貌[5]。所謂「因情立體，即體成勢」，就是順著主觀情志的發展，結合客觀的形式要求，使情理、內容、文辭構成一個整體，如是性與體合，展現出內外一致的姿態——此即完整的文體觀。由此可見，情志在文體建立的過程中有著主導的作用，而辨體意識也相對重要。

東坡於赤壁，塡詞作賦，一而再，再而三，先後處理生命意義中「變與不變」的相關課題，有何內外的因素？東坡如何意識詞體、賦體的本質與功能？又在怎樣的心境下選擇詞體和賦篇？東坡緣事興感，或表現爲長短句的詞篇，或表現爲鋪敘的賦體，其間的情感質素，同中有異。因爲有相同的質性，皆緣於情，詞賦之間相繼創作，自有內在情意緊密相關處；而因爲情感本質略異，詞之與賦的抒情效能便不盡相同，遂形成各別的文體風格。東坡在謫黃時期，塡詞作賦，正反映了東坡心情的轉折及其藉不同文體以紓解內心矛盾的意識。其間，亦須注意東坡會通與適變的能力，他是如何依違於兩種文體之間，

---

4 見范文瀾：《文心雕龍注》（臺北：明倫出版社，1971），頁505、529。

5 更完整的文體面貌，應是這樣的：作品的體用（性質與功用）不同，人們對於其體源（文體的來源）、體製（指格律修辭、章句結構等形式概念）的認定便有差異，因之其所遵從的體要法則（理想的要則）也會有所不同，而個別作家、作品呈現了各自的體貌（作品實現後的整體印象），由此去別從同，便可歸納出文學的體式（可爲原則的式樣，普遍美的範疇），確立一種文體的特性。

正體中求變化，展現了怎樣的生命意態？本文旨在探究東坡這一創作歷程，論析其如何選體述情，以了解東坡在創作這一系列作品時轉換體製、內外調適過程中的意義。

一、東坡謫黃時期寫作詞賦的背景與動因

宋神宗元豐三年（1080）二月至元豐七年（1084）四月，東坡四十五至四十九歲，因「烏臺詩案」謫居黃州。據考，在這期間，東坡遊赤壁多達十次[6]。與赤壁有關且直以「赤壁」題名的作品有四篇：〈念奴嬌・赤壁懷古〉、〈前赤壁賦〉、〈後赤壁賦〉和〈記赤壁〉[7]。論文學價值，當以前三篇爲代表。這三篇作品的寫作年代是：〈前赤壁賦〉，元豐五年（1082）七月十六日；〈後赤壁賦〉，元豐五年十月十五日；〈念奴嬌〉一詞，諸本《東坡詞》多據傅藻《東坡紀年錄》編元豐五年七月[8]，惟鄭騫先生云：「東坡在黃五年，此詞作於何時，殊難考定。《紀年錄》之說，恐只是根據〈赤壁賦〉；其實五年之中，固未必僅於壬戌七月一游赤壁也。[9]」

蘇轍〈亡兄子瞻端明墓誌銘〉云：「既而謫居於黃，杜門

6 參饒學剛：〈東坡赤壁游蹤考〉，《蘇東坡在黃州》（北京：京華出版社，1999），頁81-93。

7 見《蘇軾文集》，卷七十一，頁2255-2256。按：此短文屬題跋類，亦收於《東坡志林》，題〈赤壁洞穴〉。

8 鄒同慶、王宗堂云：「元豐五年壬戌七月，作於黃州。傅藻《東坡紀年錄》：『元豐五年壬戌，公在黃州。七月，既望，泛舟於赤壁之下，作〈赤壁賦〉，又懷古作〈念奴嬌〉。』王文誥《蘇詩總案》卷二一：『元豐四年辛酉，十月，赤壁懷古作〈念奴嬌〉詞。』按：《紀年錄》與《總案》編年不一，皆無具體考證。朱本、龍本、曹本並從《紀年錄》。今依〈赤壁賦〉與《紀年錄》，亦編元豐五年七月。」見《蘇軾詞編年校註》（北京：中華書局，2002），頁399。按：現今各家東坡詞繫年著作，多編於元豐五年七月或稍後，寫作〈後赤壁賦〉之前。

9 見鄭騫：《詞選》（臺北：中國文化大學出版部，1995），頁51。

深居，馳騁翰墨，其文一變，如川之方至，而轍瞠然不能及矣。[10]」黃州時期，東坡文章有一變化，主要是由風格之雄辯滔滔、筆力縱橫變爲清新自然、空靈蘊藉，由多屬議論記敘的應用體（奏議、策論、政論、史論、雜記）變爲抒發個人情思的小品（散文賦、紀游隨筆、題跋、書簡），由大量「爲他」之作變爲「寫我」之篇，此期的作品結合了詩情、哲思和諧趣，最富文學的興味[11]。此外，詞的創作，表現抒情自我，數量增多，題材亦擴大，境界也提高——這階段可說是東坡詞的巔峰時期。而在黃州四年餘的貶謫生涯中，東坡的小品、詞篇及部分詩歌充分反映了他的生命情懷如何由餘悸猶存到隨緣自適的轉變歷程，其中有現實生活的挫折感、生命無常的感嘆、曠達人生的體悟、歸耕閒情的嚮往和山水遊玩的樂趣等。這些作品運筆構篇，大多圓融無痕，揮灑自如，雖偶不合體，卻天趣獨成，意境或清麗韶秀，或雄健俊逸，或超曠平和，俱見東坡之才華性情、學問襟抱[12]。當中，元豐五年是最關鍵的一年。這一年，四十七歲的東坡，心境變化極大，情緒最爲複雜，由苦悶、不安、悲嘆漸趨舒緩、平靜、放曠，在閉門自省、歸田躬耕、憂心國是、訪友閒吟、放浪山水的生活中，對時間推移、生命無奈之感特深，而相對地，希望回歸平淡、嚮往閒適生活之情尤切，如是，在夢與醒之間，情與理之際，由

[10] 見蘇轍：《欒城集》（上海：上海古籍出版社，1987），後集，卷二十二，頁1421-1422。

[11] 詳拙著：〈東坡黃州文散論〉，《中國文哲研究通訊》，第五卷，第三期，頁143-158。

[12] 王鵬運《半塘遺稿》：「北宋詞人，皆可撫擬得其彷彿，惟蘇文忠之清雄，敻乎遺塵絕跡，令人無從步趨。蓋霄壤相懸，寧止才華而已，其性情，其學問，其襟抱，舉非恆流所能夢見。詞家蘇辛並稱，其實辛猶人境也，蘇其殆仙乎？」按：此評也適用於東坡之詩文表現。

悲哀到曠達，轉折跌宕的情思，一一都記錄在東坡的詩文詞裡，留下了許多不朽的名篇——〈寒食雨〉二首、〈定風波〉（莫聽穿林打葉聲）、〈西江月〉（照野瀰瀰淺浪）、〈洞仙歌〉（冰肌玉骨）。東坡的前後〈赤壁賦〉，寫在這年秋冬之際，東坡矛盾難解的心情，藉著轉換文體，見證了他調整心態，誠懇面對生命的態度。赤壁文學的「情」「辭」特質，必須放在這個脈絡上來了解，才能有深切的體會，並見出它在這一關鍵時期的眞正意義。這牽涉到兩方面：在文辭表現上，爲何是詞體和賦篇成就了這時期最重要的文學意境？在情意內容上，是怎樣的生命議題、核心思想貫串了這一時期的文學脈絡，這與詞、賦的體性特質有何關係？

東坡在黃州時期所以選擇詞、小品、散文賦作爲主要的抒情文類，最顯著的原因是他有意避開正統的詩、文創作。請看東坡自己的說法：

> 某自竄逐以來，不復作詩與文字。所諭四望起廢，固宿志所願，但多難畏人，遂不敢爾。（〈與陳朝請書〉）

> 見教作詩，既才思拙陋，又多難畏人，不作一字者，已三年矣。（〈與上官彝書〉）

> 某自得罪，不復作詩文，公所知也。不惟筆硯荒廢，實以多難畏人，雖知無所寄意，然好事者不肯見置，開口得罪，不如且已，不惟自守如此，亦願公已之。百種巧辯，均是綺語，如去塵垢，勿復措意爲佳也。（〈與沈睿達書〉）

所要亭記，豈敢於吾兄有所惜，但多難畏人，不復作文字，惟時作僧佛語耳。（〈與程彝仲書〉）[13]

「飢寒未至且安居，憂患已空猶夢怕。」（〈次韻定惠院寓居月夜偶出〉）東坡以詩文獲罪，責授黃州，面對寂寥的貶謫生涯，艱困的物質環境，東坡倒能調整心態以適應，然而挫折後的陰影一時難以抹去，心靈上的創傷也不易撫平。東坡一直說「多難畏人」，眞是他極沉痛的心聲。因爲餘悸猶在，東坡不但屢屢自戒爲文，更規勸故友少措意於此。不過，所謂「不復作詩文」、「不復作文字」，不是眞正完全停止詩文的寫作，也不是不想再用文字敘說種種人間情事和心中感受，而是有所選擇、有所迴避。這要從文字抒寫的情意內容來了解。東坡想屏棄的應是寓有政治意味、批判性質的詩文。換言之，爲了避禍，不至於落人口實，像「詩案」前那些「緣詩人之義，託事以諷，庶幾有補於國」（〈亡兄子瞻端明墓誌銘〉）的詩篇，「言必中當世之過」（〈鳧繹先生詩集敘〉）的議論文章，儘量不再寫作，而非杜絕一切詩詞文賦。在這樣的原則下，東坡收斂其關心時事、批評朝政的議論筆意，將大部分的心力轉往詩文之外的他體，回歸日常生活中閒情雜事之敘寫，表達其情意世界裡哀樂悲歡之感受，以及生命意境的探尋與體悟，遂成就了東坡文學的藝術意境最純淨而高妙的一個時期。

一般來說，詞與小品的議論性不如詩文，與現實政治之關係相對也比較疏遠。譬如小詞這種文體，唐五代以來往往被視爲小道末技，一般詞人多寫閨閣庭園之景、傷春怨別之情，而

[13] 見《蘇軾文集》，卷五十七，頁1709、1713；卷五十八，頁1745、1752。

士大夫藉以抒懷，也不外「高堂華燭酒闌人散之空虛」、「登山臨水棲遲零落之苦悶」[14]的內容，鮮少直言家國忠愛之事[15]，如此「卑下」之體，多被視作遊戲之作，不易引起更多弦外之想，自然不易受到正統文人特別的關注與青睞，引起廣泛的迴響。東坡自杭州開始塡詞，寫景述情，由以詞協樂到以詩爲詞，到此時已駕輕就熟。因爲在心理上沒有言志寄託的負擔，也無政治效應的顧忌，因此很容易便選上這種比較「安全」的文體揮灑情思。至於賦體，本具鋪陳的特色，又經歐陽修等人所倡導的古文運動，文人作賦，語言轉趨平易，散文化的傾向愈明朗，重哲理，求妙趣，多關切一般的生活情事、人生感悟，不復楚騷漢賦之多諷諭比興寄託之意，也少揭示社會問題、反映政治見解之作。東坡有不少賦篇，像〈灩澦堆賦〉、〈黠鼠賦〉，對人情物理作深刻的描述與分析，閃耀著智慧的火花[16]。像這類文賦，無涉於政治現實，自不易招惹是非。

東坡赤壁文學之以詞和賦體表現，誠如上述，當然與他有意擯棄詩文的態度有關，但這不是唯一且絕對的因素；詩文減產，只是消極的條件，因爲除了有爭議性或自知會惹是非的題材外，東坡其實不曾完全終止詩文的創作[17]。退一步想，如

[14] 見鄭騫：〈成府談詞〉，《景午叢編》（臺北：中華書局，1972），頁252。按：此評晏幾道、秦觀之語也，也適用於一般傷感詞人。

[15] 婉約詞人多藉詞抒個人今昔之嘆、婉轉幽微之感，即使豪放派詞人也很少以詞直批時政、暢論家國忠愛之事。鄭騫〈杜著辛棄疾評傳序〉云：「稼軒是忠義之士，但他的詞卻很少纏綿忠愛之作，很少直接說到國家。他所寫的都是他個人的壯慨之懷，鬱勃之氣，與夫退居時的閒而不適之情。要想知道稼軒謀國的忠藎，不肯偏安事敵的志節，須從他的言論如九議十論，和他歷官中外時一切實際設施上去看，在詞裡是找不到的。」（見《景午叢編》，頁134。）這是一個重要的例證。

[16] 參馬積高：《賦史》（上海：上海古籍出版社，1987），頁381-386、424-430。

[17] 就詩的寫作而言，林玟玲以爲：「詩一向是東坡抒寫情志的主要文體，根據王文誥的編年統計，除了四度任官京華，費心於國家大政，無暇、無心寫詩，而導致作品數量銳減之外，東坡詩的創作活力都相當旺盛。可是，黃州時期卻是一個例外。東

果詩詞文的情意內容和情感質素都一樣的話，東坡自可藉詩文抒發與赤壁相關的情懷，但很顯然的東坡當時係依情感本質選擇了更合適的文體作表達。這情感本質，關係到作者緣情興感的內在動因，是我們應關切的要點。另須了解的是，擇體未必是特別刻意的安排，也不一定是強烈意識的運作，很多時候只是「情」之所至，因勢得體，自然成文的。東坡〈自評文〉說：「吾文如萬斛泉湧，不擇地而出，在平地滔滔汩汩，雖一日千里無難。及其與山石曲折，隨物賦形，而不可知也。所可知者，常行於所當行，常止於不可不止，如是而已矣。其他雖吾亦不能知也。[18]」如果將文中所謂「如萬斛泉湧」的「文」比作豐沛的情思，那麼順著這如水的各種情思，「與山石曲折，隨物賦形」，就好像因勢而得體，爲其所欲表現的個別情懷賦予具體的型態，成爲可資鑑別的文體，如江河溪澗，各具面目。就東坡來說，詩文是他泉湧匯聚的主流，一旦減少詩文的創作，如同有意遏止奔瀉的水勢，堵住寬闊的河道，但感思始終不斷，人情終究難捨，那壓抑低回的情意遂不得不轉入旁支暗流，另闢曲徑通幽之境。東坡黃州時期的詞、小品、散文賦就在這態勢下大量出現。至於赤壁文學之以詞、賦表現，則可見東坡緣情覓體，順勢將湧現的情思隨時調整姿態匯入合適的渠道的一番努力。緣情興感，發而爲文，有不得不然之勢，但文體的取捨與轉換之間，也非純任自然，亦自有其理性之考量，可見其擇體以導情之用心。

坡自元豐三年二月抵達黃州，到元豐七年四月離開黃州，居住時間共四年兩個月，完成的詩篇卻只有一百七十四首，比起昔日通判杭州三年多，得詩三百三十餘首，出守徐州兩年，得詩三百餘首的情形，差距甚大，顯見其下筆之謹愼。」見《東坡黃州詞研究》（臺北：國立臺灣大學中文研究所碩士論文，1986），頁81。

[18] 見《蘇軾文集》，卷六十六，頁2069。

東坡一本於情，往往能在自由與限制中選體而創體（或變體），表現出既有突破又能守法度，常中有變的寫作特色[19]。赤壁文學中，〈念奴嬌〉之以詩爲詞，發爲豪放悲壯之調，前後〈赤壁賦〉之詩化與散文化之表現，寫出空曠高遠之境，都秉持著這創作精神。我們更想追問的是：這形式背後是怎樣的內在情意？這於常中求變的動作本身有何存在意義？如把三篇作品貫串一起，則其共同關注的主題是甚麼？尤其在這貶謫生涯中，東坡想藉此梳理怎樣的人生難題？

我們不妨先從詞作爲一種表達方式入手，認識它的抒情特質，以體察東坡依違於此體的意義。之前，筆者曾爲文探索東坡通判杭州（宋神宗熙寧四年至熙寧七年，1071-1074，36歲-39歲）開始塡詞的內在動因及其由詩而詞（杭州到密州）的創作歷程[20]。該文有幾個重點，對我們了解東坡之所以用詞體述赤壁懷古之情甚有幫助，在這裡複述一遍，方便下文的討論：一、所謂宋詩主理、宋詞主情，是一相對的概念，其實，宋詩未必無情，宋詞亦未必無理，只是情理特質各有偏重而已。宋人作詩，重直感，尙反省，善體悟，甚少感傷情調，因此其在意、理、趣的表現上，別具特色。作者因情興感、緣感解悟，遂表現爲情感、情理、情意、情趣之格。詩與詞的交集就在「情」之中。東坡感傷之情，緣事因時而生，是他的眞實感受，而將之發爲詩或寫作詞，其間的情感質素，同中有異。

---

[19] 拙著〈宋代詞學中蘇辛詞「豪」之論〉云：「所謂『出新意於法度之中，寄妙理於豪放之外』，意即於法度之中別出新意、於豪放之外寄託妙理，兩句的意義交相呼應，互有補充，彷彿形成一個更迭翻轉的論述：常中有變，豪放（變體）中有妙理（常道）。綜論之，豪放即有新意的表現，不主故常，勇於突破，但卻也不是沖激奔瀉、漫無邊際的，當中必有妙理存乎其中，自然合於法度；如是常變交替，收放自如，遺貌存神，便能達到出神入化的境地。」

[20] 見本書〈由詩到詞——東坡早期詞的創作歷程〉。

因為有相同的質性，皆緣於情，於作詩之餘而為詞，自然而然，並無扞格；因為情感本質有異，詩與詞的抒情效能便不盡相同，遂形成各別的文體風格。二、詞的美感質素在其情韻。詞的抒情特性，主要是以時空與人事對照為主軸，在情與景、今與昔、變與不變的對比安排下，緣於人間情愛之專注執著和對時光流逝的無窮感嘆，美人遲暮、春花易落、好夢頻驚、理想成空等情思遂變成詞的主題。而詞的體製，如樂律章節之重複節奏、文辭句法的平衡對稱，更強化了這種婉轉低回、留連反覆的情感質性。因此，所謂詞的情韻，就是一種冉冉韶光意識與悠悠音韻節奏結合而成的情感韻律，迴環往復，通常以好景不常、人生易逝之嘆為主調，別具婉曲之致。詞，介乎「詩」「樂」之間。詞的情韻近「樂」，容易陷溺於迴盪往復的節奏，而其所抒發的哀傷嘆逝之情，往往能深化詞的婉曲特性，使之轉為幽微密麗，語意纏綿；詞的情韻近「詩」，則緣情興感，往往能結合情意情理情趣，並藉其觀照解悟之能，梳理滌蕩深摯的情思，而臻清麗韶秀之境。三、東坡緣情為詞的關鍵，就在於他生命中有著敏感而深刻的時空推移變換的意識。東坡第一次與弟蘇轍（子由）分離，賦詩云：「亦知人生要有別，但恐歲月去飄忽。」[21]東坡在理智上當然知道「人生有別」，在所難免；但在情緒上則更憂慮「歲月飄忽」，一切彷彿都在變化中，產生許多不安定感。在這之中，時間之傷是最沉痛的；因為意識到時間無情的飄逝，更加深了空間契闊之感、傷逝之情。東坡在人世間出入進退，形成他情思起伏跌宕的一生。如何在「人生有別」、「歲月飄忽」的感傷中，覓得

---

[21]〈辛丑十一月十九日既與子由別於鄭州西門之外馬上賦詩一篇寄之〉一詩，作於宋仁宗嘉祐六年（1061）簽判鳳翔時。

心靈的依歸，在時空變幻裡尋得生命的安頓，是東坡一生的大課題，此後他的文學充分反映了他這段上下求索的歷程。這是東坡生命底層的憂患意識，源自天生的一份直覺。憑藉他的才學、性情與襟抱，自有超曠的體悟，表現爲瀟灑俊朗之姿；但有時亦會因失志流轉，而掉入傷悲的境地，發爲低回幽咽之音。可以這樣說，東坡同具詩心與詞心，至於爲文選體是出之以詩或見之於詞，這要看他當時的生涯歷驗、時空環境，他的情懷意志是往高處去還是往低處沉了。四、東坡「以詩爲詞」，藉詩理、詩趣來提升詞的意境，如是，詞的情韻便能多一份思致。這詩化的意念，正可看到東坡協調情理以求得內在生命之安頓的一番努力。五、人生有別之感、歲月飄忽之嘆、此心安處之追尋，是東坡詞情的主軸。其傷逝感嘆，乃情之流露，是詞之爲體之韻味所在；而生命意境的追求，則須理、志、意之調節。兩相配合互動，遂形成了東坡詞清麗舒徐、豪雄放曠等多種風貌。

東坡杭州初爲詞，詞中表達了他宦途失志、離別感傷之情，以及多年以來隱藏於心底的時空流轉之悲。這心境與詞韻相應，便容易由剛開始的應歌寫景之作轉爲個人情意的表白，那是「性與體合」的自然之勢。東坡由杭赴密，歲月飄忽之感特濃，「行役之苦況，家國之痛感，仕途之浮沉，人生之悲涼」，屢見於詞[22]，尤多「老」「病」之感[23]。密州時期的東

22 見薛瑞生：〈論蘇東坡及其詞〉，《東坡詞編年箋證》（西安：三秦出版社，1998），頁40。

23 〈阮郎歸・一年三過蘇……〉：「情未盡，老先催。人生眞可咍。」〈醉落魄・蘇州閶門留別〉：「蒼顏華髮，故山歸計何時決。」〈潤州甘露寺多景樓……〉：「多情多感仍多病，多景樓中。尊酒相逢，樂事回頭一笑空。」〈醉落魄・席上呈楊元素〉：「分攜如昨，人生到處萍漂泊。偶然相聚還離索。多愁多病，須信從來錯。」

坡詞，流露的情感更爲寂寥，有時透著幾分淒涼，而悼亡妻賦〈江城子〉（十年生死兩茫茫），懷子由作〈水調歌頭〉（明月幾時有），則更添生離死別之嘆。仔細觀察東坡黃州以前所作詞篇，題材雖有寫景酬唱、送別懷人、思鄉念遠、言志述懷等多種，大抵不離「人生有別」、「歲月飄忽」的主調。如何在時空流變之中尋得身心安定，一直都是東坡的生命課題。到了徐州之後的東坡，不但依然無法獲得心靈的平靜，反而更增無常之感。〈永遇樂・彭城夜宿燕子樓夢盼盼〉一詞吟出了「古今如夢」的深悲。詞以對比的美感爲基調，而相對的情懷中，則以眞與假、夢境與現實之間的對比最爲強烈。如果不是遭逢極大的磨難，有極痛的感受，而且不是對人世仍有所眷戀、有執著不悔的情，是不容易激盪出深切的人生如夢的感慨的。東坡一生多變，在入世與出世間掙扎徘徊，感受既多且深。此時的東坡，抗退洪水，建立事功，自信可留名於千古，然而，當夜深人靜，面對徐州的歷史陳跡——人去樓空的燕子樓——思前想後，頓生人間空茫之感：「古今如夢，何曾夢覺，但有舊歡新怨。異時對、黃樓夜景，爲余浩歎！」東坡〈永遇樂〉一詞關心的主旨就是「時間」。詞從一個夢境開始，是醒後所見抑夢中景象，有時眞分不清，這形成了循環無終始的狀態。夢如眞，眞如夢，但一覺醒來，轉瞬之間，想回去之前的世界，怎麼也回不去了。無論「天涯倦客」之離家千里，「佳人」之死後多年，都一樣無法克服時空之差距，重返故地，重回人世。最後東坡點出了人間的宿命：古往今來，如同一場大夢，誰能從夢中眞箇醒來？因爲醒不來，所以永遠就糾纏在舊歡新怨相對的情緒中，永遠不得安寧。東坡因燕子樓而思盼盼，後人登黃樓而悼東坡，總是如此，輪迴不已，掙脫不了，這人世無常的悲哀。人之所以沉醉於夢，無法轉醒，主要是因爲有一份情在。詞，唱出了這「剪不斷，理還亂」的情思，因此就譜成了永恆的哀歌：舊歡不再，新怨不斷，抑揚跌宕的情感節奏中，迴蕩著歲月飄忽、別恨無窮、今不如昔的主旋律。東坡在〈念奴嬌〉中並不諱言「多情應笑我」，他用情深，悲感愈強，詞的情韻便愈深摯。東坡此情不渝，則他的詞便不會終止吟唱。黃州時期，東坡以詞爲抒情主調，不是無因由的。劫後餘生，經歷了生死交戰，人生際遇顛倒翻覆所形成的對照感，生活的拮据，心靈的創傷，時間的焦慮，這些深沉抑鬱、迂迴曲折的情緒，都與詞的回環往復的哀怨旋律相應和。

「烏臺詩案」，是東坡政治生涯中的一次驚濤駭浪，仿如一場惡夢，比〈永遇樂〉的直感更富眞實的況味。這一場夢，東坡也不知何時能醒來？如何自處於身心煎熬的貶謫歲月，是東坡黃州時期最要面對的難題。黃州時期，理想與現實之間的衝突更爲激烈，生死禍福難測的遭遇更加深了他人事無常的感慨，人生如夢之感尤其深刻[24]。〈西江月・黃州中秋〉說：「世事一場大夢，人生幾度新涼？」這是他以眞實的生命歷驗所體證的人生虛幻、歲月無情的感受。剛到黃州，東坡內心餘悸猶存，面對現實生活更感無奈悵惘。年餘之後，東坡已漸適應逐客生活，心情平靜了許多。但時間推移的哀感，仍隨時襲上心頭：「不惜青春忽忽過，但恐歡意年年謝。」（〈定惠院

[24] 黃州詞中屢見「夢」字：「醉夢昏昏曉未蘇」（〈浣溪沙〉）、「人間如夢」（〈念奴嬌〉）、「萬事到頭都是夢」（〈南鄉子〉）、「眞夢裡，相對殘釭」（〈滿庭芳〉）、「笑勞生一夢，羈旅三年，又還重九」（〈醉蓬萊〉）、「身外儻來都似夢」（〈十拍子〉）。東坡詩文亦如是：「追思曩時，眞一夢也」（〈書游吳江垂虹亭記〉）、「一年如一夢」（〈岐亭〉之二）、「事如春夢了無痕」（〈正月二十日，與潘、郭二生出郊尋春，忽記去年是日同至女王城作詩，乃和前韻〉）。

寓居月夜偶出〉）「萬事如花不可期，餘年似酒那禁瀉。……長江袞袞空自流，白髮紛紛寧少借。」（〈次韻前篇〉）「人似秋鴻來有信，事如春夢了無痕。」（〈正月二十日與潘、郭二生出郊尋春……〉）[25]元豐五年，是東坡夢醒之間輾轉反覆、情緒相當波動的一年。是年初春，東坡躬耕於「東坡」，休憩於「雪堂」，感到滿意自適，以爲與陶潛隱居生活的意境相似，心嚮往之，作〈江城子〉一詞以明志，充滿期待的喜悅。詞云：「夢中了了醉中醒。只淵明，是前生。……都是斜川當日景，吾老矣，寄餘齡。」在人生的大夢中，不願再任由擺佈，求得自我的清醒，決定生命的取向，可見東坡正以積極進取的態度迎接新的一年以及未來。此次，東坡初識淵明，是「見山是山」的第一階段；淵明歸田，是自由意志的選擇，但東坡躬耕，卻有點身不由己，相當無奈。此時東坡其實仍未完全斷絕儒家用世之念。等到再任朝官，遠謫南荒，東坡又重會淵明，那已是晚年的事了。這年春天東坡正作好努力耕種的準備，不料，天不從人願，連下兩個月的雨，他的心情跌落了谷底。〈寒食雨〉二詩，前首寫雨中海棠凋謝，自己謫居臥病，兩相對照，惜花自憐，無限傷感；次首寫居家生活的危愁苦困，苦悶隔絕的生活中竟忘了身邊的歲月，結語四句發出了極爲沉痛的哀鳴：「君門深九重，墳墓在萬里。也擬哭途窮，死灰吹不起。」所謂報國無門，歸家不得，進退失據，陷入了絕境。這是東坡一生中出語最淒然絕望的詩篇。三月七日，東坡沙湖道中遇雨，不久放晴，作〈定風波〉一詞，寫出了悠然自得於雨中的心情，及超越了人世風雨晴陽，達到寵辱皆忘、得失不縈於懷的坦然自在的境地：「回首向來蕭瑟處，歸去，也

[25] 見《蘇軾詩集》卷二十，頁1033-1034；卷二十一，頁1105。

無風雨也無晴。」這是東坡於人生風雨的困境中走出，自我惕勵的心聲。其實，東坡此時仍未眞正能平定人生的波瀾，了然無罣礙。因爲他始終仍在意時序之遷移、年華之流逝。〈浣溪沙〉說：「誰道人生無再少？門前流水尚能西，休將白髮唱黃雞。」由反常的現象，抒發理趣，看似幽默自在，此中實有時間憂懼之感存焉。是年夏日，東坡想起四十年前在家鄉的童年舊事，作〈洞仙歌〉一首；整首詞所關心的仍是時間的主題：「但屈指西風幾時來，又不道、流年暗中偷換。」寫花蕊夫人納涼情景，百年往事，依稀目前，細細回味中，時間不曾停歇。東坡借事述懷，流露出韶光暗逝的哀嘆[26]。周汝昌先生說得好：「當大熱之際，人爲思涼，誰不渴盼秋風早到，送爽驅炎？然而於此之間，誰又遑計夏逐年消，人隨秋老乎？……流光不待，即在人的想望追求中而偷偷逝盡矣！當朱氏老尼追憶幼年之事，昶、蕊早已無存，而當東坡懷思製曲之時，老尼又復安在？當後人讀坡詞時，坡又何處？[27]」東坡面對時間飄忽，難以自持的感嘆，極是深沉。入秋以後，東坡的前後〈赤壁賦〉便相繼出現。

赤壁文學的出現，不是一仍之前的詩和小詞，盡是抒發現實生活的哀嘆、時空流轉之悲，而是用更長的篇章，由情及理，不斷轉換角度，透視人生的困境，並思以解脫。這三篇作品就記錄了東坡誠懇面對生命的歷程。

---

[26] 《雲韶集》卷一評曰：「結二語嗚嗚咽咽，我不忍卒讀。」見《蘇軾詞編年校註》，頁422。又施開誠〈淺談蘇軾的婉約詞〉說：「在純眞的愛情生活描寫中融入了作者年華易逝、青春不再的淡淡哀愁。」見朱靖華等編：《蘇軾詞新釋輯評》（北京：中國書店，2007），頁730。

[27] 見《唐宋詞鑑賞辭典——唐五代北宋卷》（上海：上海辭書出版社，1988），頁676。

東坡此時面對的問題其實比之前複雜得多。生活的貧窮，身體的疾病；須躬耕於東坡，又放浪於山水間；既潛心於佛道思想，以求靜而達之境，又不能盡忘家國之慮，徒生許多苦惱[28]。元豐四、五年間，東坡黃州生活逐漸安穩下來後，心境放寬了些，朋友來往不少，書信往返增多，言談暢論之中，不免激起熱切關懷時政之心。譬如，元豐五年，西夏戰事起了變化，東坡憂慮不已，便主動寫信給滕達道，問他「西事得其詳乎」[29]？在〈黃州上文潞公書〉中，表達了他憂心徐州諸郡盜賊爲患的事[30]。可是，愈有濟世的想法，愈是心繫家國大事，對儒家思想愈加肯定，東坡有心無力，便更感生命徒然落空的悲哀：「舊學消亡，夙心掃地，枵然爲世之廢物矣！[31]」如將己身放置於歷史的長河中，較量得失，自己又佔著怎樣的地位？短暫的一生，如何能成就不朽的名聲？神遊故國，緬懷前人功績，東坡能不愧乎？所謂懷古，旨在傷今，宣洩的是一己的深悲。東坡的赤壁文學就是在這樣的背景下產生的——長久以來對時空變換的憂懼，夾雜時事的關懷，有著歷史的感悟，自然拓寬了他審視人生意境的幅度。

二、〈念奴嬌〉的情辭表現及其內在糾葛

如何在時間之流中覓得生命的安頓？如何在自由與限制中找得平衡？如何在變與不變之中找到人生的定理？這些都是東

[28] 詳饒學剛：〈東坡貶居黃州功業考〉，《蘇東坡在黃州》，頁24-57。按：該文上篇，論東坡黃州的生活思想，歸爲：「貧窮、疾病、餘悸交加」、「勞作、遊覽、修煉結合」兩項；中篇論東坡黃州的政治態度，則分：「主恩未報恥歸田」、「雖廢棄，未忘爲國家慮也」、「悲歌爲黎元，人飽我愁無」三項。據此，東坡在黃州的生活與心境，則可見其梗概了。

[29] 見〈與滕達道〉，《蘇軾文集》，卷五十一，頁1481。

[30] 見《蘇軾文集》，卷四十八，頁1379-1380。

[31] 見〈題子明詩後〉，《蘇軾文集》，卷六十八，頁2132。

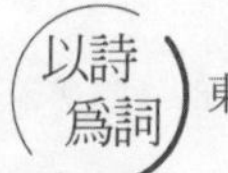

坡赤壁文學所要處理的人生課題。在虛與實之間，在情與理之際，東坡選體述情，塡詞作賦，可看出他在謫黃時期心情的轉折變化，以及因體反省，換體以調節心情，掙脫困局，開創意境的用心。

李一冰《蘇東坡新傳》論述東坡寫赤壁文學時的心境說：

> 自從貶謫黃州，物質生活當然大不如前，但這並不重要，蘇軾的痛苦，是時間對他的壓迫。本來，人的生命，具有「倉促即逝」的特質，蘇軾在黃州，正是人生的盛年，發揮抱負，成功立業的黃金時代，怎禁得起在此荒瘴江城裡平白浪擲，……。蘇軾每常感慨生命短暫，時有「人生如寄」的喟嘆，而現在則被投諸荒城，浪費歲月；蘇軾是個賦性豪放，歡喜活動的人，現在卻被拘限於黃州一個偏鄙的小天地裡，動彈不得，積鬱之下，不免有突破空間的衝動。[32]

這裡提到的時、空意識，是了解東坡赤壁文學的重要關鍵。東坡面對逐客生涯，最先要克服的是心理上時間推移的無窮壓力，眼見今不如昔、未來無指望的情況，心緒抑鬱難解。誠如上文所說，詞的迴環往復的哀怨旋律正與這情懷相應，因此，詞成爲東坡文學的抒情主調，是不難理解的。而東坡在詞的情韻中注入詩的意境與豪情，可見其不甘淪落、意欲奮起的生命意態，〈定風波〉如是，〈念奴嬌〉亦復如是。東坡「以詩爲詞」的精神（藉詩理詩趣提升詞的意境，如是協調情理以求得

---

[32] 見李一冰：《蘇東坡新傳》（臺北：聯經出版事業公司，1983），頁373。

內在生命之安頓）是貫徹於他整個文學生命的。「時間對他的壓迫」，是下沉的力量，而「突破空間的衝動」，就是反撲的力量，如此一上一下，拉扯抗衡，抑揚頓挫，便形成東坡文學的跌宕之姿。所謂突破空間，不僅僅是身體從局促簡陋的家居生活，走向大自然，放浪於山水之間而已，更是心靈上要從個人的情緒釋放出來，觀照上下古今，融入自然，與天地合一。鄭騫先生釋東坡詞「曠」說：「曠者，能擺脫之謂。能擺脫故能瀟灑。這都是性情襟抱上的事。[33]」又說：「曠者能擺脫，故蘇詞寫情感每從窄處轉向寬處。[34]」東坡未必每首詞都能達到曠的意境，但東坡文學的進程，隨著生命境界的提升，總是朝這方向走去的。由偏執到放曠，由情達理，赤壁文學中之寫〈念奴嬌〉，並由〈前赤壁賦〉寫到〈後赤壁賦〉，就是要「從窄處轉向寬處」的意境推進。

元豐五年夏日，東坡賦〈洞仙歌〉，因流年無情、暗中偷換所引起的傷感，一種淒涼的弔古情懷似乎仍縈繞在東坡心裡，七月以後的東坡，夜遊赤壁，藉賦體譜寫他面對變化的人生而能入其內而出其外的解悟歷程。〈念奴嬌〉一詞，如前所述，近代學者多編於元豐五年七月或稍後，寫作〈後赤壁賦〉之前，而鄭騫先生則認爲沒有明確的證據可證實其必作於是年七月，謫黃五年中都有可能。雖然，我們不能貿然斷定〈念奴嬌〉係同年之作，但時空之嘆是東坡黃州詞的主調，而將個人納入歷史中對照生命的意義，是以儒家爲己任的東坡得須面對的課題。換言之，這份詞情始終縈繞在東坡心中。由緣情的詞體入手，再探析鋪述情志的賦篇，可看出東坡如何以理導情、

[33] 見鄭騫：〈漫談蘇辛異同〉，《景午叢編》（臺北：中華書局，1972），頁268。
[34] 見鄭騫：〈成府談詞〉，《景午叢編》，頁257。

因理悟道的歷程，雖然在現實人生中情緒的波動時起時落，未必都能永遠保持靈明的狀態，但在理論層次上，這樣的安排是有其內在的必然性的，因爲從〈永遇樂〉到〈洞仙歌〉，東坡詞已導向人與歷史對照的命題，這傷感的基調，與〈念奴嬌〉的創作，可以說是一脈相連。

東坡作〈念奴嬌．赤壁懷古〉，係以最能抒時間感傷之情的詞體譜寫他的對照古今、由人及己的悲慨：

> 大江東去，浪淘盡、千古風流人物。故壘西邊，人道是、三國周郎赤壁。亂石崩雲，驚濤裂岸，捲起千堆雪。江山如畫，一時多少豪傑。　遙想公瑾當年，小喬初嫁了，雄姿英發。羽扇綸巾，談笑間、強虜灰飛煙滅。故國神游，多情應笑我，早生華髮。人生如夢，一尊還酹江月。

此詞有雙重的對比性，形成更激越的悲劇感：以不變的江河對照短暫的人生，更覺渺小與虛幻；在雄偉的江山面前，緬懷英雄事蹟，慨嘆自己功名未就，壯志不酬，對比性愈強，感傷愈重。「大江」，在這裡，是時間流逝的象徵，而且是自然永恆不變的形貌。對照個人與歷史：人歌人哭，朝代更替，江河依舊長流不息。個人之於歷史，歷史之於自然；它們各別的對比性，意境實有大小之別。個人如何從歷史的悲慨中走出，從相對的情懷中醒來，重回自然的懷抱，這是東坡此詞最後想臻至的境界。

〈念奴嬌〉一詞，明白地強化了時空、人我、情理的對比性特質，最合詞體抑揚跌宕的情感結構，形成既雄壯又悲慨的風格，最爲人所稱道。時間的感傷，仍是此詞的主題意識。而詞的美感特質既在其情韻，東坡臨赤壁而生遐想[35]，緣情興感，選詞以揮灑其豪慨之懷，所以這首詞主要仍在抒情，不在議論。夏敬觀《手批東坡詞》說：「東坡詞，……如天風海濤之曲，中多幽咽怨斷之音。[36]」龍榆生〈東坡樂府綜論〉亦云：「留黃五載，輒復覃思於《易》、《論語》，又恆與參寥子游，少年豪縱之氣，稍自斂抑，而憂讒畏罪，別具苦衷。故其詞驟視之雖極瀟灑自然，而無窮感傷，光芒內斂。[37]」東坡〈念奴嬌〉一詞實也流露無限哀感。這首詞一開始就以一股鬱勃的氣勢潑灑出生命無常的感嘆。大江東去，水流不斷，它穿越了時間，見證了歷史的興衰成敗。「千古」以來多少「風流人物」，企圖在歷史的舞臺上建立豐功偉業，以生命的努力拒抗時間的推移，但終究敵不過無情歲月的摧殘，時間的巨浪最後還是捲走了這一切。這是人類可悲的命運。李澤厚〈蘇軾的意義〉說：「這種整個人生空漠之感，……無所希冀、無所寄託的深沉喟嘆，儘管不是那麼非常自覺，卻是蘇軾最早在文藝領域中把它透露出來的。[38]」東坡一方面有這空漠之感，另方

35 鄭騫云：「周瑜赤壁破曹及大小二喬事，世所習知。赤壁山有四，皆在今湖北省境。一在嘉魚縣東北，長江南岸，岡巒綿亙如垣，上鐫赤壁二字。三國時吳周瑜破曹操，赤壁燒兵，即此。二在黃岡縣城外，亦名赤鼻磯。蘇軾遊此，作前後〈赤壁賦〉，誤以爲曹操兵敗之赤壁。《清一統志》引明胡珪〈赤壁考〉：『蘇子瞻所遊乃黃州城外赤鼻磯，當時誤以爲周郎赤壁耳。』黃岡縣即舊黃州府治。即東坡所曾游者。三在武昌縣東南，又名赤磯，或稱赤圻。四在漢陽縣沌口之臨嶂山，有峰曰烏林，俗亦稱爲赤壁。《東坡雜記》云：『黃州少西，山麓斗入江中，石色如丹，相傳所謂赤壁者；或曰：非也。曹公敗歸，由華容路，今赤壁少西對岸即華容鎮，庶幾是也。然岳州亦有華容縣，未知孰是。』可知東坡亦未確認黃州赤壁即破曹處，故用『人道是』三字。」見《詞選》，頁51-52。

36 引錄自石聲淮、唐玲玲箋注：《東坡樂府編年箋注》（臺北：華正書局，1993），頁529。

37 見龍榆生：《龍榆生詞學論文集》（上海：上海古籍出版社，1997），頁261。

38 見李澤厚：《美的歷程》（板橋：蒲公英出版社，1984），頁163。

面依然嚮往英雄事業的追求。「三國周郎赤壁」，由千古而三國，由三國而集中於周瑜一人，則公瑾屹立於歷史最高峰的地位可見。眼前所見的赤壁，不是一般自然風光之地，而是「三國周郎」建立偉大戰功的古戰場——赤壁之戰的「赤壁」。順著作者高昂激越的情緒，讀者彷彿也被邀請，進入時光隧道，目擊當時的戰況——「亂石崩雲，驚濤裂岸，捲起千堆雪」。這不是現場的實景描述，應是作者投入熱切情懷下所擬想的當日驚天動地，如萬馬奔騰般的戰爭氣勢。轟轟烈烈的一場大戰，爲英雄人物在歷史的軌跡上刻鏤下永不磨滅的記痕，而這番功業覆天蓋地而來，順勢便把過往一些風流人物比下去了，如長江巨浪推壓淺淺波濤，不留痕跡。大江東去所代表的時間之流，是人無法抵抗的宿命。然而，能在時間的水勢中捲起千堆雪，則是英雄豪傑力挽狂瀾的奮勇表現，傳達了人類不俯首於命運、不甘於寂寞的可歌可泣的心聲。不過，這兩者對一般平凡人而言，卻形成了雙重的壓力——如何能抵擋時光流逝，又怎能與這樣傑出的英雄相比？當東坡平靜下來，對著「如畫江山」，這景致過去如此，未來也應如此，但與此相對，「一時多少豪傑」，如今又何在？東坡於此不自覺又掉落今昔對照、物事人非的詠嘆中[39]。

下片，擺落「一時多少豪傑」的感嘆，燃起對周公瑾這位眞英雄的讚詠：雄姿英發，美人相伴，三十四歲即能領大軍，面對強敵，不失冷靜而輕鬆自在的贏得了這場戰爭——「談笑

[39] 劉若愚分析此詞說：「（一時多少豪傑）突然言歸正傳的回到了過去，強化著自然景物與歷史插曲的對比，以人的觀點而言歷史插曲是重大事件，然而，相較於大自然的永恆，就變得無甚意義了。這是古來英雄式人物及事業的可悲命運。」見劉若愚著、王貴苓譯：《北宋六大詞家》（臺北：幼獅文化事業公司，1986），頁135。

間、強虜灰飛煙滅」。東坡帶著欽羡的心情進入公瑾的英雄世界，細數佳談，娓娓道來，如晤故人一般。然而，愈說愈興奮，興致愈高昂時，一股淒然寂寞之感，隨即湧上心頭。公瑾何人也？我亦何人也？有爲者應若是，但此刻的自己又如何？從歷史的幃幕中，重返現實，回過神來——「故國神游，多情應笑我，早生華髮」——東坡即意識到自己不復少年，而在放逐中所有雄心壯志也消磨殆盡，與公瑾相比，判若雲泥，自己能成就些甚麼？東坡自我解嘲說：「多情應笑我。」這「多情」應是東坡反省過去一生成敗得失最關鍵的因素。因爲多情，便有許多眷戀與執著；因爲多情，便有許多不捨與無奈；明知不可爲卻爲之，明知不應有卻難斷；皆因情多，難逃責任，總願承擔，弄得進也不能，退也不是，左右爲難中，便生無窮困惑；有時雖悔情多，卻是難捨；如此癡執，憂愁悔恨遂終身不絕。（歐陽修不是說「人生自是有情癡，此恨不關風與月」？）這情，帶給東坡的，就是身心的創傷——壯志消沉、早生華髮。（密州時便早有此嘆：「塵滿面，鬢如霜」。）這情形想要求取不朽的事業，想與時間抗衡，都是妄想了。人力既不可爲，東坡遂退回之前（「大江東去，浪淘盡、千古風流人物」）的宿命觀，並化作「人生如夢」的論述：夢中世界，不過是相對的世界，昔日公瑾，今日東坡，或貴或賤，得意失意，眞眞假假，都屬虛幻，又何必掛懷？世間唯一不變的是江上的明月，面對自然的眞實，我們應以虔敬的心，「一尊還酹江月」，放開懷抱，忘懷得失，融入其中，宇宙多廣大，此心便多廣大，人生於此便得到眞正的安頓。

東坡此情，藉詞表露，充滿著無常的悲慨。辭情抑揚起伏，看得出他的掙扎與無奈。整首詞都在傷情，雖欲調適，往寬處走去，卻不自覺又陷落。東坡借題興感，本來就糾結在情緒之中，以詞之抒情獨白體尋理志意之開拓，較論的層面不夠深廣，情理交涉的空間有限，不易將事理廓清，此情終究難解。加上詞體韻律字數的限制，情意約束在小小的空間裡，要處理這樣的大題目，眞不容易，會有顧此失彼之感。此詞由自然而歷史而人物，對照生命的無常與個人失志之悲，最後想回歸現實加以紓解時，篇幅已不甚足夠。最後幾句：「故國神游」——「多情應笑我，早生華髮」——「人生如夢」——「一尊還酹江月」，意多轉折，辭氣急切，結語讀來頗感突兀，收篇顯得有點倉卒。上文雖儘量貼合東坡情意作疏解，但總覺不夠諧順，有待加強。作者已知曉要從「人生如夢」的虛妄感，化入「一尊還酹江月」的境地，生命才得以安頓，但這些概念卻明而未融；換言之，東坡似已提出一種解決之道，卻未深加體證，變成生命的內涵，日後各種形式書寫，凡牽涉這題目的，無非係轉換角度，尋求進一步的論證，化作眞正的人生智慧，以求得內外的和諧。

三、情理思辨與言行體悟——前後〈赤壁賦〉的境界

東坡就赤壁一題，取賦爲文，表現怎樣的情意？與詞體又有何分別？在未進入正題前，先簡介賦之爲體的要義，以及宋代文賦的基本特質。「賦者，鋪也。鋪采摛文，體物寫志也。」這是《文心雕龍》的〈詮賦〉爲賦體所作的定義。就賦之取義而言，它的內涵是相當豐富的。曹淑娟《漢賦之寫物言志傳統》一書有很詳盡的考察：

> 先秦「賦」字蘊義頗繁，經過財稅兵馬之斂取、財物命

> 意之敷佈、語言能力之表現等義之演變與開拓，可把握其共同意旨：一內外對待、視覺印象強烈、循序漸進以支配多數內容之行爲；再經毛詩學者引介，進入抽象理論層次，而凝結爲修辭技巧，秉有動詞性質，支配繁複題材，除卻一般文學之抒情表意功能，同時兼顧品類、事勢之鋪陳，傾向繪畫性之呈現，創作者須以適當方式，掌握其與之對待情勢，傳達豐盛內容，並條理之。此即賦體命名取義所本，而後經賦家之努力充實，成就寫物與言志兩大性質。……總攬人物之問答設計，包括宇宙之鋪陳表現、合組列錦之章句安排、寓言寫物之諷諭技巧，皆賦家之所以意思蕭散、不關外事，精思太劇、感動發病之癥結所在，與所得之成果回報。賦篇之華麗風貌，豈止搜尋故紙、堆砌辭藻而已，實賦家苦心孤詣，斟酌設計，以生命爲針線，彌縫天地、刺繡萬物之弘麗畫面！[40]

這段話概括了賦體的文辭表達形式。所謂鋪陳，與傳統詩歌的抒情性相比，就是多了有層次的敘述結構、空間事態鋪衍、以主客問答導引論述相關課題的特質。然而由秦漢迄唐之古賦、駢賦（俳賦）、律賦到宋代的文賦，賦的體式內容呈現了多種面貌——各體同具賦之基本特色，但也有其特殊之處。

整體來說，宋賦（以慶曆、元豐間的賦爲代表）的特色有下列幾點：一、兩漢賦家尚鋪敘，魏晉六朝代以抒情，唐人賦中漸有以議論爲主者，至宋則大暢此體。二、宋代寫典禮、

[40] 見曹淑娟：《漢賦之寫物言志傳統》（臺北：文津出版社，1987），頁202-203。

宮殿、京都的大賦增多，諷刺小賦則減少。較諸前代，宋賦增加了寫園亭樓閣、遊覽山水的題材，反映了當時士大夫的生活情趣，而且小題精思，創造了不少新的意境。三、變艱深華麗爲平易自然的文辭，尤其到歐陽修倡古文運動以後，賦的散文化和語言平易的走向就更加突出了[41]。元代祝堯《古賦辨體》最早提出「文賦」一辭，概括採散文筆調、以說理議論爲主的賦體，曰：「賦若以文體爲之，則專尚於理，而遂略於辭，昧於情矣。……賦之本義當直述其事，何嘗專以議論爲體邪？以論理爲體，則是一片之文但押幾個韻爾，賦於何有？今觀〈秋聲〉、〈赤壁〉等賦，以文觀之，誠非古今所及，若以賦論之，恐教坊雷大使舞劍，終非本色。[42]」祝堯對文賦之不合體的論斷，不無可商之處[43]，但他的分析也揭露了宋人以文爲賦的特色。文賦所以成熟於宋代，有幾個原因：一、「以文爲賦」，係在唐宋古文運動的推波助瀾下自然發展形成。二、唐宋間的「以文爲賦」與「以文爲詩」的意念同步。三、文賦之尚理，實與宋人好思辨、好議論的學術文化特質相應。四、宋人的文體創新意識相當強烈，「以文爲賦」正是破體的一種表現[44]。概言之，以歐、蘇爲代表的文賦有如下的特色：

> 一是在句式上，不像駢賦或律賦那樣專講屬對的精密工切，雖間有偶句，但主要是由散體句式來表現，參差錯落，富於變化。二是在押韻上，沒有試賦那種限韻的束

[41] 參馬積高：《賦史》（上海：上海古籍出版社，1987），頁382-386。
[42] 見祝堯：《古賦辨體》，《四庫全書》本，卷八。
[43] 詳張宏生：〈文賦的形成及其時代內涵——兼論歐陽修的歷史作用〉，南京大學中文系編：《辭賦文學論集》（南京：江蘇教育出版社，1999），頁592-608。
[44] 詳嚴杰：〈歐陽修與文賦的成熟〉，莫礪鋒編：《誰是詩中疏鑿手——中國詩學研討會論文集》（南京：鳳凰出版社，2007），頁342-351。

縛，在韻腳上沒有嚴格的講究，只是隨著行文的需要而靈活變化。三是在用詞上，並不像傳統的漢代散體賦那樣著意於辭藻的修飾和鋪排，語言往往清新流暢，平易淺近。四是在表達方式上，往往注重說理議論。[45]

相較於詞，賦體重鋪陳，發議論，是較理性的文體；而且須具問答的形式，更方便相對論題的開展。東坡另外的赤壁文學，捨詞而取賦體，可見他不想深陷於情緒中，想以更明白理性的態度、更長的篇幅來探索這難解的人生課題。以理導情，融情入景，以臻自然，應是他設定的方針。

〈前赤壁賦〉與〈後赤壁賦〉在這些方面的表現同中有異。它們的相同處，可不必多說，反而是相異的地方最要留意。因爲形式的抉擇，決定於內在的情意，它本身是充滿著意義的。因此，一而再，再而三的，梳理相關課題，後文針對前文作修訂，改變論述策略，那是由於作者已充分意識到之前的表達形式未達理想，而且生命的體驗已有所不同，便不得不思以改變。〈前赤壁賦〉之於詞體所述的情韻，〈後赤壁賦〉之於〈前赤壁賦〉之相對情境，當然都是有針對性的。前面談到由情的偏執到意的放曠，赤壁文學之由〈前赤壁賦〉寫到〈後赤壁賦〉，就是要「從窄處轉向寬處」的意境推進。所謂體與性合，文隨情轉，這是否也意味著文學的形式體製也須切合情意變化而作調整，譬如由正體改用變體，由格式的限制到格律的鬆綁，甚而接受隨意行文？這些都值得細加觀察。若然，文體的意義便更豐富了，因爲它是一個流動的概念，其正變嚴寬的樣態，與創作者寫作時的生命意態有關，而隨著其生命意境

[45] 見詹杭倫：《唐宋賦學研究》（北京：華齡出版社，2005），頁172-173。

的演進變化，也會展現出不同的體貌。赤壁文學的生命議題，關涉自然、歷史、個人諸層面，〈念奴嬌〉處理這嚴肅而重要的題目，作者以詩入詞，擴大了它的意境，表現爲雄壯悲慨的風格，是詞的變體。它承載的容量已達極至，過了便不合體，既然無法完全突破它的形式限制，若要進一步發展這一課題，則轉換他體，乃必然之勢。王水照、崔銘《智者在苦難中的超越：蘇軾傳》說：「如果說，〈前赤壁賦〉以說理爲主，闡明詩人對於自然與人生的眞實了悟，那麼，〈後赤壁賦〉則承續上文，以寫景敘事爲主，從現實現境中將這一番眞實了悟落實到行動。前後兩賦相互發明，相映生輝。[46]」過去和現代的學者，往往都能揭發二賦的要義，也能指出它們在內容形式上的不同。但大都不能從更完整的文體論立場，說明其所以然的因由，更不用說貫串詞賦，辨析它們的關係並論述其演變歷程了。

〈前赤壁賦〉、〈後赤壁賦〉分別作於元豐五年的七月和十月，一秋一冬，所描述的景致各具特色，意境也不盡相同。兩賦參用駢散，靈活運用了散行的氣勢，結合了詩情與哲理，寫得空靈妙遠，清新自然，爲短篇文賦開創了新的道路。兩賦所體悟的境界，隱含了一段生命演進的歷程，文風也因而展現了不同面貌。

〈前赤壁賦〉一開篇便寫出東坡與客泛舟夜遊赤壁的情景：

[46] 見王水照、崔銘：《智者在苦難中的超越：蘇軾傳》（天津：天津人民出版社，2000），頁307。

> 壬戌之秋，七月既望，蘇子與客泛舟，遊於赤壁之下。清風徐來，水波不興。舉酒屬客，誦明月之詩，歌窈窕之章。少焉，月出於東山之上，徘徊於斗牛之間。白露橫江，水光接天。縱一葦之所如，淩萬頃之茫然。浩浩乎如憑虛御風，而不知其所止，飄飄乎如遺世獨立，羽化而登仙。

簡單幾句便烘托出秋夜水天相連的美好景色，也抒發了人在其中賞月飲酒誦詩的怡然舒暢的心情，予人如仙如幻之感。接著，「飲酒樂甚，扣舷而歌」，情緒跟著上揚，及至客吹洞簫，倚歌而和，由其「如怨如慕，如泣如訴」的哀音，引出了一場蘇子與客關於人生意義的對話。客從曹操與自己、宇宙無窮與人生須臾、現實與理想等三方面的對比，述說他對生命短促、人生虛渺的看法。行文至此，作者扣合了赤壁的歷史意涵，藉客人之口，深沉地傳達了一種古今映照人世蒼茫的悲慨：「固一世之雄也，而今安在哉？」之前，東坡在徐州，夜宿燕子樓，也曾說：「燕子樓空，佳人何在？空鎖樓中燕。」不管英雄或美人，誰能超越時間，永遠存在？在這裡，即景懷古，更多了一份功業不遂的憾恨——英雄尚且如是，自己更微不足道了。客人之悲，何嘗不是主人之痛？以短暫而渺小的生命，面對悠長而浩瀚的宇宙，要怎樣自處才能得到生命的安頓？東坡以他的睿智和歷練，體悟了一番道理：

> 客亦知夫水與月乎？逝者如斯，而未嘗往也。盈虛者如彼，而卒莫消長也。蓋將自其變者而觀之，而天地曾不能一瞬；自其不變者而觀之，則物與我皆無盡也。而又何羨乎？

這段議論不是抽象的概念，而是寓理於景，通過水月的眞實現象來體現的。我們不能只從變化的角度觀看人生，須泯除執著心，超越世間事物的相對性，看清事理不變的本質；那麼，我們如能突破個體狹隘的生命視野，以個別心納入宇宙心，以宇宙心觀賞個別心，則天地悠悠，此心亦無限，則我與天地爲一，「皆無盡也」。東坡認爲：

> 且夫天地之間，物各有主。苟非吾之所有，雖一毫而莫取。惟江上之清風，與山間之明月，耳得之而爲聲，目遇之而成色。取之無禁，用之不竭。是造物者之無盡藏也，而吾與子之所共適。

人世間的事物本無定分，也不必刻意追求；而天地間的明月清風卻可無窮取用，何不自適其中？東坡選擇以曠達的懷抱、達觀的態度看待人生，將一己的生命釋放於天地之間，游心於自然，便能得到精神的自由。這番變與不變的通達看法，客人聽了之後，「喜而笑」，心中的悲慨也就化解了。

〈前赤壁賦〉靈活運用主客對話的方式，推進文意，將問題鋪開來論述，以理導情，見解相當精到。其實所謂主客對話，應該就是東坡內心情理的兩面[47]——時空流轉的感傷之情一直是東坡情意世界的主要內容，以理性超曠的態度面對人生乃東坡堅守的信念，而情理互動，便構成了本文由「情之樂而生悲」到「理之轉悲爲樂」的「樂—悲—樂」的三段論述模

[47] 劉乃昌、高洪奎〈赤壁賦．解題〉：「客人的話實際上是作者的獨白，是他貶官黃州時的境況和思想的眞實寫照，這是借客爲主。」見《蘇軾散文選》（香港：三聯書店，1991），頁244。

式。作者不取詞如〈念奴嬌〉式的抒情獨白體，而是將自己從情緒中脫出，希望用更理性的方式紓解其情。〈念奴嬌〉以主觀的「我」爲敘述觀點；而〈前赤壁賦〉則以第三人稱的「蘇子」與「客」的對話方式進行，作者想抽離情緒、客觀面對問題的用心相當顯著。最後「蘇子」說服了「客」，清楚反映了理性主導人生的想法。然而，整篇文章多是主與客、情與理、變與不變、悲與喜等概念，這些不也都是相對的意識？東坡〈前赤壁賦〉所體悟的人生境界，乃藉語言闡述，體會雖深刻，意境也高遠，但仍不免帶有書生議論的色彩，流於形相，似未臻乎至境。後人較論東坡前後兩賦，也多有此評：

> 〈前赤壁賦〉爲禪法道理所障，如老學究著深衣，遍體是板；〈後賦〉平敘中有無限光景，至末一段，即子瞻亦不知其所以妙。（《蘇長公合作》卷一引袁宏道評）

> 〈前賦〉説道理，時有頭巾氣；此則（指〈後賦〉）空靈奇幻，筆筆欲仙。（同上引李贄語）[48]

不過有一點須聲明的是，本文僅就內容意境上屬「理解」或「體悟」的不同層次比較二賦之得失，並非完全從文學藝術的觀點著眼論其優劣。換言之，本文所關心的重點是主體意識與擇體爲文的內在關聯性，以明語境形式之轉換意態。

是年十月，再遊赤壁。東坡獨立蒼茫，他不用言語，放棄論辯的模式，改以具體的行動體悟生命的意義。而整個事件本

[48] 見曾棗莊、曾濤編：《蘇文彙評》（臺北：文史哲出版社，1998），頁27。

身已構成了一個象徵意義，道理自然顯發[49]。初冬的赤壁，比三個月前的景象，蕭瑟了許多：「復遊於赤壁之下。江流有聲，斷岸千尺；山高月小，水落石出。」此情此景，東坡不禁慨嘆：「曾日月之幾何，而江山不可復識矣。」美好的秋夜，轉眼間，是如此的淒清。逝者如斯，空間的變化更凸顯了時間的推移。然則，甚麼是「不變」？前賦思考所得，似也無法應用在這裡。東坡此次出遊，心情原本十分愉悅，客有鱸魚，婦備斗酒，月白風清的良夜下，是多快樂的一趟遊歷，沒想到再臨赤壁，大自然卻報以蕭颯之色。前次，因赤壁而起興，還牽繫著古今對照人事滄桑之感。這一回，東坡灑落人間情意，獨自攀援上山，兀自面對赤壁之上自然的眞貌：

> 予乃攝衣而上，履巉岩，披蒙茸，踞虎豹，登虯龍，攀棲鶻之危巢，俯馮夷之幽宮。蓋二客不能從焉。劃然長嘯，草木震動，山鳴谷應，風起水湧。予亦悄然而悲，肅然而恐，凜乎其不可留也。反而登舟，放乎中流，聽其所止而休焉。

整個攀登的動作，藉著強而有力的押韻短句，表現了一種克服萬難、亟欲探求生命意義的決心和毅力。當東坡攀到高峰，「劃然長嘯」，顯示自己登臨絕頂，充滿豪情壯志時，默默天地，霎時「草木震動，山鳴谷應，風起水湧」，掩蓋了個人的聲浪；至此，東坡才猛然驚悟生命的脆弱與渺小，不禁爲此悄然肅然，產生了莫名的敬畏謙卑之情。於是，「反而登舟，

[49] 詳柯慶明：〈後赤壁賦析評〉，《境界的再生》（臺北：幼獅出版公司，1977），頁348-362。

放乎中流，聽其所止而休焉。」表現了隨緣自適的精神。陶潛詩：「縱浪大化中，不喜亦不懼。」彷彿就是這意思。東坡係帶著人間溫暖的情懷（客與妻）進入赤壁冬夜的世界，後來離開人群，獨自登山，展開一段向大自然朝覲的歷程，最後重返人間，無復時間的憂慮。此時，見一「孤鶴」橫江而來，應是東坡心靈自由的象徵。爾後一夢：

> 夢一道士，羽衣蹁躚，過臨皋之下，揖予而言曰：「赤壁之游樂乎？」

疑眞疑幻間，經道士一點，才了然，眞正的快樂，是一種無言之樂！當東坡游於自然，縱浪大化，隨緣自適，便無分別相，無所謂樂與不樂。而事實上眞眞假假，似夢非夢，是孤鶴是道士，又有何分別？而且，道士？東坡？兩者之間，也許都是。所謂「此中有眞意，欲辨已忘言。」陶潛的體悟，東坡亦如之。最後，夢中驚悟，開戶所見，只一片空闊。

〈後赤壁賦〉藉行動悟道，不落言筌。它的敘述觀點是「予」，回歸主體去領受並感悟生命的意義，無復前賦之以「客與蘇子」、「情與理」的相對狀態。東坡在這裡，仍採賦體鋪陳的方式，具體交代了夜遊赤壁、登山、夢中夢醒的種種情事，不說理而理在，誠如上文所說，整個事件其實已構成了一個象徵意義，卻也難以指實。作者仍保持賦體對話的形式，但安排一在與客及妻共締美好人間活動的過程裡（「已而嘆曰：『有客無酒，有酒無肴，月白風清，如此良夜何！』客曰：『今者薄暮，舉網得魚，巨口細鱗，狀如松江之鱸。顧安所得酒乎？』歸而謀諸婦。婦曰：『我有斗酒，藏之久矣，以

待子不時之需 。』於是攜酒與魚，復遊於赤壁之下。」），一在夢境中東坡發問道士不答的情節中（見上一段引文），不顯文辭對辯的機鋒。本文也架構了「樂—悲—樂」的情節（「仰見明月，顧而樂之，行歌相答」——「悄然而悲，肅然而恐」——「赤壁之游樂乎」），顯示一段生命歷程的進展，最後歸結爲無言之樂。〈前赤壁賦〉語意間處處顯露的「形跡」，〈後赤壁賦〉儘量都將之去掉，文辭顯得更疏淡，散文化後的詩意更空靈，「平敘中，有無限光景」。此時，賦經過東坡的開拓，已創變爲新的一體了。

東坡赤壁文學，擇詞選賦，各有成就。這選擇文體本身，實與情意相關。我們看見：東坡由詞而賦；由格律到散體；由感性抒情到理性思辨，由理念陳述到行動顯示；由個人到歷史，由歷史到自然；由言到默；由〈念奴嬌〉「人生如夢」的感嘆，到〈後赤壁賦〉夢中「驚悟」後的曠達；由「大江東去，浪淘盡，千古風流人物」的時間無窮壓力的感傷，到「反而登舟，放乎中流，聽其所止而休焉」的不復時間之慮的自在……。文體陪伴著他成長，誠然，東坡爲文體賦予了更深廣的生命意義。

秦柳之外——東坡清雅詞境的取向[1]

[1] 按：本文原題〈超乎雅俗——論東坡詞境的取向〉，收錄在中興大學中文系出版《第二屆通俗文學與雅正文學全國學術研討會論文集》（2001）。這次見於本書的，增加了五千多字，作了大幅度的修訂。除了潤飾文辭，變動章節，更重新補述第三節中東坡與秦觀的關係、第四節中東坡詞各階段的創作實貌以及詞的樂音特性。當初的寫作最後歸結於東坡清雅之境的形成，但這樣的收筆，總覺意猶未盡。將之銜接南宋詞的發展脈絡，應該比較周全。因此，補寫了第五節「姜張之先導——東坡清雅詞風的影響」。透過該節的論析，讓我們知悉東坡詞不獨影響了辛派豪放詞，更啓發了典雅詞派的創作理念。

一、由詞學的困惑說起

爲詞體而辯護，一直是詞學的重要課題。詩文辭賦，雖或見雕琢爲上、綺麗爲工之風尚，令文人生「壯夫不爲也」、「綺麗不足珍」之嘆[2]，然類此之作往往只被視爲正道上的偶然歧出，鮮有因此而完全否定其體。詩體中又以《詩三百》最尊，其始爲孔門六經之首[3]，既已確立不可動搖的地位；其後詩的寫作又納入了科舉考試的範圍，吟誦賦詠遂成爲讀書人的必備才具。《詩》有風雅正變之說，不論詩體有怎樣的變化，抒情言志、命意措辭總是以雅正爲依歸，只要一涉於淫靡鄙俗，便會遭受嚴厲的批評與指責[4]。而相對於詩的優良傳統及其現實的積極意義，詞的出身及其效用就顯得淺狹卑微得多

---

2 揚雄《法言・吾子》：「或曰：吾子少而好賦？曰：然。童子雕蟲篆刻。俄而曰：壯夫不爲也。」
李白〈古風五十九首〉之一：「大雅久不作，吾衰竟誰陳。王風委蔓草，戰國多荊榛。龍虎相啖食，兵戈逮狂秦。正聲何微茫，哀怨起騷人。揚馬激頹波，開流蕩無垠。廢興雖萬變，憲章亦已淪。自從建安來，綺麗不足珍。聖代復元古，垂衣貴清眞。羣才屬休明，乘運共躍鱗。文質相炳煥，衆星羅秋旻。我志在刪述，重輝映千春。希聖如有立，絕筆於獲麟。」

3 此據今文經學的說法。夏傳才說：「今文經學的六經次第（即《詩》、《書》、《禮》、《樂》、《易》、《春秋》），比較符合先秦時期儒家學派使用這六種典籍的實際情況。」見夏傳才：《十三經概論》（天津：天津人民出版社，1998），頁9。

4 葉燮〈汪秋原浪齋二集詩序〉云：「詩道之不能不變於古今而日趨於異也。日趨於異，而變之中有不變者存。請得一言以蔽之曰：雅。雅也者，作詩之原，而可以盡乎詩之流者也。自三百篇以溫厚和平之旨肇其端，其流遞變而遞降，溫厚流而爲激亢，和平流而爲刻削；過剛則有桀奡詰聱之音，過柔則有靡曼浮艷之響，乃至於爲寒爲瘦，爲襲爲貌，其流之變，厥有千百，然皆各得詩人之一體。一體者，不失其命意措辭之雅而已。所以平奇濃淡巧拙清濁，無不可爲詩，而無不可以爲雅。詩無一格，而雅亦無一格，惟不可涉於俗。俗則與雅爲對，其病淪於髓，而不可救；去此病，乃可以言詩。」錄自吳宏一、葉慶炳編輯：《清代文學批評資料彙編》（臺北：成文出版社，1979），頁270。劉若愚亦云：「道學的批評家所抱持的另一個信念是：不論是關乎私人道德或公衆問題，詩應該追求『雅』。……作爲詩的一個理想，『雅正』似乎是指所表現的感情和表現的方法兩者。庸俗和過度的感情，反叛性的思想，以及誇飾的語言，都是追求詩之『雅正』的人所憎惡的。」見劉若愚：《中國詩學》（臺北：幼獅文化公司，1977），頁110。

了。詞爲艷科，是普遍的看法。因此，文人學士多敬而遠之，縱然寫作亦多出之以餘力，並未將之等同於詩文，給予正面的評價[5]。像錢惟演之上廁閱詞、陸游之悔恨塡詞、和凝之焚毀詞稿[6]，這些情狀很少發生在經史詩文的世界裡。詞之爲體，品格之卑，令人既愛又恨，可見一斑。文人有著這樣一種心理負擔，如何找出正當的理由說服自己或他人接受詞體，便是一道無法規避的難題。我們翻閱詞史，會發現詞家特別強調詞的效用與價值，或將之攀附詩騷，或主詩詞一理，或標榜醇雅，或以雅化俗，而且每每將浮艷、鄙俚、諧謔之音通通併入俗體中加以抑制，藉此拉拔提升詞的地位與意境，這似乎是詞之所以能在傳統文學世界裡得以持續發展的唯一出路[7]。陳廷焯《白雨齋詞話》說：「入門之始，先辨雅俗。[8]」雅俗之辨，無疑是詞人首要而且必須嚴肅面對的課題，這也可以說是詞學的核心項目。詞學中多數有名的起源說、尊體說、本體論、風格論，歸根究柢，都是爲回應詞體出身卑下這一本質問題而提

---

5 葉嘉瑩〈論秦觀詞〉：「在北宋之時，文人學士們對於小詞之寫作，大多仍存有一種輕視之心理，即以晏殊、歐陽修、蘇軾諸人言之，其詞之創作縱然極有可觀，但在其寫作之心理方面，則大多也仍是以餘力爲之，而並未將之與其他學問文章之著作放在同等地位來看待。」見繆鉞、葉嘉瑩：《靈谿詞說》（上海：上海古籍出版社，1987），頁247-248。

6 王士正原編、鄭方坤補編《五代詩話》卷一引《歸田錄》云：「錢思公雖生長富貴，而少所嗜好。在西洛時嘗語僚屬：平生惟好讀書，坐則讀經史，臥則讀小說，上廁則閱小詞，蓋未嘗頃刻釋卷也。」陸游《渭南文集》卷十四〈長短句序〉：「雅正之樂微，乃有鄭衛之音。……千餘年後，乃有倚聲製辭，起于唐之季世。則其變愈薄，可勝嘆哉！予少時汨于世俗，頗有所爲，晚而悔之。」孫光憲《北夢瑣言》：「晉相和凝少年時好爲曲子詞，布于汴洛。洎入相，專托人收拾，焚毀不暇。然相國厚重有德，終爲艷詞玷之。」

7 如張惠言《詞選・序》曰：「傳曰：意內而言外謂之詞。其緣情造端，興於微言，以相感動。……蓋詩之比興，變風之義，騷人之歌，則近之矣。」陳廷焯《白雨齋詞話》卷七曰：「溫厚和平，教之正，亦詞之根本也。」沈祥龍《論詞隨筆》曰：「詞者，詩之餘，當發乎情，止乎禮義。」

8 見《白雨齋詞話》，卷七，唐圭璋編：《詞話叢編》（臺北：新文豐出版公司，1988），頁3943。

出的。

文體流變往往牽繫著相對的創作或批評理念，或重內容或偏形式，雅俗的風格品味各有發展，如何能會通常變之理，是爲文論評者的要務。劉勰《文心雕龍・通變》說：「斟酌乎文質之間，而櫽括乎雅俗之際，可與言通變矣。[9]」就是此意。詞學的演進本身就擺盪在「民間—文人」、「雅—俗」、「詩—樂」的相對概念中，形成了各種體派正變、優劣高下的看法。北宋詞壇有兩位關鍵人物：一是柳永、一是蘇軾。鄭騫先生認爲「柳永在形式方面使詞發展，蘇軾在內容方面使詞發展」，兩家同樣重要，無分軒輊[10]。柳永促進長調的發展，使詞能突破狹小的範圍，開拓更廣闊的領域，自然功不可沒；而蘇軾在詞的內容上，終於擺脫了綺羅香澤之態、兒女之情，寫出更深曲的情感、更闊大的境界，當然值得推崇。鄭先生的說法，給予二人相當公允的評價。柳詞之俗艷與蘇詞之高雅，代表北宋詞壇裡對照鮮明的兩種風格，而歷來詞評亦常以二人相提並論，且往往持雅正的觀點比較其優劣得失[11]。因此，如要更深切了解宋詞的發展脈絡，體察柳永艷體如何衝擊傳統雅製，或要認識東坡「以詩爲詞」的眞正意義，以及釐析其所引申出來的詞體本色論的問題，則尋源探流，由最根本的雅俗之辨的觀點出發，應是最好的切入點，也較易得其根本。在處理

9 見范文瀾：《文心雕龍注》（臺北：明倫出版社，1971），卷六，頁520。

10 見鄭騫：〈柳永蘇軾與詞的發展〉，《景午叢編》（臺北：中華書局，1972），上集，頁119-127。

11 王灼《碧雞漫志》卷二：「今少年妄謂東坡移詩律作長短句，十有八九不學柳耆卿，則學曹元寵。雖可笑，亦勿用笑也。」胡寅〈題酒邊詞〉：「柳耆卿後出，掩眾製而盡其妙，好之者以爲不可復加。及眉山蘇氏一洗綺羅香澤之態，擺脫綢繆宛轉之度，使人登高望遠，舉首高歌，而逸懷浩氣超然乎塵垢之外，於是《花間》爲皂隸，而柳氏爲輿臺矣。」王士禎《花草蒙拾》：「山谷云：『東坡書，挾海上風濤之氣。』讀東坡詞，當作如是觀。瑣瑣與柳七較錙銖，無乃爲髯公所笑。」

這一議題時，我們須注意的是，「雅」與「俗」這一組相對的概念，其意涵隨時而變、因人而異，各家的說法未必完全一致。東坡以一高雅磊落之士的身分參與詞的創作，他如何面對這一柔婉纖麗的通俗文體，較諸稍早之前晏殊、歐陽修等名流的雅化之詞，他究竟爲當時所謂的雅詞添加了那些新的內容，賦予了那些新的意義，帶來了怎樣的啓示？換言之，我們要確認東坡在宋詞雅俗論爭過程中所扮演的角色，得切實釐清東坡與前人對雅俗問題的看法有何實質上的差異。

本文探討東坡詞境的取向，所謂詞境，乃包括文辭表現與情意世界等內外層面的探索[12]；而由去俗從雅的觀點入手，即意謂必須納入相對的概念中辨析，方能彰顯東坡爲詞的眞正意義。故下文先簡單論述前東坡時期的詞學雅俗論，重點在釐清柳永俗體的特色及其時代意義，然後詳論東坡的回應，看其如何在通俗與雅正之間走出一條新的路向。這樣的安排，兼顧了文體、歷史與個人，相信更能呈現詞學流變的面貌，突顯東坡的詞史地位。然而，這不只是文學評論而已，其實更牽涉到文化學的問題。文學裡「雅正」與「通俗」這兩個概念，相互依存，彼此抗衡，交錯影響，本來就是相當複雜的現象。東坡詞如何突破傳統的框架，依違於兩造之間，而能獨出於雅俗之外，臻於絕妙之境？東坡以詩爲詞，又樹立了怎樣一種典範？下文即針對這幾個要點論述。

[12] 此處參用了劉若愚之境界說：「假如我們將『境界』在定義爲生命之外面與內面的綜合，前者不只包括自然的事物和景象，而且包括事件和行爲，後者不只包括感情，而且包括思想、記憶、感覺、幻想。」「詩不僅僅是外在世界與內面世界的探索，而且是詩賴以寫成的語言的探索。」見《中國詩學》，頁144、145。

二、唐五代北宋間詞學雅俗觀的演進

一般民間流行的樂曲或文學，通常是以能動聽感人、明白易懂爲原則，其題材內容多是述說男歡女愛等現實生活情事，初無雅不雅、俗不俗的問題，所謂雅俗之別，實乃緣於文人的本位意識，是士大夫藉以維護自身階層之尊嚴、品味所致。雅的觀念的提出，標舉了一個文人團體的基本價值標準，無疑也確立了主流文化的路線，形成了一個相對穩定的上層文化結構。通常來說，民間文學須得文人參與，得到他們的認可，並加以變化改造，注入高尚的情趣與意境，使之雅馴之後，方能納入正統的文學殿堂。先是分辨雅俗，而後化俗爲雅，將民間俗調提升至文人之高格，幾乎是各種重要文體之遞變軌跡。詞的演進亦然。自中唐到兩宋，在新興士族主導的文化環境中，以雅爲尚的特質尤其明顯，這與科舉制度之落實、官僚制度的形成有很大的關係。村上哲見說：「文人官僚——士大夫階層是作爲區別於庶民的特權階級而儼然存在的。……在宋代，隨著中國式官僚制的完成，作爲其根據的士大夫的理念也以進一步明確的姿態在人們的認識中固定下來。而在那理念中，毫無疑問，『雅』成了最重要的屬性之一。敏銳地區別『雅俗之見』、雅與俗，愛雅而排俗，這是要求士大夫具備的最起碼的資格。[13]」不過，唐宋人雖有雅俗之見，也有崇雅黜俗的傾向，但雅與俗在他們的心目中並非相互排斥、無法相容的兩個概念。陸輔之《詞旨》曰：「夫詞亦難言矣，正取近雅，而又不遠俗。」胡元儀釋曰：「詞格卑於詩，以其不遠俗也。然雅

[13] 見村上哲見著、楊鐵嬰譯：《唐五代北宋詞研究》（西安：陝西人民出版社，1987），頁225-226。

正爲尚，仍詩之支流。不雅正不足言詞矣。」[14]詞是兩宋的代表文學，而揆諸兩宋之作，兩宋詞人多能尚雅而不遠俗，一則見其寫作之得體，另則可見其異乎前人的文學品味。北宋詩人黃庭堅有寧「用字不工，不使語俗」之說[15]，又鄭重提出「以俗爲雅，以故爲新」[16]之論。所謂「以俗爲雅」，仍是以雅爲主，只是在創作心態上放寬了雅的認定標準，稍稍拉近了雅與俗的距離，它的消極意義是俗不傷雅，積極意義則是透過轉化性的創造過程，試圖爲詩歌開拓出更多新的形式、新的意境[17]。這種表現，不獨見之於宋詩，更見諸宋詞，甚至可以說是宋文化的特色。朱自清分析「以俗爲雅」論的由來，見解相當精闢：

> 唐朝的安、史之亂可以說是我們社會變遷的一條分水嶺。在這之後，門第迅速的垮了臺，社會的等級不像先前那樣固定了，「士」與「民」這兩個等級的分界不像先前的嚴格和清楚了，彼此的分子在流通著、上下著。……這種進展經過唐末跟五代的長期的變亂加了速度，到宋朝又加上印刷術的發達，學校多起來了，士人也多起來了，士人的地位加強，責任也加重了。這些士人多數是來自民間的新的分子，他們多少保留著民間的

---

14 見《詞話叢編》，頁301。

15 見〈題意可詩後〉，《豫章黃先生文集》，《四部叢刊》本（臺北：臺灣商務印書館），卷二十六。

16 見〈再次韻（楊明叔）並引〉，《黃山谷詩集注》（臺北：世界書局，1996），卷十二，頁130。按：陳師道《後山詩話》引梅聖俞語說：「但求能以故爲新，以俗爲雅爾。」蘇軾〈題柳子厚詩〉亦云：「詩須要有爲而後作，當以故爲新，以俗爲雅。」可見這兩句話在北宋詩壇相當流行。

17 參張健：《宋金四家文學批評研究》（臺北：聯經出版事業公司，1975），第三篇，頁251-256。

> 生活方式和生活態度。他們一面學習和享受那些雅的，一面卻還不能擺脫或蛻變那些俗的。人既然很多，大家都這樣，也就不覺其寒塵；不但不覺其寒塵，還要重新估定價值，至少也得調整那舊來的標準與尺度。「雅俗共賞」似乎就是新提出的尺度或標準，這裡並非打倒舊標準，只是要求那些雅士理會到或遷就些俗士的趣味，好讓大家打成一片。當然，所謂「提出」和「要求」，都只是不自覺的看來是自然而然的趨勢。[18]

宋代文學走向「雅俗共賞」之路，來自民間的詞比詩文更有代表性。不過雅俗雖可共賞，也有共通的地方，不是不相理會的兩橛，但其間的分際依然存在。朱自清說：

> 文體和詩風的種種改變，就是新舊雙方調整的過程，……傳統的確稍稍變了質，但是還是文言或雅言爲主，就算跟民眾近了一些，近得也不太多。至於詞曲，算是新起於俗間，實在以音樂爲重，文辭原是無關輕重的；「雅俗共賞」，正是那音樂的作用。後來雅士們也分別將那些文辭雅化，但是因爲音樂性太重，使他們不能完成那種雅化，所以詞曲終於不能達到詩的地位。……不能完全雅化的作品在雅化的傳統裡不能有地位，至少不能有正經的地位。雅化程度的深淺，決定這種地位的高低或有沒有，一方面也決定「雅俗共賞」的範圍的大和小——雅化越深，「共賞」的人越少，越淺就越多。[19]

---

[18] 見朱自清：〈論雅俗共賞〉，《朱自清古典文學論文集》（臺北：源流出版社，1982），頁101-102。
[19] 同上，頁105-106。

詞可以雅俗共賞，但似乎又不能完全雅化，終究難以取得與詩同等的地位，相較於同樣出自民間也能歌唱的樂府詩，後者在文人手中抒情述懷，馴化爲雅，不復民間本色，遂得以躋身爲詩之一體。兩者命運之不同，實可歸結到上文所說的唐宋間文士以雅爲尚、以詩爲高的階級意識[20]。換言之，俗體可以雅化，但終究與詩有段距離，而其距離之遠近，則與其雅化之深淺程度相關。詞的文人化，意謂由樂工之手轉入文人的創作；而詞的雅化，則是除了樂律之精進，更以文辭之鍛鍊、意境之開拓爲重點；然則，詞之由俗而雅的演進歷程，其實就是一逐步詩化的過程，只是詞人之間有意識與無意識之分，及其表現層次有高低之差異而已。

若要確切知悉詞體雅俗論的眞正內容，最好能從文體的各個層面去了解，即因文而及人，由詞之內在本質到外緣因素，包括作者、歌者與讀者、聽者等互動關係，都有所顧及[21]，才能呈現出較完整的面貌來。詞之由俗入雅，在唐五代北宋初的早期詞論裡已約略涉及幾個要點。譬如，元稹〈樂府古題序〉最先在本質上界定歌、曲、詞、調之屬，「皆詩人六義之餘，而作者之旨」，其文辭配合音樂的情況是：「因聲以度詞，審調以節唱。句度短長之數，聲韻平上之差，莫不由之準度」，是「由樂以定詞，非選調以配樂」的寫作方式；相對於此，一

---

[20] 村上哲見說：「士大夫應有的面貌、士君子的理念，雖說原本具有悠久的傳統，而在這一時期，則已格外明確化並且固定下來。因此，士大夫必須具備的基本條件之一的詩，在唐代不是也隨著古體、近體這種形式的整頓而喪失了靈活的成長性而固定化了嗎？尤其是其理念、其應有面貌也與士君子的文學相適應地被精密地討論著，早已容不得異質的要素。」見《唐五代北宋詞研究》，頁41。

[21] 詳孫克強：《雅俗之辨》（北京：華文出版社，1997），第三至七章：「作者的雅俗」、「作品的雅俗」、「讀者的雅俗」、「欣賞的雅俗」、「市井之音與清空之韻」。

般的詩「皆屬事而作」，而詩之能歌乃「後之審樂者，往往採取其詞，度為歌曲，蓋選詞以配樂，非由樂以定詞也」[22]。詩有較自由的寫作空間，而詞卻受限於音樂節奏，因此詞的創作範圍及意境當然就不及詩那樣來得開闊壯大。當時，詞所依賴的樂種多是胡夷里巷之曲，與廟堂所採用之雅樂形成明顯的對比。元稹文中所謂「詩人六義之餘」一說，反映了文人以雅化俗之意識，這可以說是後來詩餘說的先聲。同時期，劉禹錫撰〈竹枝詞並引〉亦云：「余來建平，里中兒聯歌〈竹枝〉，聆其音，中黃鍾之羽，其卒章激訐如吳聲。雖傖儜不可分，而含思婉轉，有淇澳之艷。昔屈原居沅湘間，其民迎神，詞多鄙陋，乃為作《九歌》……。故余亦作〈竹枝詞〉九篇，俾善歌者颺之，附於末，後之聆巴歈，知變風之自焉。[23]」這更是以雅筆改善俗陋之體的表現。而在風格內容上，劉禹錫的〈竹枝詞〉依舊保持里巷之詞「含思婉轉」的特質，主要還是抒寫男女相思之情[24]；由此可見，詩人雅興並不排斥詞為艷科的基本特徵，只要能夠脫俗，便能樹立雅的趣味，甚至成為移風易俗的範例，影響後之來者。元稹、劉禹錫皆為進士出身的詩人，他們留意民間歌曲，投入創作，一種雅俗共賞的新的審美觀便在他們手上逐漸形成。這是文體發展的必然趨勢，有其客觀的因素，但詞人的主觀意識及其參與態度則更是重要的關鍵。文人填詞約自盛唐始，到以白居易、劉禹錫為代表的中唐時期才

---

[22] 元稹：〈樂府古題序〉，《元稹集》（臺北：漢京文化事業有限公司，1983），卷二十三，頁254。

[23] 劉禹錫：〈竹枝詞並引〉，瞿蛻園：《劉禹錫集箋證》（上海：上海古籍出版社，1989），卷二十七，頁852。

[24] 詩句如：「紅花易衰似郎意，水流無限似儂愁。」「橋東橋西好楊柳，人來人去唱歌行。」「憑寄狂夫書一紙，住在成都萬里橋。」「懊惱人心不如石，少時東去復西來。」「長恨人心不如水，等閒平地起波瀾。」皆屬相思怨別之辭。

蔚成風氣，劉、白諸家以新樂府的精神填詞，把詞當作合樂的詩來看待，無論是代擬之體或一己之作，都能用清新秀雅之筆寫各種悲喜哀樂的情思；他們的填詞態度未嘗不可視爲「以詩爲詞」的先導[25]。不過，在唐五代詞的演變過程中，這種詩化的寫作意向卻未能得到充分的發展，代之而起的是以精妙綺艷著稱的花間體。

先撇開詩與詞的複雜問題不說，回到雅俗論的主題來看，由唐代詩人爲詞開始，化俗爲雅已是文人詞的基本要求。五代北宋初的主流詞派在這方面有更積極的表現，也就是說他們更強化了雅詞的特色。歐陽炯〈花間集敘〉明白地爲艷詞張本，他說：「則有綺筵公子，繡幌佳人，遞葉葉之花箋，文抽麗錦；舉纖纖之玉指，拍按香檀；不無清絕之辭，用助嬌嬈之態。」強調側艷之體，乃爲應歌而服務，花間詞所寫的都是華美的文辭，用來配合嬌柔的歌舞。並說此集之編旨乃在「庶使西園英哲，用資羽蓋之歡；南國嬋娟，休唱蓮舟之引」[26]。以繡幌佳人的吟唱取代蓮舟漁女之俗調，正符合文人心目中雅的標準。大抵而言，整部《花間集》寫景不出閨閣庭園，言情不外傷春怨別，表現爲一種精微細緻、婉麗綺靡而富於女性修飾之美的特質，爲詞體樹立了一套特殊的抒情體式，影響甚爲深遠。其中，溫庭筠更被推爲艷詞的正宗。溫詞精艷絕人，以金碧華麗的聲色滿足了士大夫對雕飾美的愛好，而且溫詞呈現出一個富麗堂皇的閨幃世界，一種仕女圖式的佳人形象，這些客觀純美的意境，正是一種高雅脫俗的風格的展現。溫庭筠是晚

[25] 參朱剛：〈以詩爲詞〉，《唐宋四大家的道論與文學》（北京：東方出版社，1997），頁233-234。

[26] 歐陽炯：〈花間集敘〉，蕭繼宗評點校注：《花間集》（臺北：學生書局，1977），頁1-2。

唐的重要詩人，才思艷麗，與李商隱齊名；他的詞，可以說是他的詩風的延續。不過，溫詞所致力的雅化和詩化，主要在外在的形式上，如「畫屏金鷓鴣」一般，雖精麗華美卻缺乏活潑的生命力。與溫詞並稱的韋莊作品，則多屬主觀情意的抒寫，寫他個人的離合悲歡，詞風疏淡清俊，與溫之含蓄濃麗形成明顯的對比[27]。韋莊以清勁之筆，發爲主觀抒情之作，使詞之寫作不僅爲傳唱之歌曲，且更進而具有了抒情詩之性質。不過，韋詞和溫詞一樣，個人仍沉湎於兒女的傷感情調中，並未突破小詞的格局。溫、韋二家，一濃麗，一疏淡，或多作客觀的描摹，或偶抒一己的身世之感，兩家作風雖異，其爲婉麗雅製則無二致。然而，以溫、韋爲代表的花間詞，在整體風格上往往給人過於綺艷之感，論者甚至認爲他們的雅麗詞篇，徒具面貌，未能展現高雅的意態，還不能算是完整的雅正之體。康正果《風騷與艷情》有一段話解釋所謂的「眞雅」，並分析唐宋詞的轉化過程，說：

> 眞正的「雅」必須顯示出「雅」的精神，晏殊稱之爲「富貴氣象」。所謂「富貴氣象」，即雍容的風度，閒雅的情調；它的脫俗應該自然流露出來，而眞趣則受到適當的控制。一句話，它就是和諧的美。要使詞達到這樣的境界，必須脫花間詞之俗艷。從綺麗和直露轉向淡雅和含蓄，這表現了詞的進一步雅化和詩化，正是在這一轉化的過程中，詞從娛樂性的唱詞逐漸上升爲抒情詩。我們知道，唱詞以悅耳爲主，並不要求較深的含意，但是，同爲閨怨詞，由於另有一些詩人不在堆砌

[27] 詳鄭騫：〈溫庭筠韋莊與詞的創作〉，《景午叢編》，頁103-109。

詞藻，不在滿足於製造純粹的唱詞，他們開始把詞當詩作，在詠傳統的閨怨時寫入了個人的某些感受，就有可能給艷詞注入風騷精神。[28]

西蜀花間的綺艷雅詞對後世的影響，不如想像中那樣廣遠。宋初詞家的作品，雖各有面貌，一般來說都是直承南唐系統，從李煜、馮延巳的基礎上發展出來的[29]。南唐詞情致纏綿，吐屬清華，富有詩人興發感動的質素，能以感情觸引讀者的感受，是值得重視的一點[30]。當中後主李煜的詞，以沉雄奔放之筆，寫故國哀感之情，眼界大而感慨深，突破了小詞的框架，是劃時代的一種表現。但李煜詞獨出於時代，不易效法，而相較之下，眞正扮演了承先啓後的工作的，則是馮延巳[31]。北宋陳世脩〈陽春集序〉云：

公以金陵盛日，內外無事，朋僚親舊，或當燕集，多運藻思爲樂府新詞，俾歌者倚絲竹而歌之，所以娛賓而遣興也。……觀其思深辭麗，韻律調新，眞清奇飄逸之才

[28] 康正果：《風騷與艷情》（臺北：雲龍出版社，1991），第七章，頁297。

[29] 詳龍榆生：〈宋詞發展的幾個階段〉，《龍榆生詞學論文集》（上海：上海古籍出版社，1997），頁212-214。

[30] 詳葉嘉瑩：《唐宋名家詞賞析1——溫庭筠、韋莊、馮延巳、李煜》（臺北：大安出版社，1988），頁110-111。

[31] 馮煦〈唐五代詞選序〉：「吾家正中翁，鼓吹南唐，上翼二主，下啓歐晏，實正變之樞紐，短長之流別。」王國維《人間詞話》：「馮正中詞雖不失五代風格，而堂廡特大，開北宋一代風氣，與中後二主詞皆在花間範圍外。」所謂「不失五代風格」，是指馮詞仍多「俾歌者倚絲竹而歌之，所以娛賓而遣興」之作，內容也大體不脫閨情離思，抒情委婉，文采華美；此外，延巳部分作品卻流露個人主觀執著之熱情與悲涼無奈之感慨，呈現一種感情境界，能引起讀者更深刻之體會與聯想。馮詞能藉小詞抒寫作者深微之情思，遂使詞不再停留於應歌詠妓之艷曲範圍，其後北宋初期晏殊、歐陽修詞即繼承馮詞之遺緒，短篇之中亦時見高華之文人心境。延巳在五代詞人中，與溫、韋鼎足而三，影響北宋諸家尤鉅，而南唐詞風得向江西發展，延巳實其關鍵人物。

也。……及乎國已寧，家已成，又能不矜不伐，以清商自娛，爲之歌詩以吟詠情性，飄飄乎才思何其清也。[32]

這裡值得注意的是，以「樂府新詞」，「娛賓遣興」，這種風氣，看似與花間無異，但南唐詞人所「遣」之「興」，卻多了一種帝室高官的宴安生活陶冶出來的閒情雅致。以詞「吟詠情性」，自然是一種抒情詩的表現方式。而所謂「思深辭麗」，可見其不只有雅麗的文辭，更有深遠的思致，以顯現出雅的精神來。這裡特別標舉了一個「清」字。龍榆生說：「清婉深秀，殆可爲雅字作注腳。[33]」清，不黏滯於物，無鄙俗之氣，它以雅爲基礎，比雅又多了一種高遠的神態，是一種詩的意境。「清」與「雅」，乃宋文化特有的美學特質，在詩詞，在書畫，甚至士大夫的日常生活中都充滿著這種清遠高雅的趣味[34]。馮延巳以其「清奇飄逸之才」，譜寫詞篇，「吟詠情性」，他對宋詞品味的形成，影響相當深遠。劉熙載《詞概》說：「馮延巳詞，晏同叔得其俊，歐陽修得其深。[35]」晏殊、歐陽修延續馮延巳之詞風，在相似的特色中也有個別的風貌。例如，面對人間的離愁別緒，三家詞的表現便各有不同，試比較馮詞〈鵲踏枝〉（誰道閒情拋棄久）、晏詞〈浣溪沙〉（一向年光有限身）及歐陽詞〈玉樓春〉（尊前擬把歸期說），便可發現：馮延巳表現爲一種執著的熱情——「日日花前常病酒，不辭鏡裡朱顏瘦」；晏殊有著曠達的懷抱——「滿目山河

[32] 見馮延巳：《陽春集》，王鵬運編：《四印齋所刻詞》（上海：上海古籍出版社，1989），頁332。

[33] 見龍榆生：〈選詞標準論〉，《龍榆生詞學論文集》，頁77。

[34] 詳拙著：《南宋姜吳典雅詞派相關詞學論題之探討》（臺北：國立臺灣大學出版委員會，1995），第三章，第三節，頁120-128。

[35] 見《詞話叢編》，頁3689。

空念遠，落花風雨更傷春，不如憐取眼前人」；歐陽修則表現爲豪宕的意興——「直須看盡洛城花，始共春風容易別」[36]。而就三家的共同處來看，誠如葉嘉瑩所說：「他們皆能於小詞中傳達出一種感情之境界，此種境界之具有，爲詞之體式自歌筵酒席之豔歌轉入士大夫手中之後，與作者之學識襟抱相結合所達致之一種特殊成就，爲詞史之一大進展。[37]」三人身居相位而爲小詞，雖仍未掙脫傷春悲秋、兒女私情的格局，但由於他們在豔情的主題中，不知不覺的寫入了個人面對現實人生的相類似經驗與感受，遂賦予豔情題材更深刻的內涵，使讀者多了一種超越豔情的感發與聯想，換言之，這些詞篇所抒發的，已非單純的兒女情懷，字句脈絡中寓含著一種精神意韻、一種高雅的情操，隱約可看出士大夫的人格風範。他們的作品雖然仍維持著詞的娛樂、唱詞的基本特性，但本質上已接近抒情詩的風味了。

柳永艷詞的出現，給北宋以來這類閒雅風調的詞極大的衝擊，而由此所引發出來的雅俗之辨一時間更成爲詞學論爭的焦點。張舜民《畫墁錄》有一則記載晏殊與柳永的對話，頗能反映當時的現象：

> 柳三變既以詞忤仁廟，吏部不放改官。三變不能堪，詣政府。晏公曰：「賢俊作曲子麼？」三變曰：「祇如相公亦作曲子。」公曰：「殊雖作曲子，不曾道『彩線慵拈伴伊坐』。」柳遂退。[38]

[36] 另詳葉嘉瑩：〈論晏殊詞〉、〈論歐陽修詞〉，繆鉞、葉嘉瑩合撰：《靈谿詞說》（上海：上海古籍出版社，1989），頁94-96，111-114。
[37] 見葉嘉瑩：〈論馮延巳詞〉，繆鉞、葉嘉瑩：《靈谿詞說》，頁72。
[38] 錄自施蟄存、陳如江編：《宋元詞話》（上海：上海書店，1999），頁86。

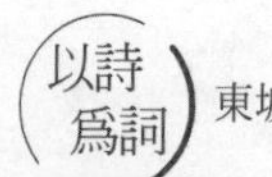

柳永因作豔詞而影響了仕途，而以晏殊為代表的士大夫階層更是貶抑柳永的側豔之作。同樣是寫情的豔詞，在表現手法或心態上，柳永與當時的名流顯然有不同的體認。柳永認為彼此所寫並無差異，都是美女與愛情的題材，晏殊則以為他們在本質上大不相同，是有明顯的雅鄭之分的。王國維《人間詞話》說：「詞之雅鄭，在神不在貌。永叔、少游雖作豔語，終有品格，方之美成，便有淑女與倡伎之別。[39]」周邦彥的雅麗豔詞都被評為品格不及歐陽修、秦觀等詞家，那麼，精神外貌都顯得卑俗的柳詞，其評價之低就可想而知了。歸納柳詞之所以備受時人批評，主要有下列幾個原因：在題材內容上，柳詞寫美人形貌、男女之情，多「綺羅香澤之態」、「閨門淫媟之語」[40]；在表現手法上，柳永擅寫長調，鋪敘展衍，用字細密妥溜，敘事明白家常，一改過去傳統令詞含蓄而富詩意的筆法而為直接顯露而無言外之意的陳述；他所寫的豔詞，「淺近卑俗」，「詞語塵下」[41]，眞實坦率地寫出了俗世的男歡女愛，對習慣傳統詩文表現方式的讀者而言，自然無法忍受柳永如此踰越雅之界域的態度，柳詞遂飽受衛道之士攻擊，招致「詞格不高」、「風期未上」[42]之譏。但從另一個角度來看，柳永識樂知音，他的詞聲律諧美，語言淺近，而所述綺豔之情又符合

---

[39] 見《詞話叢編》，頁4246。

[40] 劉熙載《詞概》：「耆卿詞細密妥溜，明白而家常，善於敘事，有過前人。惟綺羅香澤之態，所在多有，故覺風期未上耳。」胡仔《苕溪漁隱叢話》後集卷三十九引《藝苑雌黃》：「柳之《樂章》，人多稱之，然大概非羈旅窮愁之詞，則閨門淫媟之語。」

[41] 王灼《碧雞漫志》卷二：「柳耆卿《樂章集》，世多愛賞該洽，序事閒暇，有首有尾，亦間出佳語，又能擇聲律諧美者用之。惟是淺近卑俗，自成一體，不知書者尤好之。」胡仔《苕溪漁隱叢話》後集卷三十三引李清照詞評：「《樂章集》，大得聲稱於世，雖協音律，而詞語塵下。」

[42] 陳振孫《直齋書錄解題》：「柳詞格故不高，而音律諧婉，語意妥帖。」「風期未上」之評，見注40劉熙載《詞概》一段。

大眾口味，因此流播廣遠，至於有井水處皆能歌之，可謂風靡一時[43]。可是，柳詞愈受歡迎，他受到來自士大夫階層的壓迫就愈大，因爲柳永直接挑戰了他們長期經營而得以維持尊嚴的雅緻生活情趣。其實，柳永艷詞中那些從客觀的角度寫美人才藝情思的詞篇，筆法靈巧，敘事明白曉暢，人物如在目前，自有生動的意韻；可是一旦以這樣白描的手法，陳述個人冶遊之樂、男女閨房之事時，卻極易流於鄙陋輕浮，頓失美感。柳永最爲人詬病的，主要是後面一類作品。這牽涉到柳永的出身及其塡詞的心態。與晏殊、歐陽修諸名公相比，柳永是一失意的文人，他終日流連坊曲，譜寫里巷俗樂，付與青樓市妓彈唱，與俗子同歡，詞風自然傾向於淫靡淺薄，多寫歌聲舞影、風月悲歡。上流名士之作，則是完全不同的格調，他們於朋僚雅集，寫作清辭麗句，由官妓或家妓倚絲竹而歌唱[44]，用作娛賓遣興之資，風格自然嫻雅，亦多吟詠情性之篇。這是兩個截然不同的詞的世界，無論是作者、歌者的身分，抑或音樂的品類、演唱的場合，都有明顯的差別。柳永放浪形骸的行爲，宦途蹇滯的一生，與晚唐溫庭筠「士行塵雜」，好寫「側艷之詞」，乃至「累年不第」的際遇[45]，看來是頗相似的。因詞而廢人，或因人而廢詞，這本來就是中國文學批評裡慣有的現象。不過，比較來說，柳永所遭受到的指責卻比溫庭筠的來得嚴厲，他幾乎被認定爲兩宋詞壇中須摧陷而廓清的主要對象。柳詞備受撻伐，主要是因爲柳永竟以士子的身分棄雅從俗，整

43《四庫全書總目·樂章集》：「蓋詞本管絃冶蕩之音，而永所作旖旎近情，故使人易入。雖頗以俗爲病，然好之者終不絕也。」

44 詳張惠民：〈宋代士大夫歌妓詞的文化意蘊〉，原刊《海南師院學報》，1993-3期，轉載《中國古代、近代文學研究》，1994-1期。

45《舊唐書·溫庭筠傳》：「士行塵雜，不修邊幅，能逐弦吹之音，爲側艷之詞。公卿無賴子弟，裴諴、令狐滈之徒，相與蒱飲，酣醉終日，由是累年不第。」

日混跡花街，運筆爲詞又入乎其內，寫出了男女的綺艷濃情、俗世的肉慾感受，這種公然挑戰上層菁英、背離風雅正道的行徑，引起了巨大而猛烈的反彈，自是意料中事。柳詞所寫的美女與愛情的題材，溫、韋、晏、歐諸家皆有，而唯獨柳詞被譏爲鄙俗淫褻，究其原因，主要是由於柳永與妓女之間感同身受的用情態度，以及他所使用的「情感寫實」（emotional realism）手法所導致[46]。柳永如此肆無忌憚，無視於傳統的典雅紀律，士大夫始終是無法釋懷的。

三、秦柳之別路——東坡「自是一家」的意識

東坡剛踏入詞壇之際，柳永綺艷慢詞仍風靡天下，而另一方面士人仍繼續塡寫他們的清雅小詞；面對這兩個詞的世界，在雅鄭之間，東坡如何捍衛士大夫的傳統，又怎樣回應柳永的挑戰？此外，他又如何看待「酒邊花下，一往而深」、「其淡語皆有味，淺語皆有致」（馮煦《蒿菴論詞》）[47]的秦

[46] 詳拙著：〈論柳永的艷詞〉，《中國文哲研究集刊》，第九期，頁163-188。按：「情感寫實」（emotional realism）一語出自劉若愚《北宋六大詞家》。劉氏曾以此語概括柳詞，說：「在中國詩中對情愛的敘寫是隨處可見的，尤其在詞裡，畢竟詞本是源於流行民間的愛情歌曲；只是柳永所寫的情愛詞的特徵，是他對愛的坦率，及寫實的態度。他對性愛的描寫不僅不受儒家道德規範的抑制，同時不企圖將愛情理想化，或誇張愛情的偉大。他時常以強烈的情感和一無保留的坦率寫愛的享樂和痛苦。……總之，柳永的詞充分顯示著情感的寫實主義，也就是說，他以高度主觀和多情的態度觀察人生，而在表現他的主觀感情的時候，他又是寫實的，不隱瞞，不僞裝，也從不試圖誇張他的感情。呈現在他作品中的『主人（或自白者）』，是一位有著正常人的慾念和品味的人，充分享受生命的快樂，也抱怨備嘗人生不可避免的艱辛，是一位不以人性中有免不了的弱點爲恥的人，而最大的願望只是快樂的活著。柳永的靈性，是強壯而不細緻的，他的觀念既不新奇也不深奧。然而，他的情感的寫實主義在他的詞中注入了眞，使他的詞（時常，並非經常）免於陳腐。由於他以平常人的立場寫作，不附庸風雅也不超世，他的詞有著廣大而易於接受的吸引力。無怪乎他是那個時代的最受歡迎的詞家了。」見劉若愚著、王貴苓譯《北宋六大詞家》（臺北：幼獅文化事業公司，1986），頁80、82-83。

[47] 見《詞話叢編》，頁3586-3587。

觀詞[48]？

在宋人的筆記裡，有三則關於東坡談論柳永詞的記錄，後人最常引用：

> 東坡云：世言柳耆卿曲俗，非也。如〈八聲甘州〉云：「霜風淒緊，關河冷落，殘照當樓。」此語於詩句，不減唐人高處。（趙令畤《侯鯖錄》）

> 東坡在玉堂，有幕士善謳，因問：「我詞比柳詞何如？」對曰：「柳郎中詞，只好十七八女孩兒，執紅牙拍板，唱『楊柳岸，曉風殘月』。學士詞，須關西大漢，執鐵板，唱『大江東去』。」公爲之絕倒。（俞文豹《吹劍錄》）

> 少游自會稽入都見東坡，東坡曰：「不意別後公卻學柳七作詞。」少游曰：「某雖無學，亦不如是。」東坡曰：「『銷魂當此際』，非柳七語乎？」（曾慥《高齋詩話》）[49]

這三段話也許是傳聞，未必實有其事。不過，根據這些評論，倒也反映了時人對柳詞的一般看法。在第一則評論裡，它提示了一點，就是對柳詞的評價不能一概而論。柳永的詞

---

48 況周頤《蕙風詞話》：「有宋熙豐間，詞學稱極盛。蘇長公提倡風雅，爲一代斗山；黃山谷、秦少游、晁無咎皆長公之客也。山谷、無咎皆工倚聲，體格於長公爲近。惟少游自闢蹊徑，卓然名家。蓋其天分高，故能抽祕騁妍於尋常濡染之外。」可見東坡與少游於詞實不同路數。

49 《侯鯖錄》、《吹劍錄》二則，引自《宋元詞話》，頁71、505；《高齋詩話》一則，引自郭紹虞輯：《宋詩話輯佚》（臺北：華正書局，1981），頁497。

「非羈旅窮愁之詞，則閨門淫媟之語」（《藝苑雌黃》語），後者是俗艷之體，前者卻是雅正之篇，其間是有優劣之分的。宋人早有此認知。柳永同時生活在士與俗的世界裡，他的羈旅詞和艷情詞寫作的情懷不同，風格便有差異；後者不必再費辭分析，就前者而言，柳永寫流落江湖的悲秋之情，抒發一己落拓失意之感，這類作品容易引起共鳴，因爲這是士子普遍的經驗。若說東坡會欣賞這類詞篇，那是不足爲奇的。柳永羈旅行役之作，借景述情，是前人鮮有的題材，而其淒清高遠的境界更是別開生面，爲北宋五代詞所不及者；像〈八聲甘州〉開篇幾句：「對瀟瀟暮雨灑江天，一番洗清秋。漸霜風悽緊，關河冷落，殘照當樓。」所呈現的興象，自然能得到如東坡一類詞人的賞識，因爲歌詞詩化的趨勢隨著士階層意識之壯大而益形明朗，以有詩境之詞爲高，並視之爲雅體而非俗曲，這是大家的共識。東坡本人的論說更證實了這一點，很明顯地，他已由晏、歐諸家無意識的詩化狀況轉化爲有意的想要開拓與創新的覺醒：

> 又惠新詞，句句警拔，詩人之雄，非小詞也。（〈答陳季常〉）

> 頒示新詞，此古人長短句詩也。得之驚喜，試勉繼之。（〈與蔡景繁〉）

> 清詩絕俗，甚典而麗，搜研物情，刮發幽翳。微詞婉轉，蓋詩之裔。（〈祭張子野文〉）

> 子野詩筆老妙，歌詞乃其餘技耳。（〈題張子野詩集後〉）[50]

這些評語已突破了詩詞的界線，東坡顯然是以詩爲高的。事實上，東坡乃夫子自道，他本身就是將詞當作詩來創作的最佳代表，後來蘇門諸家如陳師道批評他：「以詩爲詞，如教坊雷大使之舞，雖極天下之工，要非本色。[51]」晁補之說：「東坡詞，人謂多不諧音律，然居士詞橫放傑出，自是曲子中縛不住者。[52]」顯見時人仍堅守詞應合律、詞體別具婉約含蓄之特質的基本理念，對東坡振筆爲詞，寫放曠之情，猶不免抱著懷疑的態度。不過，東坡早已了然於胸，他對自己能寫出別是一體的詞作頗感自豪：

> 近卻頗作小詞，雖無柳七郎風味，亦自是一家。呵呵！數日前，獵於郊外，所獲頗多，作得一闋。令東州壯士抵掌頓足而歌之，吹笛擊鼓以爲節，頗壯觀也。（〈與鮮于子駿〉）[53]

所謂「柳七郎風味」，是指應歌寫情，表現爲一種「鋪敘委婉」、「綢繆宛轉」而「靡曼近俗」[54]的詞風。東坡所作打獵

---

[50] 見孔凡禮點校：《蘇軾文集》（北京：中華書局，1990），卷五三，頁1569；卷五五，頁1662；卷六三，頁1943；卷六八，頁2146。

[51] 見陳師道：《後山詩話》，何文煥輯：《歷代詩話》（臺北：木鐸出版社，1982），頁309。按：或對陳師道此則詞評有所疑，以爲雷大使即雷中慶，是宋徽宗朝藝者，而陳師道卒於徽宗即位的第一年建中靖國元年（1101），則不及知雷大使也。不過，姑不論此評是否屬陳師道，南宋初胡仔《苕溪漁隱叢話》已載錄此說，可見其爲北宋末南宋初人看法應無疑。

[52] 見胡仔《苕溪漁隱叢話》（臺北：長安出版社，1978），後集，卷三三，頁253，引《復齋漫錄》。

[53] 見《蘇軾文集》，卷五三，頁1560。

[54] 《介存齋論詞雜著》：「耆卿爲世訾贅久矣，然其鋪敘委婉，言近意遠，森秀幽淡

一闋應是指寫於宋神宗熙寧八年（1075）的〈江城子．密州出獵〉[55]。此詞寫出獵的豪情與快意，文筆清勁，而使事用典亦酣暢自然，頗能道出一己的報國之志，故被視作東坡豪放詞的代表。東坡「令東州壯士抵掌頓足而歌之，吹笛擊鼓以爲節」，顯見東坡已有意打破詞體的規範，一改旖旎言情的閨幃之態而爲暢懷述志的壯闊豪情，無論是文辭、語氣、情調、意境，已無復小詞精微細緻、宛轉含蓄的格調，這根本已超出了一般歌詞娛賓遣興的功能，變成可抒懷勵志、擊節高歌的詩篇。由「女聲」而「男聲」，這是詞體的一大突破。東坡將應歌代寫兒女情態的「依他」之體，變爲抒發一己主觀情志的「爲我」之篇，從此詞便眞正走上抒情詩的創作道路，成爲詩的一體了。這一點東坡是相當自覺，而有自信的。他說：「近卻頗作小詞，雖無柳七郎風味，亦自是一家。」東坡有心要在當日流行的詞風以外開拓新境的口氣，不言而喻。〈江城子．密州出獵〉只是其中一首。如果參看同時前後的詞篇，會發現東坡確已找到屬於自己的聲音，突破了詞爲豔科的藩籬，並創造出個人的風格與品味來。譬如〈蝶戀花．密州上元〉，上片寫昔日杭州燈節歡樂情景，下片述今日密州的寂寞冷清，云：「寂寞山城人老也。擊鼓吹簫，卻入農桑社。火冷燈稀霜露下，昏昏雪意雲垂野。[56]」結句寫景中寓含東坡陰鬱的心情，這種詞境在稍早之前杭州寫景酬唱的詞篇裡是很少出現的。另

之氣在骨。」鄭文焯手校石蓮庵刻本《樂章集》卷首總評：「耆卿詞屬景切情，綢繆宛轉，百變不窮，自是北宋倚聲家妍手。」《蕙芬館詞話》：「詞之爲體，大略有四：……柳七則靡曼近俗矣。」

[55] 詞曰：「老夫聊發少年狂。左牽黃，右擎蒼。錦帽貂裘，千騎卷平崗。爲報傾城隨太守，親射虎，看孫郎。　酒酣胸膽尙開張。鬢微霜，又何妨。持節雲中，何日遣馮唐。會挽彫弓如滿月，西北望，射天狼。」見龍沐勛：《東坡樂府箋》（臺北：華正書局，1980），卷一，頁67。

[56] 見石聲淮、唐玲玲：《東坡樂府編年箋注》（臺北：華正書局，1993），頁76。

一首〈江城子〉（十年生死兩茫茫）悼念亡妻，音聲淒婉，流露出眞摯動人的情感，而結句的「明月夜，短松岡」[57]，將淒涼之情轉化爲清婉之境，表現出綿綿不斷的深情。又如〈望江南・超然臺作〉兩首，以寬平清朗的語調寫春日情景：「休對故人思故國，且將新火試新茶，詩酒趁年華。」「百舌無言桃李盡，柘林深處鵓鴣鳴，春色屬蕪菁。」[58]皆詩意盎然，別有特色。由這幾首詞可以看出，東坡詞風又不只豪放而已，這時也有深情、清麗、如詩意般的意態。所謂在柳永風味外自成一家，指的就是這種脫離艷科而能抒發一己眞情實感的表現。東坡由嘗試作詞到有自成一家的信心，後來又在境界上有進一步的提升與拓展，這是一段隨著生涯演進的創作歷程，而東坡詞中詩化的程度當然亦會受創作環境及心境變化的影響而有所不同。像〈永遇樂・彭城夜宿燕子樓，夢盼盼〉之清麗舒徐、〈念奴嬌・赤壁懷古〉之感慨雄壯、〈定風波・三月三日沙湖道中遇雨〉所表露的坦蕩之懷、〈八聲甘州・寄參寥子〉所臻至的超曠之境，都是密州後以詩爲詞的更高表現。下文會針對此點論述，這裡我們再回到柳、蘇之間的論題。前引俞文豹《吹劍錄》一段，相當生動地描繪出柳永與東坡詞風的差異，一是爲「十七八女孩兒」而寫的離別相思之作，一爲「須關西大漢，執鐵板」而歌的「學士詞」，它們的聽唱、寫讀背景如此不同，文辭意境自然有異，這是無庸置疑的。這段話當然可引作認識柳永風味與東坡一家之所以不同的參考。

東坡對柳永的評論，可靠的只有上引〈與鮮于子駿〉一文。據此文，我們得見東坡對自己「自是一家」詞風的自覺與

[57] 同上，頁77。
[58] 同注56，頁96-98。

自信，但其於柳永詞作，卻未嘗有譏諷之意。曾慥《高齋詩話》一則記錄東坡批評秦觀「學柳七作詞」，並語帶貶抑的說：「『銷魂當此際』，非柳七語乎？」這段話很難證實其眞僞，不過，從東坡的詞作本身及其一貫的詞學主張來看，他對秦觀（字少游）這類軟媚之作應當是不大欣賞的。「銷魂」一句，乃出自少游的〈滿庭芳〉：「山抹微雲，天連衰草，畫角聲斷譙門。暫停征棹，聊共引離罇。多少蓬萊往事，空回首、煙靄紛紛。斜陽外，寒鴉數點，流水遶孤村。　銷魂，當此際，香囊暗解，羅帶輕分。謾贏得青樓，薄倖名存。此去何時見也，襟袖上、空惹啼痕。傷情處，高城望斷，燈火已黃昏。[59]」周濟《宋四家詞選》評此詞曰：「將身世之感，打并入艷情。[60]」這種寫作手法，與柳永之寫羈旅行役，由蕭瑟之秋景寫到兒女相思怨別之情，頗有異曲同工之妙[61]。龍榆生說：「少游詞初期多應歌之作，不期然而受《樂章》影響。中經游宦，追念舊歡，雖自出清新，而終歸婉約。晚遭憂患，感喟人生，以環境之壓迫，發為淒調。論淮海詞者，正應分別玩味，不當以偏概全也。[62]」少游詞風隨生涯環境而有變化，實不宜一概而論。整體而言，其作品語工入律，寄慨身世，閒雅有情思，淒惋而動人，最能表現詞婉約幽微之韻致[63]。不

[59] 見徐培均校注：《淮海居士長短句》（上海：上海古籍出版社，1985），頁36。
[60] 見《詞話叢編》，頁1652。
[61] 柳永著名的羈旅詞如〈八聲甘州〉（對瀟瀟）、〈雪梅香〉（景蕭索）、〈曲玉管〉（隴首雲飛）、〈夜半樂〉（凍雲黯淡天氣）、〈竹馬子〉（登孤壘荒涼）等，皆屬此類構篇方式。葉嘉瑩〈論柳永詞〉嘗評曰：「柳永常把這種興象高遠的秋士之悲的哀感，與懷人念遠的兒女之情在一首詞中互相結合。」見《靈谿詞說》，頁139。
[62] 見〈蘇門四學士詞〉，《龍榆生詞學論文集》，頁294。
[63] 葉嘉瑩〈論秦觀詞〉評曰：「秦觀最善於表達心靈中一種最為柔婉精微的感受。」「他一向的長處，原是對於景物及情思都能以其銳感做出最精確的捕捉和敘寫，而且善於將外在之景與內在之情，做出一種微妙的結合。」見《靈谿詞說》，頁241、258。

過，少游詞造語雖工，但抒寫兒女柔情，與東坡不同調，致遭「規諷」，是可以理解的。與東坡相較，少游詞多被評爲氣格不高[64]。《王直方詩話》云：「東坡嘗以所作小詞示無咎、文潛，曰：『何如少游？』二人皆對云：『少游詩似小詞，先生小詞似詩。』[65]」少游的詩敲點勻淨，常常落於纖巧，故後人批評他的詩是「婦人語」、「女郎詩」[66]；少游的詩既婀娜似女性，而其小詞如詩一般，則其風格自不出清麗和婉。秦詞專主情致，雖亦能藉豔體抒發一己之懷，還可目之爲「詩化」的表現，但就其傷春怨別之情和婉約幽微之致而言，秦詞仍保留了詞之作爲豔歌的一種富於女性陰柔之美的特質，未能追隨東坡所開拓之意境邁進，反而牽於俗尚，重回《花間》、《尊前》的傳統，這可以說是一次「逆溯的回流」，有爲詞的本質重加認定的詞史意義[67]。東坡與少游，一剛一柔，一創一因，他們的詞格氣分自是不同[68]。湯衡〈張紫微雅詞序〉說：

> 昔東坡見少游〈上巳遊金明池詩〉有「簾幙千家錦繡垂」之句，曰：「學士又入小石調矣。」世人不察，便謂其詩似詞，不知坡之此言，蓋有深意。夫鏤玉雕瓊，裁花剪葉，唐末詞人非不美也，然粉澤之工，反累正

[64] 葉夢得《避暑錄話》：「蘇子瞻於四學士中最善少游，故他文未嘗不極口稱善，豈特樂府，然猶以氣格爲病，故常戲云：『山抹微雲秦學士，露花倒影柳屯田』。」

[65] 引自《苕溪漁隱叢話》，前集，卷四二，頁284。

[66] 元好問《中州集》卷九評王中立一則云：「予嘗從先生學，問作詩究竟當如何，先生舉秦少游〈春雨〉詩云：『有情芍藥含春淚，無力薔薇臥晚枝。』此詩非不工，若以退之『芭蕉葉大梔子肥』之句校之，則〈春雨〉爲婦人語矣。」又〈論詩〉第二十四首云：「有情芍藥含春淚，無力薔薇臥晚枝。拈出退之山石句，始知渠是女郎詩。」

[67] 參葉嘉瑩〈論秦觀詞〉，《靈谿詞說》，頁238-241。

[68] 參龍榆生〈蘇門四學士詞〉論秦觀部分，《龍榆生詞學論文集》，頁288-294。

氣。東坡慮其不幸溺乎彼，故援而止之，惟恐不及。其後元祐諸公，嬉弄樂府，寓以詩人句法，無一點浮靡之氣，實自東坡發之也。[69]

此處分析東坡糾正少游詞的用心，評論東坡詞的實際貢獻，頗能切中肯綮。而東坡振筆爲詞，有高遠的表現，又豈只是「寓以詩人句法，無一點浮靡之氣」而已？

東坡以「以詩爲詞」的創作態度「化俗爲雅」，而事實上，他不獨藉此在秦柳詞之外別開疆域，同時也衝出了傳統雅詞的藩籬，指出向上一路，別創一種高遠的清雅之境。東坡在柳、秦、晏、歐諸詞人之間，走的是一條超乎平常雅俗觀念的創作道路。詞是一種音樂文學，以文學爲重抑或以音樂爲重，自會影響詞中意境之高低；又，詞以寫情爲長，如何出入於艷情世界，是陷溺，是超脫，不同的用情態度，都能左右詞的雅俗形貌與體質。由詞而詩，從耳聽變爲目閱，由抒情到寫志，從上文比較東坡和柳永、少游詞便可得知，那便是一條由俗而雅乃至出乎其外的詞學發展途徑。

四、清雅之境的拓展——東坡「以詩爲詞」的意義

南宋以來對東坡詞的評價，主要著眼點是：詞發展到東坡乃有一大轉變，因爲東坡詞一出，才把詞的領域擴大、境界提高，使詞掙脫了小道末技，進而取得與詩文接近的地位。換言之，詞至東坡，在本質上產生了一大變化。請看下列兩則最具代表性的詞評：

---

[69] 見施蟄存編：《詞籍序跋萃編》（北京：中國社會科學出版社，1994），頁213。

長短句雖至本朝盛，而前人自立，與眞情衰矣。東坡先生非醉心於音律者，偶爾作歌，指出向上一路，新天下耳目，弄筆者始知自振。今少年妄謂東坡移詩律作長短句，十有八九，不學柳耆卿，則學曹元寵。雖可笑，亦勿用笑也。（王灼《碧雞漫志》卷二）

詞曲者，古樂府之末造也；古樂府者，詩之傍行也。詩出於〈離騷〉、《楚詞》，而〈離騷〉者，變風變雅之怨而迫、哀而傷者也。其發乎情則同，止乎禮義則異，名其曰曲，以其曲盡人情耳。方之曲藝，猶不逮焉，其去曲禮則猶遠矣。然文章豪放之士鮮不寄意於此者，隨亦自掃其跡，曰謔浪遊戲而已也。唐人爲之最工者。柳耆卿後出，掩眾製而盡其妙，好之者以爲不可復加。及眉山蘇氏一洗綺羅香澤之態，擺脫綢繆宛轉之度，使人登高望遠，舉首高歌，而逸懷浩氣超然乎塵垢之外，於是花間爲皂隸，而柳氏爲輿臺矣。（胡寅〈題酒邊詞〉）[70]

東坡之所以能移風易俗，變「謔浪遊戲」之體，爲可歌可誦、抒情言志的長短句，「指出向上一路」，「使人登高望遠」，這與他的出身、才學及創作心態有莫大的關係。在中國文學批評傳統裡，人格與文格往往被認爲是互有關聯的。人格決定詞格之高下，而詞格的高低，則影響詞體的尊卑。鄭騫先生說：「柳詞的風格，正是他個人性情生活的反映。他的性情不一定是輕佻儇薄，他的生活則完全是放浪頹靡。抱著流落不偶的沉

[70] 見岳珍：《碧雞漫志校正》（成都：巴蜀書社，2000），頁37；施蟄存編：《詞籍序跋萃編》，頁168-169。

哀，整年的看舞聽歌，淺斟低唱，即便有些逸懷浩氣也消磨淨盡了。蘇則無論江湖廊廟，到處受人尊敬，無形中養成卓犖不群的自尊心，與高雅的品格風度，再加上天資學問，當然與柳不能同日而語。這種差別，表現到他們的作品上就形成了蘇詞柳詞的異點；而後人給予柳詞的評價也就低於蘇詞。[71]」而東坡從未以詞人自居，他始終保持大學士、大詩人的高雅品味，不故意避俗，但也能游行自在，而不凝滯於此。詞體於他，一如詩文辭賦，隨觸而發，也達到「不能不爲之爲工」[72]的境地。東坡用與賦詩爲文一樣的眞情與至誠的態度寫作詞篇，他對詞體的看法自然不同於流俗。所謂「出新意於法度之中，寄妙理於豪放之外」[73]，東坡這種不主故常，於法外求變的創新精神，當然也貫徹於詞的寫作中——以詩入詞就是一種新的嘗試。正因爲他這種「吾道一以貫之」的精神，遂能將詞提升至詩的境界，寫入了一己的高尙情操與眞實情感，詞體便能因人而貴，得以晉身一般詩歌之林。龍榆生說：「東坡出之以靈氣仙才開徑獨往，其能別有天地者，正以其確認詞體不僅爲抒寫兒女私情之工具，雖其聲出於教坊里巷，亦不妨假以自寫胸懷，大丈夫磊磊落落，更何難以人尊體？東坡詞之擺脫浮艷，正欲提高詞的地位。其所以能壓倒柳氏者在此，其所以能獨建一宗者亦在此。[74]」東坡以詩爲詞，不可諱言，剛開始時受到本色派的質疑，曾引起一番討論，但南渡以後的詞壇，受到時世的影響，大家對東坡詞便有了不一樣的認識及評價。當時，

[71] 見鄭騫：〈柳永蘇軾與詞的發展〉，《景午叢編》（臺北：中華書局，1972），頁124。

[72] 東坡〈南行前集敘〉：「夫昔之爲文者，非能爲之爲工，乃不能不爲之爲工也。」

[73] 見〈書吳道子畫後〉，《東坡文集》，卷七十，頁2210-2211。

[74] 見龍榆生：〈東坡樂府綜論〉，《龍榆生詞學論文集》，頁255。

採用以詩的觀點作詞論詞已是普遍的現象。東坡作爲一般士子景仰的人物，他的詞作別具指標性的作用。以詩入詞，或以詩之餘力爲詞，這些說法後來演變成「詩餘」的概念，一時大爲流行。稱詞爲詩餘，在南宋是有其積極的意義的，因爲將詞與詩拉上了關係，無疑也提高了詞的地位，使它不再侷限於歌兒舞女的藝壇，更納入了文人正常的創作範圍[75]，而更重要的一點是這種說法寬解了文人原先視詞爲小道的心理，正式承認了此體的價值，從此詞的發展便更爲蓬勃[76]，於是乃有辛棄疾、吳文英等致力追求新境的專業詞人出現。所謂「指出向上一路，新天下耳目，弄筆者始知自振」，這幾句話最能揭露東坡詞的意義。

東坡詞的雅化與詩化，誠如上節所說，是有一創作歷程的。葉嘉瑩分析東坡初爲詞的心境與意境，說：「蘇軾之開始致力於詞之寫作，原來正是當他的『以天下爲己任』之志意受到打擊挫折後方才開始的。而就地點而言，則杭州附近美麗的山水，又正是引發起他寫詞之意興的另一因素。本來，……『用世之志意』與『超曠之襟懷』原是蘇軾在天性中所稟賦的兩種主要特質。前者爲其欲有所作爲時用以立身之正途，後者則爲其不能有所作爲時用以自慰之妙理。蘇軾之開始寫詞，既是在其用世之志意受到挫折以後，則其發展之趨勢之終必形成以超曠爲主之意境與風格，就原是一種必然之結果。[77]」東坡的杭州詞（宋神宗熙寧四年至熙寧七年，1071-1074，36歲-39歲），主要是寫景酬贈之作，遣情入詞，技巧雖未臻成

[75] 詳拙著：《南宋姜吳典雅詞派相關詞學論題之探討》（臺北：臺大出版委員會，1995），第三章，第三節，頁121-123。
[76] 詳本書〈宋人詩餘觀念的形成〉一文。
[77] 見葉嘉瑩：〈論蘇軾詞〉，《靈谿詞說》，頁196。

熟，但已見東坡詩化詞風之雛型。値得注意的是，這些作品幾乎都有標題，而且多爲文人雅集、贈別長官的詞篇，不接於風流，有高雅的情調，其寫作旨趣與表達手法與一般詩作其實差異不大。離杭赴密後，東坡自成一家，手法更自如，意境更清寬，這一點上文已有論述，不再贅言[78]。對東坡來說，離開杭州的歌舞聲色場所，於作詞是有好處的，他必須單獨面對官旅的寂寞生活，無形中也少了一些樂律約束，此時東坡因事緣情，更能寫出一己的情思，創作出新的意境。密、徐、湖時期（宋神宗熙寧七年至元豐三年，1074-1079，39歲-44歲），乃東坡詞的成熟期。此期作品，以詩爲詞，自成一家；兼豪放與婉約，既深情又清曠；抒懷感事如見其人，贈妓酬唱別出新意。密州作〈江城子〉（十年生死兩茫茫）悼亡妻，情意哀婉；徐州作〈永遇樂〉（明月如霜）寫景述懷，憶往事，思來者，感嘆時空變幻，是東坡詞「清麗韶秀」的標竿；而一系列〈浣溪沙〉寫農村情景，筆調閒遠，則頗有宋詩風味。這些題材與風格表現，都可見東坡開拓創新之功。烏臺詩案後，東坡責授黃州，這是他士宦生涯的最大挫折，然而卻是他詞作的巔峰期（宋神宗元豐三年至元豐七年，1080-1084，45歲-49歲）。東坡因詩文惹禍，這時他對於這兩類文體的寫作猶有餘悸，所感所思便多轉由詞來抒發，遂使詞的內容題材得以更進一步的拓展。東坡黃州詞充分反映其在貶謫生涯中生命情懷如何由餘悸猶存到隨緣自適的轉變歷程，其中有現實的挫折感、生命的無常感嘆，也能呈現出曠達的胸襟、歸耕的閒情，由沉痛悲涼變爲清遠曠達，東坡生命境界的提升於焉可見。而其運筆構篇，大多圓融無痕，揮灑自如，雖偶不合律，卻天趣獨

[78] 另詳本書〈由詩到詞——東坡早期詞的創作歷程〉一文。

成。詞境或清麗韶秀，或雄健俊逸，或超曠平和，俱見東坡之才情與襟抱。黃州以後（宋神宗元豐七年至哲宗元符三年，1084-1100，49歲-65歲），東坡的官宦生涯更多轉折，詩作重為主力，東坡詞至此呈衰微之勢，一則數量減少，再者無論題材風格均較少開拓創新之境。即事遣興，率爾成章，其佳作以淡遠為主，語意清疏，偶有雅健之筆；如或感慨不深，出語直率，則淡乎寡味，有如遊戲之作[79]。總覽東坡的作詞歷程，可以他〈自評文〉所說的兩句話作概括：「常行於所當行，常止於不可不止。[80]」東坡詞，因情因事而作，大部分篇章可編年，這明顯是「為我」的創作方式，其所代表的生命意義與一般應歌之作實在不能相提並論。

東坡「以詩為詞」眞正的意義，不僅僅是「寓以詩人句法」，使詞「精壯頓挫」而已[81]，更重要的是內容題材的擴大、精神意境的提升。用詩的句法句式入詞，或以脫胎換骨的手法融化前人詩句，或如詩一般的使事用典，都能增加詞的藝術效果，使詞質更為凝鍊、詞句更加妍美、詞意更形豐富。這些技巧，皆為東坡詞所活用。不過，由於他追慕的主要是一種高雅清遠的意境，因此比較傾向於宋詩妙遠的手法，比婉約典雅派詞家有較靈活生動的句法、自然圓融的構篇[82]。其中，口語化、散文化句子的靈活使用，泯除了平仄押韻的規律痕跡，使文氣自然流暢，詞情易於抒放，名篇如〈定風波〉（莫聽穿

[79] 詳林玟玲：《東坡黃州詞研究》，臺北：國立臺灣大學中國文學研究所碩士論文，1986。

[80] 見《東坡文集》，卷六六，頁2069。

[81] 黃庭堅〈小山詞序〉：「乃獨嬉弄於樂府之餘，而寓以詩人之句法，精壯頓挫，能動搖人心。」

[82] 詳林玟玲：《東坡黃州詞研究》，第三章，第四節，「黃州詞的技巧特色」，頁89-109。

林打葉聲）、〈洞仙歌〉（冰肌玉骨）、〈滿庭芳〉（歸去來兮），皆能於既定的格律中，營造出東坡文學一貫的如行雲流水般的特質。這可不是一般文人所能達到的程度。嚴格來說，這些文辭技巧若抽離它的內容意境談論，總是有所不足，而且意義也不大[83]。回顧上文，王灼、胡寅兩段話中，有幾個關鍵詞語是須加留意的：「眞情」、「浩懷逸氣」、「非醉心於音律」、「一洗綺羅香澤之態，擺脫綢繆宛轉之度」。我們談論東坡「以詩爲詞」的實質意義時，很難避開這幾個詞語所涉及的層面。這裡面牽涉到合不合律、情不情以及詞人如何創造高遠意境等問題。

李清照《詞論》批評東坡詞是：「句讀不葺之詩爾，又往往不諧音律。[84]」前人對東坡詞之不諧音律頗有微辭，然而東坡詞卻非完全不能付諸歌喉，在他的書信詞序中曾多次提及他填詞以就音律付歌者傳唱之事實[85]。陸游爲東坡辯解說：「公

---

[83] 孫康宜對東坡詞的一段評論，即可見形式與內容的關係，以及東坡創作的用心：「蘇詞固如行雲流水，無拘無束，但蘇軾也試圖量測感情，藉想像力重塑新的藝術整體。蘇詞的風格特徵之一，在於蘇軾常借他人之酒澆自己胸中塊壘。他會造境替人設想，挖掘他人情感，但也從不否認這些情境都源出自己的想像。……諸如此類的文學技巧或可稱『情感的投射』（projection of feelings），而其特別引人注目的是：詞人會借之處理生命體。」見孫康宜著、李奭學譯：《晚唐迄北宋詞體演進與詞人風格》（臺北：聯經出版事業公司，1994），第五章，〈蘇軾與詞體地位的提升〉，頁216-218。

[84] 見胡仔《苕溪漁隱叢話》，後集，卷三三，頁254。

[85] 〈與劉貢父書〉：「示及回文小闋，律度甚致，不失雍容，欲和，殆不可及。已授歌者矣。」〈雜書琴曲十二首・瑤池燕〉：「琴曲有〈瑤池燕〉，其詞既不甚佳，奈聲亦怨咽。或改其詞作〈閨怨〉云：『飛花成陣（略）。』此曲奇妙，季常勿妄以與人。」〈水調歌頭〉（昵昵兒女語）序：「歐陽文忠公嘗問余：琴詩何者最善？答以退之〈聽穎師琴〉最善。……建安章質夫家善琵琶者，乞爲歌詞。余久不作，特取退之詞，稍加檃括，使就音律以遺之云。」〈浣溪沙〉（西塞山邊白鷺飛）序：「玄眞子漁父詞極清麗，恨其曲度不傳，故加數語，令以〈浣溪沙〉歌之。」

非不能歌，但豪放不喜裁剪以就聲律耳。[86]」這與之前晁補之說東坡詞：「橫放傑出，自是曲子中縛不住者。」可互相呼應。二者雖有褒賞之意，但從其語氣中可發現他們的心裡似乎仍橫梗著一些保守的觀念。不可諱言，東坡詞與樂律的諧合情況不是十分理想，這與周邦彥、姜夔等正統婉約派詞確實不能相比。東坡詞畢竟是變調[87]。假如我們拋開本色論的立場，試從東坡本人的創作觀點出發，自然會了解：東坡以詩為詞，打通詞體的人為規範，一以情性為本，以臻高雅之境，則必然會導致遠離詞的樂音世界。詞作為一種音樂文學，它的樂律屬性自有其適合表達之情懷。詞體普遍採用近體詩的格律形式，律詩的「律」本有美學上的要求，使詩歌的音聲達到一種平衡對稱之美，即透過平仄聲調的交錯對應，形成一種緊密的組織，有著明顯的相反相成的特性。而音樂亦強調重疊、反覆，形成回環往復的節奏。詞，這一新興文體，乃結合了近體詩和當時流行音樂的形式，因此語意詞情對比的感覺特別強烈。在體製上，平仄對稱、對句運用、上下片構篇，形成了詞體獨特的對比結構；而相應於這種形式，詞多以時空與人事對照為主軸，回盪在情景相生、撫今追昔、嘆往傷逝的情調中[88]。王灼《碧雞漫志》形容當時流行的俗樂為「繁聲淫奏」，且比較古今歌唱情形說：「古人善歌得名，不擇男女。……今人獨重女音，不復問能否。而士大夫所作歌詞，亦尚婉媚，古意盡矣。[89]」

---

[86] 見陸游《老學庵筆記》，卷五，《宋人詞話》，頁401。

[87] 鄭騫〈柳永蘇軾與詞的發展〉：「詞的內容，當然可以與詩相同，但總該有它自己的格調體製；所以我們只好承認以前一般論詞者的說法，以柳周為正宗，蘇辛為變調。」見《景午叢編》，上集，頁126。

[88] 詳拙著：〈對比的美感——唐宋詞的抒情特性〉，《讀寫之間——學詞講義》（臺北：里仁書局，2011），頁39-107。

[89] 見岳珍：《碧雞漫志校正》，卷一，頁3、26-27。

詞本管絃冶蕩之音，容易牽引情緒，使人陷溺於旖旎、幽怨、傷感的情懷裡，而詞既與樂合，則可近雅卻又不能遠俗，人在如此氛圍中，日久浸淫，自嘆自憐，恐怕也會消磨了壯懷逸志。東坡自是一家的醒覺，就是要從這一陰柔細緻的世界中走出，不耽於音聲，不陷入悲情，這是「以詩為詞」消極意義的一面。

秦、柳詞是詞的正體，婉轉合樂，旖旎近情，而以詩、雅為尚的東坡又如何處理情感的問題呢？這是詞學中又一個常被討論的題目。張炎《詞源》說：「詞欲雅而正，志之所之，一為情所役，則失其雅正之音。耆卿、伯可不必論，雖美成亦有所不免。[90]」陳廷焯《白雨齋詞話》則云：「詞至東坡，一洗綺羅香澤之態，寄慨無端，別有天地。〈水調歌頭〉、〈卜算子〉、〈賀新涼〉、〈水龍吟〉諸篇，尤為絕構。[91]」東坡擺脫浮艷，自創新天地，彷彿不及柔情。然而，所謂不為情所役，是指不耽溺於兒女私情，絕非無情。陳廷焯說：「蔡伯世云：『子瞻辭勝乎情，耆卿情勝乎辭，辭情相稱者，惟少游而已。』此論陋矣。東坡之詞，純以情勝，情之至者詞亦至，只是情得其正，不似耆卿之喁喁兒女私情耳。[92]」東坡詞確是他的情性的表現，有兄弟之愛、夫妻之情、朋友之誼、家鄉之思、生涯之嘆，寫來眞摯、深刻而動人。這並不是說東坡完全不作媚詞，詞中絕無綺艷之語。東坡有少部分的作品，也寫出了兒女情態。試看這些詞例：「嬌後眼，舞時腰，劉郎幾度欲魂消。明朝酒醒知何處，腸斷雲間紫玉簫。」（〈鷓鴣天・陳

90 見張炎：《詞源》，卷下，《詞話叢編》，頁266。
91 見陳廷焯：《白雨齋詞話》，卷一，《詞話叢編》，頁3783。
92 同上，頁3784。

公密出侍兒素娘……〉）「今朝置酒強起，問爲誰減動，一分香雪。何事散花卻病，維摩無疾。卻低眉，慘然不答，唱金縷，一聲怨切。甚折便折，且惜取，少年花發。」（〈三部樂〉）「天涯流落思無窮，既相逢，卻匆匆。攜手佳人，和淚折殘紅。……寄我相思千點淚，流不到，楚江東。」（〈江神子〉）「一顆櫻桃樊素口，不愛黃金，衹愛人長久。……破鏡重圓人在否，章臺折盡青青柳。」（〈蝶戀花・代人贈別〉）「月轉烏啼，畫堂宮徵生離恨。美人愁悶，不管羅衣褪。 清淚斑斑，揮斷柔腸寸。嗔人問，背燈偷搵，拭盡殘妝粉。」（〈點絳脣・離恨〉）由此可見，東坡也解風情，其中有代寫體，也有個人眞情的表現，但都不涉閨帷淫褻之事，也無淺陋鄙俗之語，比起柳詞終有品格[93]。歷來詞評，也多作如是觀：

> 唐歌詞多宮體，又皆極力爲之。自東坡一出，情性之外不知有文字，眞有一洗萬古凡馬空氣象。雖時作宮體，亦豈可以宮體概之？……自今觀之，東坡聖處，非有意於文字之爲工，不得不然之爲工也。（元好問〈新軒樂府引〉）

> 人謂東坡長短句不工媚詞，少諧音律，非也，特才大不肯

93 鄭騫先生評柳詞說：「柳更有一個毛病，他常以頹靡塵下的情調，俳諧質俚的詞句，應市井歌唱的需求，有些下筆無擇。所以王灼說他『淺近卑俗』，陳振孫說他『詞格不高』，劉熙載說他『風期未上』。詞格與人格當然有密切的關係，柳詞的風格，正是他個人性情生活的反映。他的性情並不一定是輕佻儇薄，他的生活則完全是放浪頹靡。抱著流落不偶的沉哀，整年的看舞聽歌，淺斟低唱，即便有些逸懷浩氣也消磨淨盡了。蘇則無論江湖廊廟，到處受人尊敬，無形中養成卓犖不群的自尊心，與高雅的品格風度，在加上天資學問，當然與柳不能同日而語。」見〈柳永蘇軾與詞的發展〉，《景午叢編》，上集，頁124。有關柳永艷情詞的特色與評價，另詳拙著：〈論柳永的艷詞〉，《中國文哲研究集刊》，第九期，頁163-192。

受束縛而然。間作媚詞，卻洗盡鉛華，非少游女孃語所及。如〈有感・南鄉子〉詞云：「冰雪透香肌（略）。」「喚作兒」（指「當時、愛被西眞喚作兒」句）三字出自先生筆，卻如此大雅。（李調元《雨村詞話》卷一）

坡公喜於吟詠，詞集中亦多歌席酬贈之作。……詠美人足〈菩薩蠻〉，尤覺清麗，詞云：「塗香莫惜蓮承步，長愁羅襪凌波去。……」似此體物繪情，曲盡其妙，又豈銅琶鐵板之雄豪歟？（葉申薌《本事詞》卷上）[94]

風雅如東坡，絕非不及情，但以其高人逸士之姿，寫作詞篇，間及於脂粉，也不至於墮入纖艷淫媟的魔道，東坡詞始終都能保持一種高雅的情趣。

抒寫兒女柔情，確非東坡所長。然而，人世間其他哀樂情事，東坡又如何面對、怎樣表達？我們讀東坡詞會發現很少過度傷悲之作，情中有思是其主調。亦即，東坡詞絕少陷溺於情緒的愁苦鬱結之中，他能正視人間的悲喜情懷，入而能出，表達爲一種曠達的胸襟。誠如鄭騫先生解釋王國維《人間詞話》之「東坡之詞曠」一語說：「曠者，能擺脫之謂。……能擺脫故能瀟灑。……胸襟曠達的人，遇事總是從窄往寬裡想，寫起文學作品來也是如此。[95]」東坡詞不黏滯於物情，每遇著傷感之事，多能提筆振起，以景代情，化愁懷於清遠的意境

[94] 元好問：〈新軒樂府引〉，《遺山先生文集》，卷三六。其餘各則，錄自曾棗莊、曾濤編：《蘇詞彙評》（臺北，文史哲出版社，1998），頁99、191。

[95] 見鄭騫：〈漫談蘇辛異同〉，《景午叢編》，頁268-269。

中。東坡詞如清風明月，給人清冷、遼闊、沉靜之感。東坡特別愛寫月夜之景，如對月懷弟子由，東坡寫道：「但願人長久，千里共嬋娟。」（〈水調歌頭〉）；別宴歸來，東坡依依之情，卻寫在「夜闌風靜欲歸時，惟有一江明月碧琉璃」的景語中（〈虞美人·有美堂贈述古〉）；赤壁懷古，東坡多情地緬懷歷史陳跡，頓生「人生如夢」之嘆，最後以「一尊還酹江月」，將悲慨之情融入清闊自然的景色裡（〈念奴嬌〉）；春夜漫游，醉眠芳草，田野的景象是「照野瀰瀰淺浪，横空隱隱層霄」，這是東坡於解脫後的一份逍遙自得之情的表現（〈西江月〉）。詞境即心境，東坡詞裡的明月清風，正是他靈明超曠之心境的投影。東坡說：「一點浩然氣，千里快哉風。」（〈水調歌頭·黃州快哉亭贈張偓佺〉）坦蕩無礙的心懷，發而為詞，自然予人暢快淋漓之感。這些都是雅詞，也都是一片清境。上文引龍榆生的話說：「清」乃「雅」之註腳；在這裡，我們不妨改說：「清」，是「雅」的精神，更是「雅」的更高意境。說東坡詞最得清雅之境，應無異議。張炎《詞源》謂東坡詞：「清麗舒徐，高出人表。[96]」鄧廷楨《雙硯齋詞話》亦云：「東坡以龍驤不羈之才，樹松檜特立之操，故其詞清剛雋上，囊括群英。[97]」劉熙載《詞概》更認為：「東坡〈定風坡〉云：『尚餘孤瘦雪霜姿。』〈荷華媚〉云：『天然地別是風流標格。』『雪霜姿』，『風流標格』，學坡詞者，便可從此領取。[98]」東坡詞裡雖有出世與入世的矛盾，情與理的衝突，但最後都能結合哲理與深情，表現為達觀積極的情緒，筆意明麗而清遠，這是東坡雅詞所以能突出於唐宋詞人

---

[96] 見《詞話叢編》，頁267。
[97] 同上，頁2529。
[98] 同上，頁3690。

之處。

五、姜張之先導——東坡清雅詞風的影響

東坡詞品格之雅、境界之高、筆意之清，向爲人所稱頌。誠如上文所述，東坡詞的出現，在「詞不詞、樂不樂、情不情」之間，激起了詞學界的正反論辯，相當熱鬧。或者可以說，南宋以來許多重要詞學論題是爲推衍或回應東坡「以詩爲詞」的概念而產生的。譬如說，詞的本質問題，究竟是要維持典雅合樂的特性、婉曲深至的美感，還是容許詩筆詩意的介入，開拓雄豪闊大之意境？而詞被視爲詩餘，它的文體屬性又如何界定？換言之，文體之間的交互作用，詩與詞的分際就得重新確認——這是詞學文體論的重要課題。此處無法一一陳述各種論說，只能承上文東坡「以詩爲詞」成就清雅之境這一論點，略述其影響軌跡[99]。

東坡在秦柳之外，依違於詩樂之間，別創清雅之境，「指出向上一路」；這是東坡由內而外，表現爲「以詩爲詞」的方式，所達到的高遠詞境，這給予後人許多啓發。最明顯的發展，是辛（棄疾）、劉（過）之隨著東坡步伐，由「以詩爲詞」擴展到「以文爲詞」，詞風一變婉約爲豪放。我們如辨析蘇辛豪曠之風，就是追索一段宋詞逐漸「詩」化、「文」化的歷程，藉此可了解詞體拓展空間的自由與限制，看到所謂正變之說，怎樣在傳統與創新之間，確認詞的基本體式，重構詞的審美觀念。這是詞史上相當長的磨合過程，幾乎籠罩著整個南宋詞壇。辛、劉豪放派開拓詞境，突破許多固有的觀念，而相

[99] 本書其他篇章皆就東坡「以詩爲詞」的現象及其所導引的詞學論題而加以論析，請參閱。

對地，卻引起了一般詞家和本色派的反彈與責難：「如辛稼軒，非不可喜，然其失也粗豪」（詹傅〈笑笑詞序〉）[100]、「劉改之所作〈沁園春〉，雖頗似其豪，而未免於粗。近時作詞者只說周邦彥、姜堯章等，而以稼軒爲豪邁，非詞家本色」（陳模〈論稼軒詞〉）[101]；往好的一面說，它刺激了大家對詞體的自覺，讓詞學論者能深刻思辯詞體屬性的問題：「夫古律詩且不以豪壯語爲貴，長短句命名曰曲，取其曲盡人情，惟婉轉嫵媚爲善，豪壯語何貴焉？不溺於情欲，不蕩而無法，可以言曲矣」（王炎〈雙溪詩餘自序〉）[102]、「詞當協律，使雪兒、春鶯輩可歌，不可以氣爲色」（劉克莊〈跋劉瀾樂府〉）[103]、「大抵詞以雋永委婉爲尚，組織塗澤次之，呼嘷叫嘯抑末也」（柴望〈涼州鼓吹自序〉）[104]。如是，愈到宋季，後出轉精，相繼出現了更有體系的詞學理論，沈義父的《樂府指迷》、張炎的《詞源》即是代表。

沈義父在《樂府指迷》中將他與吳文英講論作詞之法，歸納爲四個原則：「音律欲其協，不協則成長短之詩；下字欲其雅，不雅則近乎纏令之體；用字不可太露，露則直突而無深長之味；發意不可太高，高則狂怪而失柔婉之意」[105]。全書二十八則，皆以此爲立論之本。這四條詞法，可看作是周吳一派之創作法則。吳詞取法周邦彥，其講論詞法自然也以清眞爲依歸。《樂府指迷》予周詞絕高之評價：「凡作詞，當以清眞

---

[100] 見施蟄存：《詞籍序跋萃編》，頁317。

[101] 見鄧廣銘：《稼軒詞編年箋注》（上海：上海古籍出版社，1993），附錄二，頁599。

[102] 見《詞籍序跋萃編》，頁302。

[103] 見張建編輯：《南宋文學批評資料彙編》（臺北：成文出版社，1978），頁496。

[104] 見《詞籍序跋萃編》，頁419。

[105] 見《詞話叢編》，頁277。

爲主。蓋清眞最爲知音，且無一點市井氣，下字運意皆有法度，往往自唐宋諸賢詩句中來，而不用經史中生硬字面，此所以爲冠絕也。[106]」沈義父論詞之主清眞，與稍後張炎之尊白石，宗派微有不同。張炎高祖輩張鎡、張鑑，皆傾心於姜夔；而他所師事之楊纘，也是位「遠祧清眞，近師白石」之詞家；因此，《詞源》一書可以說是總結周姜一派詞法之著作。張炎論詞，仍以雅爲宗；不過，其所謂雅詞，不只要文字內容典雅含蓄，還要求音律形式雅正得體，此乃周姜派詞的基本特色。柳永、康與之靡曼之調，辛棄疾、劉過豪氣之作，皆非雅製，遂同遭張炎指責[107]。除雅正之外，張炎更特闢清空一境，倡爲騷雅之說，作爲填詞、論詞之最高標準：「詞要清空，不要質實；清空則古雅峭拔，質實則凝澀晦昧。姜白石詞如野雲孤飛，去留無跡；吳夢窗詞如七寶樓臺，眩人眼目，碎拆下來，不成片段；此清空質實之說。……白石詞如〈疏影〉、〈暗香〉……等曲，不惟清空，又且騷雅，讀之使人神觀飛越。[108]」張炎的清空說乃爲矯正吳派凝重晦澀之弊而發。所謂清空，是指修辭酌理時能有清勁挺異之筆力，使文體飛動靈活，而有自然高妙之趣；此一意境，端在性靈之契會，有詩之高致者。白石融合江西詩法入詞，求取妙遠，正符合清空之標準。而所謂騷雅，是要作品既有風人之旨，復有騷人之辭，達到雅麗之境，而寓以深意。張炎雖並稱周、姜，其實卻更推崇白石；周之所以不如姜，正因爲清眞詞雖渾厚和雅，文字技巧

[106] 同上，頁277-278。

[107] 《詞源》卷下曰：「康、柳詞亦自披風抹月中來，風月二字，在我發揮，二公則爲風月所使耳。」又曰：「辛稼軒、劉改之作豪氣詞，非雅詞也，於文章餘暇，戲弄筆墨爲長短句之詩耳。」見《詞話叢編》，頁267。

[108] 見《詞話叢編》，頁259。

也臻上乘，卻缺乏高遠之意趣。張炎的詞學主張就是以如何臻於清空、騷雅之境爲原則，提出創作要領，以示人津途[109]。

這兩部著作皆持典雅派的立場，雖一尊清眞、夢窗，一主白石，但詞須典雅合律卻是他們的共識。可是，我們也發現，在詞的語意上，他們不只不反對詩化的語言（如沈氏之稱讚清眞善於融化唐宋諸賢詩句），更崇慕並追求一種詩樣的意境（如張炎的清空中有意趣之說）。這是值得注意的現象。其實，東坡以詩爲詞，用詩的語言、詩的情意注入詞篇，拓寬了詞的寫作範圍，提升了詞的境界，爲詞體賦予了新的內容。這種將詞體由坊間俗樂的屬性帶到文人雅製的層次，乃屬詞體本質性的衍變，自然形成，其勢實難違逆。在文人主導的詞學環境裡，詞的雅化、詩化已然滲入詞篇，結爲一體，成爲創作的精神指標，價値衡量的標竿了。因此，可以說東坡「以詩爲詞」的概念不只推動了豪放詞的發展，事實上更深遠地影響了婉約、典雅詞派的理念。當中，詞之經由詩化、雅化而形成的「清」之爲美的概念，是一重要的環節。在豪放與婉約，正與變的論辯中，所謂過猶不及，纏令、俗艷之體固不足論，辛、劉豪氣之作更被評爲非雅製，東坡雖以詩爲詞，但仍被視爲合體，而詞體在此正反思辨的過程中，於婉曲、雅正之餘能融納清麗的語言、清遠的意境爲其特質，無疑已充實了詞的本質內涵，重新釐定了詞之爲體的要義，東坡詞的影響作用於焉可見。

上文引述王灼《碧雞漫志》評東坡的段落，即可發現，東

109 有關張炎的清空騷雅說，詳拙著〈論張炎的詞學理論及其詞筆〉，《臺北師院語文集刊》，第三期，頁79-104；《南宋姜吳典雅詞派相關詞學論題之探討》，第三章，第二節，頁112-119。

坡與柳永代表兩種相對的詞風——高雅與低俗。東坡詞之雅，非指單純形式上的工雅言，其實更包含雅正的情意內容。東坡為詞，用情深廣，突破了閨閣的藩籬。當時對東坡詞情的詮評，或就本色派的立場言，認為東坡「辭勝乎情」、「短於情」[110]；或站在以詩為詞的觀點，以為東坡「長短句特緒餘耳，猶有與道德合者」、「興寄最深，有〈離騷經〉之遺法」[111]。將詞攀附詩騷風雅的傳統，是南宋詞學的主調。如南宋初鮦陽居士〈復雅歌詞序〉即慨嘆北宋詞「其蘊騷雅之趣者，百一二而已」[112]，因此倡為「復雅」之說，其推尊詞體的意向相當顯著。其後南宋中葉劉克莊「借花卉以發騷人墨客之豪，托閨怨以寓放臣逐子之感」[113]的看法、張炎於宋元之際提出騷雅之說，可謂一脈相傳。

騷雅與清空，合為張炎的理想體貌。張炎以白石為宗，而白石清空騷雅之體其實乃源於東坡[114]。誠如鄧廷楨《雙硯齋

110 孫兢〈竹坡老人詞序〉：「昔□□先生蔡伯評近世之詞，謂蘇東坡辭勝乎情，柳耆卿情勝乎辭，辭情兼稱者，惟秦少游而已。」見《詞籍序跋萃編》，頁136-137。王若虛《滹南詩話》卷二：「晁無咎云：『眉山公之詞短於情，蓋不更此境耳。』」見丁福保編訂：《續歷代詩話》（臺北：藝文印書館，1974），頁622。

111 見曾丰〈知稼翁詞集序〉，《詞籍序跋萃編》，頁195；項安世《項氏家說》，施蟄存、陳如江輯錄：《宋元詞話》（上海：上海書店，1999），頁366。

112 見《詞籍序跋萃編》，頁658。

113 劉克莊：〈跋劉叔安感秋八詞〉，《詞籍序跋萃編》，頁296。

114 本人在撰述博士論文時，分析張炎的清空質實說，曾判定東坡對白石詞的影響，並以他們同是詩人為前提，大膽假設清空說乃是由追求清遠意境的宋代詩學一脈發展而成。（詳《南宋姜吳典雅詞派相關詞學論題之探討》，第三章，第三節。）後來兩岸及海外研究這一論題的相關文章，大多依循此一詮釋方向，確認了東坡與白石的傳承關係，並結合了以詩學與詞學的研究方法，為清空說找出了它的詩學淵源。請參J.Z.愛門森：《清空的渾厚——姜白石文藝思想縱橫》（上海：上海文藝出版社，1997）；韓經太：〈清空詞學觀與宋人詩文化心理〉，《詩學美論與詩詞美感》（北京：北京語言文化大學出版社，1999），頁313-325；羅立剛：〈從活法到清空〉，《宋元之際的哲學與文學》（上海：復旦大學出版社，1999），頁298-352。

詞話》所說，東坡詞「高華沉痛，遂為石帚（此指白石[115]）導師。譬之慧能肇啓南宗，實傳黃梅衣鉢矣[116]」，兩人的關係可見一斑。東坡與白石，同為宋代有名詩人。東坡詩氣象宏闊，意趣超妙；白石詩氣格清奇，意境雋澹；東坡論詩重自然清新[117]，白石亦以清奇高遠、含蓄自然為妙境[118]；東坡以詩為詞，有清麗舒徐、韶秀之風，白石何嘗不也是以詩為詞而有清勁之姿[119]？二家只是由清曠轉為清空，神貌略有差異而已[120]。事實上，不獨白石詞風承自東坡，張炎本身為詞，流麗清暢，「大段瓣香白石，亦未嘗不轉益多師」[121]，東坡實乃其效法對象；此於《詞源》給予東坡詞極高之評價可以得知：

115 按：姜石帚為宋末元初杭州士人，實與姜夔無涉，詳見夏承燾：〈姜石帚非姜白石辨〉。

116 見《詞話叢編》，頁2592。

117 參楊勝寬：〈蘇軾論詩重清境〉，《四川教育學院學報》，1993-1期，頁39-45；張海鷗：〈蘇軾文學觀念中的清美意識〉，《宋代文化與文學研究》（北京：中國社會科學出版社，2002），頁127-148。

118 參繆鉞：〈姜白石之文學批評〉，《詩詞散論》（臺北：開明書局，1977），頁92-104。

119 謝章鋌《賭棋山莊詞話》卷十二嘗謂讀《白石詩說》，有與長短句相通者。見《詞話叢編》，頁3478-3479。繆鉞〈姜白石之文學批評〉亦云：「白石詞之特點，即在以江西詩人作詩之法作詞。……江西詩派之長在『清勁』，而其短在『生硬』。白石用江西詩法作詞，故長短亦相同。所謂清者，即洗盡鉛華，屏棄肥醲，所謂勁者，即用筆瘦折，氣格緊健。」見《詩詞散論》，頁96-97。

120 王國維《人間詞話》：「東坡之曠在神，白石之曠在貌。」見《詞話叢編》，頁4266。按：東坡之曠達，表現為一種出乎其外而實有所擺脫的瀟灑之情。這是性情襟抱上的事，可見東坡有著沉厚深廣的力感。所謂曠在貌，是指白石在遣辭造句上卻有高雅而拔乎流俗之表現，予人曠遠之感；不過可惜的是他僅能在鍊句修辭方面求格調之高，而非出自生命裡真情實感之自然流露，故顯得有點可望不可即，難以動人心魂。詳《南宋姜吳典雅詞派相關詞學論題之探討》，第四章，頁261-265。另參李康化：〈從清曠到清空——蘇軾、姜夔詞學審美理想的歷史考察〉，《文學評論》，1997-6期，頁107-114。

121 見劉熙載《詞概》，《詞話叢編》，頁3696。

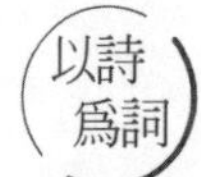

東坡楊花詞云：「似花還似非花，也無人惜從教墜」。……平易中有句法。

東坡〈中秋・水調詞〉（詞略）、〈夏夜・洞仙歌〉（詞略）……皆清空中有意趣，無筆力者未易到。

東坡詞如〈水龍吟〉詠楊花、詠聞笛，又如〈過秦樓〉、〈洞仙歌〉、〈卜算子〉等作，皆清麗舒徐，高出人表；〈哨遍〉一曲，隱括〈歸去來辭〉，更是精妙，周、秦諸人所不能到。[122]

清雅而有意境，儼然已成詞體美的指歸。姜、張以東坡爲法，於溫厚高雅的詞體中注入清空疏快的筆調，正式建立辭清意遠的美感典範，影響及於清代詞學（如浙派宗姜、張，尚清婉深秀）。至於蘇辛派詞家，則不用多說，自以清超絕俗爲尚；詞評稱張孝祥、陸游詞清麗雄健處似東坡，汪莘〈方壺詩餘自序〉謂朱敦儒：「多塵外之想，雖雜以微塵而其清氣自不沒。[123]」黃昇《花菴詞選》評陳與義：「詞雖不多，語意超絕，識者謂其可摩坡仙之壘。[124]」即便辛詞，范開〈稼軒詞序〉居然也推許其清婉之境：「其間固有清而麗，婉而嫵媚，此又坡詞之所無，而公詞之所獨也。[125]」可見，無論體派，清雅之爲美是彼此的交集與共識。這於夢窗詞亦無例外。筆者曾於文章段落中論述東坡與夢窗的關係：

---

122 見《詞話叢編》，頁258、260、267。

123 見《詞籍序跋萃編》，頁270。

124 見黃昇：《花庵詞選》（瀋陽：遼寧教育出版社，1997），頁158。

125 見《稼軒詞編年箋注》，頁596-597。

> 白石承東坡詞風而特富清空疏朗的筆調，但也深具清眞安排情思的鉤勒鋪染的功力；同樣的，夢窗化清眞的典麗爲質實綿密的風格特質，但也有東坡空靈蘊藉的一面。兩家以清眞詞風爲基本格調，又各有受東坡之影響，只是比重有些差別罷了。楊鐵夫箋釋夢窗詞發現：「人言夢窗詞多取材於李賀、溫庭筠詩，今則發見最多用蘇詩，次則杜詩；詞則最多用清眞，次則白石。」可見夢窗鎔鑄詩詞疏密空實各體，這正可爲其有「超逸之中見沉鬱之意」（陳廷焯《白雨齋詞話》）、「飛沉起伏，實處皆空」（陳洵《海綃說詞》）等評，作一補注。[126]

清代以來的詞論已注意到夢窗質實之作其實也內涵清氣，不然吳詞便不會呈現出超逸之意態、高絕之意境。所謂清氣，是指流走於文辭肌理中的一種靈動的氣體，氣不足則不易舉其辭立奇意，不清則不易暢其氣脈以抒意傳情。只要是情眞意切之作，或呈清空疏朗之態，或成質實渾厚之體，皆須有此清氣，方能興感動人。文學中那飛沉跌宕的生命躍動，蘊於內而形諸外，乃藉一股清氣通達流貫[127]。東坡當初緣情選體，由詩而詞，應沒想到詞體因之而有更本質的體認，詞格也因人而高雅，其人其詞帶來如此廣泛而深遠的影響。

詞以意趣爲主，東坡詩化、雅化的詞作，變前人的無意識爲自省的一種表現，自然脫俗，在《花間》、柳永艷體之外，秦、歐諸家雅製之上，別立清麗之境，獨具雅人之深致，誠如

[126] 見《南宋姜吳典雅詞派相關詞學論題之探討》，第二章，頁105-106。
[127] 同上，第三章，頁156-157。

上文所析，這與他的人品之高、用情之眞、爲文態度之誠有莫大的關係。蔡嵩雲《柯亭詞論》說：「東坡詞，胸有萬卷，筆無點塵。其闊大處，不在能作豪放語，而在其襟懷有涵蓋一切氣象。若徒襲其外貌，何異東施效顰。東坡小令，清麗紓徐，雅人深致，另闢一境。設非胸襟高曠，焉能有此吐屬。[128]」王鵬運評曰：「唯蘇文忠之清雄，夐乎軼塵絕跡，令人無從步趨，蓋霄壤相懸，寧止才華而已，其性情、其學問、其襟抱，舉非恆流所能夢見。詞家蘇辛並稱，其實辛猶人境也，蘇其殆仙乎？[129]」東坡詞清朗豪俊，高出人表，當然是他人格內外的整體表現。不過，仍須注意的是，東坡詞於雅俗之間，所以能指出向上一路，這關係到一種創作心態的問題。詞之爲體，出身卑微，詞人面對此體時多有欲拒還迎的複雜情緒，而各種理論的提出，亦多爲詞家自我找尋慰藉的一種方式，所謂尊體，也往往是托辭，藉以撫平心理的不安而已。東坡從不忌諱填詞，也不刻意爲之，隨緣取體，行止自如，遂能出入於文情世界，寫作出不一樣的內容，體悟出不一樣的意境。超乎雅俗，獨闢清雅，亦詞亦詩，東坡帶給我們一個清新的啓示：文體沒有絕對的界限，人心有自由發揮的空間。

[128] 見《詞話叢編》，頁4910-4911。

[129] 見王鵬運：〈半塘未刊稿〉，《東坡樂府箋》附詞評，頁9。

東坡詞情的論證與體悟[1]

[1] 按：本文原題〈明清詞學中東坡詞情的論證與體悟〉，刊載於中央研究院中國文哲研究所出版《明清文學與思想中之主體意識與社會——文學篇》（2004）一書中。發表論文時，得柯慶明老師指正；審查時，亦得學者專家賜教。在正式刊登之前，遂修改了一些看法、補充了一些資料。

一、由東坡「以詩爲詞」之說談起

「以詩爲詞」，是北宋以來評論東坡詞的重要概念，後來更發展爲詞學文體論中一個重要的課題。詞體，由原先的裁花剪葉以娛賓遣興、調音諧律而飲骸從俗所形成的婉麗詞風，經東坡浩氣逸懷的衝擊，及其後繼者的推波助瀾，已改變了原來的風貌，發展爲一種獨特的抒情文體；其間，詞學的論爭多元化地展開，尤其在詞的體製、體用、體源、體貌、體式的辨析上。不過，值得留意的是，北宋中後期詞壇對東坡詞猶有不以爲然的看法，主要的論點是東坡詞「多不諧音律」，「以詩爲詞」，「雖極天下之工，要非本色」[2]，但在南宋詞壇經過王灼、胡寅等人的定調後，以爲東坡「指出向上一路，新天下耳目」，「一洗綺羅香澤之態，擺脫綢繆宛轉之度，使人登高望遠，舉首高歌」[3]，東坡詞便超越了形式界限，其才情、意境普遍獲得極高的評價，而「以詩爲詞」的概念更主導了南宋詞學的建構與發展，影響不可謂不深遠。南宋詞學中，復雅說的昌盛，意境說的發揚，詩餘說的興起，寄託說的形成，清空說的建立，這些重要的詞學理念，可以說間接或直接地係因東坡詞而引起。各種說法看似分立，但假若將它們扣緊「以詩爲詞」的概念來看，則可發現彼此卻是息息相關。論者咸以爲東坡詞是其才華、性情、學問、襟抱的具體表現，因此詞在東坡手中已改變了它的抒情功能，後人歸納東坡詞的特點爲：脫

[2] 語見晁補之詞評，胡仔：《苕溪漁隱叢話》（臺北：長安出版社，1978），後集，卷三十三，頁253；陳師道：《後山詩話》，何文煥輯：《歷代詩話》（臺北：木鐸出版社，1982），頁309。其後李清照〈詞論〉亦有類似的說法：「至晏元獻、歐陽永叔、蘇子瞻，學際天人，作爲小歌詞，直如酌蠡水於大海，然皆句讀不葺之詩爾，又往往不諧音律者，何耶？」

[3] 見岳珍：《碧雞漫志校正》（成都：巴蜀書社，2000），頁37；施蟄存編：《詞籍序跋萃編》（北京：中國社會科學出版社，1994），頁169。

離了音樂而成為詩歌的一體、形成了詩化的詞風、擴大了詞的意境、呈現出鮮明的個性等等[4]，無論後世論者的宗派意識、審美趣味為何，抑揚褒貶之間，都不能否認東坡在這些方面的成就。由東坡樹立的典型，詞之為體已超脫了俗艷歌謠的範圍，它不但要求字句和雅，更確立了詞須雅正的文體規範，變「供傳唱」的為他之體為「述情志」的寫我之章，而具清麗、騷雅的文辭意境更成為詩化的具體指標。但在這一股詞學潮流之中，本色論者仍時有東坡乃變調的主張，批評東坡的詩化詞篇不太符合詞體婉媚的特性；而東坡的追隨者卻將詞境推得更寬更廣，寫作範圍在言情之外，擴至敘事、說理與議論，幾及無意不可入、無事不可言的境地，而且更將歌詞上接詩騷傳統，表現出強烈的尊體意識。其實，在兩造之間，東坡卻一直如他所說的「自是一家」[5]。我們很難以後來所謂的「婉約」與「豪放」的概念，確切地將東坡詞加以歸類。東坡詞重意格，別闢清雅一境，介於兩者之間，而後世所體認的「清麗舒徐」、「韶秀」、「清雄」，正是東坡依違於婉約與豪放間所呈現的眞實面貌[6]。

東坡為詞能入乎其內而出乎其外，既掙脫了音樂的束縛，亦非完全等同於詩體，然則東坡詞中究竟仍保留了那些眞正屬

---

4 詳劉大杰：《中國文學發達史》（臺北：臺灣中華書局，1978），第十八章之四：〈蘇軾的出現與詞風的再變〉，頁591-597。

5 蘇軾〈與鮮于子駿〉：「近頗作小詞，雖無柳七郎風味，亦自是一家。」見《蘇東坡全集》（臺北：河洛圖書公司，1975），續集，卷五，頁141。

6 王鵬運《半塘未刊稿》：「惟蘇文忠之清雄，夐乎軼塵絕跡，令人無從步趨，蓋霄壤相懸，寧止才華而已，其性情，其學問，其襟抱，舉非恆流所能夢見。詞家蘇辛並稱，其實辛猶人境也，蘇其殆仙乎？」見龍沐勛：《東坡樂府箋》（臺北：華正書局，1980），〈詞評〉，頁9。鄭騫〈柳永蘇軾與詞的發展〉：「張炎《詞源》曾以『清麗舒徐』四字評蘇詞，周濟《介存齋論詞雜著》云：『吾賞東坡韶秀』。所謂『清麗舒徐』，所謂『韶秀』，是蘇詞在豪放之外另一面的佳處。」見《景午叢編》（臺北：中華書局，1972），頁125。

於詞的基本特質？這是文體論中不能迴避的問題，畢竟詞已是獨立的文類，與詩應有起碼的區隔。在這個問題上，詞的情感表現及其內容特色，是一個可借以驗證的標竿。因爲，詞是一種抒情文體，而抒情文學當然是以情爲本，所謂根情苗言，不同性質的情，便有不同的表現，便會呈現出不同的花體葉貌。那麼，東坡詞中的情是怎樣一種樣態？兩宋詞壇對東坡詞情的詮釋，已有粗略的輪廓，婉約派或批評東坡不及情，殊乏詞的韻味，而豪放派則以東坡爲眞情流露，情意深切；兩派各有主張，不過這一論題猶未發展成爲彼此相互辯難的項目。到了明清兩代，由於派系的對立，東坡詞情之有無及其本質實貌的討論卻演變爲一個相當顯著的課題。浙派、常派對東坡詞的好惡不同，各派中亦有相異的論調，他們往往入主出奴，各有立場，雖表面看來似是東坡詞的優劣論（並非全盤否定東坡詞，而多是東坡與稼軒詞較論），但實質上卻碰觸到詞之爲體的本質性問題，亦可說是詩詞辨體論的進一步的發展。然而，要釐清各家對東坡詞情的體認，須辨明「情」之爲義的差別性，亦須了解其歷史性的發展，不能一概而論。文學裡的「情」，可以是源於內的情感、情緒、情志、情性，也可以指體諸外的情景、情事、情理、情趣，亦包括情韻的美學意涵、情悟的哲學意境。諸家論析文學中的情，其意義層次爲何，我們在研究這些論題時必須辨析清楚。而辨析東坡詞情的意義，乃在於東坡以詩爲詞的越界表現，突破了詞原有的抒情含蘊，其相對性的成分，無疑地爲詞體架設了一可資較量的標尺，讓人能藉此重新審度詞的抒情性質，揭露出在依附樂曲、近於詩體的言情方式，以及在柳永俗體、秦歐雅調所形成的詞情意韻之外，眞正屬於詞的抒情美感特質。此外，須考量的是，東坡乃文人詞的典範，東坡高雅磊落的詞風，是其「學問與人格結成的」[7]，這對一般文人爲詞，提供了一層心理保障，不必擔心詞爲艷體以致墮入淫邪之譏，這對促進詞學的發展是有助益的。晚明詞人欲藉小詞解放情性，清代詞人崇雅尊體而倡比興寄託之說，他們推尊東坡詞最無心理扞格，縱使另有詞學主張，別有宗尚，也得正面回應東坡的反響；然則探究明清詞學如何評析東坡其人其詞、賦予東坡詞情怎樣的意義，都可由此而得悉時人對詞的抒情特質的認知及其價值判斷。究竟是怎樣的背景，人們面對東坡詞，會導向緣文析情、考事論情、因感悟情等不同的文學體驗？本文的論旨，主要就在辨析後人如何理解東坡詞情的特質，釐清明清以來詞論者對東坡詞情的各種層次的體認，並進一步了解詞作爲一獨特的抒情文體與其詮釋者的主體意識，及其所處社會文化氛圍之間的辯證關係。以下分情感與情意兩個層面，審視宋人如何界定東坡詞情，並據此探析明清詞學如何繼承前說並深化其意涵之軌跡。

二、東坡辭勝乎情？——詞須婉曲的詞情特質之再確認

宋人在評論東坡詞不合樂、以詩爲詞、別創新境之時，其實正展開了詞學文體論的多面向的探討，各種說法環環相扣，自然也包括詞「情」的討論。誠如上文所述，所謂「以詩爲詞」，不僅僅是形式上文辭結構的美感問題，其實還包含作者的創作心態、作品的內容意境、讀者的閱讀心理等多個層面。換言之，東坡以詩爲詞，可以說大幅度改變了歌詞的文體特

7 見胡適：《詞選》（臺北：商務印書館，1982），第三篇，頁99。

質。詩的意境，宋人所嚮往的是一種清雅高遠的意境，而以此入詞，詞體棄俗從雅的意向則益形穩固。由南宋起，崇雅的論調即成為詞學的主流意識。所謂崇雅，不獨字句要雅，更要求有詩騷風雅的韻味。這便牽動了詞的情意世界的改造。東坡的示範作用，普遍影響了南宋詞壇以詩的觀點作詞論詞的風氣。而以詩入詞，或以詩的餘力為詞等等說法，後來更演變成詩餘說的盛行。稱詞為詩餘，一則界定了詞不能與詩完全相等的意義，但另一方面卻又點出了兩體在離合之間亦有交集的地方。將詞從歌兒舞女的藝壇拉拔到詩人墨客的雅集層次，由是詞調可融入詩筆、詩情，這便擴大並提升了詞的寫作範圍與意境，而且更無形中寬解了文人原先視詞為小道末技的心理，確立了此體的正面價值。所謂詩餘，或解作出於詩人之餘力[8]，或將之視為由詩體演變而成者[9]。宋人之為詞溯源，提出源自唐人近體、樂府或詩經等說法，這是尊體意識的具體表現，換言之，他們的終極目的是要為小詞導入詩歌正統的家譜體系，以強化詞的價值與功能。在這樣的詞學環境中，詞的情意內容就不再侷限於感時嘆逝、念遠傷離的兒女情懷，而詞也不盡是由女孩藉管絃冶蕩之音所傳達的婉媚、傷感的情調，因為詩之抒情言志的傳統注入詞體後，文人假詞以自寫胸懷，意欲擺脫浮艷，由是詞境遂突破閨幃，而身世之感、家國之事等種種題材皆能發諸詞篇。易言之，此時的詞體已被認為可作「詞之言

8 關注〈題石林詞〉：「右丞葉公……翰墨之餘，作為歌詞，亦妙天下。」詹傅〈笑笑詞序〉：「遁齋先生……以其緒餘寓於長短句。」見《詞籍序跋萃編》，頁133、317。

9 尹覺〈題坦庵詞〉：「詞，古詩流也。吟詠情性，莫工於詞。」胡寅〈酒邊集序〉：「詞曲者，古樂府之末造也。古樂府者，詩之旁流也。」見《詞籍序跋萃編》，頁165、168。

長」與「詩之境闊」[10]的特質的融合，因之，詞情的本質已有所改變，不復先前一味的旖旎近情而已。不過，無論是那種情志、那種題材，經過文人詞的洗禮，論者有意識的爲詞正體，詞中的情已有一基本的規範，就是不能過於顯露情慾，作「閨門淫媟之語」[11]，而必須以志導情、以理節情或情理合一。王炎〈雙溪詩餘自序〉云：「長短句命名曰曲，取其曲盡人情，惟婉轉嫵媚爲善，豪壯語何貴焉。不溺於情欲，不蕩而無法，可以言曲矣。[12]」張炎《詞源》說：「詞欲雅而正，志之所之，一爲情所役，則失雅正之音。[13]」這是南宋以來文人雅詞的創作準則。

在這一雅正情詞規範的形成過程中，眾所周知，東坡詞扮演著關鍵的角色。東坡爲詞，不再陷溺於相思怨別之情、綺艷要眇之態，其所抒發的情懷，有兄弟之愛、夫妻之情、朋友之誼、家鄉之思、生涯之嘆、山水之樂、物我之感、今昔之悲，雖偶作媚詞，亦絕無淺陋鄙俗之語；整體來看，東坡各種情詞，兼具情意理趣，語意清新奇麗、高朗豪俊，能臻高遠之境，別有跌宕之姿。他所開拓的詞境，表達出眞摯淳厚而靈動的情思，對本色派和東坡的支持者來說，各有評價與體會。

東坡詞所抒發的情，如上文所言，已非狹義的男女之情。這對一向重視詞的歌唱特質而別具幽約細美之情思的本色派或婉約派而言，東坡詞內質的情味意態，看來是有所不足，或未能曲盡其妙的。請看兩則詞評：

---

10 王國維《人間詞話刪稿》：「詞之爲體，要眇宜修。能言詩之所不能言，而不能盡詩之所能言。詩之境闊，詞之言長。」見《詞話叢編》，頁4258。

11 引自《藝苑雌黃》評柳永語，胡仔：《苕溪漁隱叢話》，後集，卷三十九，頁319。

12 見《詞籍序跋萃編》，頁302。

13 見張炎：《詞源》，卷下，《詞話叢編》，頁266。

> 竹坡先生（周紫芝）少慕張右史而師之。稍長，從李姑溪（名之儀）游，與之上下其議論……。至其嬉笑之餘，溢爲樂章，則清麗婉曲，當□□是豈苦心刻意而爲之者哉！昔□□先生蔡伯評近世之詞，謂蘇東坡辭勝乎情，柳耆卿情勝乎辭，辭情兼稱者，惟秦少游而已。世以爲善評。雖然，耆卿不足道也，使伯世見此詞，當必有以處之矣。（孫兢〈竹坡老人詞序〉）[14]

> 晁無咎云：「眉山公之詞短於情，蓋不更此境耳。」陳後山曰：「宋玉不識巫山神女而能賦之，豈待更而後知？」是直以公爲不及於情也。嗚呼，風韻如東坡，而謂不及於情，可乎？彼高人逸士，正當如是。其溢爲小詞，而間及於脂粉之間，所謂滑稽玩戲，聊復爾爾者也。若乃纖艷淫媟，入人骨髓，如田中行、柳耆卿輩，豈公之雅趣也哉！（王若虛《滹南詩話》卷二）[15]

周紫芝嘗從李之儀游，而李之儀論詞宗花間，重情韻與協律，認爲「長短句於遣詞中最爲難工，自有一種風格，稍不如格，便覺齟齬」[16]；他雖與東坡有交往（嘗從東坡於定州幕府），但詞學觀念與東坡略有不同。周紫芝「清麗婉曲」之風，顯然與李之儀同調。孫兢引蔡氏詞評，說東坡「辭勝乎情」，這是與柳永、秦觀二家比較後所得出的結論。三家之中，秦觀詞的表現應是他們最推崇的一種典範。秦觀「辭情兼稱」，蓋指

---

[14] 見《詞籍序跋萃編》，頁136-137。

[15] 見丁福保（仲祜）編訂：《續歷代詩話》（臺北：藝文印書館，1974），頁622。

[16] 見〈跋吳思道小詞〉，《姑溪居士文集》卷四十，黃啓方編輯：《北宋文學批評資料彙編》（臺北：成文出版社，1978），頁204。

其詞專主情致，文辭清麗，音韻諧婉，多寫身世之感，出之以兒女幽怨之調，閑雅有情思，具女性陰柔之美的特質，故後世稱之爲「詞心」，乃婉約正宗詞人的代表[17]。此處所謂的「情」，指婉約幽微的情思，當然是與男女相思的題材、輕靈細巧的質性有關。以這一標準衡量，柳永偏寫艷情，文辭鄙俗，直露而乏高雅韻致，故有「情勝乎辭」之評。至於東坡，本不以柳永俗艷之體爲然，又頗以秦觀之氣格不高爲病[18]，嬉弄樂府，亦能落筆絕塵，自覺地擺脫綺艷之態，無一點浮靡之氣，其文辭意境之清超曠逸，固然令人神觀飛越，然對習於詞綺麗婉媚之體式者而言，對東坡詞的整體表現，亦不免嫌其意態不夠纏綿深摯，情味稍弱，不能予人哀感頑艷、蕩氣迴腸之感。所謂「辭勝乎情」，蓋指此也。

晁補之曾批評東坡詞「橫放傑出，自是曲中縛不住者」[19]，不但爲東坡不諧音律作解釋，其實已寓含了東坡詞溢出一般詞情之意。他說：「眉山公之詞短於情，蓋不更此境耳。」意思是東坡未有綺艷濃情的經歷，故寫不出婉媚深切的詞篇。這可爲上文「辭勝乎情」一語作注。不過，陳師道顯然不滿意這一解說。他認爲沒有實際經驗未必就寫不出類似的情境。晁、陳二人所論，牽涉到文學的本質問題：文學是現實的翻版，抑或想像的創造？此處不擬詳加論析。簡單來說，兩者

[17] 陳廷焯《白雨齋詞話》卷六：「喬笙巢云：『少游詞寄慨身世，閑雅有情思……。』又云：『他人之詞，詞才也；少游，詞心也……。』」見《詞話叢編》，頁3909。張綖〈論詩餘〉：「婉約者欲其詞情醞藉，……如秦少游之作，多是婉約；……大抵詞體以婉約爲正。」引自卓人月匯選：《古今詞統》（瀋陽：遼寧教育出版社，2000），〈雜說〉，頁36。

[18] 《高齋詩話》云：「少游自會稽入都見東坡，東坡曰：『不意別後公卻學柳七作詞。』少游曰：『某雖無學，亦不如是。』東坡曰：『銷魂當此際，非柳七語乎？』」引自郭紹虞輯：《宋詩話輯佚》（臺北：華正書局，1981），頁497。

[19] 引自《復齋漫錄》，胡仔《苕溪漁隱叢話》，後集，卷三十三，頁253。

其實並非完全對立，現實經驗固然可促進寫作，提供素材，但文學絕非複製的產品，在情志的感發、聯想的觸動而後化作文字、創造意境的提煉過程中，已非原始的情感，或某些情事的初貌，而文學的想像在創作活動裡是不可或缺的要素，但想像時空的締造，不管如何虛幻、超現實，大抵仍是以人類情感作依歸、現實世界爲範本的。陳師道沒有完全針對東坡詞是否也能寫作出婉麗情思作答，他似乎只是就文學想像一事略陳己見而已。其實，陳氏這一段論說，如接著下文來看：「余他文未能及人，獨於詞，自謂不減秦七、黃九[20]」，不過是夫子自道之語；他的自負正在於雖「不更此境」，也能寫出如秦觀、黃庭堅一樣好的情詞。

金朝的王若虛雅好東坡文學[21]，主張情眞意實、詞達理順的文學觀[22]，於詞亦以東坡爲尙，他曾指斥陳師道「子瞻以詩爲詞」之說爲「妄論」，認爲「詩詞只是一理，不容異觀。自世之末作，習爲纖艷柔脆，以投流俗之好，高人勝士或以是相勝，而日趨於委靡，遂謂其體當然，而不知流弊之至此也。……公（指東坡）雄文大手，樂府乃其游戲，顧豈與流俗爭勝哉」[23]。詩之理是甚麼？他以爲「哀樂之眞，發乎情性，此詩之正理也」[24]。既然「詩詞只是一理」，則詞之正理，亦

[20] 見《苕溪漁隱叢話》，前集，卷五十一，頁346。

[21] 王若虛對東坡文學十分推崇。《滹南先生文集》卷十六：「東坡之文，具萬變而一以貫之者也。爲四六而無俳諧偶儷之弊；爲小詞而無脂粉纖艷之失；楚辭則略依仿其步驟，而不以奪機杼爲工；禪語則姑爲談笑之資，而不以窮葛藤爲勝。此其所以獨兼衆作，莫可端倪。而世或謂四六不精于汪藻，小詞不工于少游，禪語、楚辭不深于魯直，豈知東坡也哉？」見林明德編輯：《金代文學批評資料彙編》（臺北：成文出版社，1979），頁99-100。

[22] 詳成復旺、黃保眞、蔡鍾翔著：《中國文學理論史》（北京：北京出版社，1991），第二冊，第四篇，第六章，頁541-547。

[23] 見王若虛：《滹南詩話》，卷二，《續歷代詩話》，頁622-623。

[24] 同上，卷一，頁615。

須發乎情性之眞也。王若虛提出此說旨在救流俗之弊，由雅俗之辨而釐清詞情之殊相。據此，則不能說東坡詞不及情，祇是彼此處理情的態度不同罷了。他分開兩個層面反駁晁、陳，一是像東坡這樣的風流人物，怎會「短於情」呢？東坡詞也有涉及脂粉，但只是一時遊戲之作，並非專業於此。另則東坡縱然寫情，也不會「如田中行、柳耆卿輩」那樣專以兒女脂粉之情言詞，寫出「纖艷淫媟，入人骨髓」的萎靡俗艷之體，東坡詞自有「雅趣」，這才是「高人逸士」之情。蘇、柳之間的雅俗之爭，情性之辨，由南宋初王灼《碧雞漫志》開始，其後即成爲南宋重要的詞學論題（詳下一節），而王若虛揚蘇貶柳、主性情之說，與王灼的觀點可說是一脈相承。

後來明清詞家回應晁補之與陳師道對東坡詞情的看法，大抵沿用王若虛的兩個策略，再加以發揮：或以詞例證明東坡也解風情，也能寫兒女情態；或指出東坡言情乃得其正，非如柳永等輩棄雅從俗、鄰乎鄭衛者也。細加觀察，這些回應都在一個基準上立論，就是詞貴在言情，且以婉約爲尙。不過在這一前提下，各家所界定的「情」，則微有差異；對東坡的表現，體會亦非完全一致；對其評價，當然也略有不同。這與各派的宗尙、個人的文學觀有關。

在解釋明清兩代對東坡詞情的相關反應之前，先簡單描述詞緣情說的基本走向。南宋後期詞家對南宋初詞體詩化現象作反思，無論有否受到東坡影響，大家普遍有一共識：詞，寫物言情，須略用情意，但以深婉爲貴。沈義父《樂府指迷》說：「作詞與詩不同，縱是花卉之類，亦須略用情意，或要入閨房之意。然多流淫艷之語，當自斟酌。如只直詠花卉，而不著些艷語，又不似詞家體例，所以爲難。又有直爲情賦曲者，尤宜宛轉回互可也。[25]」張炎《詞源》卷下曰：「簸弄風月，陶寫性情，詞婉於詩。蓋聲出鶯吭燕舌間，稍近乎情可也。若鄰乎鄭衛，與纏令何異也。[26]」由宋迄清論者談詞體寫物言情之法大抵不離這些規範。茲以詠物爲例，東坡〈水龍吟〉詠楊花、〈賀新郎〉詠榴，因能即物言情，借物喻情，以女子情思結合物體意態發揮，情致深婉，由來都獲好評，即可見一斑[27]。明清兩代詞家對這一詞體特質的基本認定亦大致相同。

明代的文學批評，尤其是中晚期，籠罩在一股個性解放的文藝思潮中，主情感之說大爲流行，這可說是對文學復古說與理學的反動，亦反映出市民階層意識的逐漸擴大，此時小說、戲劇創作大量歌頌愛情，正是時人意欲突破禮教的束縛、肯定人的正常慾望的具體表現。這些現象，自然促進人們對人性的反思，從而加深了對情感的認識。李夢陽的情眞說，李贄的童心說，湯顯祖的神情合至說，袁宏道的性靈說，張綺的情癡說以及馮夢龍的情教說等，都是明人情感論的代表。他們主要的論點是，文學重在抒發一己的眞情。袁宏道的性靈說還強烈要求表現個性，不避俗語，以人情爲道，以「嗜好情欲」（〈敘小修詩〉）爲眞，以眞爲趣，重視創作時本色、眞摯與世俗的特徵；至馮夢龍則更視情爲萬事萬物的推動力，而且認爲「四大皆空設，惟情不虛假」（《情史・序》）[28]。不拘理性的規

---

[25] 見《詞話叢編》，頁281。

[26] 見《詞話叢編》，頁263。

[27] 張炎《詞源》：「東坡詞如〈水龍吟〉詠楊花、詠聞笛……等作，皆清麗舒徐，高出人表。」沈謙《塡詞雜說》：「東坡『似花還似非花』一篇，幽怨纏綿，直是言情，非復賦物。」《草堂詩餘》別集卷四沈際飛評〈賀新郎〉：「換頭單說榴花，高手作文，語意到處即爲之，不當限以繩墨。榴花開，榴花謝，以芳心共粉淚想象，詠物妙境。」見曾棗莊、曾濤編：《蘇詞彙評》（臺北：文史哲出版社，1998），頁136-137。

[28] 明代的情感論，參考袁震宇、劉明今：《明代文學批評史》（上海：上海古籍出版社，1991），第一章〈緒論〉，頁9-17。

範，著重表現人與生俱來的的自然本性，明代中晚期這一言情論的主調，由詩文到詞曲，幾乎都是一致的。明代詞學的主要特色是：以綿麗流暢為美，貴真重情，尤以緣俗近情為佳，普遍認為婉約為詞之正宗、豪放為變體，自以晏、歐、秦、柳、二李諸家為尚，蘇、辛的評價則稍遜[29]。王世貞《藝苑巵言》說：「詞須宛轉綿麗，淺至儇俏，挾春月煙花於閨幨內奏之，一語之豔，令人魂絕，一字之工，令人色飛，乃為貴耳。至於慷慨磊落，縱橫豪爽，抑亦其次，不作可耳。作則寧為大雅罪人，勿儒冠而胡服也。[30]」王氏主張詞「婉孌而近情」，「柔靡而近俗」[31]，一反過去強調詞須雅正之說，指出詞比詩更貼近人情，更富綺麗動人之姿。在明代類似的見解相當多。前於王世貞，楊慎即云：「大抵人自情中生，焉能無情，但不過甚而已」[32]；後於王世貞，沈際飛則說：「文章殆莫備於是矣！非體備也，情至也。情生文，文生情，何文非情？而以參差不齊之句，寫鬱勃難狀之情，則尤至也。……甚而遠女子，讀淮海詞，亦解膾炙，繼之以死，非針石芥珀之投，曷由至是？雖其鐫鏤脂粉，意專閨襜，安在乎好色而不淫，而我師尼氏刪國

[29] 明王世貞《藝苑巵言》：「《花間》以小語致巧，《世說》靡也。《草堂》以麗字取妍，六朝隃也。即詞號稱詩餘，然而詩人不為也。何者，其婉孌而近情也，足以移情而奪嗜。其柔靡而近俗也，詩嘽緩而就之，而不知其下也。之詩而詞，非詞也。之詞而詩，非詩也。言其業，李氏、晏氏父子、耆卿、子野、美成、少游、易安至矣，詞之正宗也。溫韋艷而促，黃九精而險，長公麗而壯，幼安辨而奇，又其次也，詞之變體也。」見《詞話叢編》，頁385。張綖《詩餘圖譜・凡例》：「按詞體大略有二：一體婉約，一體豪放。婉約者欲其詞情蘊藉，豪放者欲其氣象恢弘。蓋亦存乎其人。如秦少游之作，多是婉約；蘇子瞻之作，多是豪放。大抵詞體以婉約為正，故東坡稱少游今之詞手；後山評東坡詞雖極天下之工，要非本色。」原見明萬曆二十九年游元涇校刊《增正詩餘圖譜》，此處引自陳良運主編：《中國歷代詞學論著選》（南昌：百花洲文藝出版社，1998），頁275。

[30] 見《詞話叢編》，頁385。

[31] 見《詞話叢編》，頁385。

[32] 見楊慎：《詞品》，卷三，《詞話叢編》，頁467。

風，逮〈仲子〉、〈狡童〉之作，則不忍抹去，曰：『人之情，至男女乃極。』未有不篤於男女之情而君臣、父子、兄弟、朋友間反有鍾吾情者。況借美人以喻君，借佳人以喻友，其旨遠，其諷微；豈僅如歐陽舍人所云『葉葉花箋，文抽麗錦；纖纖玉指，拍案香檀。不無清絕之詞，用助嬌嬈之態』而已哉！……故詩餘之傳，非傳詩也，傳情也，傳其縱古橫今，體莫備於斯也。[33]」兩人皆尊情，不過楊慎雖以風月歌舞爲人情之不可免，但他仍有一「不過甚」的規範，他對情的理解較王世貞寬泛，不僅欣賞男女之情，也接受家國忠愛之思。楊慎基本上雖以婉約爲宗，認爲東坡以詩爲詞、稼軒以文爲詞不及周、姜委曲之體，畢竟終勝「狃於風情婉孌」之作[34]。沈際飛對情的論述，別具新意。他認爲詞最能表達人內在深曲的情思，明確地將情視爲詞的本質，讚賞秦觀詞「鐫鏤脂粉，意專閨襜」的感人力量，並藉此提出「男女之情」是人倫的基礎、人情之極，如是肯定艷詞、張揚男女私情，其反傳統、違禮教的意思，相當清晰。這樣一來，詩餘之爲說便有積極的意義，而詞以情爲本，備極眾體，其地位之崇高則可想而知。還有一點值得注意的是，沈氏已體會到詞之爲體除了能以麗詞寫艷情之外，還有「借美人以喻君，借佳人以喻友，其旨遠，其諷微」的作用。這種推尊詞體、強調男女之情的合理性、導向詞體寄託功能的主情論，給予清人許多啓發[35]。其後，陳子龍亦

---

33 見沈際飛〈草堂詩餘序〉，施蟄存編：《詞籍序跋萃編》，頁667-668。

34 楊慎《詞品》卷四云：「近日作詞者，惟說周美成、姜堯章，而以東坡爲詞詩，稼軒爲詞論。此說固當，蓋曲者曲也，固當以委曲爲體。然徒狃於風情婉孌，則亦易厭。回視稼軒爲詞論，豈非萬古一清風哉。」見《詞話叢編》，頁503。

35 〈草堂詩餘序．評釋〉：「從推尊詞體這方面說，他給了清人許多啓發，雖然似乎並沒有人再堅持他的詞備眾體一說。從主情這方面說，他給清人的影響更加明顯。特別是他既堅持吟詠男女之情的合理性，又力圖把讀者的注意力引向它所可能具有的隱喻意義上去，完全可以看作常州詞派的先聲。儘管沈際飛與張惠言輩有著根本不同的思想基礎。」見陳良運主編：《中國歷代詞學論著選》，頁340-341。

主張言情之說，〈三子詩餘序〉曰：「詩餘始於唐末，而婉暢穠逸，極於北宋。然斯時也，並律詩亦亡。是則詩餘者，非獨莊士之所當疾，抑亦風人之所宜戒也。然亦有不可廢者。夫風騷之旨，皆本言情。言情之作，必托於閨襜之際，代有新聲，而想窮擬議，於是以溫厚之篇，含蓄之旨，未足以寫哀而宣志也，思極於追琢而纖刻之辭來，情深於柔靡而婉孌之趣合，志溺於燕嬉而妍綺之境出，態趨於蕩逸而流暢之調生。是以鏤裁至巧，而若出自然，警露已深，而意含未盡。雖曰小道，工之實難。[36]」他一方面指出抒情應出於自然，卻不反對鍛鍊之工；既認爲詞體的表現應是纖弱、淺近、婉媚的，但也應有眞摯、深刻、含蓄不露的情思。明代的主情理論，發展到陳子龍，將文辭之婉麗結合情思之沉至，且認定詞比詩更能寫哀宣志，用意命篇尤爲難工[37]，論者以爲「這和當時幾社諸子在詩論中所倡『寄託』之意是相通的」[38]。陳子龍的詞論對清代詞學尊體論以及寄託說皆有影響。而整體來看，晚明論詞主情之說，逐漸導向妍婉雅正之旨的範疇，這更成爲清代詞學情感論的大方向。

明人貴眞重情，且以婉約爲尚，對東坡詞情的表現，沒有多少正面的評價。在重個性表現的文學思潮，東坡眞切清遠的

[36] 見《陳忠裕公集》；此處引自《詞籍序跋萃編》，頁507。

[37] 陳子龍〈王介人詩餘序〉：「蓋以沉至之思而出之必淺近，使讀之者驟遇如在耳目之表，久誦而得沈永之趣，則用意難也。……其爲境也婉媚，雖以警露取妍，實貴含蓄，有餘不盡，時在低回唱嘆之際，則命篇難也。」見《陳忠裕公集》，此處引自《詞籍序跋萃編》，頁506。

[38] 見袁震宇、劉明今：《明代文學批評史》，第十三章〈明人關於詞及民歌時調等的評論〉，頁844。

詞境，自然得到肯定[39]；但論曼聲柔情[40]，東坡自非本色。上引楊慎的詞評，可見一斑。王世貞《藝苑卮言》說：「詞至辛稼軒而變，其源實自蘇長公，至劉改之諸公極矣。……稼軒輩撫時之作，意存感慨，故饒明爽。然而穠情致語，幾於盡矣。[41]」東坡「麗而壯」，同被歸爲「詞之變體」，其詞情自不及婉約派之婉轉綿麗而得到讚賞。晚明詞家論詞，謂詞體別具深微之思，於東坡詞亦有不一樣的體會，如沈際飛〈草堂詩餘序〉稱詞尤能「以參差不齊之句，寫鬱勃難狀之情」後即舉東坡〈水調歌頭〉爲例云：「彼瓊玉高寒，量移有地。[42]」此指神宗讀蘇軾之句「又恐瓊樓玉宇，高處不勝寒」而稱其「終是愛君」，乃命量移汝州一事[43]。這正是沈際飛所指稱詞所具的「其旨遠，其諷微」的特質。關於東坡這方面的詞情內蘊，明人未有更深刻的體認，卻留給了清人許多發揮的空間。

清代詞學爲挽救明詞衰弊的現象，矯正明詞纖弱的的體質，特別標舉尊體崇雅之說。鄭騫先生說：「清代文學的主要空氣是雅正。[44]」由浙派到常派，儘管各家宗尚不同，但詞須雅正卻是主流意識。清人在詞的形式與內容各方面，皆以字句淳雅、語意騷雅、合中正之雅調爲高。那麼，對於詞中的情，當然更要求雅正得體。厲鶚〈群雅詞集序〉云：「詞之爲體，

---

[39] 明俞彥《爰園詞話》：「子瞻詞無一語著人間煙火，此自大羅天上一種，不必與少游、易安輩較量體裁也。」見《詞話叢編》，頁402。

[40] 明何良俊〈草堂詩餘序〉：「詩餘以婉麗流暢爲美。如周清眞、張子野、秦少游、晁叔用諸人之作，柔情曼聲，摹寫殆盡，正辭家所謂當行、所謂本色者也。」見《詞籍序跋萃編》，頁670。

[41] 見《詞話叢編》，頁391。

[42] 見《中國歷代詞學論著選》，頁338。

[43] 見鮦陽居士《復雅歌詞》，《詞話叢編》，頁59。

[44] 見鄭騫：〈論詞衰於明曲衰於清〉，《景午叢編》，上編，頁168。

委曲嘽緩，非緯之以雅，顯有不與波俱靡而失其正者也。[45]」這一說法遙契了張炎《詞源》不「為情所役」的雅正之說。清人的情感論以雅正為主調，所論的情比明人廣泛而深刻，約可歸納為四個要點：

（一）明人尚緣情近俗之作，清人則強調詞須得情之正，不得近俗而流於褻。錢裴仲《雨華盦詞話》云：「言情之作易於褻，其實情與褻，判然兩途，而人每流情入褻。余以為好為褻語者，不足與言情。」劉熙載《詞概》云：「詞家先要辨得情字，〈詩序〉言發乎情，〈文賦〉言詩緣情，所貴於情者，為得其正也。忠臣、孝子、義夫、節婦，皆世間極有情之人，流俗誤以欲為情。欲長情消，患在世道。倚聲一事，其小焉者也。」[46]

（二）明人意專閨襜，好婉孌柔靡之體，清人亦不避艷情，但主張須求精神品味之雅正，語意不惟不太露，且具深婉流美之致。王國維《人間詞話》云：「詞之雅鄭，在神不在貌。永叔、少游雖作艷語，終有品格。方之美成，便有淑女與倡伎之別。」吳衡照《蓮子居詞話》卷二云：「言情以雅為宗，語艷則意尚巧，意褻則語貴曲。」又云：「言情之詞，必藉景色映托，迺具深宛流美之致。」[47]

（三）明人惟尚婉約之情，清人兼論婉約與豪放，以有眞情者為佳。沈祥龍《論詞隨筆》云：「詞之言情，貴得其眞。勞人思婦，孝子忠臣，各有其情。古無無情之詞，亦無假托其情之詞。柳、秦之妍婉，蘇、辛之豪放，皆自言其情者也。必

---

[45] 引自吳宏一、葉慶炳編：《清代文學批評資料彙編》（臺北：成文出版社，1979），下集，頁423。

[46] 見《詞話叢編》，頁3012、3711。

[47] 見《詞話叢編》，頁4246、2423。

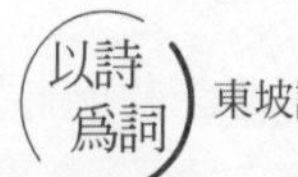

專言〈懊儂〉、〈子夜〉之情，情之為用，亦隘矣哉。」[48]

（四）明人已有閨情可喻深意的體會，清人更主風雅寄託，言外之想。張預〈山中白雲詞跋〉云：「聞之，詞之為體，幽深繚曲，主於言情，至於憂思鬱怫，別存懷抱，其旨遠者其風彌正，非夫淫靡浮竄之響所得羼矣。」沈祥龍《論詞隨筆》：「詞有託於閨情者，本諸古樂府，須實有寄託，言外自含高妙，始合古意。否則綺羅香澤之態，適以掩風骨，汨心性耳。」[49]

清人的情感論強化了詞婉雅沉至的抒情特質，因此相對於明代，東坡詞情在清人的眼中便展現了新的面貌，獲得了更多正面的評價。誠如上文所言，明清詞家大抵沿用王若虛回應宋人所謂東坡詞勝乎情、東坡不及情的說法，一則強調東坡也解風情，另則指出東坡寫情合乎雅正之道。詞主於言情，東坡偶以詞筆代寫兒女情態，當中也有個人的眞情流露，這本屬詞家「正業」，自無須驚訝。不過，東坡這少數詞篇，如〈鷓鴣天・陳公密出侍兒素娘〉、〈點絳脣・離恨〉、〈阮郎歸・蘇州席上作〉等首，雖有綺語麗情，但都無關於閨帷淫褻之事，所謂「雖有涉於篇什，實不接於風流」（李商隱〈上河東公啓〉）者也，而且用語亦不鄙俗淺陋，較諸柳永、曹組輩終有品格。請看清人的詞評：

> 蘇子瞻有銅琶鐵板之譏，然其〈浣溪沙・春閨〉曰：「綵索身輕常趁燕，紅窗睡重不聞鶯。」如此風調，令

---

48 見《詞話叢編》，頁4053。

49 張預語，見黃畬校箋：《山中白雲詞箋》（杭州：浙江古籍出版社，1994），〈參考資料〉，頁501。
沈祥龍語，見《詞話叢編》，頁4053。

十七八女郎歌之，豈在「曉風殘月」之下。（賀裳《皺水軒詞筌》）

按其詞（指〈蝶戀花・送潘大臨〉）忞褻，何減耆卿。是東坡偶作，以付餞席。使大雅，則歌者不易習，亦風會使然也。（宋翔鳳《樂府餘論》）

人謂東坡長短句不工媚詞，少諧音律，非也，特才大不肯受束縛而然。間作媚詞，卻洗盡鉛華，非少游女孃語所及。如〈有感・南鄉子〉詞云：「冰雪透香肌（略）。」「喚作兒」（指「當時、愛被西真喚作兒」句）三字出之先生筆，卻如此大雅。（李調元《雨村詞話》卷一）

坡公喜於吟詠，詞集中亦多歌席酬贈之作。……詠美人足〈菩薩蠻〉，尤覺清麗，詞云：「塗香莫惜蓮承步，長愁羅襪凌波去。……」似此體物繪情，曲盡其妙，又豈銅琶鐵板之雄豪歟？（葉申薌《本事詞》卷上）[50]

前兩則謂東坡也能寫出如柳永一般的艷詞，第三則說東坡媚詞之雅致非秦觀所可及，末則稱東坡於雄豪之筆調外亦能作清麗之情語。東坡此類情詞會得到如此廣泛的肯定，因其正符合清人的審美標準。清人所謂的情，不侷限在男女之間，他們也接受詞中的其他各種人間情，沈謙《塡詞雜說》說：「詞不在大

[50] 前三則，見《詞話叢編》，頁696-697、2499、1394。葉申薌《本事詞》一則，引自曾棗莊、曾濤編：《蘇詞彙評》，頁191。

小，貴於移情。『曉風殘月』，『大江東去』，體製雖殊，讀之皆若身歷其境，惝恍迷離，不能自主，文之至也。[51]」詞家以情爲文，讀者因文興感，無論是柳永的〈雨霖鈴〉，抑或蘇軾的〈念奴嬌〉，一寫離情別緒，一寫臨流懷古，詞境雖有大小，皆能予人「惝恍迷離」之感，因爲兩者皆未乖離詞的基本體式、同具詞的風神韻致。詞中情的好壞高低，判別的標準不在情事內容是否屬男女私情，清人已體會到應以詞的情感本質爲準。換言之，各種寫情的題材，如男女之情、身世之感、時事之嘆、家國之恨，都可入詞，而其是否合體，端視其有否掌握到詞的清婉深切的情韻。劉熙載說：「詞深於興，則覺事異而情同，事淺而情深。[52]」就是這個意思。詞主言情，貴在有深厚眞實的情思，曲折以致意，故能蘊藉，無一瀉無餘之感，而有有餘不盡之意，令人讀後低回不已。所謂「寄勁於婉，寄直於曲」[53]，這一言情特質是貫通清空與質實、豪放與婉約各體的。沈祥龍《論詞隨筆》云：「詞有婉約，有豪放，二者不可偏廢，在施之各當耳。房中之奏，出以豪放，則情致絕少纏綿。塞下之曲，行以婉約，則氣象何能恢拓。蘇、辛與秦、柳，貴集其長也。[54]」要集婉約、豪放之長，壯語要有韻，秀語要有骨，如是詞境詞情才不致流於粗獷與纖佻，始終維持雅正的基本格調。蘇、辛、秦、柳的絕妙好詞，寫情述懷不一，其共通處皆如是。蘇辛並稱，清人普遍讚賞二家的眞性情以及其清雅雄奇之作，不過陽羨派並重蘇辛，浙西派退蘇辛，而常

[51] 見《詞話叢編》，頁629。
[52] 見劉熙載：《詞概》，《詞話叢編》，頁3704。
[53] 同上，頁3707。
[54] 見《詞話叢編》，頁4049。

派則有退蘇進辛、抑辛揚蘇之說，各有偏重，高下不一[55]。謝章鋌《賭棋山莊詞話》云：「蘇風格自高，而性情頗歉，辛卻纏綿惻悱，且辛之造語俊於蘇。[56]」就寫情的態度而言，東坡詞不黏滯於物情，能於傷感中提筆振起，化愁懷於清遠的自然景物中，表現出空靈超妙之境，所以是「曠」，以其能擺脫而瀟灑也；稼軒詞將個人壯慨之懷、鬱勃之氣，藉寫景與用典以喻情，表現出盤旋激盪、蒼渾沉鬱之態，稱之曰「豪」，可見其執著承擔而豪邁的氣格[57]。辛詞有不少傷春感時之嘆，語意纏綿；相較於此，東坡詞中的情感表現確實不如稼軒婉曲深摯。謝章鋌的評論，只是就蘇辛二家作比較，沒有完全否定東坡詞情的意思。

若以詞體的正宗立場言，一般論者大都認爲東坡詞雖不致不及情，但論其詞情韻致則終究難與秦觀、周邦彥等婉約詞家相比。陳廷焯針對宋人評東坡詞情所發表的意見，頗堪玩味：

> 昔人謂東坡詞勝於情，耆卿情勝於詞，秦少游兼而有之。然較之方回、美成，恐亦瞠乎其後。（《詞壇叢話》）

> 蔡伯世云：「子瞻辭勝乎情，耆卿情勝乎辭，辭情相稱者，惟少游而已。」此論陋極。東坡之詞，純以情勝。情之至者詞亦至，只是情得其正，不似耆卿之喁喁兒女私情耳。論古人詞，不辨是非，不別邪正，妄爲褒貶，

---

55 詳王水照：〈清人對蘇軾詞的接受及其詞史地位的評定〉，收入林玫儀編：《詞學研討會論文集》（臺北：中央研究院文哲研究所，1986），頁407-423。

56 見謝章鋌：《賭棋山莊詞話》，卷九，《詞話叢篇》，頁3444。

57 蘇辛豪曠之辨，參考鄭騫：〈漫談蘇辛異同〉，《景午叢編》，上集，頁266-278。

吾不謂然。（《白雨齋詞話》卷一）

東坡、少游，皆是情餘於辭，耆卿乃辭餘於情，解人自辨之。（同上）[58]

《詞壇叢話》是陳廷焯早期的著作，賀鑄與周邦彥是其心目中北宋詞壇的代表；陳氏於後期撰《白雨齋詞話》時，改變了說法，以為宋詞應以王沂孫、姜夔、周邦彥、秦觀為典範，其中又推碧山為冠冕[59]。陳廷焯主沉鬱之說，所謂沉鬱，乃指詞的一種高尚體格，「意在筆先，神餘言外」[60]，源於深厚的性情，出諸含蓄不露的比興手法，且須根柢於風騷。陳氏認為婉約派的重要詞家自以沉鬱為勝，而豪放派如蘇辛等詞人其佳處亦未嘗不具沉鬱的氣格。他說「詞貴纏綿，貴忠愛，貴沉鬱」[61]，三者以沉鬱為本，所謂纏綿，是婉約派之所善，而所謂忠愛則以豪放派為長。由此推知，陳氏所欣賞的詞情應是多方面的。上述第一則，陳廷焯旨在標舉賀、周二人，對前人就情辭之表現較論蘇柳秦三家一事，未作正面回應。不過，陳氏在《詞壇叢話》中，對東坡詞「一片去國流離之思，哀而不傷，怨而不怒，寄慨無端，別有天地」的表現十分讚賞，而「秦寫山川之景，柳寫羈旅之情」亦得高妙之譽，惟「微以氣

[58] 見《詞話叢編》，頁3721、3784。

[59] 陳廷焯《詞壇叢話》：「古今詞人眾矣，余以為聖於詞者有五家：北宋之賀方回、周美成，南宋之姜白石，國朝之朱竹垞、陳其年也。」《白雨齋詞話》卷二：「詞法莫密於清眞，詞理莫深於少游，詞筆莫超於白石，詞品莫高於碧山。皆聖於詞者。而少游時有俚語，清眞、白石間亦不免，至碧山乃一歸雅正。」見《詞話叢編》，頁3720、3814。

[60] 見《白雨齋詞話》卷一，《詞話叢編》，頁3777。

[61] 見《詞話叢編》，頁3784。

格爲病」[62]。東坡的表現，就是後來他所欣賞的忠厚之情。因此，可了解第二則所說的「東坡之詞，純以情勝」，其所指的情非單純的兒女之情，範圍已擴及一己的身世之感、多方面的物事人情。他說：「詞至東坡，一洗綺羅香澤之態，寄慨無端，別有天地。〈水調歌頭〉、〈卜算子〉、〈賀新涼〉、〈水龍吟〉諸篇，尤爲絕構。[63]」這些詞篇，懷人詠物，託意興感，無關於男女之私，卻都「寓意高遠」、「措語忠厚」。陳廷焯亦認爲正聲與否，不在音調，亦與題材無涉，須「究之本原之所在」。這本原，就是醇雅深摯的情。他批評柳永「意境不高，思路微左，全失溫、韋忠厚之意」，批評黃庭堅「多鄙俚之詞」，譴責「後人爲艷詞，好作纖巧語」[64]，這些都是情不深、意不厚、語不雅的表現。語意情思之雅正，是清人情感論的基本要求；它是兼顧內容與形式的。末則「東坡、少游，皆是情餘於辭，耆卿乃辭餘於情」，當作何解？陳氏謂秦觀詞「詞最深厚，最沉著」，又稱東坡與少游「寄情之遠，措語之工，則各有千古」[65]。沉鬱說重言外之意，所謂「情餘於辭」，蓋指東坡少游二家詞用情沉厚，予人興寄遙深之感，文辭之外有無窮韻味。至於柳永詞，不免思涉於邪，側艷之情，形容殆盡，略無餘韻[66]，所以說是「辭餘於情」。

經過明清以來諸家對東坡詞情的論辯與分析，可以清楚看出詞體的抒情特質已有了更清晰的輪廓。由明人之偏於俗情到清人主雅正之調，詞的情感世界擴大了，也有了更豐富深刻

[62] 見《詞話叢編》，頁3721。
[63] 見《白雨齋詞話》卷一，《詞話叢編》，頁3783。
[64] 以上引語，見《詞話叢編》，頁3781、3783。
[65] 同上，頁3785。
[66] 詳拙著：〈論柳永的艷詞〉，《中國文哲研究集刊》，第九期，頁163-192。

的內涵。清人爲詞體的抒情特性確立了明確的意義：詞之言情有別於詩，宜於述男女之私、抑鬱不得志之情以及家國之感、陸沉之痛，可有娛樂、美感、移情或諷諭的作用[67]，筆致有豪宕、疏雋、深婉之別，但作爲一種獨特的抒情文體，詞貴有眞摯深厚的情思，表現爲婉曲的情致——這是詞的抒情體式，東坡詞之佳勝處亦不外於是。

三、由情性之眞到情意之深——明清詞學對東坡情意世界的詮釋

東坡的詞情，除了其抒情樣式能合乎詞體雅正而「寄勁於婉，寄直於曲」的美感規範外，還有屬於本人的個性特質、作品的情意內容及其意境的層面，廣爲詞家所重。作品因內而符外[68]，人格與風格的相關性，這些都是中國傳統文體論的重要概念。東坡卓犖不群的形象，高雅的風格品度，與柳永放浪頹靡的個性不能同日而語。東坡緣事興感，因情爲文，而以詩入詞，充分表現了他的人品、性情、學問與襟抱。陳洵《海綃說詞》云：「東坡獨崇氣格，箴規柳秦，詞體之尊，自東坡始。[69]」宋人於南渡初發起崇雅尊體之說，獨以東坡爲宗，不是沒理由的。因爲他們在東坡及其詞篇之中，發現了詞的抒情潛能和感發作用，幾與詩歌無異。因此，爲了重新定義詞體的特質與功能，強化雅正的概念，提升小詞的地位，他們解讀東坡已非僅僅限於文辭音律的美感層次，還包括了作者情志、

---

[67] 參考劉慶雲編著：《詞話十論》（長沙：岳麓書社，1990），第三章：功用論，頁63-66。

[68] 《文心雕龍・體性》：「夫情動而言形，理發而文見，蓋沿隱以至顯，因內而符外者也。」

[69] 見《詞話叢編》，頁4837。

作品題材、文學意境、道德意涵等層面。儒家文學觀本來就有「以意逆志」、「知人論世」的詮釋方法，如能就作者與讀者、文辭與心意、時代與個人作內外緣的交感融合，應可作出合理合情的有效詮釋，但從漢儒開始這套方法卻常被濫用。最常發生的情形是：主觀的意念凌駕了文本的客觀性，變爲任意解讀，牽強附會而不自覺；而過分強調作者本人的生平事蹟及時代背景，文學詮釋容易變爲人格分析與歷史考證，使得作品的意義由創造性的虛構轉爲具體的事實，再加上作品與事實的相互解釋、循環論證，遂展現了一個「虛構性的客觀存在」，論者更進而以此客觀人事的性質（事有大小、品有高低）作爲評定文學價值的依據[70]。事實上，不管有無過度詮釋，儒家文學觀普遍以爲高雅美善的作品，應具備人格之高、性情之眞、作品倫理意義之深廣（超越個人的小我世界）、意境之高遠（不陷溺於形式技巧之追求）、風格之雅正等質素。東坡詞之所以得到南宋詞壇一致推崇，正因其符合以上的要點。

南宋詞壇對於東坡詞情的詮釋，集中在「情志」、「情事」的探討，兩者皆求其眞，一屬作者的性情，一屬作品的內容意旨，同時亦涉及移情及述志的效能，這在文體論的角度言，乃係文體構成的主（情、志）、客（事、義）觀材料與體用（性質與功用）的範疇[71]。東坡詞豎立典範的基礎，乃在情眞——這是王灼標舉雅正的大纛、揚蘇抑柳立場的重要內容。王灼以爲詩詞同源，「本之性情」，詞之好壞乃決定於作者是

[70] 有關「以意逆志」、「知人論世」之法的偏失，參考顏崑陽：《李商隱詩箋釋方法論》（臺北：學生書局，1991），第一章至第三章。另詳拙著：《南宋姜吳典雅詞派相關詞學論提之探討》，第四章，頁242-250。

[71] 本文關於文體的概念，參顏崑陽：〈論文心雕龍辯證性文體觀念架構〉，《六朝文學觀念叢論》（臺北：正中書局，1993），頁94-187。

否以情爲重，而非遷就樂律度數也[72]；東坡與柳永的差別就在這裡。《碧雞漫志》卷二云：「長短句雖至本朝盛，而前人自立，與眞情衰矣。東坡先生非醉心於音律者，偶爾作歌，指出向上一路，新天下耳目，弄筆者始知自振。[73]」東坡詞重要的意義，一是寫入眞情，使詞回復詩歌的本質；一是突破了詞爲艷科的藩籬，意境高遠，提振了詞的品格。金朝元好問亦以東坡爲尚，他對東坡詞情的論點與王灼有異曲同工之妙；〈新軒樂府引〉云：「唐歌詞多宮體，又皆極力爲之。自東坡一出，情性之外，不知有文字，眞有『一洗萬古凡馬空』氣象。雖時作宮體，亦豈可以宮體概之。人有言：『樂府本不難作，從東坡放筆後便難作。』此殆以工拙論，非知坡者。所以然者，《詩三百》所載小夫賤婦幽憂無聊賴之語，時猝爲外物感觸，滿心而發，肆口而成者爾。其初果欲被管絃，諧金石，經聖人手以與六經並傳乎？自今觀之，東坡聖處，非有意於文字之爲工，不得不然之爲工也。[74]」元好問拈出詞主情性之說，以《詩三百》因物興感、自然成文的創作過程爲喻，其尊體、重情之意相當明顯。在元氏看來，東坡詞文字之工、意境之高，乃緣於有眞感觸、眞性情。這情，有感而發，言之有物，是一種眞情實感。而其能表現爲「逸氣浩懷」，不失雅正之道，或以爲這正是東坡「耿介直諒」的人格反映[75]。南宋詞復雅說的

---

[72] 王灼《碧雞漫志》卷一：「今人固不及古，而本之性情，稽之度數，古今所尙，各因其所重。……古人豈無度數，今人豈無性情，用之各有輕重，但今不及古耳。」見《碧雞漫志校正》，卷一，頁28-29。

[73] 見《碧雞漫志校正》，卷二，頁37。

[74] 見元好問：《遺山先生文集》，卷三十六；此處引自《金代文學批評資料彙編》，頁178。

[75] 胡寅〈題酒邊詞〉云：「眉山蘇氏一洗綺羅香澤之態，擺脫綢繆宛轉之度，使人登高望遠，舉首高歌，而逸懷浩氣超然乎塵垢之外，於是《花間》爲皀隸，而柳氏爲輿臺矣。」陳氏〈燕喜詞序〉云：「東坡平日耿介直諒，故其爲文似其爲人。歌〈赤壁〉之詞，使人抵掌激昂而有擊楫中流之心；歌〈哨遍〉之詞，使人甘心澹泊

旨趣是「發乎情，止乎禮義」[76]，東坡詞被評爲得體；而且宋人認爲東坡有才情學問，觸物感事，發而爲文，故其詞亦應如其詩一般別有寄意：

> 居士詞豈無去國懷鄉之感，殊覺哀而不傷。（周煇《清波雜志》）

> 東坡……寄意幽渺，指事深遠，片詞隻字，皆有根柢。是以世之玩者，未易識其佳處。（傅共〈注坡詞序〉）

> 夫頌類選有道德者爲之，發乎情性，歸乎禮義，故商周之樂感人深。歌則雜出於無賴不羈之士，率情性而發耳，禮儀之歸歟否耶，不計也。故漢之樂感人淺。本朝太平二百年，樂章名家紛如也。文忠蘇公文章妙天下，長短句特緒餘耳，猶有與道德合者。「缺月疏桐」一章，觸興於驚鴻，發乎情性也；收思於冷州，歸乎禮義也。黃太史相多大以爲非口食煙火人語，余恐不食煙火之人口所出僅塵外語，於禮義遑計歟？考公所立不在文字，余於樂章窺之，文字之中所立寓焉。…… 凡感發而輸寫，大抵清而不激，和而不流，要其情性則適，揆之禮義而安。非能爲詞也，道德之美腴於根而盎於華，不能不爲詞也。天於其年苟奪之晚，俾更涵養，充而大

而有種菊東籬之興；俗士則酣寐而不聞。少游情意嫵媚，見於詞則穠艷纖麗，類多脂粉氣味，至今膾炙人口，寧不有愧於東坡耶？」見《詞籍序跋萃編》，頁168、227。

76 〈復雅歌詞序・評釋〉：「鮦陽居士提出『古今樂同』的用意非止於此。觀其詞集，名稱『復雅』，恢復詩教『止乎禮義』的『騷雅之趣』，才是編者的目的宗旨。」見陳良運主編：《中國歷代詞學論著選》，頁85。

之，竊意可與文忠相後先。（曾丰〈知稼翁詞集序〉）

詩，發乎情，止乎禮義；美化厚俗，胥此焉寄。豈一變為樂府，乃遽與詩異哉？宋秦、晏、周、柳輩，各據其壘，風流醞藉，固亦一洗唐陋，而猶未也。荊公金陵懷古，末語「後庭遺曲」，有詩人之諷。裕陵覽東坡月詞，至「瓊樓玉宇，高處不勝寒」，謂蘇軾終是愛君。由此觀之，二公樂府根情性而作者，初不異詩也。嚴陵胡君汲古……悲涼於殘山剩水，豪放於明月清風，酒酣耳熱，往往自為而歌之。所謂樂而不淫，哀而不傷，一出於詩人禮義之正。然則先王遺澤其獨寄於變風者，獨詩也哉！（林景熙〈胡汲古樂府序〉）[77]

周、傅所論，只謂東坡詞有去國懷鄉之感，寄意指事幽深，蘊藉含蓄，未作過多的聯想。曾丰提出合乎道德之說，並非強調詞的現實教化功能，他所謂的「道德」是偏重於作者內在涵養這方面的。個人的道德涵養充實而深厚，因「感發」而「輸寫」，情性眞淳雅正，形之於文必寓有深摯的情思，自然能「歸乎禮義」，產生「清而不激」、「和而不流」的美感效果，因此這種清和淳雅之作感人深。曾丰為情性說添加了充實的內容。「道德之美腴於根而盎於華」，那是因內而外的表現，因此詞有所「感發」而有所「立寓」是自然而然的，毫無

[77] 周煇：《清波雜志》，引自石聲淮、唐玲玲箋注：《東坡樂府編年箋注》（臺北：華正書局，1993），頁543。傅共：〈注坡詞序〉，見傅幹注、劉尚榮校證：《傅幹注坡詞》（成都：巴蜀書社，1993），頁7。曾丰：〈知稼翁詞集序〉，見《詞籍序跋萃編》，頁195。林景熙：〈胡汲古樂府序〉，見張惠民編：《宋代詞學資料匯編》（汕頭：汕頭大學出版社，1993），頁241。

生硬與外敷之嫌[78]。這一說法對當時填詞寫情津津取悅於感官的現狀有針砭的用意。論者以東坡的人格特質證成詞格之雅正合道，從而推尊詞體，本是南宋詞學情志說的走向，若加上時代世變的刺激，或個人的偏好，東坡詞中的情便多有忠愛、憂思、感憤的詮釋面貌出現。林景熙是宋遺民志節之士，身處故國淪亡的亂世，他標舉「發乎情，止乎禮義」的論詞標準，提出變風精神，不是單純地固守傳統詩教，其實更有因體明志，藉此表達不忘故國之思。王安石〈桂枝香〉有「詩人之諷」，東坡〈水調歌頭〉有「終是愛君」之賞，二詞皆發自忠厚的情性；在林景熙看來，胡君樂府繼承了這一詩教傳統，而林氏本人亦何嘗不是同具溫柔敦厚的性情？

東坡〈水調歌頭〉愛君之說，最先出現在南渡初《復雅歌詞》一書（上一節論明沈際飛時已有略述），此句說是神宗評語，不能完全代表編者的立場。不過，《復雅歌詞》的編輯宗旨就是希望詞能恢復詩教「止乎禮義」的「騷雅之趣」[79]，編者鮦陽居士身處宗社播遷、衣冠流落之際，思欲矯正衰靡的詞風，書中收錄這一詞評，可想見其用意。鮦陽居士論東坡〈卜算子〉，更是緣事析情，於字句間尋求微言大意，其尚雅尊體的意圖十分顯著：

> 「缺月」，刺明微也。「漏斷」，暗時也。「幽人」，不得志也。「獨往來」，無助也。「驚鴻」，賢人不安也。「回頭」，愛君不忘也。「無人省」，君不察也。「揀盡寒枝不肯棲」，不偷安於高位也。「寂寞吳江

[78] 略參〈知稼翁詞序．評釋〉，陳良運主編：《中國歷代詞學論著選》，頁114-115。
[79] 見〈復雅歌詞序〉，《詞籍序跋萃編》，頁658-659。

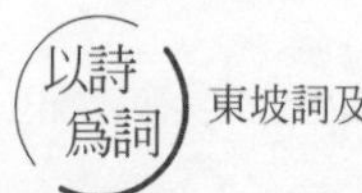

冷」，非所安也。此詞與〈考槃〉詩極相似。[80]

這是用漢儒解經之法說詞，所言雖近迂腐，卻與其以風雅爲宗的論詞旨趣相一致。其後俞文豹析〈卜算子〉、項安世評〈賀新郎〉（乳燕飛華屋）亦援用此法[81]。而此法之可以採用，基本的前提是認定詞能寓比興寄託之情、有言外不盡之意。南宋詞壇時有「借花卉以發騷人墨客之豪，托閨怨以寓放臣逐子之感」、「慨然感今悼往之趣，悠然託物寄興之思」[82]等論調或詞評，這些看法直接或間接都受到東坡詞及其評論的影響。至於作虛解，得感興妙悟之趣，抑或作實解，求事義情理之明，及其能否深有所契，或是乖離文意、強作解人，那就要看個人的造詣與用心了。

東坡情性之眞，詞情之深，宋人已作了不同面向的探討，明清兩代有關這方面的討論大抵不離上述的範圍。宋人詮釋的觀點與角度，由東坡的個人特質推及其詞情詞境，於東坡深遠幽渺的情事提出了虛解與實解之法，這對明清人皆有指引與規範的作用。但宋人也留下了一些問題，有待後人解決。譬如，將雅正說納入詩騷風雅的傳統，謂本之性情，詞無異於詩，那

---

[80] 見《詞話叢編》，頁60。

[81] 俞文豹《吹劍錄》云：「杜工部流離兵革中，更嘗患苦，詩益淒愴，〈憶舍弟〉（略）、〈孤雁〉（略），其思深，其情苦，讀之使人憂思感傷。東坡〈卜算子〉詞亦然。文豹嘗妄爲之釋。『缺月挂疏桐』，明小不見察也；『漏斷人初靜』，群謗稍息也；……『寂寞沙洲冷』，寧甘冷淡也。」項安世《項氏家說》卷八云：「蘇公『乳燕飛華屋』之詞，興寄最深，有〈離騷經〉之遺法，蓋以興君臣遇合之難，一篇之中，殆不止三致意焉。瑤臺之夢，主恩之難常也。……其首尾布置，全類《邶・柏舟》。或者不察其意，多疑末章專賦石榴，似與上章不屬，而不知此篇意最融貫也。」見曾棗莊、曾濤編：《蘇詩彙評》，頁119、136。

[82] 見劉克莊：〈跋劉叔安感秋八詞〉，張建編輯：《南宋文學批評資料彙編》（臺北：成文出版社，1978），頁484。柴望：〈涼州鼓吹自序〉，張惠民編：《宋代詞學資料匯編》，頁240。

麼詞的文體特性何在？這在上一節裡已有所解答。又如以史證詞、因人論情的詮釋方法，似能強化詞的功用，提升其地位，但也逐漸模糊了詞的文學特性及其藝術效能，然則如何能避免寄託說的偏失？這在清代有相當多的討論，不過，我們只能就東坡詞的部分論述，無法對寄託說作全面的檢討。

元代葉曾撰〈東坡樂府序〉云：「今之長短句，古三百篇之遺旨也。自風雅隳散，流爲鄭樂，侈靡之音，不能復古之淳厚久矣。東坡先生以文名於世，吟詠之餘，樂章數百篇，樂而不淫，哀而不傷，眞得六義之體。觀其命意吐詞，非淺學窺測。好事者或爲之注釋，中間穿鑿甚多，爲識者所誚。[83]」這說法延續宋人的論調。由此可知，東坡詞詩騷化的具體形象已然確立，其高雅的質性無庸置疑，明清人在重眞情、以雅爲尚的基調下，縱使家派不同，卻很少出現完全貶抑的意見，他們對東坡詞的接受程度相對高[84]。葉氏亦提到對東坡詞意的詮解，由來穿鑿附會之說甚多，明清詞學中的東坡情性論表現如何？請看下文分析。

明人重婉媚之情，普遍接受詩餘的概念，但對東坡詞的情性本質以及風詩合乎禮義的特性都沒有討論。晚明時期，詞家逐漸體會到詞體別具深婉幽微之致，尤其經歷危亡憂患之遭遇後，更深切體會令詞抒憂感憤的潛能[85]。如上文所述，沈際飛確認了詞「借美人以喻君，借佳人以喻友，其旨遠，其諷微」

---

[83] 見《東坡樂府編年箋注》，頁527。

[84] 詳王水照：〈清人對蘇軾詞的接受及其詞史地位的評定〉，林玫儀編：《詞學研討會論文集》（臺北：中央研究院文哲研究所，1986），頁407-423。

[85] 詳葉嘉瑩：〈論陳子龍詞——從一個新的理論角度談令詞之潛能與陳子龍詞之成就〉，繆鉞、葉嘉瑩：《詞學古今談》（臺北：萬卷樓圖書公司，1992），頁219-259。

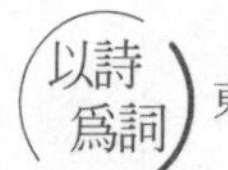

的作用，並繼承宋人稱東坡〈水調歌頭〉有「終是愛君」之意，以此詞爲「以參差不齊之句，寫鬱勃難狀之情」的代表。陳子龍雖未論及東坡，但其將文辭之婉麗結合情思之沉至，且以爲詞比詩更能寫哀宣志的主張，可以說開啓了清代寄託說的先聲。

清初詞壇大抵延續明末的詞學觀，重北宋，尚清麗，而東坡詞自然高曠的格調、清遠的情意，評價自高。在非正式的詞論中，吳偉業〈蘇長公文集序〉云：「一片忠誠，徒寄於風晨月夕之嘯詠。即瓊樓玉宇，高不勝寒，天子亦知其愛君之語。[86]」東坡詞別具忠愛之深意，清初文人在易代鼎革之際特別有體會。此時像陽羨派詞家，他們多有反清的民族意識，面臨進退失據、用舍維難的人生困境，尤其傾慕東坡之爲人。陳維崧〈水調歌頭・代祭東坡書院〉云：「耿耿孤忠亮節，落落風流文采，此事只君全。獨喜清秋夜，今古共嬋娟。」清人最欣賞東坡的就是他的才情與氣節這兩方面的特質。陽羨派倡豪放，學蘇、辛，「無論在創作還是理論上都極主『性情』」[87]。可是，東坡雄富之才、浩瀚之氣，不易學，而隨著清代政權穩定，文人反抗的心理也漸趨和緩，蘇詞這方面的特色便不再明顯被張揚。後來浙派宗姜、張，尚醇雅，爲幽微要眇、婉轉纏綿而善於言情寫物的詞體，上溯詩騷風雅的傳統，自成一貫的體系[88]；在他們看來，東坡的詞情表現自不及姜

[86] 引自四川大學中文系唐宋文學研究室編：《蘇軾資料彙編》（北京：中華書局，1994），上篇（三），頁1094。

[87] 見王水照：〈清人對蘇軾詞的接受及其詞史地位的評定〉，頁412。

[88] 筆者曾爲文討論浙派的體系特色，略云：「以傳統的觀點論詞，詞固被目爲小道，而欲使之同具詩文之抒情言志之特質，躋上詩騷風雅之傳統，則持擇評論務必從嚴，遂不得不有尊體之意向；尤其逢康雍朝極盛之世，猶有文網之時，浙派立義標宗，倡導以詞體陶寫性靈，其拈出一雅字，上祖姜夔，以造成一詞學系統，自不

夔、張炎等南宋典雅派詞家委婉而深刻，因此，東坡詞的討論文字便相對地減少，有關詞情的論述則要等到常派出來才有較正面的回應。

清代常州派主要是針對浙派末學流於纖佻浮滑、餖飣膚廓之蔽而起，因此，詞學觀念上特別加強雅正的內涵，尤重詞的意格，好以比興寄託言詞，這觀念的形成也與時局世情相關。乾嘉之後，王朝國運日漸衰微，處此內憂外患之艱難時世，文人憂國傷時、盛衰今昔之感甚深；形諸詠嘆，漸少吟風賞月之情，常抒身世家國之嘆；發爲詞論，更主風雅正變之道，獨賞意在言外之旨。大體而言，常派詞學以沉鬱渾成爲高，兩宋詞家則以周邦彥、吳文英、王沂孫爲宗（按：周濟另推舉辛棄疾，提出「問途碧山，歷夢窗、稼軒，以還清眞之渾化」的主張）。東坡高雅的品格與忠愛的資稟，當然會受到常派詞家所讚賞，但東坡詞畢竟非其所謂正宗、亦非容易效法的對象，因此他們欣賞東坡詞主要依循常派的論詞標準，大抵不離宋人情性、情意說的兩個觀點。上一節分析清人一般的情感論，曾指出清人主雅正說已涉入情意寄託的範疇，而陳廷焯更直謂東坡詞之本原乃在忠厚之情。這些說法，無非是要在詞家的情性品格、詞的效用功能等方面確保詞體式上的婉曲雅正，讓詞體不致落入纖佻俗艷之態。焦循云：「詩無性情，既亡之詩也。詞無性情，既亡之詞也。……三百篇無非性情，所以可興可怨可觀可群。[89]」清人重情性之正，本質之優。他們對東坡情性的看法，與宋人幾無二致：

免受其詞學環境之影響。而事實上，南宋諸家擅以長調詠物寫情，本多雅麗之作，於後學確是有法可循。再加上姜張諸子身世流離，更增加了清初竹垞等人的認同感。」見《南宋姜吳典雅詞派相關詞學論題之探討》，第二章，頁42。

[89] 見焦循：〈董晉卿緋雅詞跋〉，《詞籍序跋萃編》，頁588-589。

詩詞離合處，知者蓋尠。能詞者或弱於詩，能詩者或粗於詞。至今日浙派盛行，專以詠物爲能事，臚列故實，鋪張鄙諺，詞之眞種子殆將湮沒。不知詩詞異其體調，不異其性情。詩無性情，不可謂詩，豈詞獨可以配黃儷白、摹風捉月了乎？然則崇奉姜、史，卑視蘇、辛者，非矣。第今之學蘇、辛者，亦不講其肝膽之輪囷，寄託之遙深，徒以浪煙漲墨爲豪，是不獨學姜、史不之許，即學蘇、辛亦宜擯之門外也。……古人詞不盡皆可歌，然當其興至，敲案擊缶，未嘗不成天籟。東坡鐵板銅琶即是此境。作者不與古人同性情，徒與伶工競工尺，遂令長短句一道畏難若登天，不知皆自畫之爲病也。且夫既能詞又能知工尺，豈不更善？然與其精工尺而少性情，不若得性情而未精工尺，故不獨姜、史輕蘇、辛，而蘇、辛亦不願爲姜、史也。（謝章鋌《賭棋山莊詞話》卷五）

蘇辛皆至情至性之人，故其詞瀟灑卓犖，悉出於溫柔敦厚。（劉熙載《詞概》）

東坡心地光明磊落，忠愛根於性生，故詞極超曠，而意極和平。稼軒有吞吐八荒之概，而機會不來，正則可以爲郭李，爲岳韓，變則即桓溫之流亞，故詞極豪雄，而意極悲鬱。蘇辛兩家，各自不同。後人無東坡胸襟，又無稼軒氣概，漫爲規模，適形粗鄙耳。（陳廷焯《白雨齋詞話》卷六）

> 蘇、辛以忠愛之旨，寫憂樂之懷，固與姜、張刻畫宮徵，判然異軌。（許玉瑑〈蘇辛詞合刻序〉）[90]

謝章鋌以性情爲重、工尺樂律爲次主張，可說是王灼性情論的翻版。東坡詞瀟灑得體，有風人之旨，劉熙載在此處謂其「悉出於溫柔敦厚」，這與宋人「發乎情，止乎禮義」的說法遙相契應。東坡忠愛的本質，宋人已有體會，但不如清人特重其節操而直接拈出「忠愛」一語以立說。值得注意的是，以上四則皆蘇、辛並論。常派詞家對蘇、辛詞或有軒輊不一的評價，但將其歸爲一個體類似乎是大家的共識。蘇、辛二家，根於忠愛溫厚的性情，緣事興感，有爲而發，其超曠、豪邁之境，乃胸襟、氣概所致，非規模可學也；這種情志特質、風格體貌自與周、王渾厚和雅的體性不同。

上節引沈祥龍《論詞隨筆》論閨情與寄託的一段話說：「詞有託於閨情者，本諸古樂府，須實有寄託，言外自含高妙，始合古意。」傳統詩歌本喜好以美人爲託喻，詞「要眇宜修」的特性正適合此體的發揮。然而，我們檢閱東坡詞，會發現很少借男女私情以喻一己身世之感的詞例，更遑論以男女關係聯想君臣關係的託喻之篇了。清人欣賞東坡忠愛、溫厚的性情，不在閨情詞，而在別的篇什：

> 暗香水殿（指〈洞仙歌〉），時軫舊國之思；缺月疏桐（指〈卜算子〉），空弔幽人之影；皆屬寓言，無大慚大雅。（馮煦〈東坡樂府序〉）

---

[90] 前三則，見《詞話叢編》，頁3387-3388、3693、3925；末則，見《蘇詞彙評》，頁292。

詞以不犯本位爲高。東坡〈滿庭芳〉：「老去君恩未報，空回首、彈鋏悲歌。」語誠慷慨，然不若〈水調歌頭〉：「我欲乘風歸去，又恐瓊樓玉宇，高處不勝寒。」尤覺空靈蘊藉。（劉熙載《詞概》）

詞導源於詩，詩言志，詞亦貴乎言志，淫蕩之志可言乎哉！「瓊樓玉宇」，識其忠愛；「缺月疏桐」，嘆其高妙，由於志之正也。若綺羅香澤之態，所在多有，則其志可知矣。（沈祥龍《論詞隨筆》）

詞有與風詩意義相近者。自唐迄宋，前人鉅製，多寓微旨。如……蘇子瞻「睡起畫堂」（指〈哨遍〉），「山樞」（按：《唐風・山有樞》之省稱）勸飲食也。（張德瀛《詞徵》卷一）[91]

其中，清人愛賞〈水調歌頭〉、〈卜算子〉二首，與宋人無異，而其詮釋角度不外情意內容與文辭意境兩部分，大致亦緣宋人方向。此二詞果眞有託意？張惠言爲常派開宗立派，亟主意內言外之旨，以爲詞可上接風騷；所輯《詞選》於東坡〈卜算子〉直錄鮦陽居士詞評[92]，其後董毅編《續詞選》，評東坡〈水調歌頭〉曰：「忠愛之言，惻然動人。神宗讀『瓊樓玉宇，高處不勝寒』之句，以爲終是愛君，宜矣。[93]」他們延續

[91] 首則，見《東坡樂府編年箋注》，頁530；後二則，見《詞話叢編》，頁3708、4047、4079。
[92] 見張惠言錄：《詞選》，《四部備要》本，臺二版（臺北：臺灣中華書局，1968），卷一，頁15。
[93] 見董毅錄：《續詞選》，《四部備要》本，卷一，頁8。

鮦陽說詞之法，字比句附，意在尊體。清人多深信東坡「瓊樓」二句有愛君之意，一則以東坡立身行事之準則推得，一則以個人之經驗研判，所謂身在江湖、心存魏闕，本是人之常情。不過，按文本脈絡來看，詞題明白表示乃詠月懷弟之篇，歷來解釋全首詞意者多未乖離本旨，然則「瓊樓」二句何以無端生出他意，頗費解。這已非單純的文學詮釋，無論就神宗本身的閱讀與聯想或後人的論斷而言，應已涉及人生信念，甚至意識形態的問題了。至於〈卜算子〉一首，題曰「黃州定惠院寓居作」，只交代了寫作地點，作品本身卻運用了寫物抒懷的比興手法，因此作意顯得曖昧不明，後人詮釋，遂生許多聯想。一說鄰家女鍾情於東坡，東坡感其不嫁而死，作此詞[94]；此說為東坡詞增添繾綣情思，純屬小說家無稽之談，與詞題文意毫無關聯，不足採信。鮦陽居士則貼合人事作解，析心論情，謂有諷諭之意、失志不安之感。張惠言尚比興寄託說，對鮦陽的解法深以為然，故悉加採錄。明清詞家針對鮦陽此論，或張惠言的說詞方式，曾提出相當尖銳的批評與修正意見；經過這番論辯，似可廓清一些問題，讓詞由考事析情導引至文學感悟的詮釋方式，這對了解東坡詞情的本質甚有裨益：

> 坡此詞亦佳，第為宋儒解時事，遂令面目可憎耳。（王世貞〈山谷書東坡卜算子詞帖〉）

> 鮦陽居士……云云。村夫子強作解事，令人欲嘔。（王士禛《花草蒙拾》）

[94] 詳袁文《甕牖閑評》卷五、王楙《野客叢書》卷十二、李如箎《東園叢說》卷下、龍輔《女紅餘志》；見《蘇詞彙評》，頁120-122。

> 皋文《詞選》，以〈考槃〉爲比，其言非河漢也。此亦鄙人所謂「作者未必然，讀者何必不然。」（譚獻《復堂詞話》）

> 東坡〈卜算子〉（詞略）……。時東坡在黃州，固不無淪落天涯之感。而鮦陽居士釋之云（略）……。字箋句解，果誰語而誰知之。雖作者未必無此意，而作者亦未必定有此意，可神會而不可言傳。斷章取義，則是刻舟求劍，則大非矣。（謝章鋌《賭棋山莊詞話續編》卷一）

> 固哉，皋文之微詞也。飛卿〈菩薩蠻〉、永叔〈蝶戀花〉、子瞻〈卜算子〉，皆興到之作，有何命意，皆被皋文深文羅織。（王國維《人間詞話》）[95]

東坡〈卜算子〉確有比興之意，但在有意無意之間，可神會不可言傳，若句句鑿實，難免有深文羅織之譏。讀者賞讀文章可作自由聯想，但不能僅順著一己之偏好、服膺某種宗派理念，穿鑿附會，任意解釋，罔顧文本中文辭情志的脈絡與交感效應。文學詮釋是互爲主體的活動，作者緣情爲文，讀者因文興感，文學詮釋便須以文本爲依據，以人情作對應，而後經過順逆往返的解讀、主客觀辯正的融合，才能有所契會，有所體悟。這時候對作品情意的體會，已非作者「原意」的複述，而是主客觀互動後創造出的一種意境，既有作者之情亦有讀者之意，此時已難以分辨。謝章鋌說：「雖作者未必無此意，而作

[95] 首則，見《蘇詞彙評》，頁122；其餘四則，見《詞話叢編》，頁678、3993、3486、4261。

者亦未必定有此意，可神會而不可言傳。」就是這個意思。由此可知，文學詮釋最忌武斷，對讀者而言，最需要的是尊重文學的相對客觀性，也要有同情的了解。回頭看〈卜算子〉詞，末二句云：「揀盡寒枝不肯棲，寂寞沙洲冷。」語意決絕，表露了東坡不易摧折的傲骨。整首詞營造了一種鬱勃的神氣，高渺的意境，令人神往，而東坡「以龍驤不羈之才，樹松檜特立之操」[96]的人格特質，創造出這樣的一種詞境，這才是此詞得到文人青睞的重要原因。

王國維謂東坡〈卜算子〉是「興到之作」，又稱「東坡之〈水調歌頭〉，則佇興之作，格高千古」[97]。王氏認爲詞體深具寄興言情的特質，讀者貴能興發感動；所謂興，是主客體交感融合，觸動、刺激、啓發的動力，這在《人間詞話》境界說有關鍵的地位。據葉嘉瑩先生的分析，王國維論詞是以作品中傳達的「感發作用之本質」爲依據，他所謂的境界不是指作品所表現的作者顯意識中的主題和情意，而是「作品本身所呈現的一種富於興發感動之作用的作品中的世界」；就讀者來說，「除去追尋其顯意識的原意外，也還更貴在能從作品中所流露的作者隱意識中某種心靈和情感的本質而得到一種感發」[98]。然則，作品中興感能量之大小，與境界之高低有無有著密切的關係；而興發感動的力量乃源於情感的本質，這便關係到作者的生命型態與用情態度了，而這樣看來，讀者有所感、能解

[96] 鄧廷楨《雙硯齋詞話》云：「東坡以龍驤不羈之才，樹松檜特立之操，故其詞清剛雋上，囊括群英。」見《詞話叢編》，頁2529。

[97] 見施議對譯注：《人間詞話譯注》（南寧：廣西教育出版社，1990），卷二，頁128。

[98] 見葉嘉瑩：〈文本之依據與感發之本質〉，《中國詞學的現代觀》（臺北：大安出版社，1988），頁130。

悟亦應具備相對的情感特質。王國維相當重視內美的充實，這可由其比較蘇、辛與白石三家的詞評中看出端倪：「東坡之詞曠，稼軒之詞豪，無二人之胸襟而學其詞，猶東施之效捧心也。」「蘇、辛詞中之狂，白石猶不失爲狷。」「讀東坡、稼軒詞，須觀其雅量高致，有伯夷、柳下惠之風。白石雖似蟬蛻塵埃，然不免局促轅下。」「東坡之曠在神，白石之曠在貌。白石如王衍，口不言阿堵物，而暗中爲營三窟之計，此其所以可鄙也。」[99]王國維前三則評東坡詞，亦依清人蘇、辛並論的模式，將二家合爲一個體類論列：二家之胸襟學問非同一般流品，皆有高致的雅量，而同屬詞中之「狂」者，面對人生的顛簸與橫逆，東坡則曠達，表現爲一種能出乎其外而實有所擺脫的瀟灑之情，稼軒則豪放，表現爲一種能入乎其內而實有所擔當的鬱勃之氣[100]。王氏蘇辛豪曠的論點，其實與上引陳廷焯那一段話頗相似，不過，陳氏之說多了「東坡心地光明磊落，忠愛根於性生」的前提。《人間詞話》云：「幼安之佳處，在有性情，有境界。[101]」稼軒的佳處，何嘗不是東坡的佳處？再者，王國維說「東坡之曠在神，白石之曠在貌」，東坡的曠達，是發之於內形之於外的質性，而白石只是徒具形式而已，那麼，王氏在另一則詞評說「白石有格而無情」[102]，而相對於此，東坡格高而有情則可想而知了。東坡的性情蘊蓄於內，因事言情，觸物而興感，文采煥發於外；既有性情，自有境界，宜乎王國維許爲大家矣！

---

99 前三則，見《人間詞話》，《詞話叢編》，頁4250；末則，見《人間詞話刪稿》，《詞話叢編》，頁4266。

100 詳拙著：《南宋姜吳典雅詞派相關詞學論題之探討》，第四章，頁261-262。

101 見《詞話叢編》，頁4249。

102 同上。

王國維的境界說與張惠言的寄託說，是兩種截然不同的詮釋方法。葉嘉瑩先生曾以比、興爲喻分析兩家的異同，甚能切中要領。她說：「張氏說詞所依據者，大多爲文本中已有文化定位的語碼，而其詮釋之重點則在於依據一些語碼來指稱作者與作品的原意之所在。像他這種以思考尋繹來比附的說法，自然可以說是屬於一種『比』的方式。至於王氏說詞所依據者，則大多爲文本中感發的質素，而其詮釋之重點則在於申述和發揮讀者自文本中的某些質素所曾出來的感發與聯想。像他這種純以感發聯想來發揮的說法，自然可以說是一種屬於『興』的方式。[103]」「興」與「比」兩種詮釋方式，究其根源，乃來自不同的文學理念和人生態度。西方心理學家佛洛姆（Erich Fromm）曾將人類分爲兩種存在型態，即「有」的情態（to have）與「是」的情態（to be），我們可以藉來了解比、興二說背後更深的含意。他說：「『是』的情態其先決條件，即是獨立、自由與理性的批判能力。它的基本性格特質是活潑（being active）。……它意謂更新自己，意謂成長，……然而這些經驗中卻沒有一種是可以用語言文字充分表述的。……只能用分享經驗而溝通。在『有』的情態中，僵化的語言文字盛行；在『是』的情態中，則是活活潑潑的、不可表述的經驗在盛行。」「『有』的情態，……它是以執著於我們所佔有的、所擁有的事物，以執著於我們的自我而尋求安全感，尋求認同。」[104]在中國傳統文化的詮釋活動中，怎樣的時代、個人，會特別容易走向以量代質，以資料代替意義的詮釋方法，努力追求所謂客觀的事實，企圖掌握一種不變的定理，求取唯

103 見葉嘉瑩：〈從西方文論中看中國詞學〉，《中國詞學的現代觀》，頁52。
104 見佛洛姆著、孟祥森譯：《生命的展現》（臺北：遠流出版社，1989），頁106-107。

一而且絕對的答案？這是「有」的生命情態的展現。我們看清代的寄託說，尤其是張惠言的比興附會之說，他們膠著於事實的考證，將自我轉往外物（事）之探求，始終迴盪在封閉的語碼系統裡，難道這是動盪不安的世局裡，個人生命自主性薄弱之時，賴以獲得集體性文化慰藉（「尋求安全感、尋求認同」）的唯一出路嗎？由此觀點來看，王國維的東坡興寄之說，「有性情、有境界」之論，便有不一樣的生命意義了。這就是「是」的情態嗎？余英時先生有一段提到王國維的話，可以給我們一些提示，很值得玩味：

> 在過去一百年來，最爲人用的集體性的意義符號，如革命、愛國、人民，但現在已不起作用。因此最好的方法是換一批符號。換一批關涉自我的符號，回到自我的系統中去尋找，甚至可以從中國的詩詞去探求。講到這裡，我想到王國維，王國維最初追求的也是自我，他讀的是哲學、文學，對自己寫的詞相當自負，雖不敢稱在北宋之上，至少也超過南宋。他曾說「詞以境界爲上」；所談的仍是個人自我……；但北伐前夕，他那一套人生意義都崩潰了，自我也因而失落了。統言之，王國維是近代對自我追求有深度成就的極少數人之一，只可惜他的自我在周遭的意義世界無法存在，因而整體崩潰，這確實是一大悲劇。……「追求新的自我」對現代中國人來說實是大課題，經過幾十年悲劇得來的深切反省，使我們更覺察在超越的世界崩潰以後，我們必須努力重新建立以個體爲本位的意義系統。[105]

[105] 見余英時：〈自我的失落與重建〉，《中國文化與現代變遷》（臺北：三民書局，1992），頁214。

文學詮釋之所以生生不息，因爲我們可以透過文學完成自我的追求。寄託說與境界說的詮釋角度雖有不同，但不能否認的是，東坡情性之眞與情意之深是喚起大家熱烈迴響的要素。我們見識到文學心靈世界逐漸拓寬的歷程：由教條式的解讀到自由聯想，由獨斷的分析到同情的了解。境界之論，興發感動之說，開放了東坡的詞情世界，其範圍與深度，得讓有情的生命呼喚另一有情的生命，去開拓、去量度；如是，東坡不朽，讀者恆在。

宋代詞學中蘇辛詞「豪」之論[1]

[1] 按：本文原於臺灣大學中文系與成功大學中文系合辦「唐宋元明學術研討會」上發表，後經訂正，刊登於《唐宋元明學術研討會論文集》（2005）。

一、引論——相對概念的辨析

明清詞學，有所謂「婉約」、「豪放」之說[2]，「正」、「變」之論[3]，大抵以婉約爲正宗、豪放爲變調[4]。論者各有立場，互有偏好，遂產生許多褒貶抑揚的主張[5]。然而，透過這些相對的論辯、彼此的詰難，頗能突顯詞體流變的軌跡、詞家詞風的同異得失。而這類文體論的探討，涉及藝術形式、內容意境、時代與個人等內外因素，若據此參照比較各種說法，對我們了解詞體風格的形成、詞體美感特質之所在以及個別詞家的特色，甚有裨益。在這些論述中，所謂豪放一派，咸以蘇東坡與辛稼軒爲代表；蘇辛並稱，由來已久[6]。蘇辛豪放詞，

---

2 最先提出此說的，是明代張綖。《詩餘圖譜．凡例》說：「詞體大略有二：一體婉約，一體豪放。婉約者，欲其詞情蘊藉；豪放者，欲其詞氣象恢弘。蓋亦存乎其人。如秦少游之作，多是婉約；蘇子瞻之作，多是豪放。大抵詞體以婉約爲正，故東坡稱少游今之詞手。後山評東坡，如教坊雷大使舞，雖極天下之工，要非本色。」引自張璋等編：《歷代詞話》（鄭州：大象出版社，2002），頁228。按：此說一出，影響深遠，其後如徐師曾《文體明辨序說．詩餘》、王士禎《花草蒙拾》、陳廷焯《白雨齋詞話》卷一等，皆沿用其說，至今不廢。

3 詞史上正式提出正變之論的，是明代王世貞。《藝苑卮言》曰：「言其業，李氏、晏氏父子、耆卿、子野、美成、少游、易安至矣，詞之正宗也。溫韋艷而促，黃九精而險，長公麗而壯，幼安辨而奇，又其次也，詞之變體也。」見唐圭璋編：《詞話叢編》（臺北：新文豐出版公司，1988），頁385。之後因其說者，有王士禎《花草蒙拾》、〈倚聲集序〉等。但多對王世貞以溫、韋爲變體，持不同意見。

4 《四庫全書總目》卷一九八〈東坡詞〉：「詞自晚唐五代以來，以清切婉麗爲宗。至柳永而一變，如詩家之有白居易。至軾而又一變，如詩家之有韓愈，遂開南宋辛棄疾等一派，尋源溯流，不能不謂之別格。」（北京：中華書局，1987年版。頁1808。）蔣兆蘭：《詞說》：「詞家正軌，自以婉約爲宗。」見《詞話叢編》，頁4632。另歸納注2、注3之說，則諸家普遍以婉約爲正、豪放爲變，亦已明矣。

5 詳劉慶雲編著：《詞話十論》（長沙：岳麓書社，1990），第七章「風格論」，頁175-224。按：劉氏於「概述」中，歸納歷來有關豪放婉約正變之說，謂大體可分三類：一、崇婉抑豪，以婉約爲正宗，以豪放爲變格。二、崇豪抑婉，以豪放詞爲高，以婉約詞（主要是指寫兒女之情一類的詞作）爲不足取。三、二者不可偏廢——從題材言，二者各有所當；從詞人的才性、氣質言，二者各有攸宜；從審美角度言，二者各有其妙；從感人角度言，二者均有可傳之理；從欣賞者言，各有所愛，二者能各自滿足不同的審美要求。

6 如王士禎〈倚聲集序〉云：「詩餘者，古詩之苗裔也。語其正，則南唐二主爲之祖，至漱玉、淮海而極盛，高、史其嗣響也。語其變，則眉山導其源，至稼軒、放

普遍認定其以氣勝[7]，表現爲恢弘的氣象，慷慨跌宕，筆力峭健，「能於剪紅刻翠之外，屹然別立一宗」[8]。蘇辛詞於內容之開拓、意境之提升、體製之突破，論者多有評述[9]；而究其風格之形成，歷來評論幾無不論及二人的性情抱負、才識器量，以及他們的時代際遇與應對進退的態度[10]。豪放之體，由東坡導其源，稼軒承其緒，影響及於劉克莊、劉過諸家，這一體系向無異議。然而，除了豪放體派本身的論述，明清詞學其實更關心蘇辛優劣異同這一課題。蘇辛同爲豪放，但才學身世各異，所表情志，風格語調自有不同。東坡以名士之雅，稼軒負英雄之氣[11]，緣事興感，隨物賦形，發而爲詞，一以清麗高曠取勝，一以雄宕沉實見稱，各異其貌。周濟《介存齋論詞雜

翁而盡變，陳、劉其餘波也。」見吳宏一等編：《清代文學批評資料彙編》（臺北：成文出版社，1979），頁285。蔣兆蘭《詞說》云：「宋代詞家源出於唐五代，皆以婉約爲宗。自東坡以浩瀚之氣行之，遂開豪邁一派。南宋辛稼軒運深沉之思於雄傑之中，遂以蘇辛並稱。他如龍洲、放翁、後村諸公，皆嗣響稼軒，卓卓可傳者也。」見《詞話叢編》，頁4632。

7 李長翁〈古山樂府序〉：「東坡、稼軒傑作磊落倜儻之氣，溢出豪端，殊非雕脂鏤冰者所可彷彿。」見孫克強編：《唐宋人詞話》（鄭州：河南文藝出版社，1999），頁588。蔡宗茂〈拜石山房詞鈔序〉：「詞盛於宋代，自姜張以格勝，蘇辛以氣勝，秦柳以情勝，而其派乃分。……凡姜張清雋，蘇辛豪宕，秦柳妍麗……。」見曾棗莊、曾濤編：《蘇詞彙評》（臺北：文史哲出版社，1998），頁310。

8 語見《四庫全書總目》，卷一九八〈稼軒詞〉，頁1817。

9 見龍榆生：〈蘇辛詞派之淵源流變〉，《龍榆生詞學論文集》（上海：上海古籍出版社，1997），頁265-285。

10 鄭騫〈柳永蘇軾與詞的發展〉說：「蘇比柳高，其所以然的緣故，則如王鵬運所說，蘇的才華性情，學問襟抱，舉非恆流所能夢見。……（念奴嬌）這首詞完全表露出所謂逸懷浩氣，而最大特點，就是有作者自己，即所謂『人格與學問的結晶』，蘇詞所以能把詞擴大提高，全在於此。」又〈杜著辛棄疾評傳序〉說：「這些詞的根源，是他一生動蕩的身世，鬱勃的懷抱，所以能夠深厚雄闊，蒼渾沉鬱，『於剪紅刻翠之外，屹然別立一宗，迄今不廢。』他的成就不盡由於他的才氣、性情、學問，更重要的是他所處的時與地。」見鄭騫：《景午叢編》（臺北：中華書局，1972），上編，頁124、133。另詳王水照：〈蘇、辛退居時期的心態平議〉，《蘇軾論稿》（臺北：萬卷樓圖書公司，1994），頁93-117。

11 陳廷焯《雲韶集》卷五：「東坡極名士之雅，稼軒極英雄之氣，千古並稱，而稼軒更勝。」引自屈興國校注：《白雨齋詞話足本校注》（濟南：齊魯書社，1983），頁93。

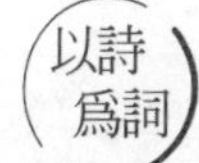

著》說：「世以蘇、辛並稱，蘇之自在處，辛偶能到；辛之當行處，蘇必不能到。二公之詞，不可同日語也。[12]」陳廷焯《白雨齋詞話》卷一云：「蘇辛並稱，然兩人絕不相似。魄力之大，蘇不如辛。氣體之高，辛不逮蘇遠矣。」又卷六云：「東坡心地光明磊落，忠愛根於性生，故詞極超曠，而意極和平。稼軒有吞吐八荒之概，而機會不來；正則可以為郭、李，為岳、韓，變則即桓溫之流亞，故詞極豪雄，而意極悲鬱。蘇辛兩家，各自不同。後人無東坡胸襟，又無稼軒氣概，漫為規模，適形粗鄙耳。」[13]姑不論周、陳各別的偏愛，其分析豪放二大家詞的體貌特色，並就人格而論風格，於蘇辛之異同確能切中要領。後來，王國維《人間詞話》說：「東坡之詞曠，稼軒之詞豪。無二人之胸襟而學其詞，猶東施之效捧心也。[14]」一仍人文合一的論調，亦是蘇辛異同的確論[15]。明清詞學文體論中的豪放婉約之說，辨體析派，論正變，別同異，頗能彰顯家、派間相對詞風之特質。而豪放派中的蘇、辛比較論，誠如上述，更是其中的焦點論題。

豪放，是一個相對於婉約的概念，有其基本特色：「婉約者，欲其詞情蘊藉；豪放者，欲其詞氣象恢弘。」（《詩餘圖譜・凡例》）豪放詞在題材選擇、情景安排、時空處理、語意表達、情志抒發等方面，都與婉約詞「文小、質輕、徑狹、境隱」[16]的特質不同，呈現了獨特的風貌。簡言之，豪放詞突破了「言情不外傷春怨別，寫景不出閨閣庭院」的藩籬，重在

[12] 見《詞話叢編》，頁1633。
[13] 見《詞話叢編》，頁3783、3925。
[14] 見《詞話叢編》，頁4250。
[15] 參考鄭騫：〈漫談蘇辛異同〉，《景午叢編》上編，頁266-278。
[16] 見繆鉞：〈論詞〉，《詩詞散論》（臺北：開明書店，1977），頁1-15。

言志，非徒應歌，幾至「無意不可入，無事不可言」（劉熙載《詞概》）的地步，語意爽豁，境界闊大。不過，在其形成體派的過程中，各種關於其源流脈絡、成員組合、風格定義等論說，意見紛陳。近來有關豪放詞的研究，多據明清以來的觀點，或就蘇辛詞的形式內容，援證立說。這類研究不無發明，但往往缺乏歷史的透視，未能照顧明清以前的看法，當然就難以解答前後論說之間的傳承關係了。宋人閱讀、批評蘇辛詞，觀點爲何？他們怎樣評論東坡詞及其影響？如何賦予東坡詞「豪」的意義？又宋代詞學如何建構稼軒豪放體式？南宋諸家對蘇辛的評價是否一致？這些論題固然屬於宋代詞學的範疇，但宋人的觀念與後世的看法應該可以互相參照，從而知其衍變軌跡、彼此的成就得失。

北宋末南宋初，即有東坡「以詩爲詞」的說法[17]；論者普遍認爲東坡塡詞，融入了詩的語言與意境，突破了詞的藩籬，拓寬詞的內容，提升了詞的境界，影響甚爲深遠[18]。東坡爲詞的方法和態度，與豪放詞風的形成有何關係？兩者在理論層次上有何分別？這也是宋代文體論須探討的問題。稼軒繼東坡之後，用語奔放，風格豪邁，爲詞體注入新的精神，別立一宗。蘇辛詞的出現，對傳統的詞家來說是一大挑戰。宋人在迎拒之間，激發出許多正反的論辯，由是豐富了大家對詞體質性的認

[17] 陳師道《後山詩話》曰：「退之以文爲詩，子瞻以詩爲詞，如教坊雷大使之舞，雖極天下之工，要非本色。」見何文煥輯：《歷代詩話》（臺北：木鐸出版社，1982），頁309。按：或對陳師道此則詞評有所疑，以爲雷大使即雷中慶，是宋徽宗朝藝者，而陳師道卒於徽宗即位的第一年建中靖國元年（1101），則不及知雷大使也。不過，姑不論此評是否屬陳師道，南宋初胡仔《苕溪漁隱叢話》已載錄此說，可見其爲北宋末南宋初人看法應無疑。

[18] 詳拙著：〈超乎雅俗——論東坡詞境的取向〉，《第二屆通俗文學與雅正文學全國學術研討會論文集》（臺中：國立中興大學中國文學系，2001），第三節「超乎雅俗——東坡以詩爲詞的意義」，頁300-309。

知。辨析蘇辛詞「豪」的特質及兩家風格的同異，其實是追索一段宋詞「詩」化、「文」化以及詞學文體觀逐漸深化的歷程。下文大抵按兩宋詞學的發展，由北宋中晚期到南宋後期，看宋人如何詮解所謂正變之說，並審視其面對蘇辛詞之發展，怎樣依違於傳統與創新之間，確認詞之體式，重構詞的審美觀念。詞之爲體，介乎雅俗之間，於詩於樂各有偏重，因此其被界定的義涵，因時因體因人而有不同。相對的概念愈富挑戰性，愈能激盪出更深刻的思辯，由此反覆論證，更能加深我們對原有觀念的認知。就宋代詞學而言，經過這一比較論述，自能呈現一更周延的詞體面貌，而另一方面則更能彰顯蘇辛詞風的特色及其意義。

二、寄妙理於豪放之外——東坡的自覺

豪放，本有意氣俊邁、狂放不羈、不受束縛之意。它作爲一個組合詞，最早見於史書，用作人物性格的形容，如《魏書・張彝傳》：「彝少而豪放，出入殿庭，步眄高上，無所顧忌。[19]」《新唐書・李邕傳》：「邕資豪放，不能治細行。[20]」所謂豪放，皆指個性豪邁放達，不拘禮法。後來「豪放」一語轉論文體風格，則始見唐宋人論著。舊題司空圖的《詩品》[21]列二十四品詩，「豪放」爲其中一項，其辭曰：

---

[19] 見《新校本魏書》（臺北：鼎文書局，1998），卷六十四，頁1428。另《新校本北史》（臺北：鼎文書局，1999年），卷四十三，〈張彝傳〉，頁1575，所載亦同。

[20] 見《新校本新唐書》（臺北：鼎文書局，1998），卷二百二，頁5757。

[21] 《詩品》（又稱《二十四詩品》）的著錄頗晚，明代以來毛晉等人始明確著錄，題爲司空圖作。近人對此書的作者、撰作年代多表懷疑。據陳尚君〈司空圖二十四詩品辨僞〉一文所考，今本《二十四詩品》爲明末人據懷悅《詩家一指・二十四品》所僞造，託名司空圖而行世。見陳尚君：《唐代文學叢考》（北京：中國社會科學出版社，1997），頁433-481。此外，近來關於《詩品》作者問題的討論，可參考汪泓：〈司空圖二十四詩品眞僞綜述〉，《復旦學報》1996年第2期；王步高：〈關於

「觀花匪禁，吞吐大荒；由道返氣，處得以狂。天風浪浪，海山蒼蒼。眞力彌滿，萬象在旁。前招三辰，後引鳳凰。曉策六鼇，濯足扶桑。[22]」楊廷之《詩品淺解》釋曰：「豪邁放縱。豪以內言，放以外言。豪則我有可蓋乎世，放則物無可羈乎我。[23]」楊氏分開二字爲說，未必切合本意。不過，豪放之體確是因內而外、由人及文的表現，此乃中國傳統文體論的觀點。孫聯奎《詩品臆說》說：「唯有豪放之氣，乃有豪放之詩。[24]」即是此意。《詩品》所說的「豪放」，指的是一種行止自如，不受羈絆，吞吐吸納，略無窒礙的表現，而這種狂放豪邁之氣，是有根源的。郭紹虞解釋說：「由道返氣，言豪氣是集義所生，根於道，故不餒。處得以狂，言忘懷得失，纔能自得，超於世，故無累。不餒無累，自近豪放。[25]」豪放佳妙處，自然呈現廣闊高遠、興會淋漓的氣勢。由於眞實之力，彌滿於內，故萬有之象，彷彿皆由我驅使，羅列其旁，而不能以不豪也。《宋史．蘇舜欽傳》云：「舜欽數上書論朝廷事。在蘇州買水石作滄浪亭，益讀書。時發憤懣於歌詩，其體豪放，往往驚人。[26]」斯人而有斯文，其豪縱奔放之氣，可以想見。

以豪放論東坡詞始於南宋初紹興間的曾慥；他於輯刊東坡詞後跋云：「江山秀麗之句，樽俎戲劇之詞，搜羅幾盡矣。傳之無窮，想像豪放風流之不可及也。[27]」曾慥嘗輯《樂府雅

二十四詩品作者問題的爭鳴〉，《晉陽學報》1998年第6期；程國賦：〈世紀回眸：司空圖二十四詩品研究〉，《學術研究》1999年第6期。

[22] 見郭紹虞：《詩品集解續詩品注》（臺北：河洛圖書出版社，1974），頁23。

[23] 同上。

[24] 同注22。

[25] 同注22。

[26] 見《新校本宋史》（臺北：鼎文書局，1998），卷四百四十二，頁13081。

[27] 曾慥：〈東坡詞拾遺跋〉，見《蘇詞彙評》，頁282。按：此跋署曰「紹興辛未」，即南宋高宗紹興二十一年（1151）。

詞》，同時前後鯛陽居士編刊了《復雅歌詞》[28]，兩書皆以雅爲尙，開南宋一代的風氣。曾氏此選所以取名曰「雅」，乃著重於文辭意境之雅致，非以樂聲音韻之典雅爲義；他的選詞準則，是針對當時衰薾的詞風而立的。北宋末南宋初，詞人好爲側艷、鄙俚之作，有識之士爲了矯正此風，遂標舉尙雅之大纛，提出去浮艷、除諧謔的主張。曾慥選雅詞以爲典範，與王灼撰《碧雞漫志》之倡雅正、崇蘇（軾）貶柳（永）的論調，宗旨是一致的。《樂府雅詞》所收「雅詞」，以歐陽修爲首，而錄歐詞更多達八十三首，冠於諸家。此書不選東坡詞，是因爲曾慥有另編《東坡長短句》的計畫[29]。在曾慥的心目中，東坡更是士大夫雅詞的代表。其實，曾慥對歐陽修與蘇軾的評價是有些微不同的。《樂府雅詞・引》曰：「歐公一代儒宗，風流自命，詞章幼眇，世所矜式；當時小人，或作艷曲，謬爲公詞，今悉刪除。[30]」歐、蘇兩家，儒雅風流；所不同的是，歐詞「幼眇」，東坡「豪放」。幼眇，猶言微妙、精微也。稱歐陽修「詞章幼眇」，即指其詞別具婉轉微妙之態——那是傳統婉約詞的基本美感特質。至於東坡詞，跌宕昭彰，則可想見其在杯酒談笑之間曠逸瀟灑的風度；曾慥所述，似合人格風格而言。東坡「樽俎戲劇」之詞，所以不流於諧謔乃至被摒棄，乃在於東坡風流儒雅，文體合乎高雅的格調。就曾慥的觀點言，東坡「豪放」，仍屬雅詞的範疇。尙雅，是當時詞學的主調，文人塡詞論詞多以雅爲本。這一點相當重要，因爲，南宋詞學

28 《樂府雅詞》序刊於高宗紹興十六年（1146），《復雅歌詞》約輯於紹興十二年至二十七年間（1142-1157）。詳拙著：《宋代詞選集研究》（臺北：國立臺灣大學中文研究所碩士論文，1986），頁63、195。

29 有關《樂府雅詞》的選旨、內容，詳拙著：《宋代詞選集研究》第四章第二節，頁112-117。

30 見曾慥輯、陸三強校點：《樂府雅詞》（瀋陽：遼寧教育出版社，1997），頁1。

中「雅—俗」、「蘇—柳」、「婉約—豪放」、「蘇—辛」這幾個概念時有交錯論述，在釐清各別的意涵時得須分辨彼此的關係及意義層次，不要相混。

豪放一語，東坡評論詩詞時即已使用：

> 僕嘗觀貫休、齊己詩，尤多凡陋，而遇知得名，赫奕如此。蓋時文凋弊，故使此二僧爲雄強。今吾師老於吟詠，精敏豪放，而汩沒流俗，豈亦有幸不幸耶？（〈答蜀僧幾演一首〉）

> 柳子厚詩在陶淵明下，韋蘇州上。退之豪放奇險則過之，而溫麗靖深不及也。所貴乎枯澹者，謂其外枯而中膏，似澹而實美，淵明、子厚之流是也。（〈評韓柳詩〉）

> 又惠新詞，句句警拔，詩人之雄，非小詞也，但豪放太過，恐造物者不容人如此快活。一枕無礙睡，輒亦得之耳，公無多奈我何！呵呵。（〈與陳季常〉）[31]

所謂「精敏豪放」，自非平常筆調，是有精到銳敏、豪宕放逸之姿。東坡認爲這是幾演詩勝過貫休、齊己的地方。至於韓愈的「豪放奇險」，相對於柳宗元的「溫麗靖深」，東坡寧取後者的平淡沉實，而不取前者的恣肆飛揚。而好友陳慥（季常）以詩人雄邁之氣爲詞，「句句警拔」，已溢出小詞婉曲的體

[31] 見孔凡禮點校：《蘇軾文集》（北京：中華書局，1990），卷六十一，頁1892-1893；卷六十七，頁2108-2109；卷五十三，頁1569。

格。陳季常這些新作，東坡似視之為「豪放」詞。

這裡須注意的有三點：一是東坡本身為詞就曾有如陳季常般的表現。〈與鮮于子駿〉云：「近卻頗作小詞，雖無柳七郎風味，亦自是一家。呵呵！數日前，獵於郊外，所獲頗多。作得一闋，令東州壯士抵掌頓足而歌之，吹笛擊鼓以為節，頗壯觀也。[32]」據考，所指的一闋詞應是〈江城子．密州出獵〉（老夫聊發少年狂）[33]。此詞使事用典，由射虎打獵寫到抗敵保邊，抒發「老」而能用的壯志，語意激昂，氣勢雄邁，由來即被視作東坡豪放詞的代表[34]。東坡作此詞是自覺地要在柳永詞風之外別創新體——不寫兒女婉媚之情貌，暢言才士雄豪之心聲。觀其「自是一家」、「頗壯觀也」之語，東坡自賞自豪之情溢於言表。這樣看來，東坡豪詞何嘗不是「詩人之雄」的表現？事實上，東坡此時已視詞的創作為長短句詩了[35]。其後之所以有東坡「以詩為詞」之說，不是沒來由的。其次，須分辨的是，以「詩人之雄」為詞，固然超逸警拔，有豪放之風，但這不過是詩之一體而已，若真箇援詩入詞，則詩有多種體貌，詞風自會因之而多變，如韓、柳詩之別，即可概見。順著這一點，由東坡之言談，我們更能知悉他對豪放一體的基本看

---

32 見《蘇軾文集》，卷五十三，頁1560。

33 見石聲淮、唐玲玲箋注：《東坡樂府編年箋注》（臺北：華正書局，1993），頁84-85。全詞曰：「老夫聊發少年狂，左牽黃，右擎蒼。錦帽貂裘，千騎卷平崗。為報傾城隨太守，親射虎，看孫郎。 酒酣胸膽尚開張，鬢微霜，又何妨。持節雲中，何日遣馮唐。會挽雕弓如滿月，西北望，射天狼。」

34 薛瑞生〈論蘇東坡及其詞〉：「豪放詞不唯與東坡積極用世、急于事功之政治思想相合拍，亦與他的性格相和諧，故〈江城子．密州出獵〉之外，又有〈南鄉子．席上勸李公澤酒〉、〈陽關曲．贈張繼願〉、〈江城子．前瞻馬耳九仙山〉等等，至如豪情健句見之於詞者則更多。」見薛瑞生：《東坡詞編年箋證》（西安：三秦出版社，1998），頁43。

35 〈與蔡景繁〉：「頒示新詞，此古人長短句詩也。得之驚喜，試勉繼之。」見《蘇軾文集》，卷五十五，頁1662。

法。東坡自己雖也作雄豪之作，也欣賞詩家詞人雄奇放逸的表現，但是他更愛賞他體，比如詩中陶潛的平淡冲遠、柳宗元的溫麗靖深，或者如詞裡黃庭堅的清新婉麗、劉攽的雍容諧律等[36]，而歷來詞評雖也推許東坡豪放作品，不過卻不認爲東坡只有此調，普遍以爲東坡詞之佳處不在豪放而在「清麗舒徐」、在「韶秀」[37]。夏敬觀手批東坡詞云：「東坡詞如春花散空，不著跡象，使柳枝歌之，正如天風海濤之曲，中多幽咽怨斷之音，此其上乘也。若夫激昂排宕，不可一世之概，陳無己所謂『如教坊雷大使之舞，雖極天下之工，要非本色』，乃其第二乘也。[38]」這一評論分析東坡詞的兩種主要風格及其間之優劣，十分切當。東坡是相當自覺的作家，他怎會不知其間的分際？東坡自身雖沒有留下明確的論說，但據上述有限的資料，卻也約略能感覺出他對豪放一體的態度多少是有些保留的。這是要注意的第三點。東坡的看法是：豪放固佳，亦非絕妙；此所以韓詩不如陶、柳也。此外，於稱讚陳季常詞後說「但豪放太過，恐造物者不容人如此快活。一枕無礙睡，輒亦得之耳，公無多奈我何！」東坡於此處即認爲豪放雖佳，亦須有節制，不要意識太強，用力過甚，以致張揚顯露，有所偏失，倒不如輕鬆爲之，自然有得，也更高妙。

36〈跋黔安居士漁父詞〉：「魯直作此詞，清新婉麗。問其得意處，自言以山光水色替卻玉肌花貌。此乃眞漁父家風也。」見《蘇軾文集》，卷六十八，頁2157。〈與劉貢父書〉：「示及回文小闋，律度精緻，不失雍容，欲和殆不可及。已授歌者矣。」見《蘇軾文集》，卷五十，頁1465。

37鄭騫〈成府談詞〉：「張炎《詞源》：『東坡詞如〈水龍吟〉詠楊花、詠聞笛，又如〈過秦樓〉、〈洞仙歌〉、〈卜算子〉等作，皆清麗舒徐，高出人表。』周濟《介存齋論詞雜著》：『人賞東坡粗豪，吾賞東坡韶秀。韶秀是東坡佳處，粗豪則病也。』清麗舒徐，韶秀，皆是蘇詞確評，而古今罕道及此者。蘇詞與辛不同處，即在舒徐二字；韶秀則稼軒偶然能到。」見《景午叢編》，上集，頁254。

38見《東坡樂府編年箋注》，頁549。

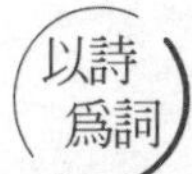

由是而知，東坡所體認的豪放，乃詩心雄才之所發，語句因之而峭拔，意境因之而壯闊，已非小詞含蓄委婉的姿貌，別是一體。如以「以詩爲詞」爲文體新變的基本內涵，則須辨明的是豪放的風格只是「以詩爲詞」所成就的一體，兩個概念所指涉的範圍有大小之分，因爲詞有詩的意境可包含諸多面貌，不僅僅是豪放而已。不過，在文體新變的過程中，詩人之「雄」是突破格局的動力，不可或缺，這就是「豪」之爲體所以容易引人注目的原因，但據此豪氣、豪情發展爲雄豪、清豪、豪壯、豪俊、豪逸、豪邁或粗豪，則因人而異。

東坡〈書吳道子畫後〉有一段話說：

> 道子畫人物，如以燈取影，逆來順往，旁見側出，橫斜平直，各相乘除，得自然之數，不差毫末，出新意於法度之中，寄妙理於豪放之外，所謂游刃餘地，運斤成風，蓋古今一人而已。[39]

所謂「出新意於法度之中，寄妙理於豪放之外」，意即於法度之中別出新意、於豪放之外寄託妙理，兩句的意義交相呼應，互有補充，彷彿形成一個更迭翻轉的論述：常中有變，豪放（變體）中有妙理（常道）。綜論之，豪放即有新意的表現，不主故常，勇於突破，但卻也不是沖激奔瀉、漫無邊際的，當中必有妙理存乎其中，自然合於法度；如是常變交替，收放自如，遺貌存神，便能達到出神入化的境地。這是東坡的畫論，也是他一貫的文藝觀。豪放之於詞，東坡既視之爲詩人雄才之

[39] 見《東坡文集》，卷七十，頁2210-2211。

顯露，又知有所約制。明乎此，則我們詮釋東坡詞「豪」，或釐析他人的評見，較論諸家的得失，在詩與詞的界域，清婉與雄豪、常與變之間，須細心辨別其間的分際，不能一概而論。

三、東坡詞「豪」及其效應——由以詩為詞的觀點考察

我們先看一組東坡詞「豪」的評論：

> 世言東坡不能歌，故所作樂府多不協。晁以道云：「紹聖初，與東坡別於汴上，東坡酒酣，自歌〈古陽關〉。」則公非不能歌，但豪放不喜剪裁以就聲律耳。（陸游《老學庵筆記》卷五）

> 章質夫作〈水龍吟〉詠楊花，其命意用事，清麗可喜。東坡和之，若豪放不入律呂，徐而視之，聲韻諧婉，便覺質夫詞有織繡工夫。晁叔用云：「東坡如毛嬙西施，淨洗卻面，與天下婦人鬭好，質夫豈可比耶？」（朱弁《曲洧舊聞》卷五）[40]

這兩則旨在反辯東坡詞不合律之說，意謂東坡性情豪放，不受樂律束縛[41]；非不能也，是不為也。東坡創作崇尚自然，才氣

[40] 見四川大學中文系唐宋文學資料室編：《蘇軾資料彙編》（北京：中華書局，1994），上編二，頁536；上編一，頁325。

[41] 袁行霈〈詞風的轉變與蘇詞的風格〉：「此所謂豪放，是說東坡性情豪放不受格律束縛。晁无咎說：『居士詞，人謂多不協音律，然橫放傑出，自是曲子中縛不住者。』朱弁說蘇軾的〈水龍吟〉詠楊花『若豪放，不入律呂』，也是這個意思。然而性格的豪放當然不限於突破格律，也影響著詞的風格。劉熙載《藝概．詞曲概》曰：『東坡詞類似老杜詩，以其無意不可入，無事不可言也。若其豪放之致，則時與太白為近。』此所謂豪放則是指他的風格了。蘇軾自己也曾以豪放論詞，上引

橫溢，以意爲主，當然不會爲了遷就格律而削足適履、以辭害意的，所以陸游說東坡「但豪放不喜剪裁以就聲律」，就是這道理。朱弁謂東坡〈水龍吟〉「若豪放不入律呂，徐而視之，聲韻諧婉，便覺質夫詞有織繡工夫」。朱說指出了一點，情感與形式的配合不能只從表面論定；東坡此詞跌宕昭彰，看似以情意勝，但細讀之，卻也婉轉諧律，自然巧妙，可見東坡天才更勝人爲之工。事實上，東坡詞不是完全不能付諸歌喉，東坡在書信詞序中曾多次提及他塡詞以就音律付歌者傳唱之事[42]，不過若就正宗詞派嚴守格律的立場言，東坡詞確實間有不入腔處。陸游爲東坡詞作辯解，肯定其豪放的一面——即其能突破文體的規範，不受約束；但相對地，似也透露出他心中依然存有詞須歌唱合律的觀念。詞的音樂屬性，是歌詞的本色所在；打破了格律，便意味著動搖了詞體的本質。尤其在東坡「以詩爲詞」之說的影響下，形成了另一種詞學審美觀，而後文體論中正宗與變調之間的論爭，最常碰觸的話題就是合律與否的問題——這是詞與非詞界分的基本要點。還沒申說此論之前，我們先回到陸游的話題。陸游本身也是詩人爲詞，楊愼《詞品》謂其「纖麗處似淮海，雄慨處似東坡」[43]，詞風「安雅清

〈與陳季常書〉中所謂『豪放太過』，也是就風格而言。其實這兩方面並不矛盾，不拘格律可以看作是豪放風格的一種表現。」見袁行霈：《中國詩歌藝術研究》（北京：北京大學出版社，1987），頁344。

[42] 〈與劉貢父書〉：「示及回文小闋，律度甚致，不失雍容，欲和，殆不可及。已授歌者矣。」〈雜書琴曲十二首‧瑤池燕〉：「琴曲有〈瑤池燕〉，其詞既不甚佳，奈聲亦怨咽。或改其詞作〈閨怨〉云：『飛花成陣（略）。』此曲奇妙，季常勿妄以與人。」〈水調歌頭〉（昵昵兒女語）序：「歐陽文忠公嘗問余：琴詩何者最善？答以退之〈聽穎師琴〉最善。……建安章質夫家善琵琶者，乞爲歌詞。余久不作，特取退之詞，稍加檃括，使就音律以遺之云。」〈浣溪沙〉（西塞山邊白鷺飛）序：「玄眞子漁父詞極清麗，恨其曲度不傳，故加數語，令以〈浣溪沙〉歌之。」

[43] 見《詞話叢編》，頁513。

贍」[44]，雄放中不乏婉麗，豪宕中時有曲折，也可說是「以詩爲詞」的代表。他十分推崇東坡，《渭南文集》卷二十八收有另一篇評論東坡詞的文章；〈跋東坡七夕詞後〉說：「昔人作七夕詩，率不免有珠櫳綺疏惜別之意。惟東坡此篇，居然是星漢上語，歌之曲終，覺天風海雨逼人。學詩者當以是求之。[45]」這是東坡於豪壯語之外，最爲人欣賞的清麗韶秀之調，即上文所說東坡詞中屬上乘的「如天風海濤之曲」。陸游希望「學詩者當以是求之」，明顯泯除了詩詞的界線；東坡以詩爲詞，學詩者得向東坡詞學習，如此看來詩詞創作之理是相通的。可是，就文體論的觀點言，詩是詩，詞是詞，兩體始終不能相等。陸游既兼蘇、秦之風，出入於豪放婉約之間，必然得考慮詞體的基本特性問題。站在「詞」的立場，他遂爲東坡辯說：「公非不能歌，但豪放不喜剪裁以就聲律耳」。在他的心目中，當然是以融入詩情詩意而又能維持歌詞婉曲之致的作品爲高，此所以有「歌之曲終，覺天風海雨逼人」之評也。性豪放，不守故常，文體因之而有所改變；但文體的容量有多大，跨體的空間有多廣闊，各體的分界如何重新劃定，這些都是文體論中須思索的課題。陸游前後的詞論，大多從「以詩爲詞」的觀點出發，而豪放之論便是其中一個要點。

從《後山詩話》提出東坡「以詩爲詞」、「雖極天下之工，要非本色」[46]之說開始，大家對「本色」的認定先是偏向了諧婉合律這一點上。李清照〈詞論〉批評東坡詞是：「句讀

44 劉熙載《詞概》：「陸放翁詞安雅清贍，其尤佳者，在蘇、秦間。」見《詞話叢編》，頁3695。

45 見《蘇軾資料彙編》上編二，頁529。按：所指乃〈鵲橋仙·七夕送陳令舉〉。

46 見注17。

不葺之詩爾，又往往不諧音律。[47]」當時詞論對東坡詞之不諧音律頗有微辭，而晁補之卻另有見解，他說：「東坡詞，人謂多不諧音律；然居士詞橫放傑出，自是曲子中縛不住者。[48]」所謂「橫放傑出」，應屬「豪」的表現，因此自然能突破曲律的限制。這說法比諸一般歸因於東坡不善唱歌者直接了當得多，乃陸游之說的先聲。

詞合不合律，論者往往是據詞體婉約典雅的屬性立論，將其視作是否符合詞體的形式要件；其實，詞之音律形式，與其情意內容息息相關，兩者內外融合即構成一種風格樣貌。因此，格律嚴寬態度不同，詞的情韻便有異。東坡以詩爲詞，表現爲豪邁奔放的一面，如前所述，他早便意識到要在樂律上與當時流行的風調（尤其是柳永的）有所區隔，所以他作〈江城子・密州出獵〉是要「東州壯士抵掌頓足而歌之，吹笛擊鼓以爲節」，這種「壯觀」的情懷當然不適合一般的歌兒舞女。又俞文豹《吹劍錄》記載：「東坡在玉堂，有幕士善謳，因問：『我詞比柳詞何如？』對曰：『柳郎中詞，只好十七八女孩兒，執紅牙拍板，唱「楊柳岸，曉風殘月」。學士詞，須關西大漢，執鐵板，唱「大江東去」。』公爲之絕倒。[49]」東坡這首〈念奴嬌・赤壁懷古〉，逸氣浩懷，《草堂詩餘》卷四引楊慎評曰：「古今詞多脂軟纖媚取勝，獨東坡此詞感慨悲壯，雄偉高卓，詞中之史也。『銅將軍』、『鐵拍板』唱公此詞，雖優人詼語，亦足狀其雄卓奇偉處。[50]」寫懷古之題，抒雄壯之

---

[47] 見胡仔：《苕溪漁隱叢話》（臺北：長安出版社，1978年），後集，卷三三，頁254。

[48] 同上，頁253。

[49] 見施蟄存、陳如江輯錄：《宋元詞話》（上海：上海書店，1999），頁504。

[50] 見《蘇詞彙評》，頁44。

慨，其聲調自豪逸，無復兒女情詞之婉媚。

蘇、柳爲詞態度不同，取徑互異，自然形成兩種明顯相對的風格：由作者身分言，是詩人之詞與詞人之詞之分；由正變的立場言，是豪放與婉約之別；由文士的標準言，蘇詞爲雅，柳詞則俗。東坡當初作豪放之調，本已有在柳永風味外自立門戶的體認，後來他更深化了以詩爲詞的內涵，化俗爲雅，革新了詞體，拓寬並提升了詞境，寫出了多樣風格的詞篇[51]。南渡以降，時人以東坡爲典範，而爲了張揚東坡詞的特色，往往會藉柳永作相對之較論，但大多爲揚蘇抑柳的論調。即如以下兩則，最是代表：

> 長短句雖至本朝盛，而前人自立，與眞情衰矣。東坡先生非醉心於音律者，偶爾作歌，指出向上一路，新天下耳目，弄筆者始知自振。今少年妄謂東坡移詩律作長短句，十有八九，不學柳耆卿，則學曹元寵。雖可笑，亦勿用笑也。（王灼《碧雞漫志》卷二）[52]

> 柳耆卿後出，掩眾製而盡其妙，好之者以爲不可復加。及眉山蘇氏一洗綺羅香澤之態，擺脫綢繆宛轉之度，使人登高望遠，舉首高歌，而逸懷浩氣超然乎塵垢之外，於是花間爲皂隸，而柳氏爲輿臺矣。（胡寅〈酒邊

51 袁行霈〈詞風的轉變與蘇詞的風格〉：「蘇軾豪放詞的革新意義可以作如下的概括：蘇軾以前的詞大多是向內心的幽微之處搜索，狹深委曲；而蘇軾的詞是向外部的廣闊世界馳騁，恢宏闊大。他的詞表現出一種超越時空的強烈要求，古往今來，天上人間，筆墨沒有一點拘束。於是，詞在他的手中得到了解放。」見《中國詩歌藝術研究》，頁347。

52 見岳珍：《碧雞漫志校正》（成都：巴蜀書社，2000年），頁37。

集序〉）[53]

王灼爲東坡「以詩爲詞」賦予相當正面的意義。《碧雞漫志》一書基本上是以文學抒情言志的傳統觀念論詞。王灼認爲詩詞同源，都是一體，皆「本之性情」，故不必以體製形式的差異強分二者；既以性情爲主，則詞之好壞就決定於作者情志之高低，自然生發遠勝人爲之美。他推崇東坡，是因爲東坡詞眞情流露，使詞回復詩歌的本質，「指出向上一路，新天下耳目，弄筆者始知自振」；而鄙薄柳永，則是由於柳詞雖「能擇聲律諧美者用之」，卻「聲態可憎」[54]。胡寅繼承此說，亦以爲詞源出於詩，而詩、詞與古樂府之間「其發乎情則同，止乎禮義則異，名其曰曲，以其曲盡人情耳。方之曲藝，猶不逮焉，其去曲禮則猶遠矣」[55]；他也將東坡與柳永區分爲二類：柳詞所代表的是「綺羅香澤之態，綢繆婉轉之度」的婉約詞風，而東坡以詩爲詞，擺脫浮艷，成就了高遠放逸的意境；兩者雅俗立判。當然，在胡寅的心目中，東坡詞是接近於詩，以志節情，意境高遠，猶合乎禮義；柳永則爲情所役，淪爲俗艷，離雅正之道遠矣。

由王灼與胡寅的論述可以看出，東坡「以詩爲詞」這一概念其實牽涉到兩個重點：一個是詞樂的問題，一個是詞情的問題。一般以爲要分辨詩詞，需要檢視的就是合不合樂律、情韻是否相稱這兩項。王灼所謂的「眞情」、「非醉心於音律」、胡寅所說的「一洗綺羅香澤之態，擺脫綢繆宛轉之度」，都是

---

53 見施蟄存主編：《詞籍序跋萃編》（北京：中國社會科學出版社，1994），頁169。

54 見岳珍：《碧雞漫志校正》，頁36。

55 同注53，頁168。

爲回應傳統的詞學觀而發。他們指出東坡詞不是不合律，而是不以此爲重，反而使詞回歸到以性情爲本的文學傳統，提升了它的意境。這種樂律態度，用情方式，有別於一般的艷情歌曲，自然引起各種贊同、質疑、批評或反對的意見。東坡詞合不合樂的論爭，上文已有分析，此處不贅。與此同時，大家又逕相爭辯東坡詞有無情韻的問題。孫兢〈竹坡老人詞序〉云：「蔡伯評近世之詞，謂蘇東坡辭勝乎情，柳耆卿情勝乎詞，辭情兼稱者，惟秦少游而已。[56]」王若虛《滹南詩話》卷二云：「晁無咎云：『眉山公之詞短於情，蓋不更此境耳。』陳後山曰：『宋玉不識巫山神女而能賦之，豈待更而後知？』是直以公爲不及於情也。嗚呼，風韻如東坡，而謂不及於情，可乎？彼高人逸士，正當如是。其溢爲小詞，而間及於脂粉之間，所謂滑稽玩戲，聊復爾爾者也。若乃纖艷淫媟，入人骨髓，如田中行、柳耆卿輩，豈公之雅趣也哉！[57]」這裡所謂的「情」，應指含蓄委婉、婉轉和雅的情思，以秦觀爲代表。柳永寫情直露，文辭俗艷，故有「情勝乎辭」之評。至於東坡，語意超妙，固然令人神觀飛越，然習於婉約詞者猶嫌其意態不夠深摯沉綿，情韻不足，所以說是「辭勝乎情」。晁補之批評東坡詞「短於情，蓋不更此境耳。」意思是東坡未有綺艷濃情的經歷，故寫不出婉轉動人的詞篇。陳師道則不以爲然，他認爲沒有經驗未必就寫不出類似的情境。不容諱言，東坡詞所寫的情確實已越出男女情詞的範圍，其情韻意態絕非一般情詞所能規範[58]。王灼謂東坡詞乃本之性情，但這與詩所表之情有何區

[56] 見《詞籍序跋萃編》，頁136-137。

[57] 見丁福保（仲祜）編訂：《續歷代詩話》（臺北：藝文印書館，1974），頁622。

[58] 有關東坡詞情的討論，詳拙著：〈明清詞學中東坡詞情的論證與體悟〉，載王瑷玲編：《明清文學與思想中之主體意識與社會——文學篇》（臺北：中研院中國文哲研究所，2004），頁139-184。

別？胡寅說「名其曰曲，以其曲盡人情」，東坡雖與柳永異調，但作爲詞的這一基本特質則一致。東坡詞畢竟是詞而非詩，他雖然以詩爲詞，但其詞仍應含蘊詞體獨有的美感特質。這好比兩個圓圈，交相激盪而形成交集，在去異存同中，須撇開表面形式內容的差別相，才能直指本心——「詞須婉曲」的意義遂重新被界定。幾經磨合，愈有共識，大家對詞體的本質便有了更深切更圓融的體會。東坡清麗韶秀之作所以得到普遍讚賞，原因在此。

東坡豪放，故不守樂律——那是文體新變的起點。詞本管絃冶蕩之音，它運用反覆和諧的節奏，纏綿流轉的韻律，回環往復，容易牽引歌者聽者的情緒，使人陷溺於旖旎、幽怨、傷感的情調中。詞與樂合，近雅而不遠俗，詞人依循樂音節奏，反覆吟詠著撫今追昔、嘆逝傷往的情懷。人在如此綺羅香澤、婉轉綢繆的歌舞環境中，日久浸淫，自嘆自憐，所有壯懷逸志恐怕也會消磨殆盡。東坡自是一家的覺醒，就是要毅然走出這一細緻陰柔的世界，不耽於音聲，不陷入悲情。這是「豪放」的動因，也是「以詩爲詞」的消極意義之所在。

四、由東坡到稼軒——豪放詞體的形成

東坡詞，極受南渡詞家激賞，並視之爲創作的典範。王灼《碧雞漫志》明辨蘇、柳雅俗之體，初步劃分了「學東坡」與「源流從柳氏來」兩組詞人的輪廓[59]，頗有劃分流派的意味。

[59] 王灼《碧雞漫志》卷二：「晁無咎、黃魯直皆學東坡，韻製得七八。黃晚年閑放於狹邪，故有少疏蕩處。後來學東坡者，葉少蘊、蒲大受亦得六七，其才力比晁、黃差劣。蘇在庭、石耆翁入東坡之門矣，短氣跼步，不能進也。……沈公述、李景元、孔方叔處度叔侄、晁次膺、万俟雅言，皆有佳句，就中雅言又絕出。然六人者，源流從柳氏來，病於無韻。」見《碧雞漫志校正》，頁34-35。

不過，王灼乃援詩以論詞，沒有特別彰顯東坡詞豪之意，因此豪放詞派的觀念尚未成立，更遑論豪放詞體的論定了。一直到稼軒爲詞，前後呼應，詞「豪」的概念才逐漸明確。一種文體風格的成形，需要經過發展、累積、沉澱、反思的階段，方能呈現較確切的體貌與體式。我們先看兩段有關蘇辛體派的論述：

> 唐歌詞多宮體，又皆極力爲之。自東坡一出，情性之外不知有文字，眞有一洗萬古凡馬空氣象。雖時作宮體，亦豈可以宮體概之？……自今觀之，東坡聖處，非有意於文字之爲工，不得不然之爲工也。坡以來，山谷、晁無咎、陳去非、辛幼安諸公，俱以歌詞取稱，吟詠情性，留連光景，清壯頓挫，能起人妙思。亦有語意拙直，不自緣飾，因病成妍者，皆自坡發之。（元好問〈新軒樂府引〉）[60]

> 唐宋以來，詞人多矣，其詞主乎淫，謂不淫非詞也。余謂詞何必淫？顧所寓何如爾。余於詞所愛喜者三人焉。蓋自東坡而一變，其豪妙之氣，隱隱然流出言外，天然絕世，不假振作；二變而爲朱希眞，多塵外之想，雖雜以微塵，而其清氣自不可沒；三變而爲辛稼軒，乃寫其胸中事，尤好陶淵明。此詞之三變也。（汪莘〈方壺詩餘自序〉）[61]

[60] 見元好問：《遺山先生文集》，卷三十六。此處引自林明德編：《金代文學批評資料彙編》（臺北：成文出版社，1979），頁178。

[61] 見《詞籍序跋萃編》，頁270。

元好問雖爲金人，但他的詞學觀遙契南宋尊蘇的看法，彼此可參照。元氏主情性，與王灼無異，但他更強調東坡之佳處乃「非有意於文字之爲工，不得不然之爲工」，這種自然之工，是天才恣縱的表現；而以性情爲文，出之自然，遂能鑄新語，開拓並創造廣闊高遠之境。東坡之後，如黃庭堅、晁補之、陳與義、辛棄疾等皆以此見稱。元氏於此處似已爲蘇辛體派畫出一個簡單的輪廓。諸家有承傳的關係，而且詞皆出自眞性情，無論是「精壯頓挫」，還是「語意拙直」，皆自然流露，「不得不然」也。所謂「精壯頓挫」、「語意拙直」，似是豪放之風，但我們在詮釋此處時，須注意元好問猶未有完整的豪放觀，他的看法與東坡、王灼、胡寅等人相近，基本上仍是以詩爲詞的論調。元氏認爲「樂府以來，東坡爲第一，以後便到辛稼軒」（〈遺山樂府引〉）[62]，他雖學蘇辛，轉益多師，詞風寓雄奇於清麗，則較近東坡。至於汪莘，亦好蘇辛詞。他斥責「淫」詞，其所謂淫蓋指搖情蕩志的淫艷之作；而這類情思，自與淫聲繁奏的樂調相依伴。汪莘認爲詞不宜過度用情，最要關注的是其中寄寓了怎樣的情志。順著這一理路，他提出詞的「三變」之說，以爲蘇軾、朱敦儒、辛棄疾三人頗能改變這種綺艷柔靡之風。三位詞人寓於詞中的情志，或具「豪妙之氣」（蘇），或多「塵外之想」（朱），或「寫其胸中事」（辛），皆能洗盡浮艷婉媚的氣息，言之有物，語意清曠。這一敘述頗能於一般情詞之外，建構了與之相抗、別具體貌的一脈相承的派系。不過，我們還不能用後來所謂的豪放的概念來統括它。汪莘雖然欣賞蘇辛豪妙清剛之作，但他的評詞標準似仍守著詩詞間清遠和雅的界域，沒有逾越。所以他稱讚東坡

[62] 見《詞籍序跋萃編》，頁450。

的，是那「隱隱然流出言外」的「豪氣」，而非一瀉無餘的奔騰氣象；讚賞稼軒直抒胸臆，同時也點出其好陶淵明一事；對朱敦儒略有微辭，卻推許他詞中的一股清氣。總結元、汪之論，蘇辛體派已略具雛型——大抵以詩人爲詞所展現的清妙脫俗的詞風作依據，組合貫串而成。

此外，還有一位踵武東坡的詞家，不容忽視，那就是張孝祥。湯衡〈張紫微雅詞序〉云：

> 然粉澤之工，反累正氣。東坡慮其不幸而溺於彼，故援而止之，惟恐不及。其後元祐諸公，嬉弄樂府，寓以詩人句法，無一豪浮靡之氣，實自東坡發之也。于湖紫微張公之詞，同一關鍵。……衡嘗獲從公游，見公平昔爲詞，未嘗著稿。筆酣興健，頃刻即成，初若不經意。反覆究觀，未有一字無來處，如〈歌頭〉「凱歌」、「登無盡藏」、「岳陽樓」諸曲，所謂駿發踔厲，寓以詩人句法者也。[63]

這段話不僅可爲元、汪之論（如「不得不然之爲工」、「精壯頓挫」、「主乎淫」）作注解，證成上述的論說，更可補綴「以詩爲詞」（「寓以詩人句法」）的創作觀念如何由東坡發展到元祐諸家，乃至張孝祥的脈絡。明清以來，有蘇辛異同的說法，由其同者言，蘇辛詞便構成一較大的體派概念，或籠統稱之爲「豪放派」；而就其異處說，則又可區分爲蘇、辛二系，或稱之曰「蘇派」、「辛派」——近東坡者，耿介清超，

[63] 見《詞籍序跋萃編》，頁213-214。

饒有逸懷浩氣，多爲詩人或理學名儒；近稼軒者，英雄失志，悲憤抑鬱，多屬豪傑名宦或弛斥不羈之士[64]。

南宋中葉以後，稼軒詞廣泛被閱讀，備受推崇，詞評有更多的討論，有關他與東坡的關係、風格之異同，時人尤多著墨，而對於蘇辛詞「豪」的論述，由於稼軒詞特色之彰顯，故能呈現更具體的面貌。請看下列諸家評論：

> 器大者聲必閎，志高者意必遠。知夫聲與意之本原，則知歌詞之所自出。是蓋不容有意於作爲，而其發越著見於聲音言意之表者，則亦隨其所蓄之淺深，有不能不爾者存焉耳。世言稼軒居士辛公之詞似東坡，非有意於東坡也，自其發於所蓄者言之，則不能不坡若也。坡公嘗自言與其弟子由爲文，□多而未嘗敢有作文之意，且以爲得於談笑之間而非勉強之所爲。公之於詞亦然，苟不得之於嬉笑，則得之於行樂；不得之於行樂，則得之於醉墨淋漓之際。……雖然，公一世之豪，以氣節自負，以功業自許，方將斂藏其用以事清曠，果何意於歌詞哉，直陶寫之具耳。故其詞之爲體，如張樂洞庭之野，無首無尾，不主故常；又如春雲浮空，卷舒起滅，隨所變態，無非可觀。無他，亦不在於作詞，而其氣之所充，蓄之所發，詞自不能不爾也。其間固有清而麗、婉而嫵媚，此又坡詞之所無，而公詞之所獨也。（范開〈稼軒詞序〉）

[64] 參考龍榆生：〈蘇辛詞派之淵源流變〉，《龍榆生詞學論文集》（上海：上海古籍出版社，1997），頁277。

世之知公者，誦其詩詞，而以前輩謂有井水處皆唱柳詞，余謂耆卿直留連光景歌詠太平爾；公所作大聲鞺鞳，小聲鏗鍧，縱橫六合，掃空萬古，自有蒼生以來所無。其穠纖綿密者亦不在小晏秦郎之下。（劉克莊〈辛稼軒集序〉）

嘗作〈賀新郎〉云：「綠樹聽啼鴂，……」此詞盡集許多怨事，全似太白〈擬恨賦〉手段相似。又止酒賦〈沁園春〉云：「杯汝來前。……」此又如〈賓戲〉、〈解嘲〉等作，乃是把古文手段寓之於詞。賦築偃湖云：「疊嶂西馳，……。」說松而及謝家子弟，相如車騎，太史公文章，自非脫落故常者未易闖其堂奧。劉改之所作〈沁園春〉，雖頗似其豪，而未免於粗。近時作詞者，只說周美成、姜堯章等，而以稼軒詞爲豪邁，非詞家本色。潘紫岩牥云：「東坡爲詞詩，稼軒爲詞論。」此說固當，蓋曲者曲也，固當以委曲爲體；然徒狃於風情婉孌，則亦不足以啓人意。回視稼軒所作，豈非萬古一清風也哉！（陳模〈論稼軒詞〉）

詞至東坡，傾蕩磊落，如詩如文，如天地奇觀，豈與群兒雌聲學語較工拙；然猶未至用經用史，牽雅頌入鄭衛也。自辛稼軒前，用一語如此者必且掩口。及稼軒橫豎爛熳，乃如禪宗棒喝，頭頭皆是；又如悲笳萬鼓，平生不平事並卮酒，但覺賓主酣暢，談不暇顧。詞至此亦足矣。……稼軒胸中今古，止用資爲詞，非不能詩，不事此耳。斯人北來，喑嗚鷙悍，欲何爲者；而讒擯銷沮，白髮橫生，亦如劉越石陷絕失望，花時中酒，託之陶寫，淋漓慷慨，此意何可復道，而或者以流連光景、志業之終恨之，豈可向癡人說夢哉！爲我楚舞，吾爲若楚歌，英雄感愴，有在常情之外，其難言者未必區區婦人孺子間也。（劉辰翁〈辛稼軒詞序〉）[65]

四家所論，觸及文體論中諸多層面，因內而外，由人及文，對稼軒詞豪、蘇辛異同之論析，相當精當。四家說法中，以范開、劉辰翁二家最爲重要，因其所論幾乎奠定了稼軒豪放體評論的基調；下面的討論即以此爲主，其餘兩篇則作補充。范開長期追隨稼軒，對乃師的詞作詞風知之甚詳；劉辰翁乃宋末名家，向以辛派後人自任，忠義奮發，風格遒上，自能知悉辛詞及其爲人。

在討論兩文的重點前，我們可先由劉克莊的評論入話。所引劉克莊〈辛稼軒集序〉，只是該序的後段，前面另有一段是概述稼軒由北而南後的英雄事蹟。所謂知人論世，可見用心。稼軒豪放詞風的形成，除了個人的才華稟性外，他一生動蕩的身世、鬱勃的懷抱也是重要根源。斯世也而有斯人，稼軒之有「自有蒼生以來所無」的成就，絕非偶然。其詞聲情激越，縱橫捭闔，慷慨淋漓；這是豪放之調，與柳永流連光景的婉約之體，截然不同。最後，劉氏點出，稼軒才大，不獨能爲豪放詞，亦能道穠纖綿密之情。這段詞評，言簡意賅，提示了討論稼軒詞可注意的幾個面向。范開與劉辰翁之論，大致也包含了這些，卻更深入具體。

---

[65] 見鄧廣銘：《稼軒詞編年箋注》（上海：上海古籍出版社，1993），附錄二，頁596-600。

先看范開的「器大聲宏、志高意遠」說。南宋以來的詞論，有詞本於情性、不得不然而工之說，以此釋「豪」，似有未逮，因爲這些論說還未能切中要領，明確地解答雄渾博大之風所由來。范開秉持傳統的體性觀，解釋文體的內在動因。他提出了兩個論點，彼此相關：「器大者聲必閎，志高者意必遠」；「不在於作詞，而其氣之所充，蓄之所發，詞自不能不爾也」。范開以鐘鼓樂器爲喻，譬指人的胸襟器度；器之聲，則如言意顯現的氣勢。那是因內而符外的，故器具大則聲音自宏亮，志氣高則言意必放曠，自然而然，不假外求。這種蘊蓄於內而生發於外的行文表現，蘇辛都一樣。稼軒自然如此，不是有意學東坡。不過，范開認爲蘇辛之「豪」應有分別。稼軒「一世之豪，以氣節自負，以功業自許」，這種英雄歷驗、致志功名所展現的剛強的氣節、壯闊的企圖心，與東坡文人行徑、高雅磊落的態度不同。歸納後人的蘇辛較論，如謂：東坡瀟灑，稼軒執著；東坡的豪表現爲空靈超妙、高朗豪俊，稼軒的豪表現爲沉著切實、鬱勃豪邁；東坡乃名士之雅，稼軒極英雄之氣；這些分別相，其實都源自於不同的秉性才情、胸襟抱負，不同的時代際遇，身世之感。范開此論，相當強調這種結合作家作品內外因素之質性。他雖沒有明說，但若論豪情，他應是以辛爲壯的。如以樂聲爲喻，東坡是悠揚清越之響，稼軒是鞺鞳鏗鍧之音。若以豪放二字拆開論，則東坡得一放字，是放曠之情、放逸之懷；稼軒得一豪字，是豪邁之志、豪傑之氣[66]。此即清代陳廷焯《白雨齋詞話》所稱，「魄力之大，蘇不如辛。氣體之高，辛不逮蘇遠矣」。稼軒以其陽剛磅礴的

[66] 趙文〈吳山房樂府序〉：「近世辛幼安跌蕩磊落，猶有中原豪傑之氣。」見《青山集》卷二，引自曾永義編輯：《元代文學批評資料彙編》（臺北：成文出版社，1978），頁338。

氣勢，發爲詞篇，舉凡談笑行樂之間，醉墨淋漓之際，皆有創作，這與東坡情形一樣，但稼軒「不主故常」、「隨所變態」，展現了更強盛的創作能量，而「其間固有清而麗、婉而嫵媚，此又坡詞之所無，而公詞之所獨也」，則更可見其寫作範圍之廣闊。稼軒詞，隨機而發，自然流露，看似偶然，實有必然。范開解釋說，那是因爲「氣之所充，蓄之所發，詞自不能不爾也」。器之容量雖大，亦須蓄氣；若如是，則精力充盈，水到渠成，發抒爲文，自然壯麗，「果何意於歌詞哉，直陶寫之具耳」。這蓄氣之說，與前引舊題司空圖《詩品》釋「豪放」之義頗相似：「由道返氣，處得以狂」、「眞力彌滿，萬象在旁」。范開這篇序文是第一篇正式評論稼軒詞的文章，它揭示了稼軒其人其詞的特色，爲豪放說賦予了具體深刻的內涵。後人評論稼軒豪放體，大抵不離此調。

劉辰翁的〈辛稼軒詞序〉沿范開之論，從情意的角度提出了「英雄感愴，有在常情之外」的論點，而且由「知人論世，以意逆志」的觀點詮釋稼軒詞豪之由來：「斯人北來，暗鳴鷙悍，欲何爲者；而讒擯銷沮，白髮橫生，亦如劉越石陷絕失望，花時中酒，託之陶寫，淋漓慷慨，此意何可復道。」稼軒壯志難酬，忠憤鬱勃之氣，皆發之於詞[67]。這是時世的壓抑摧折，造成了稼軒的感愴悲鬱。劉氏此說，在解釋稼軒詞風形成的內在因素方面，比范開又深入了些。他更提出了一個看法：「稼軒胸中今古，止用資爲詞，非不能詩，不事此耳。」稼軒英雄失志，寄情於陶寫，幾乎全藉詞篇表達，其專力用心的程

[67] 鄭騫先生評介辛詞說：「以北人而喜談功利，臨事又近於操切，與當時江南風氣不合，頗爲當路所忌，屢黜屢起，然未盡其才。忠憤鬱勃之氣，皆發之於詞，故能於剪紅刻翠之外，屹然別立一宗。」見鄭騫編注：《詞選》（臺北：中國文化大學出版部，1995），頁112。

度遠大於東坡。因此，辛詞所蘊蓄的情意自更深廣，表現的形式亦自多變，氣勢更恢弘。劉辰翁即指出東坡詞「如詩如文」，在充盈女聲的詞壇，蔚爲奇觀；稼軒則鎔鑄經史，將各種表達壯慨之懷、鬱勃之氣、閒而不適之情的內容[68]，雄健跌蕩而自然奔放的文筆引進時俗流行的曲調之中，更是驚人之舉。陳模〈論稼軒詞〉謂稼軒用辭賦手法，「把古文手段寓之於詞」，使事用典，「脫落故常」， 這幾點正可補劉辰翁之說；至於所引「東坡爲詞詩，稼軒爲詞論」一語，則可概括劉辰翁的說法，而這也是後來詞論中「東坡『以詩爲詞』、稼軒『以文爲詞』」兩相對稱說之所本。

五、不可以氣爲色——重新釐定詞豪之美

范、劉之論，爲稼軒豪放體定調，功不可沒。他們推尊稼軒，見解獨到；可是，他們也有照顧不到或不願正視的地方。稼軒詞，境界開闊，是否仍保有詞體的特質？陳模〈論稼軒詞〉一文中其實已提示一些值得注意的問題。請細讀這段話：「劉改之所作〈沁園春〉，雖頗似其豪，而未免於粗。近時作詞者，只說周美成、姜堯章等，而以稼軒詞爲豪邁，非詞家本色。……蓋曲者曲也，固當以委曲爲體；然徒狃於風情婉孌，則亦不足以啓人意。回視稼軒所作，豈非萬古一清風也哉！」豪之爲體，有表現爲粗獷的情形，這已非文學的正道，可以不論；但稼軒豪邁，雖「足以啓人意」，爲「萬古一清風」，有

[68] 鄭騫〈杜著辛棄疾評傳序〉曰：「稼軒是忠義之士，但他的詞卻很少纏綿忠愛之作，很少直接說到國家。他所寫的都是他個人的壯慨之懷，鬱勃之氣，與夫退居時的閒而不適之情。要想知道稼軒謀國的忠藎，不肯偏安事敵的志節，須從他的言論如九議十論，和他歷官中外時一切實際設施上去看，在詞裡是找不到的。」見《景午叢編》，上集，頁134。

高尚的文學價值，然而卻不以「委曲爲體」，可以稱作本色嗎？陳模終究是肯定辛詞的，他最後還是迴避了這個問題。當豪放體確立，效之者眾，相對地，便會引起持不同意見者的反彈與批評。南宋中晚期此類的論爭未曾中斷。

南宋中晚期諸家所指稱的「豪」，除辛派詞人所述外，多屬負面意見，主要是針對稼軒及其後學而發，對東坡則多持肯定的態度。請詳下列詞論：

> 蓋長短句宜歌而不宜誦，非朱唇皓齒無以發其要妙之聲。……今之爲長短句者，字字言閨閫事，故語懦而意卑；或者欲爲豪壯語以矯之。夫古律詩且不以豪壯語爲貴，長短句命名曰曲，取其曲盡人情，惟婉轉嫵媚爲善，豪壯語何貴焉？不溺於情欲，不蕩而無法，可以言曲矣。（王炎〈雙溪詩餘自序〉）

> 近世詞人，如康伯可，非不可取，然其失也詼諧；如辛稼軒，非不可喜，然其失也粗豪。惟先生（郭應祥）之詞，典雅純正，清新俊雅，集前輩之大全，而自成一家之機軸。（詹傅〈笑笑詞序〉）

> 近世作詞者，不曉音律，乃故爲豪放不羈之語，遂借東坡、稼軒諸賢自諉。諸賢之詞，固豪放矣，不豪放處，未嘗不協律也。如東坡之〈哨遍〉、楊花〈水龍吟〉，稼軒之〈摸魚兒〉之類，則知諸賢非不能也。（沈義父《樂府指迷》）

辛稼軒、劉改之作豪氣詞，非雅詞也，於文章餘暇，戲弄筆墨爲長短句之詩耳。元遺山極稱稼軒詞，及觀遺山詞，深於用事，精於煉句，有風流蘊藉處，不減周、秦。如〈雙蓮〉、〈雁邱〉等作，妙在模寫情態，立意高遠，初無稼軒豪邁之氣。豈遺山欲表而出之，故云爾。（張炎《詞源》卷下）

大抵詞以雋永委婉爲尚，組織塗澤次之，呼嗥叫嘯抑末也。（柴望〈涼州鼓吹自序〉）[69]

這幾家基本上是以典雅合律、含蓄委婉爲尚，對稼軒及其後學蕩而無法、不協律、叫囂、粗豪的表現，頗不以爲然。由形式方面談起，沈義父《樂府指迷》謂東坡、稼軒詞未嘗不協律，但須於不豪放處求之；言外之意是，二公之作，凡豪放者多不合律。又說近世不曉音樂的人，故作豪放不羈之語，以東坡、稼軒爲藉口，可見他們不是眞能學其豪放，只是學其不協音律罷了，事實上這些人本來就不知詞律爲何物。詞不協律，自東坡以來便一直是豪放之爲體最爲人詬病的地方，稼軒之後此風更變本加厲，難怪會引起那麼多的批評。在宋代詞仍可歌的環境中，這點要求是可以理解的。豪放詞人打破了音律形式，語言便相對地得到解放，但若表現爲粗獷鄙俗，呼嗥叫嘯，頓失文學美感，則應加糾正。張炎是典雅派的大家，《詞源》一書特闢清空一境，倡爲騷雅之說，以白石爲宗，極賞東坡之清

[69] 王炎：〈雙溪詩餘自序〉，見《詞籍序跋萃編》，頁302；詹傳：〈笑笑詞序〉，見《詞籍序跋萃編》，頁317；沈義父：《樂府指迷》，見《詞話叢編》，頁282；張炎：《詞源》卷下，見《詞話叢編》，頁267；柴望：〈涼州鼓吹自序〉，見《詞籍序跋萃編》，頁419。

雅[70]，卻斥稼軒豪氣之作爲非雅詞，顯見他對蘇辛詞，評價不同。張炎認爲「詞婉於詩」，「音律所當參究，詞章先宜精思。……二者得兼，則可造極玄之域」[71]。在張炎的心目中，東坡的特色是「清」而非「豪」；東坡以詩爲詞，所作詞篇仍保有詞體婉雅的特質，而且精思頓挫，「清空中有意趣」，「清麗舒徐，高出人表」[72]，所以絕妙。至於稼軒作豪氣詞，不符詞體諧婉的特質，故非雅詞，簡直就是長短句詩。如果將上引張炎評元好問的話（「觀遺山詞，深於用事，精於煉句，有風流蘊藉處，不減周、秦。如〈雙蓮〉、〈雁邱〉等作，妙在模寫情態，立意高遠，初無稼軒豪邁之氣。」）拿來與其論東坡之說對照，會發現元好問詞風乃近東坡，而非稼軒豪邁風格。由沈義父到張炎，對豪詞都無好感。因爲豪放即表示不合律，而且豪邁之氣，破壞詞體含蓄婉轉之美，不符典雅規範。張炎沒有評論東坡詞合不合律，顯然他主要是就文辭意境等方面推許蘇詞。張炎以「清雅」與「豪邁」的概念區分蘇、辛，這兩個概念並非對等的關係，而是有高下之分，寓含著價值判斷的意味。我們都知道，東坡清而雅，是以詩爲詞的作用下呈現的美感。剛開始時，詞家對東坡以詩爲詞還有些意見，可是到了宋末，像主婉約的典雅派卻毫無異議地接受了東坡，並以之爲典範，可見在詞體逐漸詩化的過程中，大家的視野拓寬了，觸感也加強，遂能去別存同，從更本質性的地方去認識詞體，如是，他們遂發現了東坡清麗舒徐之境——既有詩的語言、詩的意境，又不失詞婉曲的韻味。相對於此，稼軒詞卻有

[70] 詳拙著：〈論張炎的詞學理論及其詞筆〉，臺北師院語文集刊，第3期（1998年8月），頁79-103。

[71] 見《詞源》卷下，《詞話叢編》，頁263、265。

[72] 同上，頁261、267。

不同的際遇。

如按范開、劉辰翁所論，豪之爲體，展現了稼軒的氣魄，但這磅礴的氣勢是否與詞體的質性相容？范、劉二氏沒有解答。王炎的〈雙溪詩餘自序〉論及豪語與詞體的關係，我們可由此入手。「長短句宜歌而不宜誦，非朱唇皓齒無以發其要妙之聲。」王炎首先強調了詞體的音樂性。歌唱要按宮調上下相應，有緩急輕重的節奏，文情與聲情配合，自然要妙動人。若只是誦，則如讀長短句式的詩，便少了些聲音起伏變化的效果。這是詞與詩在音律形式上的差別。詞的音樂屬性，是會影響它的文辭意境的。我們不以周邦彥、姜夔等專業詞家的標準來要求豪放詞人，只要用對待東坡的同等方式即可；換言之，我們要看豪放詞是否符合詞體的基本語意特質。王炎認爲詞體之美在於「曲盡人情」，要求作者「惟婉轉嫵媚爲善」，就是儘量運用較細緻婉約的方式，表情達意。所謂過猶不及，王炎對以豪壯語矯正綺靡詞風的做法很不以爲然，因爲律詩都不以豪壯語爲貴，何況是以婉曲爲美的詞呢？一味豪壯，蕩而無法，便難以道出深細要眇的情思。王炎沒有言明豪壯語所指的內容爲何，大概是與含蓄深摯的情調格格不入的粗野狂放、學問議論一類的文字。的確，詞體作爲一獨立的文體，雖然可與詩文交接，存有新變的空間，但亦必有不容改易的本質。王炎所謂的「曲盡人情」，就是詞這一抒情文體最基本的言情模式。

辛派的作家中，出入婉約豪放之間，頗能體會詞體之美的應屬劉克莊。他的辨體論，融婉入豪，爲豪放體描繪出一較具體的美的面貌。劉克莊偏愛稼軒、陸游的雄健豪放之詞，〈翁應星樂府序〉說：「其說亭鄣堡戍間事，如荊卿之歌，漸離之筑也。及爲閨情、春怨之語，如魯女之嘯，文姬之彈也。至於酒酣耳熱，憂時憤世之作，又如阮籍唐衢之哭也。近世惟辛、陸二公有此氣魄。[73]」他拈出「氣魄」二字，正呼應了上節范開所說：「氣之所充，蓄之所發，詞自不能不爾也。」稼軒氣盛才高，詞風豪邁，劉克莊推舉爲「自有蒼生以來所無」。不過，劉氏雖愛辛陸之豪，但也深知詞體婉約的本質。〈跋劉瀾樂府〉云：「詞當協律，使雪兒、春鶯輩可歌，不可以氣爲色。[74]」氣盈於內，色表於外，二者相輔相成；氣太盛則無節制，勢必逞才使氣，破壞了形式之美。這就是王炎所說的「蕩而無法」的後果。因此，稼軒詞「所作大聲鞺鞳，小聲鏗鍧，縱橫六合，掃空萬古」，氣勢奔騰，確實予人爽豁震撼之感；但這類豪氣詞不是沒有弊病的，劉克莊〈跋劉叔安感秋八詞〉曾批評說：「近歲放翁、稼軒，一掃纖艷，不事斧鑿，高則高矣，但時時掉書袋，要是一癖。[75]」稼軒不只能寫豪雄之體，劉克莊發現「其穠纖綿密者，亦不在小晏、秦郎之下」，稼軒其實也能道纏綿之思。豪氣過溢則蕩而無法，情思陷溺則語懦意卑，然則如何能取得平衡？劉克莊以爲若能結合豪、婉二體，是頗理想的組合，〈跋劉叔安感秋八詞〉云：「麗不至褻，新不犯陳，借花卉以發騷人墨客之豪，托閨怨以寓放臣逐子之感，周、柳、辛、陸之能事，庶乎其兼之矣。[76]」如是既有充實的內容，又有婉麗的文辭，推陳出新，言外有深意，相得益彰[77]。婉得豪，則意高遠；豪須婉，是求不失體。這點

[73] 見《詞籍序跋萃編》，頁296。
[74] 見張健編輯：《南宋文學批評資料彙編》（臺北：成文出版社，1978），頁496。
[75] 見《詞籍序跋萃編》，頁296。
[76] 同上。
[77] 此段略參陳良運主編：《中國歷代詞學論著選》（南昌：百花洲文藝出版社，1998），頁171-173，（劉克莊．〔評釋〕）。

認知相當重要。豪，要作爲一種詞體之美，須合乎詞的基本要素，去除粗獷叫囂[78]，出之以較婉曲之筆調，是起碼的要求。稼軒詞寫壯慨之懷、鬱勃之氣、閒而不適之情，而不直言家國忠愛之事；誠如鄭騫先生說：「要想知道稼軒謀國的忠藎，不肯偏安事敵的志節，須從他的言論如九議十論，和他歷官中外時一切實際設施上去看，在詞裡是找不到的。[79]」由此可知稼軒大部分的豪詞，依然有著詞的美感特質，稼軒對於文體的選擇是相當自覺的。

宋代詞學中的蘇辛詞「豪」之論，畫下了日後豪放說、體派論、蘇辛異同之辨等論題的大致輪廓。豪放的意義，由東坡到稼軒，有實質的不同。而伴隨著二家的詞論，復由「以詩爲詞」及「以文爲詞」的理路，在豪放的大纛下，開出了蘇派與辛派；前者豪情放曠，以「清」爲尚，後者豪氣鬱勃，以「豪」著稱。凡蘇辛詞豪之辨或相關論題，於此不能不明辨。

---

[78] 鄭騫說：「本書於各種風格，兼收並錄，不立宗派。……惟有二種風格在屏除之列：粗獷，纖佻。二者於詞爲魔道，亦詞之敵也。」見《詞選．例言》。

[79] 見注68。

宋人詩餘觀念的形成[1]

[1] 按：本文刊載於《臺大中文學報》第二十三期（2005）。原係國科會專題研究計畫執行撰述論文，曾以〈宋人詩餘說考辨〉爲題，發表於臺大中文系學術討論會上。

一、重探詩餘說的原由和方法

詞作爲一種文體的專稱，它是經過一段相當長的時間才確定下來的。唐宋時期的詞，本是配合當時的新興曲調（主要是燕樂雜曲）而塡寫的歌詞[2]，起於民間，成於文人之手，而後發展爲獨立的文學體類，成爲詩歌大類中的一種別體[3]。後人界定詞爲音樂文學[4]，但究竟應以它的樂曲爲重，講究審音協律，抑或視之爲一般詩歌，特重文辭意境，由來便有許多爭議。詞體風格的形成，關係到作者、讀者（聽者）、作品性質、寫作場合、時序世變等多個層面。按照一般文體論的概念來了解，作品的體用（性質與功用）不同，人們對於其體源

---

2 龍榆生〈詞體之演進〉：「詞原樂府之一體，詞不稱作而稱塡，明此體之句度聲韻，一依曲拍爲準，而所依之曲拍，又爲隋、唐以來之燕樂雜曲，即所謂『今曲子』者是。」見龍榆生：《龍榆生詞學論文集》（上海：上海古籍出版社，1997），頁1。夏承燾〈長短句〉：「詞的長短句之所以特別多，是因爲它是配合音樂的。詞所配合的音樂主要的是當時的『燕樂』，這是隋唐時代最流行的音樂。它是由『胡夷』、『里巷』兩種樂曲組成的。『里巷之曲』，是兩晉南北朝以來民間流行的樂曲。『胡夷之曲』，是當時從新疆、甘肅、中亞細亞、印度等邊疆地區和其他國度傳進來的。」見夏承燾：《唐宋詞欣賞》（臺北：文津出版社，1983），頁6。

3 王力描述詞體的演進說：「詞來自民間文學，它本來是配樂的歌詞，所以當初稱爲曲子詞。在唐宋時代，了解音樂的詞人是按照樂譜的音律節拍來寫詞的，所以叫做塡詞，又叫做倚聲。後來一般詞人大都按照前人作品的字句平仄來塡寫，這樣詞就逐漸脫離了音樂，純粹成爲詩的別體了。」見王力：《古漢語通論》（香港：中外出版社，1976），頁199。以詞爲詩之一類，是相當普遍的看法。夏承燾說：「因爲詞是配合音樂的，所以它是『樂府』詩的一種，擴大地說是詩歌的一種。」見〈詞的形式〉，《唐宋詞欣賞》，頁3。黃勗吾亦云：「從廣義說：詞是中唐以後一種新興的詩體，是中國詩歌文學的一環。」見黃勗吾：《詩詞曲叢談》（臺北：洪氏出版社，1976），頁105。

4 龍榆生《東坡樂府箋・序論》說：「一般所說的詞，宋人也把它叫做樂府，它是依附唐宋以來新興曲調從而創作的新體詩，是音樂語言和文學語言緊密結合的特殊藝術形式。」見龍榆生：《東坡樂府箋》（臺北：華正書局，1980），頁1。鄭騫〈詞曲的特質〉亦云：「詞曲都是配合音樂能夠歌唱的詩，其組織成分當然是文字與音樂。他們所使用的文字，是唐以來一般文學作品所使用的文字。……他們所配合的音樂，則是隋唐以來，中國音樂受了外國特別是印度的影響，演變而成的一種新樂。」見鄭騫：《景午叢編》（臺北：中華書局，1972），頁58。

（文體的來源）、體製（指格律修辭、章句結構等形式概念）的認定便有差異，因之其所遵從的體要法則（理想的要則）也會有所不同，而個別作家、作品呈現了各自的體貌（作品實現後的整體印象），由此去別從同，便可歸納出文學的體式（可爲原則的式樣，普遍美的範疇），確立一種文體的特性[5]。詞之爲體，也是經過辯正融合的過程，才取得其普遍認定的意義。當中，最大的爭議點便是詩的積極介入，強烈動搖了詞的樂歌屬性，因而形成了本色說與其相對看法的激辯。我們從下列幾個詞學辨體論中相對的概念，就可知道問題的複雜性：就詞的作者言，由歌女樂工的專業藝能，轉爲文人武將的戲作或積極參與；就詞的作用與表達型態來說，由訴諸耳聽的曲調變成唯供目閱的詞章，由「爲他」的代言體改爲「寫我」的抒情詩，既可娛賓遣興，亦能述志言情；而相對於此，詞便呈現了俗艷與雅正、婉約與豪放等不同的風貌。總結前人的看法，普遍認爲：詞的體式，上不類詩，下不入曲，被視爲一種中間文體[6]，兼具兩者的特色，介乎雅俗之間，別有輕靈曼妙、婉麗深曲的抒情特性，最能表現中國文化的陰柔之美[7]。

---

[5] 顏崑陽〈論文心雕龍辯證性的文體觀念架構〉：「文體是甚麼？……是主觀材料、客觀材料與體製、修辭，經體要的有機統合之後，乃整體表現爲作品的體貌，然後觀察諸多作品體貌，歸納形成具有普遍規範性的體式。」見顏崑陽：《六朝文學觀念叢論》（臺北：正中書局，1993），頁149。有關文體的各個概念，詳參顏氏一文的分析。

[6] 李漁《窺詞管見》：「詩有詩之腔調，曲有曲之腔調。詩之腔調宜古雅，曲之腔調宜近俗，詞之腔調則雅俗相和之間。」見唐圭璋編：《詞話叢編》（臺北：新文豐出版公司，1988），頁549。

沈謙《塡詞雜說》：「承詩啓曲者，詞也，上不可似詩，下不可似曲。然詩與曲又俱可入詞，貴人自運。」見《詞話叢編》，頁629。謝元淮《塡詞淺說》：「詞之爲體，上不可入詩，下不可入曲，要於詩與曲之間，自成一境，守定詞場疆界，方稱本色當行。」見《詞話叢編》，頁2509。

[7] 嚴既澄〈駐夢詞自序〉：「一切文體，胥各自有其特徵，起可比而齊之，亂其畛域。詞之氣骨，略遜於詩，至其纏綿幽咽，疏狀入微，若姚姬傳所謂得陰柔之美者。」引自劉慶雲編著：《詞話十論》（長沙：岳麓書社，1990），頁46。鄭騫

在詞體演進的過程中，詞之爲義，隨時而變。由偏於音樂的屬性，到逐漸著重文學的表現，唐宋時人對它的稱謂，相當程度上反映了他們對詞體的認知與評價。詞的名稱，由最先的「曲子詞」（「曲子」、「曲」、「歌曲」），而曰「歌詞」、「小詞」、「新詞」，又曰「樂府」（「近體樂府」、「寓聲樂府」）、「樂章」，復曰「長短句」、「詩餘」，不一而足[8]。劉永濟《詞論》曾略爲解釋說：

> 詞者，其始蓋眾製之通稱也。專目一體，未知所自。昔賢於此，亦多不詳。掇拾舊聞，約有兩誼：一者，樂家有聲有詞，古人緣詞製調，後人倚聲填詞，略聲舉詞，故曰詞也；二者，詞者音內而言外，音屬宮調，言指歌詞，宮調內而難知，歌詞外而易見，舉內稱外，故曰詞也。然則，詞之爲體，廣包聲律曲調；而詞之立名，局指字句篇章。非始製之正名，實約定而成俗，概可知矣。是以有宋一朝，異名殊眾。其曰曲子，曰樂府，曰樂章，曰琴趣，曰笛譜，從其入樂而爲名也。其曰樵歌，曰漁唱，曰浩歌者，從其可歌而爲名也。其曰詩餘，曰長短句者，從其體製篇章而爲名也。[9]

詞在唐五代多稱作曲子詞，意指配合曲調的文辭，就是歌詞的

〈詞曲的特質〉：「詞所表現的是中國文化的陰柔美。」「詞中字面都是輕靈曼妙的，古樸典重的字面簡直不用。表現方法則華飾多於素描，優美多於壯美，很少痛快淋漓奔放顯豁之作，多是隱約含蓄，託興深微，一唱三嘆。」見《景午叢編》，頁59-60。

8 詳夏承燾、吳熊和：《讀詞常識》（北京：中華書局，2000），第二章〈詞的名稱〉，頁7-13；村上哲見著、楊鐵嬰譯：《唐五代北宋詞研究》（西安：陝西人民出版社，1987），附考一〈關於詞的異稱〉，頁43-60。

9 見劉永濟：《詞論》（臺北：龍田出版社，1982），卷上，〈名誼第一〉，頁2-4。

意思；這個名稱，兼顧了曲（音樂）與詞（文學），最能表明初期詞體的屬性。文人參與後，融入了詩的句法、詩的意境，詞的體質便有了變化。後來在兩宋陸續出現了「樂府」、「長短句」、「詩餘」的稱謂，詞的詩體化傾向便愈形明顯。當中夾雜許多以樂、歌為名的代稱，如「樂章」、「琴趣」、「歌曲」、「鼓吹」、「笛譜」、「琴譜」等，可以看出時人對詞體的看法仍未趨於一致。宋詞的辨體論，緣於詩體的越界，因而引起捍衛本色與別創新調者之間的辯難，這對了解詞體的特質，甚有裨益。因為兩造之間若能超越樂律、文辭的層面，在曲（指樂曲）與詩之間，異中求同，應能發掘出屬於詞體的更深層、更本質性的義蘊，而後才能為「詞」的普遍性美感特質作定義。由詞的異名的消長變化，可以看到唐宋詞學演變勢態之一斑。其中，「詩餘」一語的出現及其相關概念的產生，是兩宋詞學辨體論所以白熱化的關鍵。

何謂詩餘？「詩餘」一語何時出現？宋人的詩餘觀念如何產生、怎樣演進？它的出現反映了怎樣的詞學現象？這些都是本文要處理的問題。筆者之所以重探宋代詩餘說，不僅在於考實，試圖還原詩餘一說的本貌，更重要的是想藉此了解詞體的發展，解釋宋代的詞學狀況，以彰顯宋人在創作、閱讀與批評的學思過程中如何看待詞體，並為其賦予不同的意義。換言之，透過詩餘說的檢視，我們可以更清楚看見一種文體的生長變化，更清楚了解在文人主導的過程中詞體的基本特質是如何被確認下來的。

在研究這一課題的觀念與方法上，筆者以為有兩點須留意。首先，在詮釋方法上應以宋時現象及時人的看法為準，明清以來的各種詩餘說只能作參考。南宋坊間所編刊的《草堂詩餘》一書，影響明清詞壇甚鉅。詞爲詩餘的觀念普遍爲明人所接受，當時，關於詩餘的討論充斥各種詞學論著之中，而清代詞學家爲了矯正明代詞壇衰微的現象，他們努力廓清詩餘說的流弊，提出各種尊體之說[10]。後人對「詩餘」一詞的解釋，大抵乃歸納明清諸家說法而成，未能正本清源；偶有涉及宋人的看法，亦多一鱗半爪，不夠周延。不過，我們若要廓清宋代詩餘觀的本貌，在宋人資料尚欠周全而意旨亦不夠明確之時，以明清詞學詩餘說中所涉及的層面作思考探索之參考，如此循流探源，應能藉此整理出較清晰的脈絡。再者，詩餘說的源起，應是先有詞乃「詩餘」的觀念，才有「詩餘」一語的出現。由唐五代迄宋，詞的發展有逐漸文人化的傾向，因而雅化與詩化乃必然的趨勢，其中蘇軾「以詩爲詞」的創作態度是重要的關鍵[11]。蘇軾所以能把詞境提高擴大，乃在於有作者自己的學問人格存乎其中。以前一般論者咸以東坡詞爲變調，因爲相對於柳周一派，東坡詞像長短句的詩，而非諧婉優美的樂歌。東坡詞的出現，顛覆了傳統詞學的看法，同時也刺激了詞學文體論的爭辯。施蟄存〈花間新集序〉有一段話說：「詞的地位，在民間是高雅的歌曲，在文人間是與詩人分疆域的抒情形式。從蘇東坡開始，詞變了質，成爲詩的新興形式，因而出現了『詩餘』這個名詞。[12]」施氏沒有解釋東坡如何促進詩餘說的產生。不過，我們若要探討宋代的詩餘說，東坡「以詩爲詞」所引起的反響及其所形成的典範意義，應是值得注意的環節。據此，本文的研究步驟先是要確認「詩餘」一語出現的時間，以

[10] 詳拙著：〈草堂詩餘的版本、性質和影響〉，《中國文學研究》，第五輯（1991.5），頁215-236。
[11] 詳本書〈秦柳之外——東坡清雅詞境的取向〉。
[12] 見方智範、方笑一選編：《詞林屐步》（南昌：江西教育出版社，1999），頁7。

明詩餘觀在宋代衍進的狀況。然後藉明清以來詩餘說的幾個中心論點，導入主題，歸納分析宋代詩餘說的內容及意旨。當這部分的工作確切完成後，我們便能有效地論證宋代詩餘觀與東坡「以詩為詞」說的眞正關係。如是，宋代詩餘觀念的形成過程，應能清楚呈現。這裡須再強調的是，本文的主旨不在考正得失，只是想藉此導引論題，用比較開放的觀點，為宋代的詞學文體觀作源流性的探索、批判性的解釋。

二、考實——「詩餘」一語的出現

「詩餘」一詞，最早出現在南宋。夏承燾〈詩餘論〉曰：「『詩餘』之名，盛行於南宋。如林淳有《定齋詩餘》，廖行之有《省齋詩餘》（都見《直齋書錄解題》），二家皆南宋初人，已經用它作為詞的代名。[13]」這段話相當含糊，語焉不詳。蓋林淳、廖行之雖為南宋初人，他們的詞集未必出於己手，恐係後人所輯，據陳振孫《直齋書錄解題》所載二書皆長沙書坊刻本[14]；因此，謂南宋初已有以「詩餘」為詞之代名的意識，證據尚不足夠。後來夏承燾、吳熊和著《讀詞常識》修正了這一說法：「如果說這些集名是後人所加，那末，至遲宋寧宗慶元間編定的《草堂詩餘》，已經表示詩餘這個名稱的成立。[15]」按：《草堂詩餘》，最早為王楙《野客叢書》所引錄。據考，王書作於宋寧宗慶元（1195-1200）間；由此推斷，《草堂詩餘》應是慶元年間或之前編刊的[16]。我們由以上

13 見《文學評論》，1966-1期，頁61。

14 見陳振孫：《直齋書錄解題》，《叢書集成初編》（上海：商務印書館，1937）本，卷二十一歌詞類。

15 見夏承燾、吳熊和：《讀詞常識》，第二章〈詞的名稱〉，頁9。

16 《四庫全書總目》卷一九九《草堂詩餘》提要云：「舊傳南宋人所編。考王楙《野客叢書》作於慶元間，已引《草堂詩餘》張仲宗〈滿江紅〉詞證『粉蝶蜂黃』之

的資料可發現「詩餘」一詞在當時只是配合詞集的名稱出現，還沒有直接的證據可證實「詩餘」已單獨用作詞的別稱。

施蟄存嘗撰〈說詩餘〉，對「詩餘」一名詳加考證。他蒐集的資料較多，解釋也較明白。茲引幾段重要文字作討論：

> 近來有人解釋詞的名義，常常說：「詞又名長短句，又名詩餘。」這裡所謂「又名」，時間概念和主從概念，都很不明確。……事實恰恰是：先有長短句這個名詞，然後又名爲詞，而詩餘這個名詞初出現的時候，還不是長短句的「又名」，更不是詞的「又名」。

> 王楙的《野客叢書》成於慶元年間，書中已引用了《草堂詩餘》，可見這部書出現於乾道末年至淳熙年間。毛平仲《樵隱詞》有乾道三年王木叔序，稱其集爲《樵隱詩餘》。以上二事，是宋人用「詩餘」這個名詞的年代最早者。稍後則王十朋詞集曰《梅溪詩餘》，其人卒於乾道七年，壽六十。廖行之詞集曰《省齋詩餘》，見於《直齋書錄》，其人乃淳熙十一年進士，詞集乃其子謙所編刊，當然在其卒後。林淳詞集曰《定齋詩餘》，亦見《直齋書錄》，其人於乾道八年爲涇縣令，刻集亦必在其後。此外凡見於《直齋書錄》或宋人筆記的詞集，以「詩餘」標名者，皆在乾道、淳熙年間，可知「詩餘」是當時流行的一個新名詞。黃叔暘稱周邦彥有《清眞詩餘》，景定刊本《嚴州續志》亦著錄周邦彥《清眞

語，則此書在慶元以前矣。」按：所引〈滿江紅〉語，載《野客叢書》卷二四。

詩餘》，這是嚴州刻本《清眞集》的附卷，並非詞集原名。現在所知周邦彥詞集，以淳熙年間晉陽強煥刻於溧水郡齋的一本爲最早，其書名還是《清眞集》，不作《清眞詩餘》。我還懷疑南宋時人並不以「詩餘」爲文學形式的名詞，它的作用僅在於編詩集時的分類。考北宋人集之附有詞作者，大多稱之爲「樂府」，或稱「長短句」，都編次在詩的後面。既沒有標名爲「詞」，更沒有標名爲「詩餘」。南宋人集始於詩後附錄「詩餘」。陳與義卒於紹興八年，其《簡齋集》十八卷附詩餘十八首。但今所見者乃胡竹坡箋注本，恐刊行甚遲。高登的《東溪集》，附詩餘十二首。登卒於紹興十八年，三十年後，延平田澹始刻其遺文，那麼亦當在淳熙年間了。今天我們所見的《東溪集》，已是明人重編本，不能確知此「詩餘」二字是否見於宋時刻本。宋本《後村居士集》，其第十九、二十兩卷爲詩餘，此本有淳熙九年林希逸序，其時後村尚在世。「詩餘」成爲一個流行的新名詞以後，書坊商人把文集中的詩餘附卷裁篇別出，單獨刊行，就題作《履齋詩餘》、《竹齋詩餘》、《泠然齋詩餘》，甚至把北宋人周邦彥的長短句也題名爲《清眞詩餘》了。

「詩餘」這個名詞雖出現於乾道末年，其意義與作用還不等於一個文學形式的名稱。個人的詞集雖題曰「詩餘」，其前面必有一個代表作者的別號或齋名。詞選集有《草堂詩餘》、《群公詩餘》，「草堂」指李白，「群公」則指許多作者，也都是有主名的。一直到明人張綖作詞譜，把書名題作《詩餘圖譜》，從此「詩餘」才成為詞的「又名」。這是張綖造成的一個大錯。[17]

施氏所論有三個要點：一、「詩餘」一名在宋時不等於詞的別稱；二、「詩餘」這一新名詞流行於宋孝宗乾道（1165-1173）、淳熙（1174-1189）年間；三、南宋人不以「詩餘」為文學形式的名詞，其作用僅在於編詩集時的分類，蓋南宋人編集始於詩後附錄「詩餘」，後書商將其別本刊行，故書名即題曰「某某詩餘」。

這些看法頗可商榷。首先針對第二點，我們就「詩餘」一名最早出現及其流行的確切時間提出修正意見。據上文所提供的資料，其實只有王木叔乾道二年（1166）（施氏作三年，誤[18]）序《樵隱詩餘》，及慶元間或之前（1200以前）編刊的《草堂詩餘》較明確，其餘所論皆有可議。王十朋詞於宋時未有成集，今傳《梅溪詩餘》乃係近人所輯，當然不能以此佐證詩餘名義之緣起[19]。《省齋詩餘》、《定齋詩餘》，俱為坊刻，名稱應非作者本人所取，其成書年代實難考證，不過二集既著錄於陳振孫《直齋書錄解題》，則以陳氏書成或陳氏卒年為下限，應大致不誤。陳振孫《宋史》無傳，據考，其仕

---

17 施蟄存〈說詩餘〉一文，最早發表於《文藝理論研究》1982年第1期，頁72-78；後收入《詞學論稿》（上海：華東師範大學出版社，1986），頁1-12。此據施蟄存：《詞學名詞釋義》（北京：中華書局，1988），第七篇〈詩餘〉（即原〈說詩餘〉一文），頁21-23。

18 明毛晉《宋六十名家詞》本毛幵《樵隱詞》載王木叔〈題樵隱詞〉云：「《樵隱詩餘》一卷，信安毛平仲所作也。」並署曰：「乾道柔兆閹茂陽月永嘉王木叔題。」按：乾道柔兆閹茂陽月，即乾道二年（丙戌）十月也。

19 陳振孫《直齋書錄解題》別集類著錄《梅溪集》三十二卷，續集五卷，不收詞。《四部叢刊》景印明正統刊本《梅溪集》，亦不收詞。今傳《梅溪詩餘》一卷，詞二十首，係周泳先《唐宋金元詞鉤沉》輯本。這種情形，如同朱祖謀編《彊村叢書》，其中宋詞部分題曰詩餘者，有二十四家，皆朱氏輯校本，書名俱屬後起。

宦期間約在寧宗嘉定四年（1211）至理宗淳祐九年（1249）之間[20]。《直齋書錄解題》定稿應在晚年[21]。《定齋詩餘》與《省齋詩餘》，刊印時間如照施氏所述在林淳「乾道八年（1172）爲涇縣令」及廖行之（淳熙十一年〔1184〕進士）卒後，而以陳振孫書成之年爲斷限，由此推論，則在孝宗淳熙至理宗淳祐年間，都有可能。那麼，施氏所謂「凡見於《直齋書錄》或宋人筆記的詞集，以『詩餘』標名者，皆在乾道、淳熙年間」，那是不夠周延的說法。至於《清眞詩餘》，爲黃昇（字叔暘）編《花庵詞選》[22]、鄭瑤與方仁榮合撰《景定嚴州續志》著錄古本[23]，近人吳則虞《清眞集‧版本考辨》疑爲「清眞詞最早別行之本」[24]。施氏云：「這是嚴州刻本《清眞集》的附卷，並非詞集原名。」不知何所據。朱祖謀〈片玉集跋〉云：「美成詞刻於宋世者，一爲嚴州本，名《清眞詩餘》，《景定嚴州續志》載『州校書板』，有《清眞集》，復

[20] 清范鍇《吳興藏書錄》引鄭元《慶湖錄》，中有振孫傳，略云：「陳振孫，字伯玉，號直齋，安吉人。（寧宗）四年（1211），三載去官歸，起補紹興。（理宗）寶慶三年（1227），充興化軍通判。……端平三年（1236），以朝散大夫知台州，兼權浙東提舉，常平茶鹽事，八月正除。嘉熙元年（1237）升浙西提舉……。淳祐九年（1249）以□部侍郎致仕。家居修《吳興志》，討摭舊事頗詳，未幾卒。」或說陳振孫自嘉熙二年（1238）起在臨安（今杭州）編撰私人藏書解題目錄。

[21] 喬衍琯述《直齋書錄解題》成書經過說：「書中所記年月，以卷十二卜筮類《易林》之嘉熙庚子四年（1240）爲最晚。而陳樂素據《春秋分紀》、《晁氏讀書志》諸條，考知『解題之作，至淳祐九年、十年致仕之時而未已。』」見喬衍琯：《宋代書目考》（臺北：文史哲出版社，1987），頁167。

[22] 黃昇《唐宋諸賢絕妙詞選》卷七周美成條下云：「名邦彥，……詞名《清眞詩餘》。」按：黃昇，號花庵，所編《唐宋諸賢絕妙詞選》十卷、《中興以來絕妙詞選》十卷，明末毛晉匯刻《詞苑英華》收入此兩選時合稱爲《花庵絕妙詞選》，《四庫全書總目》簡稱之爲《花庵詞選》。前文引自《花庵詞選》（瀋陽：遼寧教育出版社，1997），頁103。

[23] 嚴州本《清眞詩餘》，見鄭瑤、方仁榮：《景定嚴州續志》，《四庫全書珍本》八集，四「書籍」。

[24] 見吳則虞編校：《清眞集》（臺北：木鐸出版社，1982），頁172。

有《詩餘》是也，黃昇《花庵詞選》據之。[25]」據《景定嚴州續志》所載，《清眞集》與《清眞詩餘》兩書分別刊行，並非一爲正集一爲附錄[26]。施氏此說，疑爲其後說「南宋人集始於詩後附錄『詩餘』」張本而已。《清眞詩餘》刊刻的確切年代，無考。不過，仍可據著錄二書的相關資料，推論出它的大概時間來。《景定嚴州續志》刻於理宗景定三年（1262）[27]，「所紀始於（孝宗）淳熙（1174-1189）」，「刊附紹興舊志之後」[28]。據此，其所載錄之《清眞詩餘》約編刊於此期間。惟《花庵詞選》前有理宗淳祐九年（1249）胡德方序[29]，則《清眞詩餘》刊年下限應不過此。歸納以上諸說，「詩餘」一詞，以詞集名稱出現，大概流行於南宋孝宗乾道初至理宗淳祐末（約1166-1249）之間。

南宋人編集於詩後附詞故稱「詩餘」一說，施氏所舉三例只有《後村居士集》可信，其餘二種，皆有可議。細讀施文，其實他也語帶保留。今傳影宋本胡穉箋注陳與義集，題曰《增廣箋注簡齋詩集三十卷無住詞一卷》，所附胡穉〈題識〉作於南宋光宗紹熙元年（1190），蓋爲脫稿之年也[30]。除胡箋本外，《郡齋讀書志》、《直齋書錄解題》等書著錄《簡齋集》二十卷本、十卷本，皆久已散佚[31]，亦未聞有施氏所謂「《簡齋集》十八卷附詩餘十八首」之本傳世。又高登《東溪

[25] 見朱祖謀校刻：《片玉詞》，《彊村叢書》本（臺北：廣文書局，1970）。

[26] 見《景定嚴州續志》，卷四，〈書籍〉。

[27] 《景定嚴州續志》前附方逢辰序，署年「景定壬戌」，即理宗景定三年。

[28] 見《四庫全書總目》（北京：中華書局，1987），卷六八，史部，地理類一，《景定嚴州續志》提要，頁600。

[29] 〈詞選序〉署曰：「淳祐己酉上巳前進士胡德方季直序」。見《花庵詞選》，頁1。

[30] 宋本原藏瞿氏鐵琴銅劍樓，《四部叢刊初編》據以影印。此集之版本流變及內容，詳祝尚書：《宋人別集敘錄》（北京：中華書局，1999），卷十七，頁820-826。

[31] 見《宋人別集敘錄》，卷十七，頁820-821。

集》，誠如施氏所云「已是明人重編本」。是集現存以明嘉靖本爲古，題《東溪先生集二卷附錄一卷》。二卷中錄「詞十二首」[32]。施氏謂宋本「附詩餘十二首」之說，不知出自何處。考南宋人編集於所附詞類仍多題曰「詞」、「樂府」、「長短句」，絕少有標名爲「詩餘」的。以吳昌綬、陶湘輯《景刊宋金元明本詞》爲例，所據宋本二十種之中，由南宋詩文集裁篇別出者，計有張孝祥《于湖居士樂府》、陸游《渭南詞》、魏了翁《鶴山先生長短句》、李曾伯《可齋詞》、劉克莊《後村居士詩餘》等五種[33]。所刊《後村居士詩餘》，乃宋本《後村居士集》五十卷中卷十九、二十的「詩餘」，存詞一百二十首。是集前有理宗淳祐九年（1249）林希逸序，二十卷後有「門人……林秀發編次」一行[34]；此即施氏據以論說之本。此外，未見別本附卷有「詩餘」的南宋詩文別集行世。然則，施氏說：「『詩餘』成爲一個流行的新名詞以後，書坊商人把文集中的詩餘附卷裁篇別出，單獨刊行」，這一說法，看來有點言過其實。我們目前還找不到一個眞正的例證，今所見的別刊專集《後村居士詩餘》已是民國的產物了。

「詩餘這個名詞初出現的時候，還不是長短句的又名，更不是詞的又名。」施氏此論，日本學者村上哲見有類似的看法，他進一步引申說：

---

32 《四庫全書總目》云：「登之遺集，《文獻通考》作二十卷，《書錄解題》及《宋史・藝文志》俱云十二卷，此本爲明林希元所編，僅分上、下二卷，書疏、論議、辨說等作共二十篇，詩三十一首，贊五首，箴銘二十六首，詞十二首，啓二首。末有附錄一卷。」見《四庫全書總目》，卷一五七，集部，別集類一，頁1358。

33 詳吳昌綬、陶湘輯：《景刊宋金元明本詞》（上海：上海古籍出版社，1989），陶湘：〈景刊宋金元明本詞敘錄〉，頁2-12。

34 祝尚書云：「按林秀發（1191-1257），字實甫，亦莆田人。林希逸序未言秀發編次事，是否希逸刊成後，秀發嘗翻刻爲左右雙邊之本？尚待考。」見《宋人別集敘錄》，卷二六，頁1301。

「詩餘」之稱與歷來「長短句」等稱有些不同的地方是，幾乎未見有指一闋闋作品的。總之，都是頻繁地用作泛稱，而例如「作詩餘一首」或「某某之詩餘云」這樣具體地指作品的用例幾乎未發現。這豈不還是因爲「詩餘」之稱，從語源來説，是由對這一文學樣式的認識方式，也就是從理念上產生的嗎？[35]

有關詩餘說的理念，留待下一節討論。這裡，我們要解答前半段的問題。宋人確實不曾以「詩餘」明指一闋闋的詞，但用「詩餘」作爲長短句或詞的代稱其實已存在，只是尚未針對「詩餘」一詞作明確的解釋而已。請看下列五例：

一、宋人詞句中有二處出現「詩餘」一語。鄧肅〈西江月〉：「玉筍輕籠樂句，流鶯夜轉詩餘。」仲并〈浪淘沙〉：「草聖與詩餘，清韻誰如。生綃團扇倩誰書。」[36]兩處的「詩餘」應指歌詞。按：鄧肅生於北宋哲宗元祐六年，卒於南宋高宗紹興二年（1091-1132）；而仲并生卒年不詳，紹興二年（1132）進士。由此而知，「詩餘」最早作爲單獨的詞語出現，應在南宋初紹興二年或之前。這比現時所知最早以「詩餘」作書名的情況（《樵隱詩餘》1166），約早三十多年。

二、村上哲見除引詞的別集、總集以「詩餘」爲名的例證外，還舉魏慶之《詩人玉屑》卷二十輯錄詞話，題作「詩餘」一例，以證明「詩餘」一語爲宋時「普遍的叫法」[37]。《詩人玉屑》，有黃昇淳祐四年（1244）序，知是書作於理宗時；

[35] 見村上哲見著、楊鐵嬰譯：《唐五代北宋詞研究》，附考一〈關於詞的異稱〉，頁57。

[36] 見唐圭璋編《全宋詞》（臺北：文光出版社，1978），頁1110、1287。

[37] 同注35，頁56。

通行者（包括宋刻本、元刻本、明嘉靖刻本）爲二十卷，惟日本寬永十六年（即明思宗崇禎十二年，1639）刻本，則有二十一卷。此書分門別類輯錄宋人詩話，二十卷本卷二十分禪林、方外、閨秀、靈異、詩餘五門；二十一卷本則以禪林、方外、閨秀三門列入卷二十，靈異、詩餘二門則列爲卷二十一，另外多出「中興詞話」一門[38]。魏慶之將詞話附於詩話之後，題曰「詩餘」，不同於之前吳曾《能改齋漫錄》（始刊於高宗紹興二十七年，1157）之稱「樂府」（卷十六、十七）、胡仔《苕溪漁隱叢話》（後集序於孝宗乾道三年，1167）之稱「長短句」（前集卷五九、後集卷三九）。這一現象，與以詞附於詩文集後而曰詩餘者近似。

三、樓鑰（1137-1213）〈求定齋詩餘序〉云：「從兄編修景山，……平日遊戲爲長短句甚多，深得唐人風韻。其得意處，雖雜之《花間》、《香奩》集中，未易辨也。其壻黃定之安道偶得殘稿，遽鋟之版，而求序引。……嗚呼！吾兄抱負不凡，志尚高遠，居家孝謹，臨政明恕，讀書博而能精，屬文麗而有體。長短句特詩之餘，又尚多遺者，此何足以見兄之所存耶？[39]」這是目前僅見爲詩餘題序的宋人文章，此集雖非樓鑰本人的作品，但他簡略的陳述，已反映了時人對詞體的看法——所謂「長短句特詩之餘」，間接描述了詩餘的涵義，也對詞之爲體作出了價值判斷。樓鍔（字景山）〈求定齋詩餘〉，

[38] 寬永本後王國維跋云：「辛亥季冬，避地日本京都，從石林書屋借得宋本《詩人玉屑》，因校於此本上。二本行款均同，然至二十卷則大有詳略。又此本以詩餘另作二十一卷。疑所出之本亦然，或宋本後有增刪歟。」見魏慶之：《詩人玉屑》（臺北：世界書局，1975），〈校勘記〉，附錄二，頁604。按：此書係據上海中華書局1961年校印日本寬永本翻刻。有關《詩人玉屑》詩餘門的內容，兩本的異同，另詳王熙元：《歷代詞話敘錄》（臺北：臺灣中華書局，1973），第一篇之三：〈魏慶之詞話〉，頁11-13。

[39] 見樓鑰：《攻媿集》，《四部叢刊》本，卷五十二。

不傳，《詞綜》卷十四僅存詞一首[40]。

四、劉克莊（1187-1269）〈自題長短句後〉云：「眷端帖子讓渠儂，別有詩餘繼變風。壓盡晚唐人以下，託諸小石調之中。蜀公喜柳歌仁廟，洛叟譏秦堞上穹。可惜今世同好者，樽前憶殺老花翁。[41]」此以「詩餘」代指長短句，且爲詩餘上溯其源至變風，尊體意識明顯。劉克莊對詞之爲體有相當完整的看法，他對詩餘說的理解可藉其相關詞論分析說明，這在下一節再作討論。

五、柴望（1212-1280）〈涼州鼓吹自序〉：「涼州鼓吹，山翁詩餘稿也。詩餘以鼓吹名，取諧歌曲之律云耳。夫詩可以歌功德，被金石而垂無窮，其來尚矣。……大抵詞以雋永秀婉爲尚，組織塗澤次之，呼嗥叫嘯，抑末也。惟白石詞登高眺遠，慨然感今悼往之趣，悠然托物寄興之思，殆與古〈西河〉、〈桂枝香〉同風致，視青樓歌紅窗曲萬萬矣，故余不敢望靖康家數，白石衣缽或彷彿焉。故以鼓吹名，亦以自況云爾。[42]」所謂「詩餘稿」，即詞稿也。此直以「詩餘」代詞，且以鼓吹爲名，將詞導往音義並重的抒情文體發展，無疑地擴充了「詩餘」的含意。

又，以「詩餘」名集，除諸家所述外，尚有數種。如陳振孫《直齋書錄解題》卷二十一歌詞類載《群公詩餘前後編》二十二卷，黃昇《中興以來絕妙詞選》卷九錄吳潛《履齋詩餘》，吳昌綬、陶湘輯《景刊宋金元明本詞》有影宋本許棐（？-1249）《梅屋詩餘》一卷[43]；三種都屬南宋產物。

[40] 樓鍔生平簡介及存詞，詳唐圭璋編：《全宋詞》，頁1766。
[41] 見劉克莊：《後村先生大全集》，《四部叢刊》本，卷三十四。
[42] 見柴望：《秋堂詩餘》，《彊村叢書》本，頁4137-4138。
[43] 見吳昌綬、陶湘輯：《景刊宋金元明本詞》，頁323-325。

綜合以上所述，「詩餘」一語的出現，蓋始於南宋初高宗孝宗間，到理宗時已頗常使用。爲方便參考，茲將「詩餘」一語於宋元間出現之情況按時代先後表述如下：

時　間	形　式	出　處
高宗紹興二年（1132）或之前	「流鶯夜轉詩餘」詞句	鄧肅《栟櫚詞》
高宗至孝宗間	「草聖與詩餘」詞句	仲并《浮山詩餘》
孝宗乾道二年（1166）	毛幵《樵隱詩餘》	王木叔〈題樵隱詞〉
寧宗慶元年間（1195-1200）或之前	《草堂詩餘》	王楙《野客叢書》卷二四
寧宗嘉定六年（1213）前	〈求定齋詩餘序〉	樓鑰《攻媿集》卷五二
理宗淳祐四年（1244）	以「詩餘」一門收錄詞話	魏慶之《詩人玉屑》卷二十（寬永本卷二十一）
理宗淳祐九年（1249）前	《清眞詩餘》 《履齋詩餘》	黃昇《花庵詞選》上篇卷七；下篇卷九
理宗淳祐九年（1249）	「別有詩餘繼變風」詩句 詩文集附「詩餘」	劉克莊《後村先生大全集》卷三四；宋本《後村居士集》卷十九、二十
理宗淳祐九年（1249）後	許棐《梅屋詩餘》	《景刊宋金元明本詞》
理宗淳祐末年（1252）或之前	廖行之《省齋詩餘》 林淳《定齋詩餘》 蘇泂《泠然齋詩餘》 《草堂詩餘》 《群公詩餘前後編》	陳振孫《直齋書錄解題》卷二一歌詞類
元世祖至元十七年（1280）前	文曰：「山翁詩餘稿」、「詩餘以鼓吹名」	柴望〈涼州鼓吹自序〉

三、析義——宋人詩餘觀臆說

宋人「詩餘」一語，見於書名、篇名、詩句、文句、詞句及門類別，未有明確的定義。今天我們所能了解的宋代「詩餘」說，只能從各家相關的言談中歸納其所描述的意涵或陳述的概念，以探知詩餘義蘊之梗概。所謂「詩餘」，它是「詩」和「餘」二字的組合語，那麼如何界定「詩」、「餘」兩字的意義？各家有不同的看法。

首先，我們須知道，詞語只是一個符號，而符號的意義往往是約定的。但當人們使用同一符號，而予以不同的意義時，卻另有其決定的條件。簡單地說，如採用某一意義，必包含某一特定的觀點；換言之，觀點決定意義的選擇。再說明白些，人們所以會選擇某一意義，其實是由於他們想解決或探究與此意義相關的問題。人所注意的問題不同，所選的意義就不同。至於意義選定後，它何以會與某一符號聯結，自然可以由約定的觀念解釋。[44]由宋迄今，詩餘之說十分流行，縱然大家對「詩餘」一詞的了解各有不同，所賦予的意義也有差異，但無論怎樣的解釋，都受到「詩」、「餘」二字涵義之規範，因此在這一條件下，各家主張必然異中有同。針對這一課題，我們一方面要辨析差別的現象，探討它們背後的觀點與看法，但最後亦須在紛雜中理出頭緒，歸納其問題癥結之所在。那麼，既然大家都使用「詩餘」這一符號，後人相關的論說，當然可以作爲切入宋代此一論題的依據，相互參證。

據上所述，宋人有不少以「詩餘」爲名的詞集，但都沒有

---

44 參勞思光：《中國文化意義新編》（香港：中文大學出版社，1998），第一章〈緒論〉，頁1。

對此關鍵詞語作解釋。其中，《草堂詩餘》一書，流播甚廣，影響頗為深遠。清代謝章鋌說：「明人皆以詩餘稱詞。[45]」這現象主要是受到《草堂詩餘》的影響。明清詞壇之所以接受此一選集，不斷翻刻、增訂、改編，而絕大部分的版本仍以《草堂詩餘》為名，必然是認同了此書的選旨，也普遍接受了「詩餘」的概念[46]。我們可以這樣說，宋人以「詩餘」名集，應有其用意在，可是宋人不加解說，這便留給了明清人發揮的空間。明清人為「詩餘」作詮解，有其積極的意義；他們既然喜愛《草堂》一集，認同詞為詩餘的看法，就必須為它找出合理的解釋，藉此強化自己寫作欣賞詞篇的觀念。我們先看下列兩則詞論。明楊慎〈詞品序〉云：「昔宋人選塡詞曰《草堂詩餘》。其曰草堂者，太白詩名《草堂集》，見鄭樵《書目》。太白本蜀人，而草堂在蜀，懷故國之意也。曰詩餘者，〈憶秦娥〉、〈菩薩蠻〉二首為詩之餘，而百代詞曲之祖也。[47]」清宋翔鳳《樂府餘論》云：「《草堂詩餘》，宋無名氏所選，其人當與姜堯章同時。……謂之詩餘者，以詞起於唐人絕句，如太白之清平調，即以被之樂府。太白〈憶秦娥〉、〈菩薩蠻〉，皆絕句之變格，為小令之權輿。旗亭畫壁賭唱，皆七言斷句。後至十國時，遂競為長短句。自一字兩字至七字，以抑揚高下其聲，而樂府之體一變。則詞實詩之餘，遂名曰詩餘。[48]」按：李白二詞收在《草堂》一集，而宋黃昇《花庵詞選》亦載錄李詞，並稱「二詞為百代詞曲之祖」[49]。楊慎沿襲

[45] 見謝章鋌：《賭棋山莊詞話‧續編》卷一，《詞話叢編》，頁3492。
[46] 詳拙著：〈草堂詩餘的版本、性質和影響〉，同注10。
[47] 見《詞話叢編》，頁408。
[48] 見《詞話叢編》，頁2500。
[49] 見《花庵詞選》，頁1。

黃昇的說法，不過他更巧妙的將李白及其詞扣合《草堂詩餘》的書名作解釋。可是，李白二詞爲何是詩之餘？這個餘字當作何解？楊愼仍交代不清。從其上下文來看，他的意思應該就是如宋翔鳳所說的，詞起源於詩，乃詩的支流別派；而詞既出於詩，故稱作詩餘。此二詞是否爲李白所作，目前還有爭論。不過，楊愼與宋翔鳳係據《草堂》、《花庵》所載立說，他們找到了詞的源頭，無疑是有推尊詞體的意向的。在他們的心目中，李白是唐代的大詩人，而詞體成於太白之手，起於唐人絕句，則自有其崇高的地位。這種從文學源流發展的觀點看詩與詞的關係所建立的體源論，是明清以來詩餘說的基調。

施蟄存〈說詩餘〉一文綜合明清以來的詩餘說，得出如下的結論：

> 從楊（愼）用修以來，爲「詩餘」作的解釋，……他們大多從詞的文學源流立論。承認「詩餘」這個名稱的，都以爲詞起源於詩。不過其間又有區別，或以爲源於三百篇之《詩》，或以爲源於唐人近體詩，或以爲源於絕句歌詩。不贊成「詩餘」這個名稱的，都以爲詞起源於樂府，樂府可歌，詩不能歌，故詞是樂府之餘，而不是詩之餘。亦有採取折衷調和論點的，以爲詞雖然起源於古樂府，而古樂府實亦出於《詩》三百篇，因此，詞雖然可以名曰詩餘，其繼承系統仍在古樂府。綜合這些論點，它們的不同意見在一個「詩」字，對於「餘」字的觀念卻是一致的，都體會爲餘波別派的意義。[50]

[50] 見《詞學名詞釋義》，頁30。

宋代《草堂詩餘》的編者，是否據李白及其詞之意而命名，不得而知。但後人之所以從文體源流的觀點切入，以為詞起源於詩，而論定詞為詩之餘，這一看法應該早已潛伏在宋人的意識中。因為自唐宋以來，大家都相當在意詞的出身，為詞而辯護已變成詞學的中心課題，因此崇雅黜俗，將詞與詩連成一脈，便是基於這種尊體的意識。清吳衡照《蓮子居詞話》卷一說：

> 詩餘名義緣起，始見宋王灼《碧雞漫志》。至明楊慎《丹鉛錄》、都穆《南濠詩話》、毛先舒《填詞名解》，因而附益之。[51]

據考，王灼（1105-1175）《碧雞漫志》[52]一書裡未見「詩餘」一詞。吳衡照所謂「詩餘名義」源自《碧雞漫志》，應是指如楊慎等人所意識到的類似「詞為詩之餘」的那種概念。南宋初詞壇，王灼是推動詞之雅化、詩化的首要功臣。他以堅實的理論，提出詩詞同源、「本之性情」的主張。《碧雞漫志》卷一總論，追本溯源，謂「有心則有詩，有詩則有歌」，詩歌乃起於人的心聲，而古詩、樂府與唐宋詞雖不同體，實一脈相承，其緣情合樂的本質是一致的。然則，詩與詞既同是人情的抒發，本源一樣，便有同等的地位。而心聲詩歌內外已融為一體，就不應強分詩情與樂律；若偏於度數而忽略性情，那就捨本逐末了——這是王灼尚雅去俗、推尊蘇軾而貶抑柳永的理論依據。[53]這種為尊體而奠定的詞之體源論，有著示範的作用；

[51] 見《詞話叢編》，頁2418。

[52] 此書集稿始於南宋高宗紹興十五年（1145），終成於紹興十九年（1149）。見王灼：〈碧雞漫志序〉。

[53] 王灼《碧雞漫志》卷一云：「或問歌曲所起，曰：天地始分，而人生焉，人莫不有

雖然，之前也有像東坡以「詞曲爲詩之苗裔」的看法[54]，但多是零碎的片段，不如王灼具體而周延。此外，王灼書中另有一則似與詩餘之說相關的論述，亦須留意，因爲那是明清人很少注意的觀點；他說：「東坡先生以文章餘事作詩，溢而作詞曲，高處出神入天，平處尚臨鏡笑春，不顧儕輩。[55]」王灼以東坡爲尊，肯定其將詞回歸詩歌之本質。王灼以爲東坡內涵豐富眞摯的情性與才學，發而爲文，餘力作詩，溢而爲詞，是自然一致的表現。然則，詩人才力有餘溢而作詞，是否就是「詩餘」之意？宋人有多少這類的看法？這是值得細加觀察的。

由此而知，探討宋人的詩餘說，可有兩個分析的面向：一是由文體源流的觀點切入看詩詞的關係；一是由創作主體的內在生命、現實寫作情況論詞之所由生。前者，視詞爲詩之餘波別派，是明清以來的主流看法；後者，視詞爲詩人之餘事、創作詩文之餘緒，在這方面宋人的持論値得注意。而在兩者之

心，此歌曲所以起也。……故有心則有詩，有詩則有歌，有歌則有聲律，有聲律則有樂歌。永言即詩也，非於詩外求歌也。今先定音節，乃製詞從之，倒置甚矣。而士大夫又分詩與樂府作兩科。古詩或名曰樂府，謂詩之可歌也。故樂府中有歌，有謠，有吟，有引，有行，有曲。今人於古樂府，特指爲詩之流，而以詞就音，始名樂府，非古也。」又云：「今人固不及古，而本之性情，稽之度數，古今所尙，各因其所重。……古人豈無度數？今人豈無性情？用之各有輕重，但今不及古耳。」王灼以爲詩歌的產生，應由心意之動，發而爲文，而後協以樂律的。「今不及古」的現象是「先定音節，乃製詞從之」，重於「度數」而輕於「性情」。王灼謂「詩於樂府同出，豈當分異」，主要就是針對當時的詞弊而發，他的意見是：站在「本之性情」的觀點，詩詞同源，都是一體，因此不必以體製形式的差異強分二者；既以性情爲主，則詞之好壞往往就決定於作者情志之高低，自然遠勝人爲之美。他稱許東坡，主要是因爲東坡詞的創作都是從眞情出發，使詞回復詩歌的本質，「指出向上一路，新天下耳目，弄筆者始知自振」； 而鄙薄柳永，則是由於柳詞雖「能擇聲律諧美者用之」，卻「聲態可憎」。按：引文見岳珍：《碧雞漫志校正》（成都：巴蜀書社，2000），卷一，頁1、28-29；卷二，頁37、36。

[54] 見朱弁：《風月堂詩話》卷上，載曾棗莊：《蘇詞彙評》（臺北：文史哲出版社，1998），頁285。

[55] 見《碧雞漫志校正》卷二，頁34。

間，東坡及其詞似乎扮演著關鍵的角色，其對詩餘觀念的產生與發展有相當重要的推動作用。以下即就前二者分別論析，至於東坡的影響則另節探討。

第一、採文體源流的觀點，以為詞起源於詩，則詞乃詩之餘；宋人所謂「詩餘」，蓋有此意。先看幾則南宋間的詞集序跋：

> 詞曲者，古樂府之末造也。古樂府者，詩之傍行也。詩出於〈離騷〉、《楚詞》。而〈離騷〉者，變風變雅之怨而迫、哀而傷者也。其發乎情則同，而止乎禮義則異，名曰曲，以其曲盡人情耳。方之曲藝，猶不逮焉，其去曲禮則益遠矣。然文章豪放之士鮮不寄意於此者，隨亦自掃其跡，曰謔浪遊戲而已也。唐人為之最工者。柳耆卿後出，掩眾製而盡其妙，好之者以為不可復加。及眉山蘇氏一洗綺羅香澤之態，擺脫綢繆宛轉之度，使人登高望遠，舉首高歌，而逸懷浩氣，超然乎塵垢之外，於是花間為皂隸，而柳氏為輿臺矣。（胡寅〈酒邊詞序〉）

> 詞，古詩流也。吟詠情性，莫工於詞。臨淄六一，當代文伯，其樂府猶有憐景泥情之偏，豈情之所鍾，不能自已於言耶？坦庵先生金閨之彥，性天夷曠，吐而為文，如泉出不擇地。連收兩科，如俯拾芥，詞章迺其餘事。人見其模寫風景，體狀物態，俱極精巧，初不知得之之易，以至得趣忘憂，樂天知命，茲又情性之自然也。（尹覺〈題坦庵詞〉）

至於託物寄情，弄翰戲墨，融取樂府之遺意，鑄爲毫端之妙詞，前無古人，後無來者，散落人間，今不知其幾也。比游荊湖間，得公《于湖集》所作長短句，凡數百篇，讀之泠然灑然，眞非煙火食人辭語。（陳應行〈于湖先生雅詞序〉）

春秋列國之大夫，聘會宴饗，必歌詩以見意。詩之可歌尚矣。後世陽春白雪之曲，其歌詩之流乎。沿襲至今，作之者非一。造意正平，措詞典雅，格清而不俗，音樂而不淫，斯爲上矣。高人勝士，寓意於風花酒月，以寫夷曠之懷，又其次也。若夫宕蕩於檢繩之外，巧爲淫褻之語，以悅俚耳，君子無取焉。議者曰：少游詩似曲，東坡曲似詩。蓋東坡平日耿介直諒，故其爲文似其爲人。歌〈赤壁〉之詞，使人抵掌激昂而有擊楫中流之心；歌〈哨遍〉之詞，使人甘心澹泊而有種菊東籬之興；俗士則酣寐而不聞。少游情意嫵媚，見於詞則穠艷纖麗，類多脂粉氣味，至今膾炙人口，寧不有愧於東坡耶？（陳鬚〈燕喜詞敘〉）

古詩自風雅以降，漢魏間乃有樂府，而曲居其一。今之長短句，蓋樂府曲之苗裔也。古律詩至晚唐衰矣，而長短句尤爲清脆，如么弦孤韻，使人屬耳不厭也。予於詩文，本不能工，而長短句不工尤甚。蓋長短句宜歌而不宜誦，非朱唇皓齒無以發其要妙之聲。……今之爲長短句者，字字言閨閫事，故語懦而意卑。或者欲爲豪壯語以矯之。夫古律詩且不以豪壯語爲貴，長短句命名曰

曲，取其曲盡人情，惟婉轉嫵媚為善，豪壯語何貴焉。不溺於情欲，不蕩而無法，可以言曲矣。（王炎〈雙溪詩餘自序〉）[56]

按：胡寅，生於哲宗元符元年，卒於高宗紹興二十六年（1098-1156）；尹覺，生卒年不詳，所題《坦庵詞》，乃趙師俠詞集，而趙蓋生於高宗建炎元年（1127）以前，集中所署最後年為寧宗慶元三年（1197）[57]；〈于湖先生雅詞序〉作於孝宗乾道七年（1171）；〈燕喜詞敘〉約撰於孝宗淳熙十四年（1187）間；〈雙溪詩餘自序〉則作於寧宗嘉定十一年（1218）[58]。對照上一節所考，這些詞序的撰述時間正在「詩餘」一語出現及逐漸流行的階段。有關詞的源流考述，它們有一個共同點，即認為詞是由「詩」所演變而來的；或謂出於「古詩」，或說係「樂府（曲）」之苗裔，或云乃「歌詩」（指《詩經》）之流。諸家只是就詞的抒情、合樂的一般屬性，試圖貫串其與之前文體的關係，沒有針對詞的音樂與文辭本質而真正論其起源，比起後人的論述當然淺狹，不夠嚴謹。不過，他們的用心並非在求事理的真，而是在意識到詞之為體深曲婉媚、易溺於情的前提下，意欲導正詞風、提振其體的一種舉措罷了。本來，視詞為「詩」之餘波別派，這當中其實便隱含了詩尊詞卑之意。上一節引樓鑰〈求定齋詩餘序〉云：「從兄編修景山，……平日遊戲為長短句甚多，深得唐人風韻。其得意處，雖雜之《花間》、《香奩》集中，未易辨

56 見施蟄存編：《詞籍序跋萃編》（北京：中國社會科學出版社，1994），頁168-169、165-166、212-213、227、302。
57 此據饒宗頤：《詞集考》（北京：中華書局，1992），頁162。
58 後三則撰年，均據序文內容及其題署。

也。……吾兄抱負不凡，志尚高遠，居家孝謹，臨政明恕，讀書博而能精，屬文麗而有體。長短句特詩之餘，又尚多遺者，此何足以見兄之所存耶？」所謂「長短句特詩之餘」，可以明確地看出，詞體在樓鑰的心目中絕對是次於詩文的，因爲這種長短句只是「平日遊戲」之作而已。以上諸家都認清了一個事實，詞「名曰曲」，能「曲盡人情」，但過於「憐景泥情」畢竟與古詩之情性表現有別，其去禮義之正也遠；但不管怎樣，只要是出於文人之手，雖稱「詞章迺其餘事」，也須維持一種「不溺於情欲，不蕩而無法」、「格清不俗」的高雅格調，這是大家一致的共識。因此，將詞導入詩歌的傳統裡，指出一條創作的正途，是有正面而積極的意義的，而東坡以「似詩」之筆爲「曲」，「一洗綺羅香澤之態，擺脫綢繆宛轉之度，使人登高望遠，舉首高歌」，具體呈現了一種清遠峭拔的意境，便成爲大家學習的典範。但如何保持樂曲婉轉動人的特性，又能在辭情語意方面提升到接近詩歌的層次，取得平衡的發展，乃此一時期詞學界普遍思考的課題。

以詞能歌，故上溯至樂府、歌詩的傳統，是其中一個思考的方向。若重在文辭意境，講求雅正，並以之合於「發乎情，止乎禮義」的標準，則所謂「詩之餘」的「詩」的部分，自然就會聯想到《詩》、〈騷〉，強調風雅正變之說，這是中國文學源流探討最常見的策略。胡寅的〈酒邊詞序〉即有此意。上引劉克莊〈自題長短句後〉所云：「別有詩餘繼變風」，就更清楚地表明自己的填詞態度是要上接《詩》、〈騷〉傳統的。他反對剪紅刻翠的軟媚詞風，主張詞應寄意深微，不能一味叫囂。清劉熙載《詞概》云：「劉後村詞，旨正而語有致。……〈賀新郎・席上聞歌有感〉云：『粗識國風關睢亂，羞學流鶯百囀。總不涉閨情春怨。』又云：『我有平生離鸞操，頗哀而不慍微而婉。』意殆自寓其詞品耶？」[59]可見其論詞旨趣之所在。劉克莊極力破除詞爲小道末技的偏見，以爲詞前有所承，也有重要的抒情功能：

> 爲洛學者皆崇理性而抑藝文，詞尤藝文之下者。……故雅人修士，相戒不爲。……余曰：議論至聖人而止，文字至經而止。「楊柳依依」、「雨雪霏霏」，非感時傷物乎？「雞栖日夕」、「黍離麥秀」，非行役弔古乎？「熠熠宵行」、「首如飛蓬」，非閨情別思乎？……昔孔氏欲其子爲〈周南〉、〈召南〉，而不欲其面牆，他日與人歌而善，必使反之而後和之。蓋君所作原於二〈南〉，其善者雖夫子復出，必和之矣。烏得以小詞而廢之乎？（〈黃孝邁長短句序〉）

> 叔安劉君落筆妙天下，間爲樂府，麗不至褻，新不犯陳，借花卉以發騷人墨客之豪，托閨怨以寓放臣逐子之感。周、柳、辛、陸之能事，庶乎其兼之矣。然詞家有長腔、有短闋，坡公〈戚氏〉等作，以長而工也；唐人〈憶秦娥〉之詞……，以短而工也。余見叔安之似坡公者矣，未見其似唐人者。（〈跋劉叔安感秋八詞〉）[60]

他認爲《詩經》中有不少感時傷物、閨情別思之例，這與近世長短句之所敘沒有差異，皆人之常情，不應抹煞。因此，詞

[59] 見《詞話叢編》，頁3695。
[60] 見《詞籍序跋萃編》，頁297、296。

非小道，它是源於《詩經》的。詞爲詩之餘，則寓比興寄託之情、有言外不盡之意，便是理所當然的了。這無疑拓寬了詞的題材內容，也提高了詞的抒情言志的層次。劉克莊身逢動盪的世局，雖偏愛蘇辛詞風，但也深知「詞當協律，使雪兒春鶯輩可歌，不可以氣爲色」（〈跋劉瀾樂府〉）[61]的文體特質。這一點，他在〈自題長短句後〉接著「別有詩餘繼變風」一句說：「壓盡晚唐人以下，託諸小石調之中」，可以知道他對自己的詞既有詩的意境又能合於樂律的要求是相當滿意的。

劉克莊以詩餘代稱長短句，且爲其溯源至變風，尊體意識十分明顯。這一以詞源於詩騷的概念其實前有所承，後人亦多有闡發：

> 古之歌詞，固有本哉！六序以風爲首，終於雅頌，而賦比興存乎其中，亦有義乎？以其志趣之所向，情理之所感，有諸中以爲德，見於外以爲風，然後賦比興本乎此以成其體，以給其用。六者聖人特統以義而爲之名，苟非義之所在，聖人之所删焉。故予之詞清淡而正，悦人之聽者鮮，乃序以爲說。（黃裳〔1044-1130〕〈演山居士新詞序〉）

> 竊嘗玩味之，旨趣純深，中含法度，使人一唱三嘆，蓋其得於六義之遺意，純乎雅正者也。（詹傚之〈燕喜詞跋〉〔孝宗淳熙十四年，1187〕）

> 唐人《花間集》不過《香奩》組織之辭，詞家爭慕傚

61 見張惠民編：《宋代詞學資料匯編》（汕頭：汕頭大學出版社，1993），頁239。

之，粉澤相高，不知其靡，謂樂府體固然也。一見鐵心石腸之士，嘩然非笑，以爲是不足涉吾地。其習而爲者，亦必毀剛毀直，然後宛轉合宮商，嫵媚中繩尺，樂府反爲情性害矣。樂府，詩之變也。詩，發乎情，止乎禮義；美化厚俗，胥此焉寄。豈一變爲樂府，乃遽與詩異哉？宋秦、晏、周、柳輩，各據其壘，風流醞藉，固亦一洗唐陋，而猶未也。荊公金陵懷古，末語『後庭遺曲』，有詩人之諷。裕陵覽東坡月詞，至『瓊樓玉宇，高處不勝寒』，謂蘇軾終是愛君。由此觀之，二公樂府根情性而作者，初不異詩也。嚴陵胡君汲古，以詩名。觀其樂府，詩之法度在焉。清而腴，麗而則，逸而斂，婉而莊，悲涼於殘山剩水，豪放於明月清風，酒酣耳熱，往往自爲而歌之。所謂樂而不淫，哀而不傷，一出於詩人禮義之正。然則，先王遺澤，其猶寄於變風者，獨詩也哉？（林景熙〔1242-1310〕〈胡汲古樂府序〉）[62]

黃裳與詹傚之認爲詞繼《詩》六義之遺意，故能得雅正之體。林景熙則更探其本源，重申詩詞同源之說，以爲「樂府，詩之變也」，而詩「發乎情，止乎禮義」，詞家若能根於情性，出於禮義之正，所作便與詩無異，詞也可以繼承「變風」的精神，藉以表達寄託諷諭之意。南宋初黃大輿詞集名《樂府廣變風》[63]，應該也是此一觀念下的產物。如果往上追索，會發現以詞出自詩騷的看法，其實早在唐代已有之：

---

[62] 見金啓華等編：《唐宋詞集序跋匯編》（南京：江蘇教育出版社，1990），頁38、151、301。

[63] 王灼《碧雞漫志》卷二：「吾友黃載萬歌詞，號《樂府廣變風》，學富才贍，意深思遠，直與唐名輩相角逐，又輔以高明之韻，未易求也。」按：此書已失傳。

> 《詩》訖於周，〈離騷〉訖於楚，是後，詩之流爲二十四名：賦、頌、銘、贊、文、誄、箴、詩、行、詠、吟、題、怨、歎、章、篇、操、引、謠、謳、歌、曲、詞、調，皆詩人六義之餘，而作者之旨。……歌、曲、詞、調，斯皆由樂以定詞，非選調以配樂也。……後之審樂者，往往採取其詞，度爲歌曲，蓋選詞以配樂，非由樂以定詞也。（元稹〈樂府古題序〉）[64]

〈詩大序〉定風雅頌賦比興爲詩之六義，按照元稹之意，《詩》六義可以規範後世。上文所列二十四種新文體，是「詩人六義之餘，而作者之旨」；換言之，《詩經》乃文學源頭，而後代各體（包括詞）則是它的餘波別流。龍榆生〈詞體之演進〉一文說：「歌曲詞調四者，既皆由樂以定詞，則後來依曲拍而製之詞，其命名必託始於此。而所謂詩之流爲二十四名，皆詩人六義之餘，疑亦前人稱詞爲詩餘之所本。[65]」宋人有否參考此說，不得而知。元稹的說法，乃秉持傳統儒家的文學觀，視儒家經典爲一切文體之源。至於宋人以詞爲「詩」之餘，無論所謂的詩指的是《詩經》、樂府、古詩或絕句，這些主張的背後始終都有著一種詩高於詞的心態在，他們爲詞體而辯護，尋源溯流，將詞導入詩的正統，肯定詞體詩化的意義，無非是爲了強化詞的功能，提升它的文學價值。

第二、從創作主體的觀點，視詞爲文人因內而外的表現，是詩人的餘技、詩文的餘事、創作的餘緒。這方面的論說，也

---

64 見元稹：《元稹集》（臺北：漢京文化事業有限公司，1983），卷二十三，頁254。

65 見龍榆生：《龍榆生詞學論文集》，頁2。

有不少，茲舉其要者如下：

右丞葉公，以經術文章爲世宗儒。翰墨之餘，作爲歌調，亦妙天下。……味其詞，婉麗綽有溫、李之風，晚歲落其華而實之，能於簡淡時出雄傑，合處不減靖節、東坡之妙，豈近世樂府之流哉！（關注〈石林詞跋〉〔高宗紹興十七年，1147〕）

竹坡先生少慕張右史而師之。稍長從李姑溪游，與之上下其議論，由是盡得前輩作文關紐。其大者固已掀揭漢唐，凌邁騷雅，燁然名一世矣。至其嬉笑之餘，溢爲樂章，則清麗婉曲，當□□是豈苦心刻意而爲之者哉？（孫兢〈竹坡老人詞序〉〔孝宗乾道二年，1166〕）

文章政事，初非兩途。學之優者，發而爲政，必有可觀。政有其暇，則游藝於歌詠者，必其才有餘辨者也。（強煥〈片玉詞序〉〔孝宗淳熙七年，1180〕）

本朝太平二百年，樂章名家紛如也。文忠蘇公，文章妙天下，長短句特緒餘耳，猶有與道德合者。……黃太史……凡感發而輸寫，大抵清而不激，和而不流，要其情性則適，揆之禮義而安，非能爲詞也，道德之美，腴於根而盎於華，不能不爲詞也。天與其年，笱奪之晚，俾更涵養，充而大之，竊意可與文忠相後先。（曾丰〈知稼翁詞集序〉〔孝宗淳熙十六年，1189〕）

陳無己詩妙天下，以其餘作詞，宜其工矣。（陸游〈跋後山居士長短句〉〔光宗紹熙二年，1191〕）

公性至剛，而與物有情，蓋嘗致意於詩，爲之本義，溫柔寬厚，所謂深矣。吟詠之餘，溢爲歌詞，有《平山集》盛傳於世。（羅泌〈六一詞跋〉〔寧宗慶元二年，1196〕）

遁齋先生以宏博之學，發爲經緯之文，……以其餘緒寓於長短句，豈惟足以接張于湖、吳敬齋之源流而已？竊窺其措辭命意，……雖參諸歐、蘇、柳、晏，曾無間然。……先生之詞，典雅純正，清新俊逸，集前輩之大全而自成一家之機軸。（詹傅〈笑笑詞序〉〔寧宗嘉定三年，1210〕）

歌曲特文人餘事耳，或者少諧音律。（趙與旹〈跋嘉泰刊本白石詞〉〔理宗淳祐十一年，1251〕）[66]

這幾段話很清楚地揭示了傳統中國文人面對文學的態度，從個人創作選體爲文的經驗來看，大家對各種文體之功能與價值都有基本的看法：文體有主從之分、輕重之別、高低不同的價值，這由文體所關涉者究屬大我或小我，是經世致用、娛情遣興或是遊戲筆墨的性質而決定。文章固爲不朽之盛事，但對傳統士人來說，猶不如德望之隆、功業之高來得重要。這就是杜甫之所以有「名豈文章著，官應老病休」（〈旅夜書懷〉）之

[66] 見《唐宋詞集序跋匯編》，頁201、106、68、136、65、20、229、206。

嘆。而韓愈吟出「多情懷酒伴，餘事作詩人」（〈和席八十二韻〉）之句，不是無因由的。就個人立身行事言，首重道德、功名。黃庭堅嘗云：「文章最爲儒者末事。[67]」彭乘爲其叔父彭幾（淵材）樂書作跋云：「淵材在布衣有經綸志，善談兵，曉大樂，文章蓋其餘事。[68]」兩處的「文章」，應泛指所有文字。文章，相對於德、業，是次要的。因此發而爲文、感而有詩，都只是道德、事業的餘緒，故稱之爲德之餘、事之餘亦無不妥。如曾丰云：「道德之美，腴於根而盎於華，不能不爲詞也」，強煥云：「政有其暇，則游藝於歌詠者」，皆有此意。而單就寫作文章說，爲文之後賦詩，賦詩之後填詞、譜曲，後者之於前者，都可稱爲餘技、餘事、餘緒，這是古代文人普遍認定的排序。

綜合上引幾段詞評，論者莫不以爲詞乃文人學士於詩文之外，行有餘力，溢發而成。因此，在此層面上未嘗不可稱之爲才之餘、詩之餘。這些詞評其實隱含了兩個意義層次：一則認清了詞體的地位，終究不如詩、文，詞之寫作不過是詩人之餘事、詩文的餘技而已；一則從人文創作的整體來看，文章體貌與作家體性是辯證融合爲一的，而作家的生命本質是所有創作的主體，他由內而外的創作動能可以出入各體而無礙，雖則一方面得符合某一文體的基本要求，但同時也不妨礙不同文體的支援激盪，卻也能於相異的體製中保持作家一貫的格調，如是以充裕的德性、有餘的才力爲詞，自然能促進詞體質性的改變。原本卑下的文體，綺靡的詞風，因詩人文人一本「道德—

[67] 見黃庭堅：〈答洪駒父書〉，《豫章黃先生文集》卷十九。此處引自黃啓方編：《北宋文學批評資料彙編》（臺北：成文出版社，1978），頁323。
[68] 見彭乘：《墨客揮犀》，《四庫全書》本。

文章」創作的初衷，不爲情欲所役，以致流於鄙俗，反而因爲自尊而能尊體，以多餘之力，優游從之，遂開闊了詞的天地，詞因之而有合於道德的內涵、雅正的風貌以及詩的筆調與意境。

以上分開兩點敘述所謂宋人的詩餘觀，如就樓鑰、劉克莊、柴望等人的用法推斷，「詩餘」一詞似較偏於「詞乃詩之餘」之意，乃就文學源流著眼。不過，其他以「詩餘」名集、別類者，是否都有相同的概念，則不得而知。我們不能完全忽略「詩人餘事、詩文餘技」等看法，因爲從「詩餘」的字面或實質內容上來看，宋人賦予「詩餘」的意涵很可能亦寓有這觀點。而照顧到這一面向，對我們了解詞之爲體因詩人的介入才使得詞臻至詩的境地，相當有幫助，而沿著這個脈絡爲詞尋找詩的源頭便更有根據了。兩種說法是兩個層次的問題，一從創作主體立論，一從其成品而考其源流，兩者是可以互相參照的。這比明清以來的詩餘說之偏於「詩之餘」的主張其實更爲周延[69]。

回顧以上的論述，多有引用、評說或讚賞東坡詞的字句，於此可以爲兩說找出一個共通點，那關係著兩方的，就是一種「以詩爲詞」的概念——它應是了解詩餘觀念如何形成的重要

[69] 前面正文引施蟄存〈說詩餘〉一文說：「從楊用修以來，爲『詩餘』作的解釋，……大多從詞的文體源流立論。承認『詩餘』這個名稱的，都以爲詞源起於詩。……它們的不同意見在一個『詩』字，對於『餘』字的觀念確是一致的，都體會爲餘波別派的意義。」施氏很不以爲然，他以爲像關注、孫兢諸文，「雖然都沒有直接提出『詩餘』這個名詞，但是以作詞爲詩人之餘事，這一觀念實已非常明顯。至於這個觀念之形成，亦有它的歷史傳統。」並且認爲「『詩餘』正是詩人之餘事，或說餘興亦可，並不是詩或樂府的餘派」，這看法「符合於宋人對詞的觀念」。見《詞學名詞釋義》，頁30-33。按：施氏之論明清以來的看法是對的，但解釋宋人的詩餘說卻偏向餘事、餘興之意，則有偏頗。

線索。

四、溯源——東坡「以詩爲詞」與詩餘說的關係

誠如上文所述，無論是主張詞源於詩，或謂詩人以餘力爲詞，幾乎都會提到東坡其人其詞，而且多以東坡詞作爲論證的依據。王灼以東坡詞爲典範，他在《碧雞漫志》中從「本之性情」的觀點，連貫了詩詞的關係，確立論詞的標準，並說「東坡先生以文章餘事作詩，溢而作詞曲」，提高了詞的意境，這便是後來詩餘觀念發展的兩個方向。王灼所論其實是切合東坡填詞的實情的。他的主張看來也回應了當時爭論不已的東坡「以詩爲詞」之說。

陳師道《後山詩話》云：「退之以文爲詩，子瞻以詩爲詞，如教坊雷大使之舞，雖極天下之工，要非本色。[70]」此語一出，許多正反的論見相繼而生，各有立場，尤其在北宋末南宋初這一時期，更是爭論白熱化的階段[71]。東坡詞合不合

[70] 見何文煥輯：《歷代詩話》（臺北：木鐸出版社，1982），頁309。按：或對陳師道此則詞評有所疑，以爲雷大使即雷中慶，是宋徽宗朝藝者，而陳師道卒於徽宗即位的第一年建中靖國元年（1101），則不及知雷大使也。不過，姑不論此評是否屬陳師道，南宋初胡仔《苕溪漁隱叢話》已載錄此說，可見其爲北宋末南宋初人看法應無疑。

[71] 胡仔《苕溪漁隱叢話》後集卷二六：「苕溪漁隱曰：《後山詩話》謂『退之以文爲詩，子瞻以詩爲詞，如教坊雷大使之舞，雖極天下之工，要非本色。』余謂後山之言過矣，子瞻佳詞最多，……凡此十餘詞，皆絕去筆墨畦徑間，直造古人不到處，眞可使人一唱而三嘆。若謂以詩爲詞，是大不然。」又前集卷四二引《王直方詩話》：「東坡嘗以所作小詞示無咎文潛，曰：『何如少游？』二人皆對云：『少游詩似小詞，先生小詞似詩。』」又後集卷三三：「《復齋漫錄》云：『無咎評本朝樂章，不見諸集，今錄於此云：……東坡詞，人謂多不諧音律，然居士詞橫放傑出，自是曲中縛不住者。魯直間作小詞，固高妙，然不是當家語，自是著腔子唱好詩。』王灼《碧雞漫志》卷二：「長短句雖至本朝盛，而前人自立，與眞情衰矣。東坡先生非醉心於音律者，偶爾作歌，指出向上一路，新天下耳目，弄筆者始知自振。今少年妄謂東坡移詩律作長短句，十有八九，不學柳耆卿，則學曹元寵。雖可笑，亦勿用笑也。」李清照《詞論》：「至晏元獻、歐陽永叔、蘇子瞻，學際天

「律」、有沒有「情」是其中兩個重要的論題；這關係到東坡詞是否合乎本色。詞須合樂，典雅含蓄，宜於表達婉曲深摯之情，這是普遍認定的詞的基本體貌。但東坡詞，既不嚴守樂律，又「辭勝乎情」、「短於情」[72]，因此在本色派的眼中便被視爲變體、別調。

東坡早期塡詞，已想到要走一條有別於柳永風味的「自是一家」的路數[73]。在他看來，詩與詞是可以相通的。由初期杭州的送別詞、思鄉詞，到密州的月夜詞、悼亡詞，到徐州的夢詞、農村詞，更不用說黃州及其後涉及史識、哲理、詩情的篇什，其題材內容已突破了小詞的藩籬，寫詞如作詩一般，無論抒情、寫景、詠物、敘事、懷古，都可藉長短句表達其起伏跌宕的情思，不復以往詞境之輕小狹隱、詞情之婉曲深微，而士大夫之才華、性情、學問、襟抱皆能具現於詞篇，形成韶秀舒徐、清雅高曠之意境[74]。東坡爲詞有很明顯的別創新境的自覺意識，他自然也欣賞其他作家融詩入詞的表現。他說：

> 又惠新詞，句句警拔，詩人之雄，非小詞也。（〈與陳季常〉）

人，作爲小歌詞，直如酌蠡水于大海，然皆句讀不葺之詩爾，又往往不諧音律者，何耶？」

72 孫兢〈竹坡老人詞序〉：「昔□□先生蔡伯評近世之詞，謂蘇東坡辭勝乎情，柳耆卿情勝乎詞，辭情兼稱者，惟秦少游而已。世人以爲善評。」王若虛《滹南詩話》卷二十：「晁無咎云：『眉山公之詞短於情，蓋不更此境耳。』陳後山曰：『宋玉不識巫山神女而能賦之，豈待更而後知？』是直以公爲不及於情也。嗚呼，風韻如東坡，而謂不及於情，可乎？彼高人逸士，正當如是。其溢爲小詞，而間及於脂粉之間，所謂滑稽玩戲，聊復爾爾者也。若乃纖艷淫媟，入人骨髓，如田中行、柳耆卿輩，豈公之雅趣也哉！」

73 東坡〈與鮮于子駿〉：「近卻頗作小詞，雖無柳七郎風味，亦自是一家。呵呵！數日前，獵於郊外，所獲頗多，作得一闋。令東州壯士抵掌頓足而歌之，吹笛擊鼓以爲節，頗壯觀也。」所指應爲〈江城子・密州出獵〉一詞。

74 詳本書〈秦柳之外——東坡請雅詞境的取向〉。

頒示新詞，此古人長短句詩也。得之驚喜，試勉繼之。（〈與蔡景繁〉）

清詩絕俗，甚典而麗。搜研物情，刮發幽翳。微詞宛轉，蓋詩之裔。（〈祭張子野文〉）[75]

由這些跡象來看，說東坡「以詩爲詞」，並無不妥。因爲在東坡的心目中，詞就是「古人長短句詩」。以詩筆、詩情、詩意、詩境入詞，應該就是所謂「以詩爲詞」的重要內容。東坡之所以「以詩爲詞」，當然有其用心，那是因爲詞出身卑下，綺靡浮艷，須注入詩的技法與精神，方能充實其內容、提振其意境。湯衡〈張紫微雅詞序〉說：「夫鏤玉雕瓊，裁花剪葉，唐末詞人非不美也，然粉澤之工，反累正氣。東坡慮其不幸而溺乎彼，故援而止之，惟恐不及。其後元祐諸公，嬉弄樂府，寓以詩人句法，無一點浮靡之氣，實自東坡發之也。[76]」這論斷是可信的。陳慥以「詩人之雄」爲詞，詞句警拔，東坡即大加讚賞。同時黃庭堅〈小山詞序〉評晏幾道詞，也有相同的說法：「乃獨嬉弄於樂府之餘，而寓以詩人之句法，精壯頓挫，能動搖人心。[77]」不過，以詩爲詞的意義，不僅在句法而已，若要去掉浮靡之氣，則須擴大詞的內容題材、提升其精神意境。東坡詞的成就，即如王灼所云：「長短句雖至本朝盛，而前人自立，與眞情衰矣。東坡先生非醉心於音律者，偶爾作

[75] 見孔凡禮點校：《蘇軾文集》（北京：中華書局，1990），卷五三，頁1569；卷五五，頁1662；卷六三，頁1943。
[76] 見《詞籍序跋萃編》，頁213。
[77] 見《詞籍序跋萃編》，頁51。

歌，指出向上一路，新天下耳目，弄筆者始知自振。[78]」又如胡寅所說：「眉山蘇氏一洗綺羅香澤之態，擺脫綢繆宛轉之度，使人登高望遠，舉首高歌，而逸懷浩氣超然乎塵垢之外，於是花間爲皀隸，而柳氏爲輿臺矣。[79]」詞本管絃冶蕩之音，容易牽動情緒，東坡詞近詩而遠樂，便能超脫樂曲回環往復、幽怨傷感的情調，一本性情，直抒胸臆，表達出更眞切自然之感。而不耽溺於兒女之情，雖乏婉媚之態，卻能抒發更多方面的情思，由小我而及大我，讓人感受到東坡眞摯淳厚的生命特質。東坡詞經南宋初王灼、胡寅等人的定調後，便成爲詞中的典範，而「以詩爲詞」這概念則被賦予正面積極的意涵。與此同時，「詩餘」說逐漸流行。這當然是與東坡詞之廣泛被接受有關。

東坡以詩爲詞，視詞爲詩的一體；因此，說他的詞乃源於詩，應無可置疑。這一說法其實寓有詩高於詞、兩體不對等的意思。東坡對此是有所認知的。〈題張子野詩集後〉說：

> 子野詩筆老妙，歌詞乃其餘技耳。……而世俗但稱其詞。昔周昉畫人物，皆入神品，而世俗但知周昉士女，皆所謂未見好德如好色者歟？[80]

他認爲詞乃詩的餘技，地位不如詩，文辭意境自有差別。我們要知道，東坡雖以詩爲詞，爲詞注入了新的生命，相對於一般依譜塡寫的情詞，詩化的詞有更清新奇麗的語言、高遠之境、

[78] 見《碧雞漫志校正》，卷二，頁37。
[79] 胡寅：〈酒邊詞序〉，見《詞籍序跋萃編》，頁168。
[80] 見《蘇軾文集》，卷六八，頁2146。

跌宕之姿，但與傳統的詩歌相比，仍有所不逮。東坡〈文與可畫墨竹屛風贊〉一文，雖論畫，其實亦可移來說詞：

> 與可之文，其德之糟粕。與可之詩，其文之末。詩不能盡，溢而爲書。變而爲畫，皆詩之餘。其詩與文，好者益寡。有好其德如好其畫者乎？悲夫！[81]

詞乃詩之餘，詩是文之餘，皆屬德之餘；主體的道德涵養是所有創作的本源，這是傳統文人根深蒂固的觀念。東坡如是，前述各家都如是。

詩餘一說是尊體的產物。南宋以來，詞家多以東坡爲學習的對象，自然認可其以詩爲詞的寫作態度。除了專業的詞家，一般詞人大都是詩人，寫作詞篇多以餘力爲之，而他們慣用的詩的技法、平常體會的詩的意境，有意無意間都會滲入詞篇，形成詩化、雅化的特色。宋人稱詞爲「詩餘」，那確是詩人餘事，而尋其源流也確是「詩之餘」。這些觀念得以形成及發展，實由「以詩爲詞」的東坡啓而導之。

東坡以詩爲詞，擴充了詞的寫作範圍，也拓寬了詞的批評視野；而東坡這種詩化、雅化的精神對當時婉約與豪放詞人，都有著深遠的影響[82]。不過，須注意的是，詞在宋代，既可閱讀，猶可傳唱，既屬文學，也是樂曲，詞的性質多類，功用不一，風格自有豪婉、雅俗之不同，其評價標準亦頗不一致。

---

81 同上，卷二一，頁614。

82 詳拙著：《南宋姜吳典雅詞派相關詞學論題之探討》（臺北：國立臺灣大學出版委員會，1995），第三章，頁109-172；〈宋代詞學中蘇辛詞「豪」之論〉，國立成功大學中文系、國立臺灣大學中文系編：《知性與情感的交會——唐宋元明學術研討會論文集》（臺北：大安出版社，2005），頁171-200。

因此，不同流品的作家、學者，對詞之爲體便各有看法，而詞之所以有多種名稱，是可以理解的。繼「以詩爲詞」之後，南宋詞壇又有所謂「以文爲詞」之說，那主要是針對辛派豪放詞而言。但凡一種文體都有它的基本體式，若過於好新立奇，則易失體，引來非議。張炎《詞源》評曰：「辛稼軒、劉改之作豪氣詞，非雅詞也，於文章餘暇，戲弄筆墨爲長短句之詩耳。[83]」張炎認爲詞須諧婉合律，若於文章餘暇，率意爲之，寫成長短句詩，像辛、劉豪氣之作，便非雅詞。於此可見南宋詞壇對詩文之介入詞體，還是有所顧忌的。上一節也提到，像劉克莊雖偏愛蘇辛詞，主詩餘之說，可是他亦體認到「詞當協律，使雪兒春鶯輩可歌，不可以氣爲色」。南宋詞學的發展，由辛劉豪放派和姜吳典雅派各領風騷，簡單的說，那是一段交織著俗與雅、豪與婉、正與變等概念的論爭歷程。我們一方面可以清晰看見東坡詞對南宋詞的影響，帶來了詞重意境、講寄託、求清空的理念，也因著「以詩爲詞」的概念而產生了詩餘之說；但另一方面，卻不能忽略相對於此的本色論者的意見，他們對詞體典雅合律、婉曲深摯的本質的反思，於詞情之美、詞樂之要，頗有深刻的體認與發明。沈義父《樂府指迷》、張炎《詞源》等專著，可爲代表。認知了這樣的背景，便不難了解，爲何詩餘的觀念雖已被接受，「詩餘」的名稱也已出現，頗有些詞集以此爲名，可是「詩餘」的義界卻不明確，詩餘說的討論還不夠熱烈，因爲宋人所謂的詩餘說正處於發展中的階段，這是多樣觀念激盪的時代常有的現象。到了明代，詞的音樂條件失去了，詞家又深受《草堂詩餘》一集的影響，而爲了推尊詞體，遂不得不視詞爲詩之一體，強化「詩餘」的概

[83] 見《詞話叢編》，頁267。

念，視之爲詞的代稱，這時以「詩餘」名集的情形已相當普遍了[84]。南宋人爲詞，多以東坡爲尙，明人爲詞則既非專業，且以雜而不純的坊間選本《草堂詩餘》爲學習對象，宜乎後人有明詞衰蔽之譏了[85]。清代詞家欲振興詞體，自然對明人的詩餘解說多有非議，提出不少修正或批評的意見，以維護詞體雅正之本質。清人的詩餘論亦頗見精采。反詩餘說者，如蔣兆蘭《詞說》云：「詩餘一名，以《草堂詩餘》爲最著，而誤人爲最深。所以然者，詩家既已成名，而於是殘鱗剩爪，餘之於詞；浮煙漲墨，餘之於詞；詼嘲褻譚，餘之於詞；忿戾謾罵，餘之於詞。即無聊應酬，排悶解酲，莫不餘之於詞。亦既以詞爲穢墟，寄其餘興，宜其去風雅日遠，愈久而彌左也。[86]」這是對不尊體且以餘興爲詞所產生的弊端最痛切的批評，比張炎之評辛劉豪氣詞更嚴厲，可知蔣氏對「詩餘」之名義充滿著負面的評價。而從詩詞源流的觀點立論，也有不同的見解，汪森《詞綜・序》云：「古詩之於樂府，近體之於詞，分鑣並騁，非有先後。謂降而爲詞，以詞爲詩之餘，殆非通論矣。[87]」他從詩詞皆可「被之歌曲」且同時存在的事實，不認爲詞是詩之餘，此乃浙派尊體說的論調；李調元《雨村詞話・序》則認爲詩經與樂府多有長短句，而「詩先有樂府而後有古體，有古體而後有近體，樂府即長短句，長短句即古詞也。故曰：詞非詩之餘，乃詩之源也。[88]」李氏僅由長短句的形式著眼，謂詩源

[84] 以陳振孫《直齋書錄解題》爲例，所收宋人詞集107種，以「詩餘」名集者3種，佔2.8%；趙尊嶽《惜陰堂彙刻明詞》，則收99種，有20 種以「詩餘」爲名，佔20.2%。

[85] 見鄭騫：〈論詞衰於明曲衰於清〉，《景午叢編》，上集，頁162-169。

[86] 見《詞話叢編》，頁4631。

[87] 見《詞籍序跋粹編》，頁748。

[88] 見《詞話叢編》，頁1377。

於詞，這論斷難免偏頗，但也可見其推尊詞體的用心。至於如況周頤《蕙風詞話》將詩餘的「餘」解作「贏餘」，說：「詞之情文節奏，並皆有餘於詩，故曰『詩餘』。世俗之說，若以詞爲詩之賸餘，則誤解此餘字矣。[89]」則是望文生義，言過其實了[90]。其他論述，仍多就詞乃詩的餘波別派的觀點詮釋，爲詞確立源頭，賦予正統的意義，這畢竟是當時尊體以立派的普遍立場，而餘事、餘技之說則不易再聞見。

趙尊嶽〈草堂詩餘跋〉說：「《草堂》選本，自宋迄今，傳播不廢，幾不與詞事之盛衰相因依。[91]」而與之相應的詩餘說，更可以說是南宋以降詞學文體論的焦點之一，這與宋元明清詞的興衰、派別理論的更迭變化，有相當密切的關係。不管從正面或反面立論，贊成或反對詩餘一說，諸家其實都有著尊體的共識，那源自詞的出身。

當東坡在密州狩獵歸來，賦〈江城子〉（老夫聊發少年狂）一闋，志得意滿地認爲「雖無柳七郎風味，亦自是一家」的時侯，這已正式宣示一種新的文體觀，這種詩人的自覺意識，融詩入詞的創作態度，自此即在詞學界掀起波瀾，其後的「以詩爲詞」、「詩餘」等概念相繼出現，引起各種相關論說的產生，由南宋迄清季，雖各有論述重點，其實本源則一。詞介於詩樂之間，它的文體屬性爲何？它的基本美感特質是甚麼？詩餘說的要旨，不僅僅是解釋詩餘一語的字面意義，更不是探索詞與詩的承傳關係而已，而是要爲詞體重作定義，爲其賦予更深廣的存在價值。東坡〈書吳道子畫後〉說：「出新意

89 見《詞話叢編》，頁4406。
90 錢鍾書《談藝錄．補訂》評況氏此論曰：「倚聲家自張門面語，善於強詞奪理。」
91 見《同聲月刊》，第1卷，第11號，頁87。

於法度之中，寄妙理於豪放之外。[92]」在人情物態的常與變之間，於各種體制的同異之際，東坡行事爲文，都能本於此旨，遊刃有餘，別創境界。東坡「豪放」、「新意」的表現，其實都維繫在「法」、「理」之中，並非一空依傍，毫無準則。東坡以此精神入詞，一方面保持詞體婉曲的特性，一方面使其臻於詩體清遠的意境。他帶給了詞壇一個啓示：在自由與限制之中找出新的平衡，是活絡文體生命之關鍵。他的作品就是很好的證明。後人所謂「以詩爲詞」之說、「詩餘」之論，如依文體論的觀點，且以東坡詞爲例，作深入的研討，是可探索出詞與詩的分際，並分辨出詞體基本特質之所在的。誠如上文所述，東坡詞本身及其所發議論都提供了相當重要的線索。唯一不同的是，後來的論述多自張門面，強爲辯說，可以看出論者心中對詞體卑下的出身仍有所介懷；反觀東坡爲詞的態度，他既深知詞乃詩之餘，亦有餘力爲之的意識，但卻能坦然面對，一本心中之所感，緣情適體，了無罣礙，自然能突破文體固有的藩籬，創造出新的內容和意境，並能激勵思想，爲詞學帶來活潑的生命。東坡這種知而好之、好而樂之的精神，甚能感染他人，而其所帶來的詞學效應，是可以想像得到的。我們探索「以詩爲詞」及其相關理論時，自不能忽略這一超乎文體形貌的人文本質。

[92] 見《蘇軾文集》，卷七十，頁2210-2211。

參考及引用論著目錄

一、參考書籍

（一）東坡詩文詞集

劉尚榮校證：《傅幹注坡詞》，成都：巴蜀書社，1993。
朱祖謀編校：《東坡樂府》，《彊村叢書》本，臺北：廣文書局，1970。
朱祖謀注、龍沐勛箋疏：《東坡樂府箋講疏》，臺北：廣文書局，1972。
龍沐勛校箋：《東坡樂府箋》，臺北：華正書局，1980。
曹樹銘校編：《蘇東坡詞》，臺北：臺灣商務印書館，1983。
石聲淮、唐玲玲箋注：《東坡樂府編年箋注》，臺北：華正書局，1993。
薛瑞生箋證：《東坡詞編年箋證》，西安：三秦出版社，1998。
鄒同慶、王宗堂校注：《蘇軾詞編年校注》，北京：中華書局，2002。
朱靖華等編：《蘇軾詞新釋輯評》，北京：中國書店，2007。
蘇軾：《蘇東坡全集》，臺北：河洛圖書公司，1975。
孔凡禮點校：《蘇軾文集》，北京：中華書局，1990。
王文誥編注：《蘇文忠公詩編注集成》，臺北：學生書局，1979。
馮應榴輯注、黃任軻等校點：《蘇軾詩集合注》，上海：上海古籍出版社，2001。
王文誥、馮應榴輯注：《蘇軾詩集》，臺北：學海出版社，1983。
王水照選注：《蘇軾選集》，臺北：萬卷樓圖書公司，1997。
陳新雄：《東坡詩選析》，臺北：五南圖書出版公司，2003。
陳新雄：《東坡詞選析》，臺北：五南圖書出版公司，2000。
劉乃昌、高洪奎：《蘇軾散文選》，香港：三聯書店，1991。

（二）東坡相關研究論著

四川大學中文系唐宋文學研究室編：《蘇軾資料彙編》，北京：中華書局，1994。
曾棗莊、曾濤編：《蘇詞彙評》，臺北：文史哲出版社，1998。
劉石：《蘇軾詞研究》，臺北：文津出版社，1992。
唐玲玲：《東坡樂府研究》，成都：巴蜀書社，1993。
葉嘉瑩：《唐宋名家詞賞析——蘇軾》，臺北：大安出版社，1988。
蘇軾研究學會編：《東坡詞論叢》，成都：四川人民出版社，1982。
蘇軾研究學會編：《東坡研究論叢》，成都：四川文藝出版社，1986。
王水照：《蘇軾論稿》，臺北：萬卷樓圖書公司，1994。
朱靖華：《蘇軾論》，北京：京華出版社，1997。
木齋：《蘇東坡研究》，桂林：廣西師範大學出版社，1998。
王水照：《蘇軾研究》，石家莊市：河北教育出版社，1999。
冷成金：《蘇軾的哲學觀與文藝觀》，北京：學苑出版社，2003。
張惠民、張進：《蘇軾文化人格與文藝思想》，北京：人民文學出版社，2004。
李增坡等編：《蘇軾在密州》，濟南：齊魯書社，1995。
饒學剛：《蘇東坡在黃州》，北京：京華出版社，1999。
中共諸城市委員會等編：《中國第十屆蘇軾研討會論文集》，濟南：齊魯書社，1999。
曾棗莊等：《蘇軾研究史》，南京：江蘇教育出版社，2001。
吳雪濤：《蘇軾考論稿》，呼和浩特：內蒙古教育出版社，1994。
王水照編：《宋人所撰三蘇年譜彙刊》，上海：上海古籍出版社，1989。
王保珍：《增補蘇東坡年譜會證》，臺北：臺灣大學文學院，1969。
孔凡禮：《蘇軾年譜》，北京：中華書局，1998。
顏中其編注：《蘇東坡軼事匯編》，長沙：岳麓書社，1984。
林語堂著、宋碧雲譯：《蘇東坡傳》，臺北：遠景出版社，1977。
李一冰：《蘇東坡新傳》，臺北：聯經出版事業公司，1983。
曾棗莊：《蘇軾評傳》，成都：四川人民出版社，1984。
鄭熙亭：《東游尋夢——蘇軾傳》，北京：東方出版社，1999。
王水照、崔銘：《智者在苦難中的超越——蘇軾傳》，天津：天津人民出版社，2000。
Egan, Ronald C. *Word, Image, and Deed in the Life of Su Shi*. Harvard University Press, 1994.

（三）詞總集

毛晉輯：《宋六十名家詞》，上海：上海古籍出版社，1989。
王鵬運輯：《四印齋所刻詞》，上海：上海古籍出版社，1989。

朱祖謀校輯：《彊村叢書》，臺北：廣文書局，1970。
吳昌綬、陶湘輯：《景刊宋金元明本詞》，上海：上海古籍出版社，1989。
趙萬里校輯：《校輯宋金元人詞》，臺北：台聯國風出版社，1972。
唐圭璋編：《全宋詞》，臺北：文光出版社，1978。
趙尊嶽輯：《明詞彙刊》，上海：上海古籍出版社，1992。
蕭繼宗評點校注：《花間集》，臺北：學生書局，1977。
黃昇編：《花庵詞選》，瀋陽：遼寧教育出版社，1997。
曾慥輯、陸三強校點：《樂府雅詞》，瀋陽：遼寧教育出版社，1997。
佚名輯：《增修箋註妙選群英草堂詩餘》，《四部叢刊》本。
卓人月匯選：《古今詞統》，瀋陽：遼寧教育出版社，2000。
張惠言編：《詞選》，《四部備要》本。
董毅編：《續詞選》，《四部備要》本。
胡適編：《詞選》，臺北：商務印書館，1982。
陳匪石編：《宋詞舉》，臺北：正中書局，1983。
鄭騫編：《詞選》，臺北：中國文化大學出版部，1995。

（四）詞別集

薛瑞生校注：《樂章集校注》，北京：中華書局，1994。
吳熊和、沈松勤校注：《張先集編年校注》，杭州：浙江古籍出版社，1996。
馬興榮、祝振玉校注：《山谷詞》，上海：上海古籍出版社，2001。
徐培均校注：《淮海居士長短句》，上海：上海古籍出版社，1985。

吳則虞編校：《清眞集》，臺北：木鐸出版社，1982。
孫虹校注：《清眞集校注》，北京：中華書局，2002。
鄧子勉校注：《樵歌》，上海：上海古籍出版社，1998。
宛敏灝箋校：《張孝祥詞箋校》，合肥：黃山書社，1993。
夏承燾、吳熊和箋注：《放翁詞編年箋注》，臺北：木鐸出版社，1982。
鄧廣銘箋注：《稼軒詞編年箋注》，上海：上海古籍出版社，1993。
錢仲聯箋注：《後村詞箋注》，上海：上海古籍出版社，1980。
夏承燾箋校：《姜白石詞編年箋校》，臺北：中華書局，1967。
楊鐵夫箋釋：《夢窗詞全集箋釋》，臺北：學海出版社，1974。
黃畬校箋：《山中白雲詞箋》，杭州：浙江古籍出版社，1994。

（五）詞話及詞集序跋

唐圭璋編：《詞話叢編》，臺北：新文豐出版公司，1988。
張璋等編：《歷代詞話》，鄭州：大象出版社，2002。
孫克強編：《唐宋人詞話》，鄭州：河南文藝出版社，1999。
施蟄存、陳如江編：《宋元詞話》，上海：上海書店，1999。
金啓華等編：《唐宋詞集序跋匯編》，南京：江蘇教育出版社，1990。
張惠民編：《宋代詞學資料匯編》，汕頭：汕頭大學出版社，1993。
施蟄存編：《詞籍序跋萃編》，北京：中國社會科學出版社，1994。
陳良運主編：《中國歷代詞學論著選》，南昌：百花洲文藝出版社，1998。
夏承燾校注、蔡嵩雲箋釋：《詞源注・樂府指迷箋釋》，臺北：木鐸出版社，1982。
岳珍：《碧雞漫志校正》，成都：巴蜀書社，2000。
屈興國校注：《白雨齋詞話足本校注》，濟南：齊魯書社，1983。
屈興國輯注：《蕙風詞話輯注》，南昌：江西人民出版社，2000。
施議對譯注：《人間詞話譯注》，南寧：廣西教育出版社，1990。

（六）近人詞學論著

鄭騫：《景午叢編》，臺北：中華書局，1972。
黃勗吾：《詩詞曲叢談》，臺北：洪氏出版社，1976。
繆鉞：《詩詞散論》，臺北：開明書店，1977。
柯慶明：《境界的再生》，臺北：幼獅出版公司，1977。
沈祖棻：《宋詞賞析》，上海：上海古籍出版社，1981。
劉永濟：《詞論》，臺北：龍田出版社，1982。
劉堯民：《詞與音樂》，昆明：雲南人民出版社，1982。
夏承燾：《唐宋詞欣賞》，臺北：文津出版社，1983。
龔兆吉輯：《歷代詞論新編》，北京：北京師範大學出版社，1984。
吳熊和：《唐宋詞通論》，杭州：浙江古籍出版社，1985。
施議對：《詞與音樂關係研究》，北京：中國社會科學出版社，1985。
華東師範大學中文系中國古典文學研究室編：《詞學論稿》，上海：華東師範大學出版社，1986。
劉若愚著、王貴苓譯：《北宋六大詞家》，臺北：幼獅文化事業公司，1986。

村上哲見著、楊鐵嬰譯：《唐五代北宋詞研究》，西安：陝西人民出版社，1987。
林玫儀：《詞學考詮》，臺北：聯經出版公司，1987。
繆鉞、葉嘉瑩：《靈谿詞說》，上海：上海古籍出版社，1987。
葉嘉瑩：《中國詞學的現代觀》，臺北：大安出版社，1988。
施蟄存：《詞學名詞釋義》，北京：中華書局，1988。
趙爲民、程郁綴選輯：《詞學論薈》，臺北：五南圖書出版公司，1989。
嚴迪昌：《清詞史》，南京：江蘇古籍出版社，1990。
劉慶雲編著：《詞話十論》，長沙：岳麓書社，1990。
吳宏一：《清代詞學四論》，臺北：聯經出版公司，1990。
梁榮基：《詞學理論綜考》，北京：北京大學出版社，1991。
王水照、保苅佳昭編選：《日本學者中國詞學論文集》，上海：上海古籍出版社，1991。
蕭鵬：《群體的選擇——唐宋人選詞與詞選通論》，臺北：文津出版社，1992。
繆鉞、葉嘉瑩：《詞學古今談》，臺北：萬卷樓圖書公司，1992。
謝桃坊：《中國詞學史》，成都：巴蜀書社，1993。
方智範等：《中國詞學批評史》，北京：中國社會科學出版社，1994。
孫康宜著、李奭學譯：《晚唐迄北宋詞體演進與詞人風格》，臺北：聯經出版事業公司，1994。
青山宏著、程郁綴譯：《唐宋詞研究》，北京：北京大學出版社，1995。
劉少雄：《南宋姜吳典雅詞派相關詞學論題之探討》，臺北：臺大出版委員會，1995。

林玫儀主編：《詞學研討會論文集》，臺北：中央研究院文哲所，1996。
施議對：《宋詞正體》，澳門：澳門大學出版中心，1996。
龍榆生：《龍榆生詞學論文集》，上海：上海古籍出版社，1997。
楊海明：《唐宋詞美學》，南京：江蘇教育出版社，1998。
張宏生：《清代詞學的建構》，南京：江蘇古籍出版社，1998。
謝桃坊：《宋詞辨》，上海：上海古籍出版社，1999。
趙曉蘭：《宋人雅詞原論》，成都：巴蜀書社，1999。
吳熊和：《吳熊和詞學論集》，杭州：杭州大學出版社，1999。
方智範、方笑一選編：《詞林屐步》，南昌：江西教育出版社，1999。
夏承燾、吳熊和：《讀詞常識》，北京：中華書局，2000。
趙維江：《金元詞論稿》，北京：中國社會科學出版社，2000。
邱世友：《詞論史論稿》，北京：人民文學出版社，2002。
蔣哲倫、傅蓉蓉：《中國詩學史——詞學卷》，廈門：鷺江出版社，2002。
彭國忠：《元祐詞壇研究》，上海：華東師範大學出版社，2002。
劉鋒燾：《宋金詞論稿》，北京：中國社會科學出版社，2002。
孫克強：《清代詞學》，北京：中國社會科學出版社，2004。
蔣哲倫：《詞別是一家》，上海：上海社會科學院出版社，2005。
沈家莊：《宋詞的文化定位》，長沙：湖南人民出版社，2005。
Lin, Shuen-fu. *The Transformation of the Chinese Lyrical Tradition – Chiang K'uei and Southern Sung Tzu's Poetry*. Princeton: Princeton University Press, 1978.

（七）詩文集、筆記

元稹：《元稹集》，臺北：漢京文化事業有限公司，1983。
瞿蛻園：《劉禹錫集箋證》，上海：上海古籍出版社，1989。
蘇轍：《欒城集》，上海：上海古籍出版社，1987。
蘇轍：《蘇轍集》，北京：中華書局，1990。
黃庭堅：《豫章黃先生文集》，《四部叢刊》本。
黃庭堅：《黃山谷詩集注》，臺北：世界書局，1996。
樓鑰：《攻媿集》，《四部叢刊》本。
陸游：《渭南文集》，《四部叢刊》本。
劉克莊：《後村先生大全集》，《四部叢刊》本。
元好問編：《中州集》，《四部叢刊》本。
元好問：《遺山先生文集》，《四部叢刊》本。
孫光憲：《北夢瑣言》，《四庫全書》本。
彭乘：《墨客揮犀》，《四庫全書》本。

（八）詩文評

何文煥輯：《歷代詩話》，臺北：木鐸出版社，1982。
丁福保編訂：《續歷代詩話》，臺北：藝文印書館，1974。
郭紹虞輯：《宋詩話輯佚》，臺北：華正書局，1981。
程毅中主編：《宋人詩話外編》，北京：國際文化出版公司，1996。
范文瀾：《文心雕龍注》，臺北：明倫出版社，1971。
郭紹虞：《詩品集解續詩品注》，臺北：河洛圖書出版社，1974。
胡仔：《苕溪漁隱叢話》，臺北：長安出版社，1978。
魏慶之：《詩人玉屑》，臺北：世界書局，1975。
王士禎原編、鄭方坤補編：《五代詩話》，臺北：新文豐出版公司，1974。
黃啓方編輯：《北宋文學批評資料彙編》，臺北：成文出版社，1978。
張建編輯：《南宋文學批評資料彙編》，臺北：成文出版社，1978。
林明德編輯：《金代文學批評資料彙編》，臺北：成文出版社，1979。
曾永義編輯：《元代文學批評資料彙編》，臺北：成文出版社，1978。
葉慶炳、邵紅編輯：《明代文學批評資料彙編》，臺北：成文出版社，1979。
吳宏一、葉慶炳編輯：《清代文學批評資料彙編》，臺北：成文出版社，1979。

（九）文學史、批評史、文學文化論集

成復旺、黃保眞、蔡鍾翔著：《中國文學理論史》，北京：北京出版社，1991。
顧易生、蔣凡、劉明今：《宋代文學批評史》，上海：上海古籍出版社，1996。
袁震宇、劉明今：《明代文學批評史》，上海：上海古籍出版社，1991。
張健：《宋金四家文學批評研究》，臺北：聯經出版事業公司，1975。
劉大杰：《中國文學發達史》，臺北：中華書局，1978。
馬積高：《賦史》，上海：上海古籍出版社，1987。
孫望、常國武主編：《宋代文學史》，北京：人民文學出版社，1996。

劉若愚：《中國詩學》，臺北：幼獅文化公司，1977。
葉嘉瑩：《中國古典詩歌評論集》，香港：中華書局，1977。
廖蔚卿，《六朝文論》，臺北：聯經出版事業公司，1978。
吉川幸次郎著、鄭清茂譯：《宋詩概說》，臺北：聯經出版事業公司，1979。
任半塘：《唐聲詩》，上海：上海古籍出版社，1982。
朱自清：《朱自清古典文學論文集》，臺北：源流出版社，1982。
徐復觀：《中國文學論集續篇》，臺北：學生書局，1984。
龔鵬程：《詩史本色與妙悟》，臺北：學生書局，1986。
曹淑娟：《漢賦之寫物言志傳統》，臺北：文津出版社，1987。
袁行霈：《中國詩歌藝術研究》，北京：北京大學出版社，1987。
錢鍾書：《談藝錄》，臺北：書林出版公司，1988。
黃永武、張高評編：《宋詩論文選輯》，高雄：復文圖書出版社，1988。
康正果：《風騷與艷情》，臺北：雲龍出版社，1991。
顏崑陽：《李商隱詩箋釋方法論》，臺北：學生書局，1991。
張淑香：《抒情傳統的省思與探索》，臺北：大安出版社，1992。
顏崑陽：《六朝文學觀念叢論》，臺北：正中書局，1993。
張毅：《宋代文學思想史》，北京：中華書局，1995。
孫克強：《雅俗之辨》，北京：華文出版社，1997。
朱剛：《唐宋四大家的道論與文學》，北京：東方出版社，1997。
陳尚君：《唐代文學叢考》，北京：中國社會科學出版社，1997。

王水照主編：《宋代文學通論》，開封：河南大學出版社，1997。
J.Z.愛門森：《清空的渾厚——姜白石文藝思想縱橫》，上海：上海文藝出版社，1997。
孔凡禮：《孔凡禮古典文學論集》，北京：學苑出版社，1999。
韓經太：《詩學美論與詩詞美感》，北京：北京語言文化大學出版社，1999。
羅立剛：《宋元之際的哲學與文學》，上海：復旦大學出版社，1999。
木齋等編著：《中國古代詩人的仕隱情結》，北京：京華出版社，2000。
趙曉嵐：《姜夔與南宋文化》，北京：學苑出版社，2001。
張海鷗：《宋代文化與文學研究》，北京：中國社會科學出版社，2002。
莫礪鋒：《古典詩學的文化觀照》，北京：中華書局，2005。
莫礪鋒編：《誰是詩中疏鑿手——中國詩學研討會論文集》，南京：鳳凰出版社，2007。
詹杭倫：《唐宋賦學研究》，北京：華齡出版社，2005。
南京大學中文系編：《辭賦文學論集》，南京：江蘇教育出版社，1999。
唐君毅：《中國文化之精神價值》，臺北：正中書局，1979。
余英時：《中國文化與現代變遷》，臺北：三民書局，1992。
勞思光：《中國文化意義新編》，香港：中文大學出版社，1998。
李澤厚：《美的歷程》，臺北：三民書局，1996。
王力：《古漢語通論》，香港：中外出版社，1976。
佛洛姆著、孟祥森譯：《生命的展現》，臺北：遠流出版社，

1989。

（十）史書、方志

魏收：《新校本魏書》，臺北：鼎文書局，1998。

李延壽：《新校本北史》，臺北：鼎文書局，1999。

劉昫等撰：《新校本舊唐書》，臺北：鼎文書局，2000

歐陽修、宋祁：《新校本新唐書》，臺北：鼎文書局，1998。

脫脫等撰：《新校本宋史》，臺北：鼎文書局，1998。

鄭瑤、方仁榮：《景定嚴州續志》，《四庫全書珍本》，八集。

（十一）書目

陳振孫：《直齋書錄解題》，臺北：廣文書局，1968。

永瑢等編：《四庫全書總目》，北京：中華書局，1987。

喬衍琯：《宋代書目考》，臺北：文史哲出版社，1987。

祝尚書：《宋人別集敘錄》，北京：中華書局，1999。

饒宗頤：《詞集考》，北京：中華書局，1992。

王熙元：《歷代詞話敘錄》，臺北：中華書局，1973。

四川大學古籍整理研究所編：《現存宋人別集版本目錄》，成都：巴蜀書社，1989。

黃文吉編：《詞學研究書目》，臺北：文津出版社，1993。

林玫儀主編：《詞學論著總目》，臺北：中央研究院文哲所，1995。

Yves Hervouet, Ed. *A Sung Bibliography*. Hong Kong: The Chinese University Press, 1978.

二、學位及期刊論文

林玫玲：《東坡黃州詞研究》，臺北：國立臺灣大學中國文學研究所碩士論文，1986。

劉少雄：《宋代詞選集研究》，臺北：國立臺灣大學中文研究所碩士論文，1986。

劉少雄：〈草堂詩餘的版本、性質和影響〉，《中國文學研究》，第5輯（1991），頁215-236。

劉少雄：〈論柳永的艷詞〉，《中國文哲研究集刊》，第9期（1996），頁163-188。

劉少雄：〈東坡黃州文散論〉，《中國文哲研究通訊》，第五卷，第3期，頁143-158。

劉少雄：〈論張炎的詞學理論及其詞筆〉，臺北師院語文集刊，第3期（1998），頁79-103。

劉少雄：〈超乎雅俗——論東坡詞境的取向〉，《第二屆通俗文學與雅正文學全國學術研討會論文集》（臺中：國立中興大學中國文學系，2001），頁277-309。

劉少雄：〈明清詞學中東坡詞情的論證與體悟〉，王瓊玲主編：《明清文學與思想中之主體意識與社會》（臺北：中研院文哲所，2004），頁139-184。

劉少雄：〈宋代詞學中蘇辛詞「豪」之論〉，國立成功大學中文系、國立臺灣大學中文系編：《知性與情感的交會——唐宋元明學術研討會論文集》（臺北：大安出版社，2005），頁171-200。

劉少雄：〈宋人詩餘觀念的形成〉，《臺大中文學報》，第23期（2005），頁235-276。

劉少雄：〈出新意於法度之中——東坡早期詞的創作歷程〉，《中國詩歌之傳統與創新論文集》（首爾：高麗大學中國語文研究會，2005年），頁57-77。

夏承燾：〈詩餘論——宋詞批判舉例〉，《文學評論》，1966-1期，頁61-68。

施蟄存：〈說詩餘〉，《文藝理論研究》，1982-1期，頁72-78。

顏崑陽：〈論宋代「以詩爲詞」現象及其在中國文學史論上的意義〉，國立彰化師範大學國文系編：《第五屆中國詩學會議論文集——宋代詩學》（彰化：復文書局，2000），頁451-506。

劉石：〈試論以詩爲詞的判斷標準〉，《詞學》，第12輯（上海：華東師範大學出版社，2000），頁20-33。

房開江：〈蘇軾以詩爲詞、以文爲詞平議〉，王水照主編：《首屆宋代文學國際研討會論文集》（上海：復旦大學出版社，2001），頁371-382。

彭國忠：〈對以詩爲詞的重新認識〉，《詞學》，第14輯（上海：華東師範大學出版社，2003），頁65-81。

朱德才：〈東坡樂府分期論〉，《詞學》，第11輯（上海：華東師範大學出版社，1993），頁88-103。

孫康宜譯：〈蘇軾初期的送別詞〉，《中外文學》，第7卷，第5期（1978），頁64-77；另載《詞學》，第2輯（上海：華東師範大學出版社，1983），頁98-109。

王水照：〈清人對蘇軾詞的接受及其詞史地位的評定〉，林玫儀編：《詞學研討會論文集》（臺北：中央研究院文哲研究所，1986），頁407-423。

梅大聖：〈論詞的傳統與東坡詞定位及創作動因〉，《華中師範大學學報》（人文社會科學版），第37卷第5期（1998），頁112。

張其昀：〈東坡先生在杭事蹟〉，《宋史研究集》（臺北：中華叢書編審委員會，1964），第二集，頁363-370。

朱宏達：〈蘇東坡在杭州〉，《杭州大學學報》，1980-2期，頁103-108。

吳惠娟：〈試論蘇軾二度守杭的心態變化〉，《北方論叢》，1992-6期，頁69-74。
楊勝寬：〈蘇軾論詩重清境〉，《四川教育學院學報》，1993-1期，頁39-45。
李康化：〈從清曠到清空——蘇軾、姜夔詞學審美理想的歷史考察〉，《文學評論》，1997-6期，頁107-114。
謝佩芬：〈蘇軾「清」論研究〉，國立彰化師範大學國文系編：《第五屆中國詩學會議論文集——宋代詩學》（彰化：復文書局，2000），頁111-222。
張惠民：〈宋代士大夫歌妓詞的文化意蘊〉，《中國古代、近代文學研究》，1994-1期。

筆記頁

筆記頁

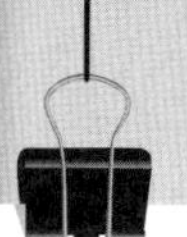

筆記頁

國家圖書館出版品預行編目資料

以詩為詞——東坡詞及其相關理論新詮／劉少雄著. —— 初版. —— 臺北市：五南，2020.09
面； 公分
ISBN 978-986-522-204-8（平裝）

1.(宋)蘇軾 2.宋詞 3.詞論

852.4516 109012014

1XHV

以詩爲詞——東坡詞及其相關理論新詮

作　　者— 劉少雄（344.9）
發 行 人— 楊榮川
總 經 理— 楊士清
總 編 輯— 楊秀麗
副總編輯— 黃文瓊
責任編輯— 吳雨潔
封面設計— 姚孝慈
出 版 者— 五南圖書出版股份有限公司
地　　址：106台北市大安區和平東路二段339號4樓
電　　話：(02)2705-5066　傳　　真：(02)2706-6100
網　　址：http://www.wunan.com.tw
電子郵件：wunan@wunan.com.tw
劃撥帳號：01068953
戶　　名：五南圖書出版股份有限公司
法律顧問　林勝安律師事務所 林勝安律師
出版日期　2020年9月初版一刷
定　　價　新臺幣400元